人生在世

李国文

自选插图本·中篇小说卷

中国文联出版社

目录

改选

按照《工会法》的规定，这一届工会委员会已经任满了，如果再不改选的话，除非工会法有了新的章程，否则再拖下去，会员也不能同意的。于是委员们忙碌起来，工会主席起草一年来的工作总结，为了使这报告精彩生动，让人听了不打瞌睡、不溜号，他向每个委员提出了“两化一板”的要求。

“你们提供的材料是我报告的基础，工作概况要条理化，成绩要数字化，特别需要的是生动的样板。”

你也许没有听过“样板”这个怪字眼吧？它是流行在工会干部口头的时髦名词，含意和“典型”很相近，究竟典出何处？我请教过有四五十年工龄的老郝，他厌恶地皱起眉头：“谁知这屁字眼打哪儿来的！许是协和语吧？”

委员们都在为“两化一板”忙着，本来冷落的厂工会，这时像停久了的钟摆，不知谁拨弄一下，滴答滴答地走动起来，显得少见的生气。人们路过工会的窗口，都不禁探头张望，担心里边别是出了什么事？“两化”倒是容易的，“一板”却为难了，委员们既没有艺术提炼的才能，又不像到人事科、劳动工资科、厂长室、合理化委员会照抄材料和数字那么方便。但是主席却像产妇进入临产期那样，孩子没有出世，已经琢磨得出他的声音笑貌；他仿佛看到了在会员大会宣读这篇作品的结果，得到了全体会员的欢迎和信任，一致赞成他们继续连任下去。

主席把委员们找来汇报“两化一板”材料，每个人的脸色都沉甸甸的，连通信员也是愁眉不展，他瞪着一堆久已不用的脏茶杯发愁，一时怎能洗刷出来？这时主席发言了：“来全了咱们就凑吧！咦？老郝哪？怎么又不见他？”

通信员抢着回答："我通知他了，他说打发完死人就回来。"他巴不得主席说声找，那他拔腿飞跑，就可以丢下茶杯不管了。

"什么死人？"

"铆工车间的老吴头老死了。我们老郝给看的板子，选的地皮，这阵子正出大殡哪！主席，我去把他找来？"

大概考虑到把出殡队伍的头脑、葬礼的主持人抽走的话，得罪了死者倒不用怕的，反正他也不会提意见了，冒犯了群众那可是划不来的，何况目前正是改选期间，于是通信员只得低头冲洗茶杯去了。

"同志们！要紧的是样板！"他不满意委员们汇报的材料，"数字你们不给我，我也能搞到的。现在我这报告缺的是样板，难道我们工会委员会干了一年，没有一块样板？……"主席说得激昂慷慨，急得用手直弹桌子，爆起一阵尘土，呛得委员们直打喷嚏……

大家一阵沉默……

"板子倒是有的，我看中一副好板子，娘的，就是不给我。"幸亏老郝讲这话时是在出殡队伍里，否则那得了"样板"狂的主席，一定会抓住他紧紧不放的。

老郝拄了根拐棍，走在出殡队伍的前面，和他并排走着的，是死者的老伴，没有成年的儿子，和一些有着三四十年工龄的老头，他们头顶都秃光光的，步伐迟缓，神态庄严，震慑得瞧热闹的人凝神敛息。跟着是十六人的抬棺大队，二十来人的挖墓大队。这些老郝眼中的年轻人，额头也已皱纹累累，经过时间的磨炼，饱尝了生活的艰辛以后，性格稳定了，开始变得踏踏实实，步伐沉稳起来。他们的后面，是拖得很长的群众队伍，并不需要特别组织的，只要老郝带着头的，而且送的是一个善良的死者，人们就自觉地除下帽子，排到队伍里去。没有灵幡，没有花圈，没有旗帜，没有哀乐，只是默默行进中的送葬队伍，这对一个朴实的老工人来说，那是再合适不过的葬礼了。

老郝轻声地回顾左右说："我在制材厂给他们一顿教训，老吴铆了一辈子铆钉，就连你这厂房架子也有他的心血，难道不该摊副好板子，他死活不给，这柏木的也是硬对付来的。"

到了墓地，墓穴早挖好了，吆喝着把棺材松绑轻轻放下去，开头几铲子土是由死者的亲人、老郝和老工友们填上的，随后那些年轻人才一拥而上，抡起那开动机器、挥铁锤的臂膀，一眨眼工夫从平地耸起新的坟山。老郝照例讲讲话结束葬礼，他的墓前演说从来没有准备过，而且永远讲得动听，甚至连死者的行状也

『横竖也是迟到，他们能宽待我老头的。』他索性在路基旁坐下歇脚。

不需特别记忆，他们共同生活了半辈子，熟悉得连手心纹路都清楚的。讲到最后，老郝叹了口气，惋惜地：“唉！又死了一个好手艺人，老吴那双手可是宝贝啊！他拿起铆枪来，比姑娘用绣花针还灵巧。他铆过的活过上千年万载，也找不出半点毛病。可是眼下有些心盛的娃娃，昨天还穿着开裆裤呢，今天刚满师，就想爬到别人头上撒尿。”老郝用眼扫了那站在圈子外边的真正年轻人，他们几乎没有勇气正视老郝的眼光，都扭过头去。“学学这位死去的老爷子吧！他是活到老，学到老，孩子们，这话不能错的。”

老郝送那老伴和孤儿回家，在他们家用拐棍这儿点点，那儿戳戳，提出一连串的问题：“米、面还存着多少？煤和劈柴还有没有？房子漏不漏？孩子上学多少学费？念书的出息怎样？……”那老伴哭哭啼啼地回答，孩子倒还镇静，给他娘补充着。

老郝看到最后说：“好吧！将来让孩子进厂补个学徒，把他爹的手艺传下去。你嘛哭够了也就算了，人老了总得死，你我不免也要走这条道的。可是你活着，就得打活着的主意，好生把孩子教养成人，死鬼也就心安啦！”刚止住哭的老伴，这时又哽咽起来。走出门老郝回头说：“烧煤眼看过不了冬，明天我着人给送来。”

每逢他打发走一个老朋友，两腿就增加一两分不自在，翻过铁路道口，累得他差一点瘫痪了。他记得工会找他开会；记起那头痛的“两化一板”：“横竖也是迟到，他们能宽待我老头的。”他索性在路基旁坐下歇脚。

一个没脚虎的小孩，刚学会走路，他那蹒跚的脚步和这患风湿症的老人差不多，在向路基爬过来。这时虽然没有火车，老郝依然顾不得一切抢前抱了过来，任凭孩子挣扎哭喊，他也不放松一点，他气得骂道：“娘的，这是谁家的孩子？要让火车碰伤轧坏，该到工会哭啦闹啦！”

一个婆娘听到声音喊着走来：“谁欺侮我们家宝贝儿？”

“我，是我！”他愤愤地把孩子朝地上一顿，顿得孩子哇地哭了。要是别人，那婆娘性子早发作了；可是认出了是老郝，脸上堆笑：“麻烦您老人家，给我们看孩子，谢谢您啦！”

“哼！”他挥了挥拐棍，“你这是什么做妈妈的？放孩子满处乱跑。现在我是浑身不得劲，要有力气，用这好好揍你一顿，就该知道怎么带孩子啦！”那婆娘在他背后伸了伸舌头，抱着孩子走开了。

等老郝赶到工会，会早就散了。只剩下主席一个人，埋头在写他那篇杰作，脸憋得通红，老郝也没敢打扰他，蹑手蹑脚地坐在旁边等待。他对于提起笔来，正在动脑筋做文章的人，永远怀着敬畏的心情，哪怕他的孙女伏在灯下做功课，他也喜欢在旁边静坐观看，和她同享创造的烦恼和愉快。可是主席这篇文章太难写了，他几乎在折磨自己：一会儿抓挠头发；一会儿拧自己的鼻子；一会儿咬钢笔杆；一会儿拍打脑袋，青筋暴起老高，最后把笔一扔呻吟地："嗐！样板，样板，没有样板什么都完了！"

老郝同情地叹了口气，主席转过身，惊讶得眼睛都吊到额头上去："老郝你怎么搞的？多咱工会开会，你也没有痛快地参加过，不是迟到就是早退；不是张三叫就是李四喊，你是工会的委员，还是大家的勤务员？"

老郝怯生生地回答："我不是来了吗？"

"好！那就听听你的汇报，两化一板，要紧的是样板！"

老郝抖抖索索地从大口袋里掏出个本子，污秽得跟抹布差不多，他颠三倒四地寻找，也找不到煞费苦心准备的"两化一板"，急得他两腮直哆嗦，偏偏那些滑腻的纸张不听话，在他手指头间滑来滑去。

"在哪儿？老郝！"主席斜着眼瞪他。

"这……这……我……"

主席真的动气了，委员们都存心来欺侮他似的，谁也没有给他找来合适的材料，老郝更是荒唐，连句话都说不上来。他正颜厉色地说："老郝，你让我给会员报告什么？就报告你一年来送了几个死人？……"

"我干了什么，大伙也全一目了然，你要让我说，脑袋不管事了。嗐，这本子上我求人写着的，娘的，都给揣乱了……"

一个指挥偌大送葬队伍的头脑，讲话做事那么威风凛凛的人物，怎么在这个年龄比他儿子还小的人面前，变得软弱、衰老、可怜？老郝不是一下子把勇气全部挫折了的。他虽然是个基层工会干部，但是几年来整个工会刮来刮去的风，可把这老汉刮糊涂了。

起初他当工会主席，那份热心肠待人是极好的，亲昵的管他叫"我们老好"，开玩笑的称呼他是"老好子"。一切要都是这样顺顺当当就好了，然而不幸的事来临了。

……他捧着纸片，站在讲台上，结结巴巴地念着，动员参加反动会道门的工友赶快登记。这还是现在的主席，当时是工会干事草拟的文稿，哪怕最蹩脚的"公文程式"、"尺牍大全"，也要比这篇讲稿有感情、有血肉得多。老郝念了一长串前缀词句以后，本来文化不高的他，被这文字游戏搅得头昏脑涨，底下的词句没有来得及看清，嘴里竟滑出了这样的话，想收回也来不及了。

科长埋在圈椅里："行了，你是工会干部，知道什么叫计划性？计划性就是法律，厂长他也不能破坏……"

"同志们！嗯……我们，大家，一齐，参加，反动，道会——"会场里轰动起来，老郝站在嗡嗡的人群面前手足失措，他慌忙补充一句："嗳，嗳，我们大家，一齐参加，一贯道！"喧嚣声更大了，好久不能平息。

笑得最厉害的是青年男女，还有坐在主席台位置上的几个干部，好久，还捂着嘴偷偷地乐。

"嗐！两回我都把反对落掉了！照稿子念我是不行的。"老郝差点急出了眼泪。

"不行！你得检讨，这是政治上的原则错误，立场问题！"不久，老郝就改做副主席了。

"副主席也没啥！横竖我是个党员，什么工作也是党让我做的，怎么能挑肥拣瘦？"依旧是原来模样，整天马不停蹄地转着，除了有些顽皮的学徒，封了他一阵"点传帅"，这些闲话也像露水见不得太阳似的云消雾散了。

恰巧那年春天下起缠绵的梅雨，年久失修的老工房都漏了，只要天一放晴，老工房到处挂起湿了的被窝床褥，像一片五花斑驳的万国旗，耀人眼目。

房产科正在按计划给厂长、科长维修住宅，也不管工友们半夜里睡不好觉，大盆小罐地接雨水，结果弄得个个熬红了眼，上班也打不起精神来。

"老郝呢？他怎么不见啦？"

"不能躲起来的，这事他不管谁出头？"

老郝倒真的没躲，正在和房产科长磨嘴唇呢，他满身泥泞气鼓鼓地坐着等科长解决。科长埋在圈椅里："行了！你是工会干部，知道什么叫计划性？计划性就是法律，厂长他也不能破坏。漏这点雨就受不了，解放前怎么过来的？那时候坍的坍、倒的倒，让大伙将就点吧！"

"亏你说得出口，你还是个党员哪！"老郝"啪打啪打"地走出去，一路在地板上留下了泥汤。他到处走遍，想尽了一切办法，最后逼得他只好打把洋伞，光着脚丫子，站在厂长家门口，和厂长讲道理。这回倒真的是脾气发作，气得他直哆嗦——

"别人要是拖着不管，我不生气。你是厂长，你不该这样对待！开会、研究、考虑！那得等到驴年马月！"

厂长站在门廊里，躲闪着刮来的风雨："老郝，你进来好好谈。"

"不，不，你多咱不答应解决，我不进去也不走，老工房有多少户像我这样挨淋！"厂长软劝硬说不行，只得下命令维修工程停工，赶紧去老工房堵漏子，他才满意地走了。

虽然他在党内受到批评，不应该这样对待领导；而且他挨了淋，风湿症又发作了，但他看到那么多笑脸，腿痛和批评全不在乎。腿总归好了，依然走马灯似的忙着。

反对工会经济主义倾向的这阵风，千里迢迢地刮来了，风尾巴一扫，小磨房就陷在风雨飘摇的局面当中。这使老郝真的担惊受怕起来。每天上班前花上几文钱，喝上碗热豆浆，省得家里妻小清早起来忙活，这是老郝放在心里许久的想法。凑巧工厂附近的小磨房关张，他建议厂里盘下，并且花了点钱改建一下。"难道这就是经济主义？当初谁也没有反对。"老郝弄不通这点，独自纳闷。

小磨房开张的那些日子，热气腾腾的豆浆，大家喝得美滋滋的。工友们欢迎、干部们高兴、上级也夸赞。建立小磨房的功绩，工会自然得总结，青年团也写了一份，行政认为有责任跟着上报了，份份材料都写得天花乱坠，但哪份材料也没提到老郝的名字。他找材料修房，买牲口，请石匠锻磨这些事，都不知记到谁的账上去了，老郝无所谓地笑笑，只要大家有浆喝，根本就不去计较的。

然而风是刮来了。

"谁的经济主义？"在小磨房里有人探讨起来。一位曾经总结过小磨房，把它比做天仙妙境的人，拭去粘在嘴唇上的浆皮子："这得工会老郝负全责，都是他一人张罗的。我早就看出不对头，既然能够搞小磨房，发展下去粉房、菜园子不也可以？"他很为自己能提高到"政策水平"认识问题，而洋洋自得。四周的工友惶惑地瞧着他，人们担心着别把小磨房封闭了，但是终于没有撤销，因为热浆不仅工友爱喝，就连那些"事后诸葛亮"们也并不讨厌的。现在的工会主席，那时的宣传委员代老郝写了篇检讨，也没征得他同意就给报上去，后来老郝给免去了副主席的职务，担任劳保委员，他很知足也很高兴："小磨房没关张这就行啦。我就是这样的材料，卖我的老命对付着干吧！"

他上任第一件事，就是修建休养所，老郝忘记一切不愉快的事情，每天起早贪黑地干，寻工买料，勘测地皮，忙得不亦乐乎。他像泥瓦匠工头，浑身尘土仆仆，终于挑中了小树林的一块地方，那里靠厂子很近，原是旧社会打算给厂长盖洋房的，地基现成。人们路过那儿，停住脚："老郝，这是干什么？"

"盖休养所，让大家享享福！"

"老郝，你真好！"人们赞美着走开了，可他的心却沉浸在这种幸福里，他觉得为人们做这一件件好事，就越来越接近人们盼望的时代。他舒服，痛快，有力地挥舞镐头，远远看，他像是个壮实的年轻小伙。

厂长站在门廊里，躲闪着刮来的风雨：『老郝，你进来好好谈。』

现在的主席，那时已经是副主席了，正是少年得志的时候，玲珑剔透，仿佛每个细胞都在跳舞似的。在一次什么会议上，有位厂里的负责干部，认为把休养所盖在小树林，不若修在太阳沟好：“那儿我去过一趟，风景美，空气好，真是有山有水……”我们这位主席最善于察言观色、领会上级意图的了，赶紧让老郝停工，到太阳沟另找新址。

老郝独自领着工友在这披荆斩棘，谁也不来过问，早预感到情况有些不妙。然而太阳沟的建议他却断然拒绝：“不行，我想过，二十来里地，又在荒山里，太不方便。”

“真是难以贯彻领导意图！”主席暗地想着，然后说：“每年夏天小伙子成群结队去玩，就说明那儿好，满山遍野的柿子树、枣树、梨树，还有草地，那太阳沟游起泳来多带劲！”

“不行！那儿闹狼！”他还是不同意。

“嘿！工人阶级会怕狼？笑话！”他不想再和这顽固的老头说下去，“这是组织决定，你就执行吧！”

休养所落成以后，特地先组织了干部去休养，还没有过三天，且不说往山里运送给养是何等困难，汽车开不进去，要用骡子往山腰驮；休养员原想在太阳沟里嬉水作乐，老乡们派出代表抗议，说这吃喝用水万万作践不得的；恐怖的是到了夜里，狼嗥声使人久久不能入睡，还要随时提防狼群的袭击。于是有人说自己健康完全恢复，无需耽误宝贵的床位，申请提前出所；也有人不怕狼而留下的，那些大抵是部队出身的干部，好久没有过枪瘾，趁此机会施展一下身手。

以后谁休养回来，就仿佛虎口脱生，人们都开玩笑地围上去祝贺：“恭喜恭喜！活着回来了！”

当反对工会只抓生产，忽略生活的风刮来的时候，人们把老郝和休养所连在一起：“为什么把休养所盖在深山里？”

“让我们修行出家？”

“叫我们喂狼？”

想不到干部也责备他：“你是工会劳保委员，为什么不起监督作用？”七嘴八舌弄得老郝没法应付，一发急更是说不出个整句子，他成了把好事办坏的“样板”。不久工会改选，偏偏他没有落选，因为这底细不久就拆穿了，人们相信老郝绝不会办这“缺德”事。只好让他挂上个委员的名，不再给他什么具体分工，这可把老郝苦恼了些日子：“我真是越干越寒心啦！”但是他在人们的心中得到温暖，大家越来越尊敬他、亲近他、信任他，在好多工友的心目中，老郝就是工会，工会就是老郝，有事都来找他，现在成了“不管部大臣”，倒显得比先前更忙，工会里整天也见不到他的影子。

经历了这可算坎坷的路程，他老了。背驼了，腰弯了，仅剩下的数茎头发，也如银丝般的白，但是他的心没有衰老，仍如先前那样激情澎湃。不知为什么，碰上这些常常在当面或事后指责他的人，他就变得缄默、拘谨，甚至惶恐起来。

主席还在等待着他的答复，丝毫没有怜悯的心意，老郝低声地求着：“明天不晚吧！豁出一夜不睡，也把两化一板找到。”

主席沉吟了一会儿，点了点头：“好吧！”老郝如同犯人听到释放似的，慌忙拄起拐棍准备回家，他的孙女早就在桌旁，等着爷爷帮她做功课了。但是未及跨出门槛，主席又叫住他：“老郝同志，你等等，咱俩一路走，我有件事想和你谈谈。”这是头一回的新鲜事，他用戒备的眼光注视着主席的行动，预感到一场风暴来临了。

“老郝同志，本来想明天谈的，我想你是个党员，同事这么多年，我也知道你的性格，你喜欢痛痛快快——”

“你说吧！”

“随着形势发展，工会工作也需要向前走，老郝同志，你是老工会工作者了——”

老郝不耐烦地截断他：“什么事尽管说好了，不用扯东扯西给我猜哑谜！”这种口吻使人想起当年老郝是主席，而现在的主席却是工会干事的时代。也许老郝的语气触怒了他，他用一种冷冷的调子说：“这次候选人的名单，我们研究以后，决定不提你了。明天晚上选举，你的意见怎么样？”

“把我给免了，你们？”

从他的脸上，老郝看到他嘴里没说出的话：“你老了，不中用了，该退休啦！别挡着别人的路，别不识时务弄个更难堪的下场。”老郝两条腿仿佛是借来似的，不听他支配，好容易挣扎到了家，刚推开门，瘫软无力的他，扑通倒在门槛上，小孙女恐惧地叫着：“爷爷！爷爷！”他昏厥过去了。

第二天他没有能进厂，汽笛声白白地吼了半天，他内心感到有些歉疚，这是他解放后头一回缺勤，那回雨淋患风湿症，他还坚持上班了。想到人不免要走去的道路，他居然颓唐起来，跟老伴讨了些烧酒，红着脸不好意思地抿了半盅，但是他放下了：“怎么？想死了？不！不！”他挣扎起来，拄着拐棍，扶着孙女进

老郝抱着孙女在边门的角落里坐下，听主席正淋漓尽致地发表高论。

厂去了。

“爷爷，你还能活多大？”

“起码也得一百岁，孩子！越活越甜啊！”他们走进厂子，走进礼堂。他抱着孙女在边门的角落里坐下，听主席正淋漓尽致地发表高论。也许主席讲得太快了，只在人们耳朵里留下“板……板……板……”的声音。跟着是财务委员和经费审查委员的报告，那一连串数目字，只是讲给麦克风听的，没有一个会员注意他讲的是千是万，既然你上台了，就得让你讲完罢了，我们的听众是最有礼貌的了，从来也不把蹩脚的演说者哄下台去。

神圣的选举开始了。

主席再一次征求对候选人名单的意见，顿时场内鸦雀无声，这是不妙的征兆，主席心里想：“这名单在小组酝酿时，缺乏说服动员，看这劲头够呛。”

“同志们还有没有意见？”会场里的空气沉闷得令人窒息。“要没有意见，这名单就先用举手的方法通过了！”

“等一下！”一个瘦小枯干的老工友站起，“为什么这回没有了我们老郝？”

坐在后边的老郝给震惊了一下。

主席连忙解释：“随着新的工作开展——”

另一个粗鲁的声音打断他：“直截了当说吧！老郝犯了什么错误？有人说该死的休养所是老郝盖的，可这馊主意不是他出的，我赌咒发誓，他原先打算盖在小树林的。”

主席台上交头接耳地议论。

小孙女觉得她爷爷在哆嗦，但是这激烈的场面吸引了她，她也顾不得了。

主席走到台口，大声地讲话，这时全场像一堆干草着火似的，噼噼啪啪地到处冒火星。“同志们！同志们！个别人的意见可以……”有人笔挺地举起手，主席让他发言。

“谁在漏雨的时候找人来修房子？谁整年马不停蹄地为别人忙着？谁在人家为难的时候伸过手来？是谁？像这样的人，不配做工会干部？”他愤愤地坐下，把椅子弄得轧轧响。

有人站起：“老吴头死了，你去了吗？你还是主席！”这厉害的责询弄得主席怪狼狈的。

主席台上召开了临时委员会，会场里完全像开了锅的水，猛烈地翻滚起来，有人打开了窗子，透进了初春的寒风。

小孙女觉得她爷爷平静了，不过这会儿抱得她更紧些，使得她没法扭回头去看爷爷的脸……

主席走到脚灯前，摆手让大家安静，他几乎是喊叫：“同志们！候选人名单不进行表决了，现在各车间来领选票，票已经印好了，同志们如果选郝魁山或别的同志，划掉其中任何一位……”

会场里又是一番纷乱，红色的票箱抬到场子中间。

“郝字是赤字帮个耳朵，魁字是鬼帮个斗，山是山水的山……”扩音器也无济于事，从来也没有像今天这样热闹，人们也不愿离开，偏等看了选举结果才走。

选举计票人，选举监票人，又乱哄哄地喧嚣了一顿，被推选出来的人尴尬地走到票箱跟前，开始进行工作。

三千四百二十三张票。计算机从会计科取了来，噼里啪啦地摇着。扩音器里放着唱片，呜嗷呜嗷地听不清唱的是什么。

小孙女已经失去了兴趣，人们簇拥着走来走去，她倒在爷爷的怀里睡着了，那是靠边门幽暗的角落，谁也没有在意。

真是手忙脚乱，又添了五把算盘，算盘珠子跳动着，郝魁山的选票在往上升，二千九百、三千一百、三千三百……三千四百零五。复核了一遍，计算机和算盘的数字完全符合，这消息不用扩音器，一眨眼全场每个角落都传遍了。

主席宣布选举结果：“第一名郝魁山同志，得票数为三千四百零五，第二名……”没等他说完，雷动的掌声淹没了他的声音。

“安静！安静！”

谁也不听他的，掌声有节奏地响起，在后面的老郝，不知道是高兴还是痛苦，萎然地垂下了头。

“我们老郝哪？让他出来讲话……”

“静，静！”主席敲着话筒，“静，静一下，同志们！今天这个会开得成功！请静一静，这是一次发扬民主的样板……”

“老郝在哪？老郝！老郝！他来了吗？”人们都四处搜寻。小孙女惊醒过来，用背顶着她的爷爷，她爷爷像睡熟了似的纹丝不动。

“爷爷！爷爷！”她挣脱了她爷爷的僵硬的胳膊，回头看见他两眼木呆呆地瞪着，发僵的嘴唇在流着口涎，她恐惧地大叫起来。

老郝死了！

他静静地在人群的声浪里死去的。

全场沉静下来，静得连窗帘簌簌的飘响都听得见，寒风带来了春的气息，人们饱饱地呼吸着，可想起了孜孜不息的老郝，脑海里波澜起伏，一个个眼睛都湿润了，虽然人们抑制着感情，怀念他的、感激他的人，都禁不住地嘘唏起来；就是那些对他抱愧的人，心头也是不很平静的。

按照《工会法》的规定，改选是在超过人数三分之二的会员中举行的。这次改选是有效的。新的工会委员会就要工作了。

月　食

一

太行山的早霜，洒在岗峦上，洒在山林里，也洒在那刚收净庄稼的层层梯田中间。伊汝从车窗一路望出去，这种很像盐池边泛碱的、白花花的肃杀秋色，使人感觉怪不舒服。要不是沿途柿树上挂着红灯似的柿子，和山坳里虽看不见人家，却袅袅上升的炊烟，简直没有一点生气。连在公路旁啮着草根，已经啃不出什么名堂的山羊，也呆呆地、毫无半点表情地注视着开过去的长途汽车。

伊汝有点后悔他这次鲁莽的旅行了，应该事先写封信或者拍封电报。可是，给谁呢？郭大娘也许不在人世了。

现在，当他乘坐的这辆长途汽车，愈来愈接近他要去的目的地，他的后悔也越来越强烈。不该来的，胡闹、任性、冒失，即使是什么实实在在的东西丢了，能够找回来的可能性也是微乎其微的，何况伊汝回到这块老根据地，来寻找那种纯属精神世界的东西呢？甚至当长途汽车到达S县城的时候，他也说不好，这种东西究竟是什么？除了那失去的爱情犹可捉摸之外，其他还有些混沌的东西，他能感觉到，但说不出来。

他站在汽车站门前的广场上，峭厉的山风，带着一股寒意，朝他脖领和袖口里钻进来，山区就是要冷一点，车把式都把老羊皮背心反穿上了。他朝他们走去，想问一问，有没有顺路去莲花池的，把他捎上。然而，伊汝没曾想得到的是一阵哄堂大笑。这里的山民（他总是这样称呼这些可爱可敬的根据地乡亲）有他们独特的幽默感，和一种对于苦日子的柔韧的耐力：“挣不上你的钱了，老哥，

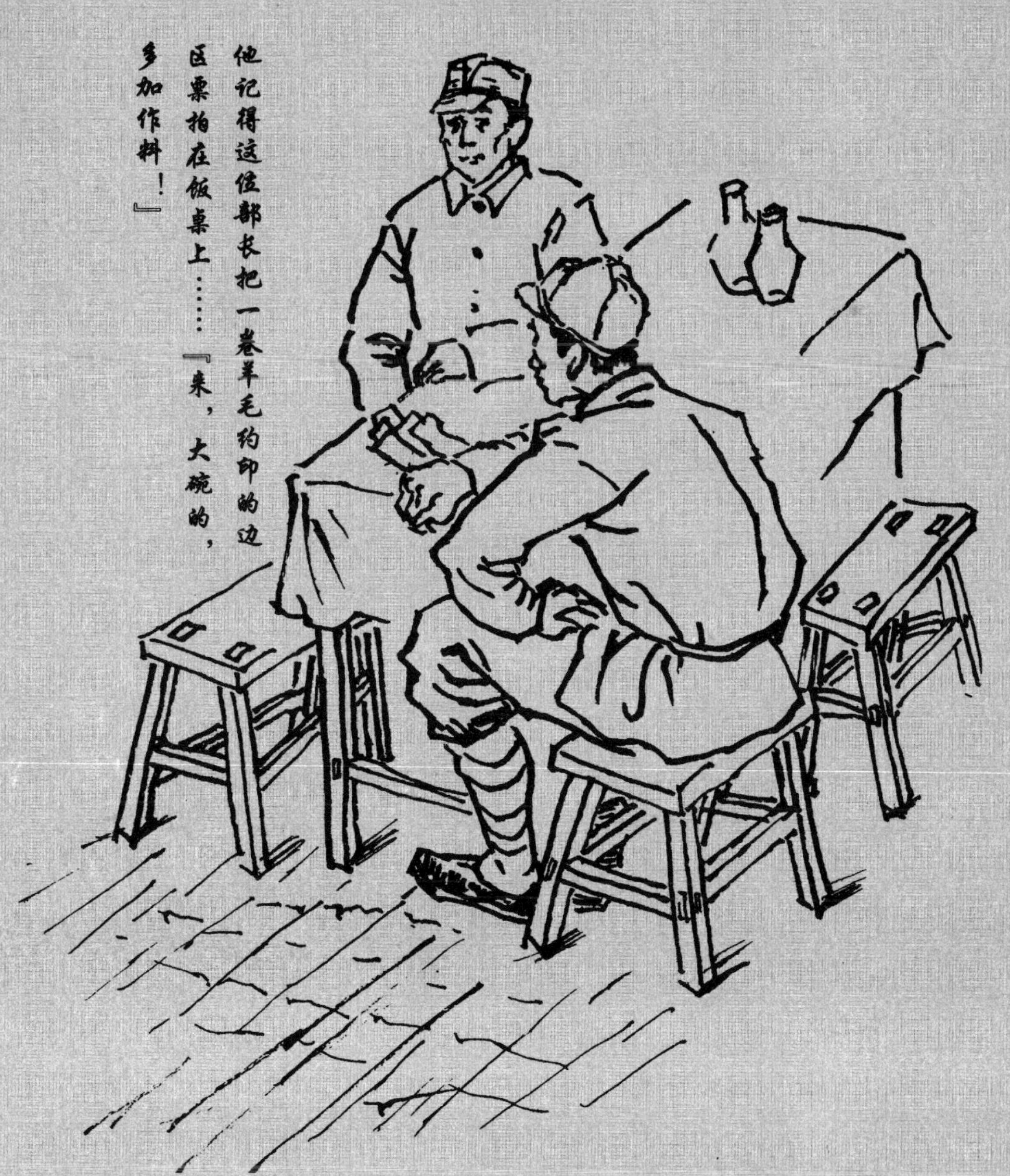

他记得这位部长把一卷羊毛约印的边区票拍在饭桌上……『来，大碗的，多加作料！』

去打上一张八角钱的票，坐那四个轱辘的铁牲口去吧，不误你吃晌午饭。”

伊汝也笑了，最后一次离开S县城的时候，连这汽车站还没有，敢情公路都通到莲花池了，没准还通到羊角垴吧？那个小小的山村，才是他旅行的终点。

不过，当他在售票窗口付那八角钱的时候，心里还是在斗争着的，去呢？还是不去？最后，终于接过车票，打定主意，不再改悔了。尽管他说不清回羊角垴的具体目的是什么？会有个什么样的局面等待着他？能不能寻找到那未免玄虚的东西？但这是一桩宿愿，要不作这一次旅行，大概心里永远要感到欠缺似的。他把汽车票掖好，看看时间尚早，就沿着原来叫做西关，现在叫做四新路的一条狭窄的街道，朝城里走去。不要小瞧这条高低不平的石板路，现在的那些将军们、部长们，当年他们的坐骑蹄铁，或者那老布洒鞋，都曾经在这条路上急匆匆地走过的。S县城的小米捞饭——说实在的，并不十分容易吞咽；当年，他们也是香喷喷地嚼过的。伊汝现在也想吃点东西，虽然肚皮并不饿，但考虑到还要坐几个钟头汽车，到莲花池万一赶不上饭，翻那座主峰到羊角垴，可是得费点力气的。

他蓦地生出一个念头，西关这一带，有个回回馆，羊汤是挺出名的。一九四七年，他跟弼马温部长（想到这里笑了）头回来到S县城时，毕竟同志拍拍他的肩膀：“伊汝，我做东，请你喝西关的羊汤！”他记得这位部长把一卷羊毛纸印的边区票拍在饭桌上，震得酱醋瓶子叮当直响：“来，大碗的，多加作料！”那恐怕是伊汝在记忆里，吃的一顿最味美的佳餐了。羊汤是那样的鲜美滋润，那样喷香开胃，那些煮得酥烂的羊杂碎，简直来不及品味，自己抢着爬进喉咙里去。

毕部长有胃病，不敢多吃，而他，吃完了还在舔嘴唇。“小鬼，再给你来一碗！”那对眼睛乐得眯成一条缝，笑得伊汝不好意思。跑堂的一阵风似的端来了，还喊了一声：“小八路同志，请——”他低着头，像风卷残云一样，吃得满脑门子冒热汗。

因此，他决定再去尝试一下这种美味，尽管如今他也生有胃病了，而胃病是汽车司机和修理工的职业病。

在太行山区里，S县作为一个县城，连它自己作为地图上的一小点，都有些害羞的。那些妄自菲薄的山民，这样糟蹋自己的县府所在地，说东关放个屁，西关就得捂鼻子。确实也是如此，伊汝从四新路走到改成兴无路的东关，两个来回，也没找到那家回回馆。他向一个卖烤白薯的打听，那位脸上密密皱纹里，有着永远洗不掉的煤渣的山民，把伊汝看做疯魔，在故意调笑耍弄他。

“回回馆？俺是国营买卖，是农工商，是队里的试什么点，那名堂俺虽说不上，反正不是单干，你想买就买，不买拉倒，干吗瞧不起人？”

伊汝明白他误会了，以为拿过去的私营饭馆来嘲笑他，连忙掏出买票找的两毛小票，买了两块烤白薯，这才使他相信外乡人的诚意，叹了一口气说："回回馆早合并了，跟俺烤炉一样，十多年前就关板了，这不是刚开张搞农工商给队里挣钱嘛？"听来有点情绪，不过作为一个新闻记者的伊汝，他也是和这位山民一样，时隔若干年后重操旧业。对于"农工商"这个来自亚德里亚海滨的新名词，竟然能在S县城一位卖烤白薯的老乡嘴里吐出来，使他感到兴奋。新鲜的事物仿佛初秋早晨和煦的阳光，并不因为这个偏僻的、自惭形秽的小县城而躲到云层里去，不，照样明亮温暖地投射过来。他思忖着，休要小看这座烤炉，焉知不会是若干年后联合企业的前身呢？他捧着滚烫的烤白薯离开了。身后，这位山民用沙哑苍劲的声音叫卖着："热的，糖瓤赛蜜！"也许歇业太久了，嗓子还没亮开，有点干涩。伊汝联想到自己的职业，想到又要提起笔来，没准也许会如此，大概不能有五十年代那份才思了吧？

他上了汽车，听那汽车引擎在力竭声嘶地哼哧着。

这辆老道奇改装的长途汽车，伊汝一眼就看出来了。这部汽车上年岁了，又是爬坡，伊汝无需目测，就凭自己坐着时的仰角度，坡度不会小于千分之二十，够这位开车的女司机忙活的。这部老爷车像得了气管炎似的，时不时干咳两声。他知道，准是缸体有点什么故障；再说，化油器也不怎么干净了。不过，这个二十多岁的女司机，倒是有股生龙活虎的劲头，那短扑扑的头发，那裹在脖子上的羊肚毛巾，那被太阳和汗水渍得褪色花布褂子，使他想起什么，又睁开眼定睛看她的背影。她没有那种职业女司机戴着墨镜洒脱高傲的神态，更多的像一个农村姑娘；也许刚拿到一张拖拉机的驾驶执照，看她那架势，也好像开"东方红"或者"铁牛55"似的。但是她那密实的、一剪子铰不透的黑发，她那宽阔的骨架，那圆润丰满的肩膀，使他想起了一个在脑海里从未淡薄过的影子，那是他记忆里最美的一页，也是他觉得在这个世界上活下去，是多么有意义的羊角垴的妞妞啊！

伊汝是为她来的吗？也许是，但不完全是，那确实是他心头一笔沉重的负担。现在，他总算明确了这次风尘仆仆的旅行，要寻找的那些失去的东西里面，就有一个羊角垴的妞妞。这时，车窗外，莲花池的主峰，像记忆里那个文静深情的山村少女，拂去了云翳，投进了眼帘。如同那天正式接到组织的通知，重新回到党的怀抱里一样，看到这座主峰，他觉得到了家似的。但谁知妞妞相隔二十二年以后，她会是一个什么样的处境呢？然而，伊汝是那种特别重感情的人——这是他的致命伤啊！要是不去感激这个救过他命、给过他真正爱情的妞妞，那就不是他伊汝了。也许，这会给她带来难堪、带来烦恼，妞妞肯定是一位儿女成行的妈妈了；这是一路上他感到后悔的、责备自己冒失唐突的地方。但是那莲花池的主峰在朝他招手，他认为自己回来对了，不仅仅有妞妞，还有把他当亲儿子掩护过的郭大娘，还有羊角垴那些看着他这个小八路长大的乡亲们。是的，爱是多种多样的，有妞妞的爱，有郭大娘的爱，也有人民群众对于八路军、共产党的爱。他就是为了寻找那些失去的爱才回来的。他又来到跟着那位弼马温部长在这儿打游击、搞土改、建政权的羊角垴来了。

"妞妞，你还记得那个背马枪的小八路吗？"

他在心里问着，长途汽车哼哼唧唧地、催人欲睡地朝莲花池公社爬上去。

二

伊汝自己也想不到会有这么一天，从柴达木回到这座城市里来。

他站在那座久违了的灰色建筑物前面，望了一眼由于城市大气污染颜色变得更灰的大楼，快步走上台阶，隔了二十二年，又一次推开那扇玻璃门。他还是当年走出这扇门时的老样子，头发乱蓬蓬的，衣衫不那么整洁，但玻璃门映出一对亲切善良的眼睛、那讨人喜欢的光芒，在柴达木，甚至语言不通的藏胞也都肯在火塘旁边给他腾个座。他微笑着，打量着楼里的每一个人，显然想找几张熟悉的面孔。他推开几扇门，遗憾，除了那种仿佛冰镇过的声音"你找谁"之外，就是一对对白多黑少的眼睛。

他上楼，到他原来的编辑室，没有叫他扑空，果然发现几张熟悉面孔。伊汝也纳闷，难道身上带有隐身草？一个大活人站在门口，竟谁都不理会。只有他早先坐过的办公桌上，现在坐着的女同志，在惊愕地瞧着。那进口金架眼镜，几乎遮住她脸部的三分之一，他辨别不出来是谁。但那打量人的神气，叫他惶惑不安，不禁要喊出声来：不对！同志们。五十年代毕部长大声疾呼过："报社弄成衙门，就听不到人民的声音啦！对待群众，应该像在老区那样，一个炕头滚着，亲密无间……"伊汝望着这位张着嘴唇像英语字母"O"似的女性，心里想："干吗那样使劲瞪着，同志，我不会吃你的，也不会偷你的钱包！"

人们总是存在着一种世俗的偏见，认为既然是个落魄的人嘛，必然是狼狈的，但想不到却是一个几乎原封不动的伊汝站在眼前。连第四纪冰川都在黄山留下擦痕，好像漫长的二十年，却不曾在他身上留下什么痕迹似的。所以大家一时怔住了，尤其那位女同志。

"伊汝，是你！"终于有人激动地叫出声来。

“不错，是我，‘冰冻三尺’！”

许多人笑了，对于“冰冻三尺”这个外号，不仅老同事，甚至没见过他的人也听说过。据说——干吗据说，实际也是如此，伊汝十六七岁，个子还不及马枪高的时候，就在边区的《晋察冀日报》上发表战地通讯。五十年代，他是报社的台柱。那些年，他的足迹遍及全国，第一个五年计划的重点项目，国家工业建设头一批新兴企业，都被他那支流泻出热情的金星钢笔，鼓动人心地描写过。甚至还去过朝鲜，和世界著名的战地记者一起，采访过板门店的和平谈判。所以那些年轻的同行，不由得怀着些好感、惋惜和同情，甚至在某种程度上，带有一点敬意地瞅着他。

这个在藏族、蒙古族、哈萨克族的毡房或帐篷里，都能讨得一碗马奶或油茶的伊汝，是个能很快和陌生人熟悉和亲切起来的“职业记者”，一个挨一个和那些虽不认识，却是充满友情的新朋友紧紧地握手。他也走到那张靠窗的桌子前面，还未伸出手去，那个女同志站了起来，把苗条娟秀的身子迎着他，她摘掉铬黄色眼镜，露出了一张熟悉的漂亮面孔。

“凌淞——”

她没有开口，只是嫣然一笑，这种亲切的笑容，表明了他们是相当稔熟的，无需用语言来表达见面时的热情。他记得，二十多年前，正是诗人常说的青春放光的年代，每当替她润饰完文稿以后；什么润饰啊，简直是大段大段另起炉灶地改写，而终于发稿、终于见报，她总是这样笑的。然后，她还会毫无顾忌地附在他耳边告诉报社的内部新闻，她那秀发撩弄着他，她那银铃似的声音惊扰着他，她那浓馥的香水气息刺激着他。曾经使他困惑，可又躲不开，因为她是他最要好朋友的妻子。而她的丈夫却那样信赖他。然后她像所有爱出风头的女性一样，喜欢做一个知名的女记者，所以伊汝连自己也奇怪：“怎么我身上也有她那么一股素馨花的香味？”

看来凌淞在编辑部众多女性中间，她是穿戴得最高级、最阔绰的。但是摘掉眼镜以后，逝去的年华在她脸上留下了掩饰不住的鱼尾纹。不过，她很懂得修饰，合身的衣衫又增添几分神采，比她年龄要显得年轻多了，尤其是莞尔一笑的时候。

整个办公室里的同事，包括认识的和不认识的，谁不知道凌淞一九五七年丈夫死后和伊汝的那段往事呢？这类事情是不胫而走的，而且像报纸合订本似的，不论隔多久，只要一翻，哪年哪月哪桩事，历历在目。但伊汝才不去想那些；有些值得永远记忆，有些应该彻底忘却。他没有必要陷入这样的困境。握了握她的手，客气地：“你好——”

她还是喜吟吟地一笑，在这种时候，她那表情真是无言胜似有言。不过伊汝却回过头问大伙：“毕竟同志在哪屋办公呢？”

对于这位齐天大圣的去向，众说纷纭，因为好几天没见这位眼睛高兴得眯成一条缝的领导了。近来报纸在群众中信誉日见高涨，零售数量增多和非公费订户扩大是一种“盖洛普”反应，很说明问题，也许又去组织几篇有分量的文章去了？最后，还是凌淞知道内情：“我听何大姐讲，毕部长好像去什么地方了！”然后，她抬起胳膊，用手拢拢那式样做得相当考究的发型，问道：“你认识他们家吗？新搬了，可不好找！正巧，我这篇稿子完工——”她把一篇补白性的有关月食的科学知识稿件交给了组长。伊汝想，大概最近会有一次月食。不过，隔了这么多年，凌淞还只是搞这种应景文章，看来长进不大，大概把力气全花在卷头发上面了。她那明亮的眸子盯着伊汝，鼻翅微微颤动，那微张的嘴唇里，明灿灿的皓齿带着笑意，显然有一句没有明说的话：“你应该请我陪你去！”聪明、漂亮的女性，喜欢用眼睛说话。

“谢谢，告诉我地址吧！别看我是柴达木人，在这里，方向绝不会弄错，路也一定能找到。”伊汝出报社以后觉得这样说完全必要，因为有些是属于应该彻底忘却的东西。

城市大致倒还是原来的样子，只是街上的人没那么多了，对生活在柴达木二十多年的伊汝来说，在那个辽阔的荒原里，甚至走上几十里，也难得碰上一个人，哪怕是远远的一声狗叫，也会觉得亲切异常的。现在一下子落在密密麻麻的人堆里，他有一种仿佛跌进了盐湖似的沉不下去，又浮不上来的憋闷。

一直到何大姐给他打开门，他才如释重负地透了口气，这位性格泼辣的老大姐头发都白花花的了。

她问：“你没接到老毕电报，叫你买飞机票快些来？”

“买了，后来又退了。一位叫旺堆的藏族老大爷说，牦牛没有马快，一步一步也能走到拉萨。可小伙子，好多骑手都是从马背上滚下来的。我想想倒是有些哲理——”说着说着伊汝自己也乐了。

“出息，我记得你当年最不怕死，哪儿枪响往哪钻。”

“我已经欠了二十多年的账，剩下的日子就得一个钱当两个花。怕死和珍惜生命的价值，是不同的事。部长呢？”

“他等你几天，看你不来，一个人走了。”

“去哪？”他发觉毕竟同志还是那副不肯安静的脾气。

"谁晓得，老啦老啦，弼马温的劲头倒上来了。"

伊汝理解这位老领导："人民的声音在吸引着他。"

"谁知道，许是找寻什么东西吧？也不知丢了什么？老头子现在恨不能一腔子血都倒出来。看，忙得连胃病药都忘带，一去没个影子。"随后她问："去报社了吗？"

伊汝嗯了一声，望着这间除了书、除了几张字画外的空空如也的屋子，还和多少年前一样，这是毕部长的老作风。

"看到她了吗？"何茹关切地注视着这个不亚于一个家庭成员的伊汝，这种友谊来自战火纷飞的年代，所以她以老大姐的口吻说："凌凇和你一样，也走了一段弯路。生活，有时就像环行路似的，绕了一个圈子，又碰上了头。怎么样，你？"

"我揿揿喇叭，这是司机的礼貌，然后错车开过去。"

"混账——"何茹半点也不客气地训着，尽管刚见面不超过五分钟。

伊汝笑了，大概每个人对他人的关注方式，是全不会相同的。他想，要是那位弼马温部长迎接他时，准是一身烽火，满脸硝烟地招呼："回来了吗？好，给你这支枪，再给你两个手榴弹，上！"倘若郭大娘接待他，一定是亲切地捉住他的手："受伤了吗？孩子，疼不疼？别怕，大娘这就给你换药，放心吧，回到你的家来了。"可是何茹，使他想起那为旺堆的妻子，一位经常给他背牛粪来的，世界上再没有比她更心好的藏族老阿妈了。她问："伊汝，你打算终身做一个喇嘛吗？"看来，何茹首先关心的，是不让他当喇嘛。

她就是那样一个人，像所有妻子似的，总要对丈夫施加一定影响，所以使得毕部长通常一个跟头，顶多翻十万七千里。唉，月亮还有被云彩遮住的时候，对了，何况还有月食呢？他不禁想起郭大娘讲的天狗吃月亮的故事，也许在那个时候，萌出了回羊角垴的主意吧？

但是，微笑着的凌凇轻盈地走来了，穿着白色的紧身羊绒衫，越发显出她那窈窕的体态优美动人，高领裹住她那纤细的脖子，脖子上是一张沾着朝露的花朵般的脸庞，这张脸朝他逼近着，躲也躲不开，冰凉地贴过来了。他连忙晃了晃头，惊醒了，原来不知什么时候在哼唧的车声里打开瞌睡，把脸贴在车窗玻璃上了。

一个可笑的梦，然而也不完全是梦，梦在一定程度上是现实的反映。他问自己：难道不是这样吗？

老爷车大约早就在这个前不把村、后不把店的路上抛锚了，有的乘客爬到路旁梯田的高坎上吧嗒着烟锅，瞧着远天，似乎在说："姑娘，你慢慢鼓捣着吧，我们不性急的。一头骡子有时还尥蹶子呢，何况车！”也有的乘客围着那位女司机看热闹。她正蹲在车头上，打开盖板在寻找故障发生在什么地方。那应该说是秀丽的脸上，又是油污，又是汗水。她又抬起脸朝车内喊着：“妈，你再踩一下！”

伊汝发现，原来在车厢里，除了他，就只有一位坐在驾驶座上的妇女，短发、宽肩膀，和她女儿一样。可能一脚踩错在刹车上了，那司机像豹子似的蹦起，吼着她妈：“轰油门——”但是老道奇像一头疲懒的牲口，哼了两声，又没有动静了，急得那年轻姑娘恨不能钻进车头里去。伊汝有点同情她，这台应该报废的车，像病入膏肓的患者，再高明的医生也束手无策。教过他修车的师傅曾经教导过他：有本事别往老爷车上使。那意思是说弄不好会丢脸的。伊汝赶路要紧，也就无所谓面子，决定下车去帮帮忙；再说，在柴达木二十年围着轱辘转，有天天躺在地沟里脸朝上修车的经验，也未必会丢丑的。他刚下车，那一串送煤进城，然后拉化肥回来的大车队，正从他面前经过，车把式还记得他这个打听路的外乡人，笑着：“老哥，俺们没说错吧，不会误了你晌午饭的，哈哈……”一挂响亮的鞭梢，扬起一路尘土，蹄声嘚嘚地走了。

难道不是这样吗？太阳都当顶了。

“心心，你还有个完没有完？”那位妇女沉不住气了。

女司机抬起头：“妈，人家不急，就你急！”

那个妇女从司机座侧门爬下去：“他们不急，他们等着，我还要翻山赶路呢！”看来，她是说什么也不耐烦等车修好了。伊汝一惊，这声音怎么听来这样耳熟呢？

“妈——”女儿责备地叫了一声存心拆台的妈妈。

“心心，你慢慢修吧！我走了！”她急匆匆地说着走开。

伊汝多么希望她把脸掉过来，然而她仿佛故意地把背冲着他，而且半刻也不肯多停留地离开了。等到他走到车头前面，那个妇女已经迈着碎碎的步子，走出好远，留给他一个似曾相识的背影。

这时候，可怜的老道奇像胸部有积水的病人，哮喘着响动起来。心心胜利地挺直腰板，举起梅花扳手向她走远了的母亲示威地挥舞，然后赔不是地招呼乡亲们上车。山民们的耐性与容忍也着实让伊汝惊奇，谁都不曾埋怨，反倒安慰着：“俺们不像你妈那样沉不住气，这回该保险了吧？”但伊汝明白，行家似的提醒道：“走不多远的，还得熄火！”

心心瞪圆了眼睛：“咦，你这个人，吉利话都不会说，不上车我可开走啦！”

她跳上驾驶座，向他龇龇鼻子。

他笑笑："请吧！"扬起手。

果然，没走几步，老道奇又耷拉脑袋了。心心跳下车，笑着跑过来："你这个人哪，真藏奸，存心看我的笑话，你大概是汽车公司派来监视我们这个农工商的吧？"

哦？又是这个来自亚德里亚海滨的新名词，伊汝乐了。后来他才知道确实是拖拉机站经营的短途运输，为的是把乡亲们从肩挑背驮的沉重负担下解放出来。抗日战争时期，伊汝背过公粮，知道那步步登高的山路是个什么滋味。真是一颗汗珠摔八瓣，每一步都得付出巨大的毅力啊！这个女孩子的赤诚坦率的态度，以及对待他那亲切的笑声里，存在着一股不可抗拒的魅力，于是只好被她拉着拽着，来到车头跟前。不过，他到底是个二十年工龄的修理工了，有点老师傅派头了，坐在前车杠上，并不着急马上动手。而是掏出了那两块烤白薯，一块留给自己，一块递给了心心："来，先吃一点，干起来有劲！"

她一点也不客气，接到手里就啃了一大口，还没咽下就嚷嚷着："糖瓤赛蜜，俺们羊角垴的——"

通常她说"我"、"我们"，这回冒出个"俺们"，伊汝惊讶地望着她："你是那个小山村的人？"

她吃得太猛，噎住了，说不出话，只好点了点头。

"那么你妈也是羊角垴的了？"

她哈哈大笑，觉得实在是个相当可乐的问题。然后，她告诉这位外乡人："就连这糖瓤赛蜜，也是我妈培育出来的新品种。你知道，在羊角垴，管这种蜜甜蜜甜的白薯叫什么？'妞妞'，我妈的名字！"

天哪！伊汝怔住了，他连忙朝那个走远了的妞妞望去，她已经走到半山腰了，只能看到一个小小的人影，可是看得出来，她还在一步一步地吃力艰难地攀着。伊汝猛地转回头来，呆呆地凝望着心心，不由得想："她都有这样大的女儿了，怪不得她总背冲着我，怪不得她急急忙忙离开我……"

他咬了一口白薯，确实非常非常的甜，然而，再甜的滋味，也压不住他后悔的心情。不该来的，是的，何苦再去扰乱她的平静呢？

三

窗外，月色溶溶，树影婆娑，伊汝在公社的招待所里，怎么也合不住眼了，也不知是妞妞和她那招人喜爱的女儿心心，引起了他的惆怅；还是终于得知像他

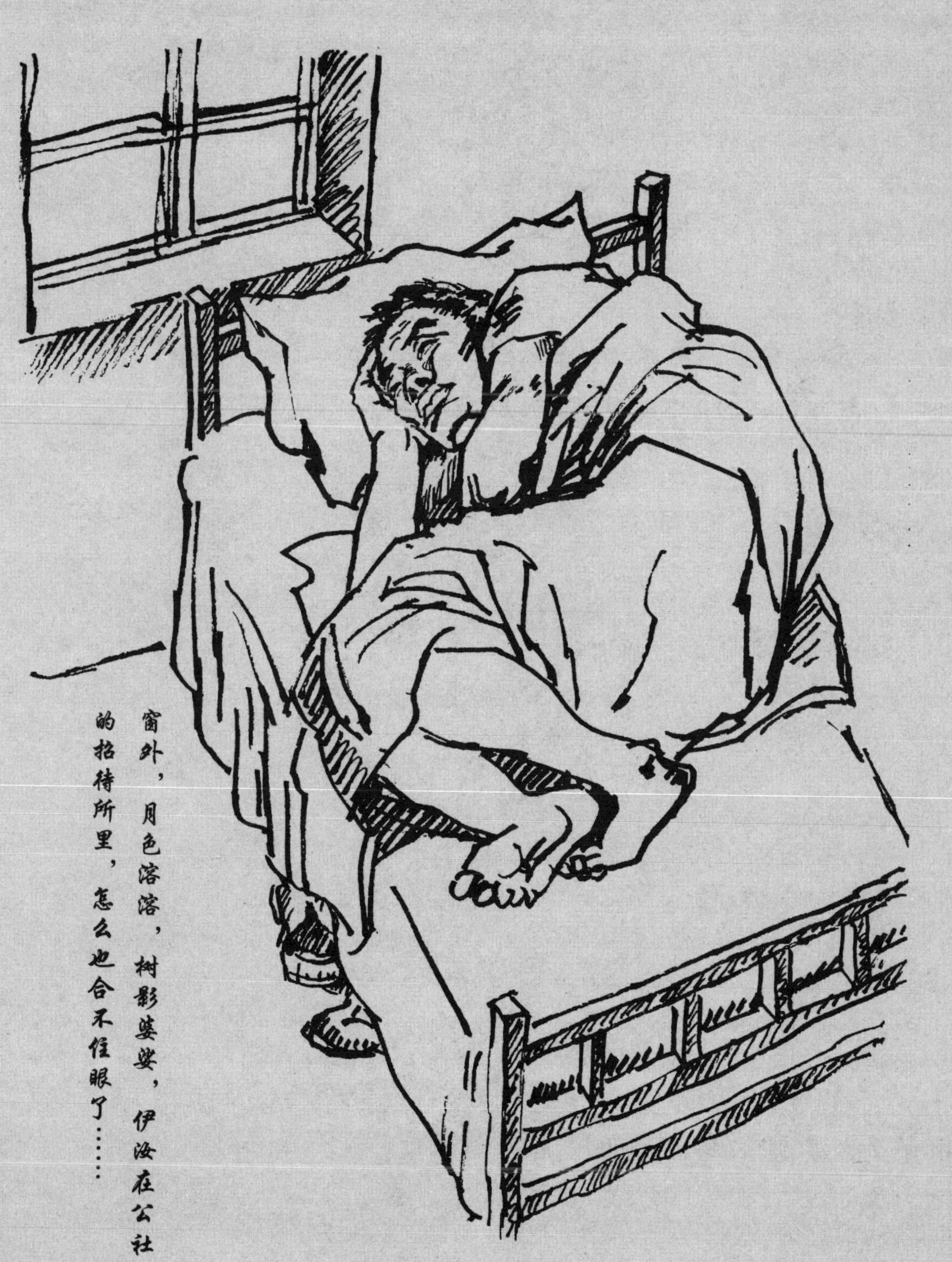

窗外，月色溶溶，树影婆娑，伊汝在公社的招待所里，怎么也合不住眼了……

母亲似的郭大娘离开人世的消息，无论如何也压抑不住心头的哀思；或者，隔壁房间里那位客人的鼾声，使他想起了毕部长，一个真正的布尔什维克多年的遭遇，使得他毫无一丝睡意。要是在过去年代里，那还用得着说吗？这样朗朗的月色，肯定会爬起来穿上衣服翻过主峰回羊角垴的。把子弹顶上膛，跟着毕部长大步流星，一口气不歇地直上峰顶。在那莲花瓣似的泉水池里，喝上几口清甜的凉水，消消汗，接着直奔羊角垴而去。一路上，敞开衣襟，任习习凉风吹拂着，毕竟的话就多了起来，什么保尔和冬妮娅的爱情啊，什么克里空是哪出戏的人物啊，为什么说阿Q是中国农民的灵魂啊……这种轻松情绪是完全可以理解的，因为马上就要到家了，郭大娘在等着，妞妞在等着，何况还有那枣儿酒呢！啊，那简直是诱人的佳酿香醪，往心眼里甜，往骨头里醉。然后，听吧，毕部长那如雷的鼾声，就会在炕头上响起。

伊汝失眠了，隔壁的鼾声更扰得他无法入睡。但是，他想，比起弼马温部长的呼噜，要略逊一筹了。最早他跟毕竟来羊角垴开辟工作，那时，他实实在在不比儿童团长大多少。记得只要雷鸣似的鼾声一起，那屋里的纺车就会嗡嗡地响起来。妞妞，那阵子还是个梳着羊角辫的妞妞，她笑着说："毕部长，你的呼噜真好，俺娘见天多纺几两线呢！"

"多嘴丫头！"慈祥的郭大娘笑了。

毕竟乐了，眼睛眯起来："大娘，你就包涵着点听吧，在延安，我都找那些外国医生看过，不行，胎里带的毛病治不了，你就等打败日本鬼子吧！"

"怎么？"妞妞问，"那时就不打呼噜啦！"

他戳着她的鼻子："就喝不成枣儿酒，离开羊角垴啦！"

郭大娘说了一句伊汝在以后才觉得大有深意的话："只怕到了那一天，想听也听不到了。"

"确实也是这样的……"伊汝记得一九五七年一次支部生活会上，就从这呼噜开头讲起来的，"现在，甭说郭大娘再听不到毕部长的雷鸣鼾声，就连我，给他当了那么多年秘书的人，那鼾声对我来讲，也像河外星系发出的脉冲信号一样，要用射电天文望远镜才能接收到了。他太忙了，会议会议会议，运动运动运动，剩下一点点时间，何茹同志还要他干这干那，要他穿拷花呢大衣，要他学跳华尔兹，就是不替他想想社论怎么写？四版上那篇捅了马蜂窝的小品文怎么收拾？所以这回郭大娘从羊角垴来看看他，连坐稳下来和大娘谈五分钟的时间都挤不出来，而且把大娘好不容易带来的四瓶枣儿酒、柿饼、核桃，连同大娘一块交给了我，唉，冰冻三尺，非一日之寒啊……"

他终究是跟毕竟多年的人，“为长者讳”这点品格还是具有的，伊汝并不曾讲毕部长怎么特别为难地，掏出一把十块钱的票子，塞到伊汝手里时的情景：“你把郭大娘接到你那儿去住吧，你也抽出十天八天时间陪陪她，编辑部我告诉一声就行了。她想吃什么，想要什么，你尽量满足她。没办法，何茹怎么也不大乐意郭大娘住在家里。这酒你拿去喝吧，现在夫人有了新规定，非要在巴拿马博览会得奖的酒才许可喝。”

伊汝想象得出那个泼辣的何茹，会怎么样向毕部长施加压力，他推回那把钞票：“我也不是没有钱！”

毕竟叹了口气：“分明我也知道，那也未必能减轻我的不安。”接着他愤慨地说：“我们能打败鬼子，打败敌人，可对小市民庸俗意识无能为力。”

“怕未必全是客观因素吧？”伊汝同情地望着毕竟，倒不是他比他的老领导高明。那时，他也正面临着一场情感危机，那个新寡的凌凇，正如一棵能缠死老树的古藤一样，紧紧地依附着他，硬逼着他在她和羊角垴的妞妞之间作出抉择，所以伊汝才会有这种感慨吧？

那到底是解放后第三次看望毕部长了，郭大娘是完全能够体谅他的了。她随着伊汝来到报社后楼的单身宿舍，一边爬那五层楼，一边说：“我知道，伊汝，如今老毕是大干部了，进来出去的全是屁股后头冒烟的，我一个穷山沟的老婶子，在那明堂瓦舍的四合院里住着，是有点不适称。”其实，伊汝知道，如果四合院里没有部长那位娇妻，毕竟养郭大娘一辈子，也决不会多嫌她的。然而回想起来，解放后她头一次进城来，就把何茹给得罪了。她首先错认保姆是何茹的母亲，一把拉住就不放，夸赞她生下的这个漂亮姑娘——还用手指着何茹，怎样有眼力，挑上了毕部长这么个好样的；他除了打呼噜之外，再没比他好的了。打呼噜有什么呢？多听听就惯了。老毕进城这些年，晚上纺线听不到那呼噜还怪空得慌呢！这终究是个误会，何茹性格也是爽朗的，哈哈一笑了之。但郭大娘这位军烈属，这位子弟兵的母亲，还以为这些人是当年住在羊角垴的八路军，紧跟着竟摇着头端详着何茹：“你年纪轻轻，能吃能做，怎么还雇个老妈子呢？”又扭过脸来直截了当地批评毕竟：“这可不是咱们八路军行得出来的事！”这下惹恼了何茹，她是个说酸脸就酸脸的女人。伊汝记得，毕部长嘿嘿一笑的时候，何茹的脸起码长了一寸。第二次进城，是一九五四年，伊汝记得那正是国泰民安的年头，郭大娘背来了几乎整整一驮子东西：小米、红枣、山药、地瓜干、枣儿酒、摊好的煎饼、煮熟的染成红色的鸡蛋，羊角垴所有能拿得上台面的东西，都搬进毕部长的四合院。因为郭大娘甚至比终于生了个大胖小子的何茹还要高兴，也许她的老伴、儿子都牺牲在革命战争中的缘故，对于那裹在襁褓中的新生命，又是爱、又是亲，乖乖长、乖乖短地搂着，就像她当年疼爱着伊汝这个小八路似的。伊汝看到何茹的脸上，出现了一种恐怖的灰色。他知道，甚至像他这样被何茹看做小老弟的，不怎么见外的人，一进四合院，都恨不能跳进消毒水的大缸——如果有的话，杀死浑身的细菌，以免传染给那可爱的小宝宝。好，这位来自羊角垴，有大脖子病、柳拐子病等病例的穷山沟的老大娘，这还得了，她叫着大嫂——那老保姆早辞退了。“快抱去喂第二遍奶！”

大嫂看看钟：“还差十五分钟呢！”

“今天提前，四分之三的奶、四分之一的水、十五克糖、一西西蜂蜜——”

郭大娘还是有生以来头一回听说奶个孩子，有这么复杂的学问。不过这些量度名词，使她想起来什么，连忙回过头去：“咦，妞妞呢？”

伊汝一头跳到天井里，心想：敢情，都够一头毛驴驮的土特产了，大娘是弄不动的，原来是她！这时，那个腼腆而并不忸怩，短发宽肩膀的妞妞，正站在花坛旁边，注视着那一丛正盛开的浅蓝颜色的花。花坛里有着各种的花，粉的、红的、黄的、白的，只有这一丛与众不同的花特别引人注目，引起了妞妞的关切。也许她在这个城市里，在这个庭院里，感到自己很像这种蓝色的花，有些不大合群吧？

那一回住的时间很短，主要是妞妞惦念着她的种子，夏秋之际，正是扬花授粉、含苞结穗的关键时刻，无论如何也不肯多待。尽管只是住了几天，何茹的脸一天长似一天，就在她俩回羊角垴去以后，何茹朝她丈夫总爆发了。正好伊汝来问一篇稿子的事，赶上了这场兴师问罪的暴风雨。一个使敌人闻风丧胆的游击队长，一个口若悬河的宣传部长，一个堂堂大报的主编，对于夫人一点办法也没有，除了唉声叹气。何茹连这个小老弟也不放过：“听说，你还打算娶那个呆头呆脑的姑娘？”

“她呆吗？何大姐！”

“你都是小有名气的记者了，这样的爱人，拿得出手吗？”她不顾毕竟的阻拦，“我偏说，我偏说，你管得着吗？”

伊汝竭力使这场暴风雨停歇，还等着发稿呢！便笑着问：“何大姐，怎么拿不出手？我问你，你们院里花坛上那种蓝颜色的花，叫什么名字？”

不但她，连学贯中外古今的毕部长也说不出。

伊汝为妞妞自豪：“你们看，她知道。”

何茹负气地说：“你愿意娶她，我不管，反正我不愿找个婆婆——”因为郭大娘出于一种好意，一种极纯朴的山沟里老妈妈的好意，曾向何茹建议过：一个孩子怎么能不吃妈的奶呢？也不是没有奶水；正因为做母亲的血变成了奶，把孩子喂大了，才叫一声娘的："要是照你们这么做，那不是奶牛要成了人的干妈了吗？"哪曾想这番话把何茹气了个两眼发黑。

直到她们走的前一天，伊汝才抽出时间陪妞妞去逛这个城市。不过，她一定要去报上登载过的，那个新建的植树园去。但那是个不开放游览的科研单位，只好凭着记者证左说右说才进去。羊角垴是个贫瘠的山区，无霜期要短一些，妞妞从来也没见过那暖房里亚热带植物浓翠欲滴的绿色，她那文静的脸上，露出了惊诧的神色。她告诉伊汝："我长这么大，还是头一回见到蓝颜色的花！"

"在哪儿？"伊汝连忙四处寻找。

她甜甜地一笑："是在毕部长家院子里，你知道那种花叫个什么名字吗？啊，还是个记者哪！连那都不明白，我从大辞典上把它找到了，你猜叫什么？一个怪好听的名字！"

伊汝望着她那恬静的脸，等待着。

"毋忘我！"她轻轻地吐出了这三个字。

"哦！你是怕我把你忘了，妞妞！"

她在那结着相思子的南国红豆树下，笑着，然而是深情的，像过去在莲花池主峰上的清泉水边一样："如今你是大人物了，我常常在报纸上念到你的名字！"

"可是你知道吗？妞妞，我常常在心里念着你的名字！"

但一九五七年那次只是郭大娘一个人来的了。因为在这之前，她得了一场重病，差点没到阴间去同她那牺牲的老伴、儿子团聚。也许意识到在世的日子不多了，把积攒下的抚恤费二百多元，买了口棺材。然后，就剩下一桩心思，把伊汝和妞妞这两个孤儿的婚事了掉，这眼睛大概也就可以闭得上了。伊汝的父母都是烈士，是红军东渡黄河时牺牲的。而妞妞的爹妈则是羊角垴附近，靠挖煤为生的穷汉。所以她有一副能干活的宽肩膀。那种小煤窑瓦斯含量相当高，两口子不幸双双熏死在峒里。郭大娘刚送走参军的儿子，回来路上，看见妞妞里一半外一半躺在洞口，已经快要死了，这才抱了回来，成了她的异姓闺女。所以第三次来搬到五层楼上伊汝的单身宿舍住，倒对她的心思。

她又像当年子弟兵在羊角垴住的时候那样，把那些编辑、记者、美术员、摄影师、校对员、译电员……的被窝褥子，枕巾褂裤，一个房间挨着一个房间，该拆的拆，该洗的洗，该补的补，忙得个不亦乐乎。无论谁把臭袜子藏掖到什么地方，她都能找出来洗干净给补整齐——那时没有尼龙袜，补袜子是单身汉的一大愁事。然后再赏给你一顿臭骂："真出息，你们这些识文断字的，还不如我们家老黑！"

有人去请教伊汝："大娘家的老黑是谁？"

"哦！那是她家喂的一条黑老母猪！"整个单身宿舍爆发出一阵大笑。郭大娘望着这些年轻人，似乎又回到烽火弥漫的年代，只是如今年轻人都不大唱歌了，这使她遗憾。那时，八路军走到哪村，唱到哪村，都能把人心里唱出一团火来。好多人怎么参加革命的？都是被八路军的歌子唱去的。于是她恳求伊汝："你跟大伙一块儿唱个'风在吼'吧！多少年也听不着了。"好在大家都会的，又是这样一个革命母亲的请求，就兴高采烈地分部轮唱起来，唱着唱着，年轻人注意到这位妈妈的脸上，是笑着的，但是止不住的眼泪，却在那张笑脸上簌簌地跌落下来。可是谁也没有注意到，站在门口的毕竟，也悄悄地抬起手，拂去脸颊上滚烫的泪珠。

大伙发现总编辑出现在这灯光黝黑的走廊里，至少是破天荒的事。人们笑笑，离开了伊汝的房间。毕竟看得出，这种笑是谨慎的，敷衍的，是一种对付上司的笑。当屋里只剩下他们三个人的时候，他叹了口气，对伊汝说："上回你说得对，不完全是客观，应该从主观上找原因，难道我们身上不正是丢掉了一些可宝贵的东西吗？"

"你指的是什么呢？毕部长！"

"有酒吗？"他望着桌上伊汝给郭大娘买来的扒鸡，油嫩光亮，不觉嘴里有些涎水了。

"我这儿可没有巴拿马赛会获奖的名酒！"

郭大娘又像在羊角垴的家里，望着他们吃小米捞饭时的样儿，看他们就着鸡腿，喝着枣儿酒，谈论着她有时听懂、有时听不明白的一些题目。什么传统啊、作风啊！什么和人民的血肉联系啦！一会儿又冒出个斯大林和安泰；斯大林，郭大娘是知道的，在电影里都看过那个叼烟锅的人，可安泰呢？她想，没准是个老干部了，能见到那样大的外国人，恐怕未必吃过S县的小米捞饭了。

"大娘，生我的气了吧？"毕部长眼睛又眯起来了，这份高兴，不是来自枣儿酒、也不是来自扒鸡，而是他像一名实习医生那样，终于找到了患者的病因。发烧是表面现象，而病毒感染才是肌体受到损坏的内在因素。"你骂我一顿吧，老坐小轿车，不接地气，就不容易听到人民的声音，就昏昏然，大概总有三十八度五了吧？"

郭大娘不完全明白他的话，但那总的意思分明是领会了："一家人能不有个长长短短的吗？只要不生分，那总还是嫡亲骨肉。”

“人民总是原谅我们！”这位老布尔什维克捶着自己的脑袋。

在支部生活会上，伊汝继续发表着他的观点：“……说实在的，进城以后，我们心里还有多少地盘留给根据地的乡亲，留给群众，留给人民呢？慢慢地就把那些用小米养我们的，用小车推我们的，用担架抬我们的，把我们认做儿子、认做丈夫掩护过的老百姓忘了。而我们党正是靠这些老百姓打败了敌人，夺取了胜利，所以党章、党纲千叮咛，万嘱咐，要密切联系群众。因此我想，要丢掉了这个优良传统，会不会有那么一天，人民群众要唾弃我们？危险啊，同志们，我在给自己敲警钟。有一种花，是蓝颜色的，叫做毋忘我，我每当看到这种花的时候，我就觉得好像那朵蓝色的花在问我：你把我忘记了吗？是的——”他望着斜坐在对面的凌淞，她那时刚解决了组织问题，也许是党的生活会，她觉得没有必要搞服装展览，穿得像中学女生那样朴素，胸前别着一朵小白花，表示她深切怀念那死去的爱人。他心里笑了笑，接着说：“有时也会迷茫、也会糊涂的。”直到下班铃响，会议结束时，在大家收拾东西乱糟糟的情况下，她突然塞过来一张纸条：“不反对吧？我来看看大娘！”

凌淞推开玻璃门下台阶时，还回过头来瞟他一眼，似乎在问：“欢迎我吗？”伊汝只好摊开双手，表示出“请便”的意思。原来她爱人活着，或者在医院里躺着的时候，她和伊汝确实有些不拘形迹，那份亲昵，那种接近，使得伊汝真有些吃不消。后来她爱人已经无望，而生命的残灯只剩下一丝光焰，却又不肯轻易撒手而去的几个月里，因为她和他都是毕竟的秘书，又是知己的朋友，所以那一阵子，他和凌淞交替守候这位奄奄一息的人。她不止一次向他哭诉：“他受罪，我更受罪啊！”

“你不应该催他死嘛！”伊汝觉得她的感情是不可理解的。

他注意到她看她丈夫时，那美丽的眼睛是冰冷冰冷的，而一旦转向他，那明亮的眸子又闪烁着热烈的火花。也许她喜欢修饰，直到她爱人咽气那天，她那头发一丝都不乱。

当她成了未亡人以后，就开始注意和伊汝保持一定距离了。然而伊汝何尝轻松些，那总在捕捉他的眼光，使他觉得自己很像一头被猎人追逐的猎物，不论逃跑到哪里，那双魅人的充满诱惑力的眼睛，仿佛黑洞洞的枪口一样，总瞄准着他。

终于她那高跟鞋噔噔地走到单身宿舍的门前，而且向所有五层楼上的单身汉居民们打招呼，伊汝这才感到被动，这无疑是一种宣传攻势，在造舆论，弄得满

『伊汝，你下午讲，有一种花叫毋忘我，
你看我像不像？』

楼轰动以后，她才推门进来。那份对郭大娘的热情、亲切、礼貌、真诚，别说羊角垴的这位军烈属，就连被撂在一边的伊汝，也至少半信半疑看待她的来访。他的致命伤是重感情，而重感情的人，往往容易轻信。直到说了好一阵子话，郭大娘也从“同志”的称呼发展到“闺女长、闺女短”的时候，凌淞突然想起：“瞧我这记性，大娘你爱看苦戏吗？我这还有一张《秦香莲》的戏票，你快去看吧！”伊汝这时开始嗅出一丝阴谋的气味。

一听说苦戏，一听说包公铡陈世美，又是这知疼知热的好闺女特地想着，那还犹豫什么。凌淞还给她多塞两块手绢，好在剧场里擦眼泪，叫辆三轮车给送走了。

她重新回到房间里，伊汝这才发现站在他脸前的，是一个真正的美人。白色羊绒衫在脱去外套以后露了出来，裹住她那浑圆的肩膀、丰满的胸部和柔软的腰肢，那两只水汪汪的大眼睛，盯着他：“伊汝，你下午讲，有一种花叫毋忘我，你看我像不像？”

他摇摇头。

“那么你的毋忘我，该是刚才大娘讲的妞妞了，不过，你比较一下，我美，还是她美？我好，还是她好？”

伊汝不习惯这种咄咄逼人的进攻：“凌淞，也许你比妞妞美一千倍，好一万倍，但是价值观念在爱情上是不存在的。好啦！凌淞，我尊敬你，也感激你，我们会做一个很好的朋友，而且你也一定会寻找到你的幸福！”

“不，我只爱你，这是命中注定的，即使他不死，我也要离婚嫁给你的。没有办法，我第一眼见你，你从朝鲜前线回来，那罗曼蒂克的样子，就把我吸引住了。以后，你帮我改了多少篇稿子，每一次都在心里留下一个烙印。起先我还过意不去，后来，我坦然了，有什么值得说一声谢呢？你在给你未来的妻子效力，因为我早晚要属于你的。我早就觉得他是骷髅，而你才是人。我爱你，爱是残酷的，没有办法，我知道我对不起那个妞妞。但是你是我的，今天我到你房间，也是向所有人宣告，我是你的。如果你不反对，明天我们就结婚。一个女人有权利得到她的爱情，她的幸福，她所爱的人！”于是，她走过来，紧紧地搂住伊汝，把那张闪着泪花的脸贴过来。

四

一清早，伊汝就被枝头檐间的麻雀喧闹声吵醒了。对于这种灰不溜丢、吱吱喳喳的，和人类有着亲密来往的鸟类，他怀有一种特殊的好感。它没有美丽的羽毛，也没有婉转的啼声，然而他喜欢这些蹦蹦跳跳，永远也不大肯安静的小动物，因为麻雀曾经是和他同命运的朋友。当满城掀起一个消灭麻雀的运动，上至国家机关，下至学校街道，人人手执长竿在轰、在赶、在打，使得它们疲于奔命的时候，伊汝的“冰冻三尺”的理论，也开始在大字报、批判会上受到“义正词严”的责难。到了一九六〇年，正式宣布对麻雀“大赦”，不再把它列为四害之一，那一年，伊汝也被宣布，解除了“劳动教养”。他总结过：“是这样，麻雀糟蹋粮食，但也捕捉昆虫，我‘冰冻三尺’尽管言论、文章有毛病，但也曾为革命出过力，至少，在给人民修车吧！”这么多年，他修过多少车啊？“解放”、“黄河”、“菲亚特”、“日野”、“五十铃”、“吉尔”……也许是他那使人喜欢的柔和的眼神，也许他是个天生的汽车钳工，好多老师傅把一些看家的绝招，悄悄地传授给他。但是昨天那辆道奇，可使他费了点难，要不是为了农工商，他才不会钻到车底下，又滚了一身油污呢！

心心马上喜欢上他了，一口起码两声师傅。当伊汝终于拆东墙补西墙地把车修好以后，她高兴得蹦跳起来，用拳头擂着伊汝，脸笑得像一朵花。他望着这个野小子式的姑娘，心想：“怎么没有一点你妈的文静呢？倒像个活猴！”到了莲花池，她定要拉他翻山去羊角垴，到她家去。他很想同她一路做伴走，但是他改变了主意，决定在莲花池歇一夜。一个将近五十的人，是应该懂得“慎重”这两个字的分量了。

他走出房间，在招待所的院子里，那些山区的麻雀一点也不怯人地跳着、飞着，似乎还在议论他：“这个家伙，大概没有睡好吧？”是的，他眼皮有些发胀，那位鼾声不亚于毕部长的人，在隔壁房间里吵扰了他一夜。现在，伊汝踮起脚隔着窗户看进去，那位老兄显然睡了一夜好觉，精神足足地起早出门办事去了。生活里就有这样的事，也许并不是有意地，把别人伤害了，当人家抱怨的时候，却瞪起眼珠子，不允许发牢骚。难道能因为不是有意，那伤害的事实就不存在了吗？不信，你失眠一夜试试？扩而言之，假如你用二十年时间，证明“冰冻三尺”并不是一句错话，就能明白伊汝为什么第一次捧着邓副主席在十一大的闭幕词，会吧嗒吧嗒掉眼泪了。他是搞过文学工作的人，懂得用上“恢复”这两个字，绝不是一个泛泛之词，要不是丢掉、或者失去一部分党的优良传统和工作作风，干吗谈“恢复和发扬”呢？

现在，他攀着这座莲花池主峰的时候，已经忘掉了一夜失眠的苦恼。清凉的晨风，带着早霜的寒气和松林的清香，使他精神爽朗。遥望着峰顶，迈着大步爬上去。

他朝她喊着：『回去吧！妞妞，顶多半个月，完成任务就回来。』

他看到一个人影，一个在佝偻着身子俯伏在那莲花瓣的泉水池里。绝不是什么错觉，二十年柴达木的风沙，并没有使他的视力衰退。他加快步伐，在这样的清晨赶山路，最好有个旅伴，唠着庄稼、天气，唠着过往的云烟、人事的盛衰，路会在脚下不知不觉地短起来。这是二十二年以后，头一回翻这座主峰。当年最后一次离开羊角垴时，那位深情的山村姑娘，就站在那个人影站着的地方，凝望着他一步步地离开。那时，不论是妞妞，还是伊汝，都深信不疑隔不上十天半月又会重逢的；而重逢时的欢乐——喜气洋洋的庭院，红彤彤的新房，热气腾腾的锅灶，迎亲的鞭炮，接新人的唢呐……使得这两个年轻人分手时，竟丝毫也不觉得有什么离别的痛苦。他走了两步，回头看看，妞妞还站在那里微笑，走了一程以后，那短发宽肩膀的身影，依旧伫立在山峰顶巅。他用双手合拢在嘴上，朝她喊着："回去吧！妞妞，顶多半个月，完成任务就回来。"

群山也附和着："就回来！""就回来！"回声在山谷里震荡。

然而这一别，竟是二十二年！

也许那时候人的思想要单纯些，怎么就没想到手里捏着的，报社催他返回的加急电报，是某种不祥的预兆呢？自从在支部生活会发表了"冰冻三尺"的议论，自从那天晚上好容易挣脱凌凇感情的罗网——只差一点点哪，拿司机的行话说，要不是油门开足，排挡吃准，加上轮胎绑了防滑链，就会在那千分之二十三的结了层薄冰的上坡路滑下来。于是，当郭大娘从戏院带着一双哭红了的眼睛回来，骂着那忘恩负义的陈世美，喜新厌旧，铡还便宜了他，该千刀万剐的时候，想不到伊汝在收拾她的和他的东西。

"干吗？"

"回羊角垴！"

"干吗？"

"结婚，我该跟妞妞成家啦！"

郭大娘高兴得合不拢嘴："该这样，该这样，我早说过的，伊汝要把妞妞忘啦，天都不能容的，要不是妞妞，伊汝两条命都没啦！"

是的，妞妞救过他两回命，一次是从还乡团手里，她像一头豹子似的拼死搏斗解救了他；一次是在龙潭口战斗中，在死尸堆里硬把他寻找到。想到这里，他老老实实，一五一十把十分钟前发生的一切，告诉了郭大娘——他的母亲。如果不这样，也就不是伊汝了。

凌凇在离开这屋以前，曾经以讪笑的眼光，以哀的美敦书的口气告诉他："圣人，从明天起，整个报社都会知道我在你这儿过夜的。"于是，郭大娘和伊汝就像抗日战争时期，得到情报，鬼子要来扫荡，搞坚壁清野一样，准备撤走了。不过，谢天谢地，用不着埋、用不着藏，门上挂把锁就行。他们背着该带的东西，到毕部长那四合院，向他辞行。但是遗憾，只有何茹一个人穿着睡衣躺在沙发上看外国画报——那时还不大兴内部电影这名堂。她先看见伊汝，倒是满高兴的，因为他曾经是她和毕部长谈恋爱的中间站，书信往来、约会地点、馈赠礼品，都得由他经手。说实在的，所有当秘书的都没有这项任务，要操心首长的婚姻，然而伊汝的工作手册里，总有一个代号叫X的，那就是何茹。她感谢他，因为那时别看毕部长以打呼噜享有盛名，但想把这个呼噜抢到手的还大有人在。因为伊汝投她的赞成票，她现在才在这四合院里悠闲自在。可是一看到这位小老弟身后，一双解放脚，一副黑腿带，一件家织布的大襟褂子，一条裹着脑袋的洋肚手巾，顿时间，脸上的笑容倏地消失了，趿拉着拖鞋站起来让座。伊汝讲明来意以后，她便说："还用等老毕吗？他那种大尾巴会一开就没个完。"

郭大娘说："等等他吧！"一来是那场重病使她明白，这次来了，下次未必还能再来；二来八年抗战，起码有一半时间，毕部长是在她家住的，她把他当自己的兄弟那样看待，所以这次临走以前，实际也是临死以前，即使听不到他的呼噜，哪怕让老姐姐再看上一眼，走了，心里也是充实的，连面都不照，该是多么空落落的呀！

何茹从抽屉里拿出两张五元的票子，用指头捻着递给了郭大娘："我就不远送了，拿着吧！路上花，再扯几尺布做件褂子穿吧！"

伊汝深深地被激怒了，他看着郭大娘的手在颤抖着，那种对于山沟人的侮辱，那种对于纯真高尚感情的污蔑，着实伤了这位军烈属的心。当年她被敌人捆绑吊打，要她讲出党的地委宣传部长的下落，她宁死也不开口，差点拉出去枪毙。这种和共产党、八路军同生共死的精神，难道是今天这两张五元钱的钞票能够买来的吗？

一路上，郭大娘的脸也没见过笑容。直到了羊角垴，直到了那由盆子、罐子、玻璃瓶、木桶组成的种子实验室，看到了那张文静的脸，才像雨后新霁的天空一样，第一次出现了预示晴朗天气的红霞。

"妞妞，你看我把谁抓回来了？"

她半点也不惊奇，难道他会记不得那淡蓝颜色的毋忘我花？

"咦，俘虏呢？"郭大娘回过头来。

也许伊汝想到终于和心爱的妞妞结婚，有些不好意思，就像过去八路军进村那样，放下背包，抄起扁担水筲，到井台挑水去了。那天晚上，他们娘儿三个，

也许伊汝想到终于和心爱的妞妞结婚，有些不好意思……抄起扁担水筲，到井台挑水去了。

团坐在炕头吃小米捞饭。破天荒地，伊汝吃一碗，妞妞微红着脸给他盛一碗。山村的习惯，做丈夫的从来不自己打饭；他先还抢着不让，但郭大娘拦住了："应该的，应该的，你们早就该是两口子啦！"

有些美好的记忆，哪怕在漫长的一生中，只有一天，两天，或者三天，也永远不会忘记。然而就在那第三天的傍晚，在归窠的鸦噪声中，报社的电报来了。

在莲花瓣的水池边分手时，他说："你看，这多不好！"

"那有什么，你也不是不会回来。"

他感谢她的信任："你不会以为我在骗你吧？妞妞！"

她那诚挚温存的妻子般的脸上，闪出最亲切、最信赖的眼光："净说些傻话，人家把身子都给了你，还有什么不相信的呢！"

那是伊汝一生中真正的爱情，唯一的爱情。

伊汝急匆匆地赶回报社，只以为又是什么紧急任务。他是出了名的快手，常常出现这样的情况，深夜，大样发回来以后，不知哪位领导会突然间对哪篇文章不感兴趣，也不说撤，也不说留，只是打个问号。为了安全起见，毕部长只好皱着眉头下令拆版，这时他准会喊："给我把伊汝从被窝里拖来，弄一篇不痛不痒的，去掉标题留空，一千五百字的文章！"于是睡眼惺忪的伊汝必须在半个小时里赶出来。也许这就是办报人的乐趣。办报有时如同玩蛇一样，弄不好就会被咬一口，而这一口往往是致命的。毕竟后来终于给弄到祁连山的南部去，就是一个例子。兴高采烈的伊汝在报社走廊里，猛一下看到一张《"冰冻三尺"是怎样出笼的？》大字报标题，眼睛都直了，虽然还未点名，以××来代表他，但"冰冻三尺"是他嘴里说出来的，还能有错？再加上凌淞写的一张《坚决与××划清界限》的"检查"，他觉得天好像黑下来了。不过，他还是谢谢她的，尽管她说他乘人之危，利用她感情上的脆弱，提出一些非礼的要求，表现出绝非正人君子的行为等等，总算没有把他描绘成强奸犯。那样的话，他就不是去柴达木的汽车修理站被"劳动教养"，也许去劳改队了。

据何茹这回告诉伊汝，凌淞后来在一九五八年嫁了一个比她大二十岁的老头，钱倒是蛮多的，但幸福和爱情是不是也那样多呢？就不得而知了。可是，老头在运动一开始受到冲击，不久就心肌梗塞，倒在牛棚里，现在也平反了，补了万把块钱……听到这里，伊汝说了一句何茹觉得莫名其妙的话："我也不想修喇嘛寺！"

"糊涂虫啊！糊涂虫！你们都是一个模子倒出来的，老头子又弼马温上了，儿子呢，偏要在林区养他的意大利蜂。你哪？老弟，也不接受老大姐的好意……"

有的人也在走，不过是原地踏步，总离不开那起点，伊汝望着这个代号为×的老大姐，后悔当初投她的赞成票了。

等他爬到峰顶，那个人已经一路下坡直奔羊角垴去了。步子迈得很大，显然走热了，远远地看见他敞开了衣扣，衣襟在山风的吹拂下飘扬着。不知为什么，这背影看来有些眼熟，他掬起一捧又凉又甜的水，润润嗓子，然后望着那个快进村的人，不禁纳闷：他是谁呢？

五

他觉得——然而又似乎绝不可能的——有点像那位弼马温部长。他又手搭凉棚仔细看看，然而遗憾，那身影穿过挨着村寨的坟茔墓碑，很快进村了。

他从那些坟头上飘扬着的，新插上的白幡和纸钱，这才想起，今天正好是阴历七月半，怪不得昨晚上月色那样好。

伊汝想：那闪过的人影，没准就是弼马温部长。这位齐天大圣，能行得出这种事来。他记得，当他头上顶着“右倾”的桂冠，在祁连山南草地一座战备粮库劳动改造的时候，在叛匪的马蹄声嘚嘚传来的紧急关头，他，一个“非党员”——那时就发明出这种“挂起来”的党章上没有的处分，竟爬上了粮垛，撇开那个只知道摇电话讨救兵的领导人，振臂高呼：“当过共产党员的站出来！这是人民的粮食、国库的粮食，一粒也不能让叛匪抢走！只要我们那颗共产党员的心不死，就得保住粮食！有枪的，有手榴弹的，走在前头，什么武器也没有的，找根木棒，同志们，跟着我上！”

这个弼马温活了，拖着两条浮肿的腿，肚子里只有酱油汤和一小钵子双蒸饭的毕竟，从粮垛上跳下来，手里握了根草地上打狼的大头棒子，走在最前头，向马蹄声迎去。伊汝正好那次去看望这位老领导，赶上了，他有点不好意思，因为他已经正式被开除出党了。不过，在死亡面前，他那颗从来没死的共产党员的心怦怦跳了。从驾驶台里找着发动汽车的摇把，也挤进那一串戴着“右倾”桂冠的厅长、局长、秘书、干事行列里去。

“打——”走在最前头的这位“非党员”的毕竟，举起大棒，雷鸣似的吼着。

那股偷袭的匪徒，看到这支严阵以待的队伍，犹豫了一阵以后，别转马头跑了。当他们回到粮库时，那位负责监督改造这帮“老右”的领导人，还在捧着电话叫喊：“快派队伍来，快派队伍来……”

毕竟就是这样的性格，连把他在那茫茫的柴达木盆地找到，也是怪不一般的。因为伊汝一九五七年离开报社，来到盆地，除了给妞妞写了封信，说他对不起她，让她不要等，只当他死了的诀别词以外，就开始过着与世隔绝的生活，和所有熟人都不联系。一九五九年年末，毕竟因为给内参写了两篇反映人民声音的情况报道，加之报纸对那些高产卫星总放在二三条位置来刊登，他就发配到草地来了。他知道伊汝在柴达木，可没有具体地址。草地和柴达木相距千里之遥。于是，这位弼马温写了总有百十张小纸条，贴在所有柴达木来拉粮的车屁股上："伊汝快来找我，我在某某粮站。"

半年都过去了，伊汝有一次修车，拆大厢板，才发现这位老首长工工整整的钢笔字。一直等到麻雀不与苍蝇蚊子为伍的时候，他搭了辆顺路的车子——司机对高超技术的修理工，是敬若神明的——来看望毕部长。两个人见面的时候，一个忍不住哭出声来，一个眼睛眯成一条线，高兴地笑着。毕竟张开臂膀："来，伊汝，咱们连续拥抱三次！"然后，他从贴心的口袋里，掏出一个小布包："大娘半年前从羊角垴来我这里了，在这儿住了几天，我们谈了许多许多。临走时，她说：'我这辈子是看不到那一天了，我活着一天，给你们烧香，我咽了这口气，到了阴间，也保佑你们平安无事地熬着那一天。'说着，她拿出两个布包，那是她把她的棺材卖了一百八十块钱，分成两份，一份给你，一份给我——"说到这里，这个布尔什维克也忍不住放声大哭了。

"党不会忘记我们的，人民不会忘记我们的，伊汝，记住啊，永远要记住，人民是我们的亲爹娘。"

他打开那个布包，里面整整齐齐放着九十块人民币，如同捧着一颗滚烫的心。不过，这回伊汝没有哭，而是沉思。母亲，大地，人民，安泰，共产党……这一系列词汇在他脑海里转着。

分手的时候，伊汝分明看出他有什么话要讲的，但他咽住了。他似乎建议伊汝应该回羊角垴一趟。干吗？伊汝心想，帽子是摘掉了，可是悬心的日子并没有过去，为什么还要别人陪着自己一块过这种悬心的日子呢？何况自己早就写下了诀别词。他望了望祁连山的积雪，努力使那颗突然热起来的回乡念头，冷却下来。转回身，那颗总惦着他人的心，又关切到毕部长两条臃肿的腿上，便说："老部长，男怕穿靴，女怕戴帽，你要当心你的身体！"

"不怕，我们会熬到大娘说的那一天！"

这个布尔什维克尽管守着粮仓，有那么多的落地粮、仓底粮，别人都是合理合法似的享用，而他却一堆一堆地扫好，簸扬干净，送回垛上去。自己每顿吃那一小钵子双蒸饭，饿了就喝酱油汤充饥。

伊汝把身上带的粮票统统搜罗出来，统共十二斤多一点，乘着临别的最后一握，塞在老首长的手里，然后跳上了汽车。他倒没有见外，只是担心地问：“伊汝，你呢？怎么过？”

“没关系，我在哪家毡房，哪座帐篷都能讨到一点吃的，你多保重吧！”车开动了，他朝这位老上级挥手。

毕竟向他喊着：“记住，伊汝，人民永远也不会忘记我们的！”

那个人影完全有可能是他，伊汝这样想，七月半，按照旧风俗，是给死去的亲人上坟的日子，也许他是特地来看望去世多年的郭大娘。何茹不是说了嘛，他要寻找一些什么丢掉的东西。然而，当伊汝下了山，再走几步就要跨进羊角堖那座阔别二十余载的小山村时，他迟疑了。心心，那个活泼可爱的姑娘，使他在这最后一刻，犹豫着是否应该去惊扰那有了这大孩子的母亲？于是，他找了块石头坐了下来，呆呆地望着这个几乎没有什么变化的山村。这二十年，他随着车队去过不少地方，他理解，人民的生活远不是那么富裕的，真使他一个当过八路军的人，心情感到沉重。特别像这样为革命贡献过力量的老根据地，基本上仍是老样子。那些吃过S县的小米捞饭的将军们、部长们，不知道还记得起地图上这很不起眼的一点不？不过，一想起从那卖白薯的老乡，从心心嘴里讲出来的，那个来自亚德里亚海滨的新名词，就觉得羊角堖明天也许会更好的。

他坐了好大一会儿，太阳从头顶上慢慢地偏了过去，有两次，他几乎站起来要往回走了。然而，不看看妈妈的坟墓就离开，不望望那些看他长大的乡亲就离开，伊汝就不是郭大娘心目中的伊汝了。于是站起来，抖掉身上的尘土，听凭那两条腿，走进了在村子中心的一座小院里。依旧是那矮矮的山墙，依旧是那一排花椒树；大门口那棵枣树，长得更高更大了，树干上还留着这个调皮的小八路刀砍斧剁的痕迹。据说，只有这样鞭打它，才能结出更多更甜的枣。他自慰地笑了，也许正因为如此，才受那二十多年的磨难吧？院里静悄悄的，门上挂着把锁。接着他似乎下意识地伸出手去，在那枣树树干的一个疖疤洞里，摸到了钥匙。没有变，还是老规矩。但是他正要开门，突然觉得有点冒失，这已经是人家的家了，闯进去合适吗？可是当年毕部长在草地分手时，好像有句什么郭大娘不让告诉的话，要说又止住的情景，涌现在眼前，于是打开了锁，吱呀一声推门进去。

屋里还是老样子，盆子、罐子，大缸小桶，育着各式各样的种子，不过，桌上压了张纸条，他拿起看了，是妞妞的工整笔迹，那是老八路毕竟手把手教出来的。

我和心心去后寨买给妈上坟的东西，饭在锅里，你自己热着吃吧！

要回来的晚，你到妈坟上来吧！

很显然，这是妞妞给她丈夫留的便条，伊汝不由得凄苦地一笑。隔着门帘，就是里屋，早先是郭大娘和妞妞住的；那时，他和毕部长住在现在成了育苗床的外间大炕上。窥看人家夫妻俩的私室，伊汝觉得是很不礼貌的。但是，那门帘却是半撩着的，尽管他目不斜视，仍然不由自主地瞥了一眼。他发现那收拾得整洁干净的炕上，一双双新鞋齐齐整整地摆在那里，就像抗日战争期间妇救会给前方战士做的军鞋那样，收集到一起准备送走似的。

难道还有做军鞋这一说吗？他终于走进里间屋，站立在炕梢，望着那一排尺寸相同、式样统一的布鞋。最使他诧异的，每双鞋里都有一个年号，1957，1958，1959……他数了数，不多不少，正好二十二双。天哪！伊汝差一点栽倒，跌坐在炕边做饭的小灶坑里，碰翻了锅盖，一大碗煮熟的白薯焖在锅里，上面也有一张纸条，笔迹潦草，而且有几个字被水汽浸润得模糊了。不过，他还是辨认了出来。

爸爸：

这就是你站（赞）不决（绝）口的糖狼（瓤）赛蜜。你知道这种最甜最天（甜）的白薮（薯）叫什么吗？她的名字叫“妞妞”！

你的女儿心心

这时，他走到外屋，才发现墙上还挂着他在朝鲜采访时，和法国记者贝却敌一块在板门店谈判会场前照的相片，他穿着军大衣，没有戴帽子，头发像公鸡尾巴似的翘着。而就在这张照片旁边，有一张奖励优秀拖拉机手的光荣证书，上面的名字赫然写着“伊心心”三个大字。

妈呀！伊汝跌坐在那里，好半天他起不来。望着那些盆盆缸缸里正从泥土中钻出来的嫩芽，他不禁想：只要一粒种子埋下去，土地母亲就会长出一棵苗来，爱情也是这样。他无论如何也不能沉沉稳稳在这屋里坐等了。心急火燎地冲出了屋子，跑出了院子。太阳已经偏西了，他得赶到龙潭口去。毫无疑问，郭大娘一定会埋葬在那里。那一仗，她丈夫、儿子都牺牲了，就地埋葬在那战场附近的山头上。于是他用急行军的速度，往那儿赶去，十来里路呢，而且还要翻山。不过，现在他的脚步轻盈多了，心里也松快多了，甚至耳边似乎响起了当年走这条路时，常常哼唱的小调：“军队和老百姓，本来是一家人，本来是一家人哪，才能够打敌人……”他想，不知为什么，这样的歌子现在很难得听到了。那是多么简单的真理，难道不是一家人吗？他现在马上要见到的，亲手在绝望里缝制了二十二双鞋的妇女，是他的妻子；而一定曾给她妈妈在生她时陷于难堪境地的拖拉机手，是他的女儿；那埋在地底下，把一切不幸和痛苦都揽在自己身上的军烈属郭大娘，不正是他的亲娘吗？她肯定是怕他牵挂、怕他分心，才不让毕部长告诉他，有一个等待着他的妻子，有一个从未见过爸爸的女儿啊。她像亲妈似的了解这两个孤儿啊，尽管她死了，看不到这一天，但她确信会有这一天而闭上眼睛的。马上，一家人就要团聚了，可太阳却落在西山后面去了。

冰冻三尺，非一日之寒，然而，只要有诚心，再厚的冰也会融化的。他一路想，一路走，当最初的暮色，在波涛起伏似的苍山上，抹了一笔深沉的色彩以后，龙潭口到了。

阴历十五，又叫做望，西边太阳还未落山，东边的月亮已经爬了上来，晚霞满天，暮霭沉沉。正在他寻找郭大娘坟墓的时候，他先听到一声：“爸爸！”紧接着看见心心飞也似的奔跑着。就在她跑来的方向，伊汝看到妞妞正站在坟边，还是那张文静的脸，还是那副信赖的眼光，似乎继续二十二年前分手时的谈话：“我说过的，你不会不回来的，看，你不是回来了嘛！”

心心附在他的耳边说：“爸爸，昨天妈妈猛一下都不敢认了，说你一点没有变，半点没有变！”

“怎么会变呢？心心，在你名字里的两颗心，是永远也不会变的！”

这时候，可以听到不远处走来的一个人应声说：“不会变的，而且一定会好起来的——”

“毕部长——”伊汝和妞妞几乎同声地叫了起来。

他几乎蹦跳着跑过来，这个弼马温部长啊，都忘了自己是六十多岁的老头子了。他一只手拉过妞妞，一只手抓住伊汝，那一双眼睛又紧紧眯着，这回连一条缝都不留了。

心心突然高声叫着：“快看哪！妈妈，爸爸，月亮，看月亮……”这时，附近的山村，有敲锣的，有放炮的，似乎还有人喊：“看哪！天狗吃月亮啦，天狗吃月亮啊！……”这偏僻的太行山区里，还保留着那些古老的，带有纯朴气质的风俗习惯。

黑影开始侵入了那晶莹玉洁的月亮，顿时间，群山暗淡了些。那黑影腐蚀的面积越大，似乎整个天地也越发阴沉。到了六点多快七点的时候，坐在郭大娘坟头上的一家人都陷入了黑暗里，仿佛跌进了漆黑的深渊，不由得想起“四人帮”横行时，那些逝去的年头。是的，再也比不上那惨淡的日子里，丢失掉更多的东西了。

好了，到了七点一刻，虽然有点云彩遮住，月亮开始摆脱那些黑影，发出了一点光彩，正好照在心心那一对既像妞妞，又像伊汝的眼睛上。

八点半钟，一轮更加明亮，更加皎洁，也更加佼俏动人的月亮，悬在半天。似水的月光，泻满了整个大地，整个山林。心心蹦跳着喊了起来，好像对在地下闭上了双眼的奶奶喊道：“过去啦！过去啦！月亮又亮堂堂地照着我们啦！”

是的，在太行山，今夜好月色，明朝准晴天。

人生在世

你想不到这该有多烦恼？意料之外地搅进这场是非中来。

他们说，这就是怕你闲得慌，给你找点精神负担。谁叫你成天钻在你那个洞洞里不出来，和你那位女助手，像只土拨鼠似的，研究你那些瓶瓶罐罐呢？

这是多好的秋天，多好的阳光，出来透透新鲜空气吧！林工！

世界是永久的，只有人生是短暂的，你干吗呀！

你拉开百叶窗，望着窗外好几张同事的脸。这些脸，你每周要看上五天半，都是挺不错的脸，光光的，亮亮的，今天是礼拜六，该滚回城里去了，门面已经修理过了，头发也好像被狗舔过似的，省得让老婆骂是监狱里刚放回来的囚犯。有的还打上了那种花花绿绿的“男人的世界”，别上了领带卡。

人，是很有意思的生物，能把不愿意做的事，挺当回事地去做；而把极乐意去干的事，假模假式地做出不屑一为的样子。其实猫也好，狗也好，甚至挂在树上黄黄的柿子也好，用不着勉强自己。用不着包括非常快乐地勉强自己，譬如把脸刮得像剥了壳的煮鸡蛋那样光滑幼嫩，去讨好老婆。

实验室的隔音玻璃很厚，而且看出去变形，听不见他们对你说些什么？但一张张被拉扯开来，显得滑稽的太监面孔，挤眉弄眼地朝你做出各种表情，你觉得好笑。

你说：“我马上就完，诸位！”

他们同你一样，听不到你的声音，但还不停地向你比划。

你觉得奇怪，干吗对我发生兴趣？你明知他们为什么，有点恼火但你还是要理会你的这些可敬的同事们。你是小人物，小人物最好不要有性格，越没性格越好。因为个性是没用而且有害的装饰品，伟人有个性，增加魅力，你有这些东西，反而坏事。

“是！”你的灵魂在两腿并拢，在立正。乖顺是小人物的生存之道，你深刻领会。

因此他们说，林工，你大概是整个研究所里脾气最好的一个人，所以——

你说，别“所以”，求求诸位！你能估计到“所以”以后的话，一定是你不愿意听到的。小人物既怕肯定，更怕否定，最好什么也不沾边，那就上帝保佑了。

“生活里若有一朵玫瑰花，便有五十堆臭大粪。”罗玉玉永远憎恶一切。

这你相信，不完全是因为她说的。当然，从她那咬牙切齿的嘴里说出来，这句话就格外地让你共鸣。“所以，花也好，屎也好，都不想要，我努力向每一个人鞠躬！”

当然，把脑袋缩进脖子里去，也不失为低等动物保护自己的一种本能，因此你也是研究所里最不显山露水的一个人。不过，今天例外，这个周末，你在研究所大院里，成了知名度最高的两个人之一，好了得！

可原来，这大院里还有些人，甚至并不十分知道你的大名呢！听起来好像是天方夜谭似的。

居然会有人，似乎难以启齿地：“你叫什么来着？也许这么问，不礼貌。”

“姓林，森林的林。叫我林森中好了！”

你说你有一张没有特色的脸，最适宜当间谍，谁也记不住你，而且只要有另外一个人在场，你准是不被注意的那一个。“看！”你得到证实，果然吧，同是研究所的人，不晓得你姓甚名谁？你笑了，你认为这其实不足为奇，如果这个世界是一个无限放大的蜂窝或是蚁穴，谁有本事找出来这个工蜂和那个工蜂，这个工蚁和那个工蚁的区别吗？

应该承认，你说得对：“我们是这个世界上的绝大多数！要都有区别的话，那地球负担得了吗？”

……装修一新的伊丽莎白女王号豪华客轮，在停运了几年以后，又开始了新的一轮环球航行。

本周周末，也就是星期五，将从旧金山启碇。

因为是首航的缘故，轮船公司将在票价上优惠百分之十，不仅如此，若是同时购买两张往返的全程票，还可以再优惠百分之二点五。

你未能当上谍工，真可惜！

于是，你当上了工程师，自然也是无数平平常常的工程师中的一个。在你工作的这个研究所，有正式职称的工程师，总数有几十名，统统在一位管业务的副所长领导之下。他曾是你的同班同学，这点历史因缘，你不认为多么值得提起，人头太次。这个长有一副木乃伊面孔的上司，对你印象不会很好，由于你对他知根知底。幸好，你尽量俯首称臣，力求服帖顺从，这样，你的命运不致太好，也不致太坏，中不溜。

你不反对你的这种状态，你说："这样安生！"

有时候，你小说看多了，也做过一些莫名其妙的梦，居然会开枪，居然会在被敌人追杀的情况下反身回击。很了不得的，很过了一阵瘾。

这当然很可笑，无论你前生、今生、来生，都不可能有这份勇气。

你还告诉她："罗玉玉，怪不怪？我打死也不敢的，竟把木乃伊穿了个透心凉！"

她说："下回不再给你借推理小说了！"

你从实验室里出来，这回你自己锁门了，她不在了。

也怪，你有一种错觉，不会把罗玉玉也锁在屋里吧？她是个有着奇怪洁癖的女人，总是不停地洗这洗那，包括洗她自己，好像跌进过茅坑似的。你又回身把门打开，屋里空空如也。你骂自己神经病，她这会儿在医院里躺着，你都去探视过了。

"你真傻，做出这种事，如果为我，实在不值得！"

她那张毫无血色的脸上，泛出不易察觉的微笑。

真是好天气。有股野青蒿的香味，京白梨的甜味和老乡烧树叶的烟味，这是一种想活的天气，绝不是想死的天气，她干吗要玩这自杀的游戏呢？

你心里埋怨她，招呼不打一声，哪怕一点暗示也好？昨天还跟她说过，这么好的秋天，城里人都往城外来，我干吗非往城里去呢？

如果说北京的秋天最好，那么北京秋天最好的地方，是霜叶红了的香山。

但是不一定有人知道，过了八大处，再往山里走，当红叶渐渐的少，黄叶渐渐的多，当人烟渐渐的少，林木渐渐的多，然后才能感觉到只有在这里，可以领略到毫不矫揉造作的大自然实实在在的秋光。

你们的研究所，就在这人迹罕至的深山里，尽管风景甚佳，多数人并不安心，变着法儿要求调离。十年前，二十年前，你也是如火如荼地想把自己弄回城里去的。

现在你悟了，哪里都一个德性。除了离城太远以外，你说你没有什么好抱怨的。

“就你随和！”罗玉玉说。

你回答她：“我没脾气。”

没脾气也就没烦恼，凡人嘛，干吗要跟自己过不去呢？

……一份宗教机关办的《醒世报》上，在不重要的位置上，刊登一则启事。

“俄勒冈州的切·莫·玛格丽特女士，已被本笃派修道院除名，特此周知！”下面是这个并不很大，也不出名的修道院的院长签名。

神职人员的手书，还是旧式的花体字母，很花哨，很华丽。

玛格丽特嬷嬷不认为她曾盗窃了教堂里的圣器，那只十七世纪的装圣水的银杯，是上帝对她的赐福。

她没有看到这张报，老实讲，谁也没有看到过这张报。甚至办这份宗教宣传品的神父们，也不会再看一眼的。无非，给碎纸机增加些麻烦而已。

俄勒冈州有句谚语，有什么人会把驴子踢过的石头，当一回事呢？

每个周末，在远郊区的这个研究所，便洋溢着一种捉摸不着的特殊气氛。说是轻松的情绪也好，说是雀跃的心态也好，甚至像你说的，这一天整个大院内，流行着一种近似躁狂型的轻度精神病也好，反正，有点与性有关的激情或是兴奋，大概是真的。

连大院里养的狗，也屁颠屁颠地跟着瞎激动。

这一天的下午四点钟，非常准时，所里的两辆交通车把家住城里的人，送回到城里去过礼拜天。然后，礼拜一的早晨九点，基本上也是非常准时地，再把回家大泄元气，而昏昏欲睡的人拉来远郊的这个研究所上班。

一年共有五十二次，外加国家规定的节假日。于是，每年，对！这个研究所的人和狗，总共计有五十九次或六十次，卷进这样的激动漩涡里。

老兄也曾很盼望过每周一次的亢奋，说真的，人，活着，不容易。能抓住一点快乐，你就不要放过。那时，妻子是妻子，现在，又是，又不是了。

所以，周末回家对你来说，已不是那么急不可耐了。

但你说，人的满足是建筑在不满足的基础上的，五天半以后才有这一天，当然是不满足的。不过，假如连这一天也没有呢？想到这里，人是很贱骨头的，因此也就心满意足了。

“林工！”

“来了来了！”

“林森中，你磨磨蹭蹭什么？”

“这不来了嘛！”

满院子的狗，公家养的，住户养的，院外老乡养的，恐怕还有一些是野狗，压根儿没人养的流浪狗，蹿来蹿去，走路都嫌绊腿碍事。大院里的工程师是有数的，狗可就没数了，而且有愈来愈多之势，真可怕。这一天，也就是这一天，大家都变得不是自己了，走起路来，两腿打飘，狗也有“人来疯”的毛病，跟着凑热闹。

这一天，至少是今天，独你例外，她差点跟你永别，太悬了，幸亏抢救及时。

“你怎么啦？老林！”

“我怎么也没有怎么呀！”你打了个马虎眼，大家也明白，就这么一回事。

日子不就这样一天天地过的吗？总的来说，又能怎么样呢？你回想起你刚分配到这个研究所的五十年代，那时京西还有拉煤的骆驼，如今已经绝迹了。那些沉默的牲口，在长途跋涉中，只管往前走就是了。这一步和那一步，对它来说，有些什么区别呢？人也同样，在这样一条平平常常的路上，又会产生什么惊奇呢？连“啊呀”一声也不会叫出来的。

应该说，是这么个意思。不过，这一回，你不是。林森中，你那张毫无特色的脸上，头一回，好难得难得，流露出一种若有所失的表情。

谁让你是一头双峰骆驼啊！你背上驮着两个她，哪一位你也休想卸下来。

于是那张最适宜当间谍的脸上，流露出内心感情的蛛丝马迹。

当然不是秋天的伤感。这里的秋天壮丽非常，在透明的蓝天底下，每一座山，每一棵树，每一条小溪流，都努力表现出与众不同的性格，非常鲜明，非常美丽。

只有人例外，甚至这周末的兴奋，也一个模子刻出来似的，真有趣，然而，也真没劲。每一张脸上，都一样的笑容，都朝你一样地龇着牙，倒有些令人生畏了。

你把东嗅嗅、西闻闻的狗，用腿将它们拨拉开，你今天心绪不佳，面无笑意。

一个女人，百分之七十或百分之八十为你而差点死了，你想不烦恼也不行了。

因为她，你承认，确确实实因为她。

你也并不打算遮遮掩掩，你的助手罗玉玉病了，你的上司找过你了。而且你可以想象，此刻站在你身边的同事们，完全知道你的上司跟你谈了些什么。

每周五天半，你和大家，换句话说，也是大家和你，在这远郊区的用围墙围起来的大院里朝夕共处。每张面孔，乃至每张狗的面孔，都熟悉得不能再熟悉了。有时候，你产生一种脱光了衣服，在公共浴池里洗澡的感觉，简直每个零部件，包括最见不得人的东西，也裸裎着进入公开展览的行列。

他们于是知道罗玉玉为你而寻短见，可你并不了解她何以要走这一步。

“女人是个复杂的方程式，林工！”罗玉玉自己说的。她认为也许只有死了，这道难题自然也就解了。不死，活下去，许多事情中的荒谬，不但你理解不了，连我自己也解释不清。

……从斯内克河到肖肖尼瀑布，到盐湖城，这一路上，经常会在加油站碰到一个人人都管他叫“快乐的吉米”这位推销员。

他向那些小农庄的家庭主妇们，出售除虫剂，包金首饰，郁金香种子，兼为一家保险公司招徕主顾。

那辆老爷车就是他的家，他很高兴每天早晨打开他的车门时，所见到的不是昨天的邻居。他喜欢这种生活，除了上帝和父母外，一切都像旋转木马那样在不停地变换着。

假如永远是那几张道早安的邻居面孔，吉米想：“那还不如自杀呢！”

你自然不会傻到这种程度，把你们俩私底下的交谈，和盘托出的。

罗玉玉说过，那是个没有性能力，却有强烈性欲望的畜生。她，恨不能宰了他。

这位上司，你也不认为他是个好种。那张木乃伊的脸板着，他先声明，他坐在这个位置上，他领导的这个研究所里的一名工作人员服用了过量的速可眠，而被送到医院里去洗胃，打强心针，他要不闻不问的话，在西方可以，在中国则不行。

“林森中同志——”

你懂，严肃的谈话总是这样开头的。

她为什么服安眠药？为什么服了超量的然而又不至于死人的安眠药？为什么想结束生命可又不下决心？为什么在快要离开这个世界的时候，又突然后悔得不行呢？

你一言不发。通常在压力面前，保持沉默的人，一种是强者；另一种是弱者，你当然属于后者。虽然你在你的梦里，曾经端起过卡宾枪向包围着你的敌人扫射过，尽管你这辈子从来没摸过卡宾枪，但并不影响你在梦里英勇过，而且非常英勇。

你想你有理由不回答——

因为你不是罗玉玉，上司所提的关于她因何自杀，因何又不自杀，或究竟是不是自杀，或只不过把自杀作为手段，达到什么目的的等等问题，应该由她来回答。

可你本该驳回去，我管得着吗？问她本人，或者问她丈夫好了，干我屁事？不知为什么，是出于礼貌呢？是你的教养决定了你的节制，而未发难？或者，说得不好听一点，是那种软弱性和原罪感的劣根性，在起作用？

你从你的上司的潜台词里听出来，林工，我们不必讲得太过于明明白白，天知地知，你知我知，不更好吗？通常，这类婚外恋情，官不追，民不究，也就稀里糊涂算了。

罗玉玉是你的助手，在你的实验室里工作。而且在那样一间密封的、恒温的、闭光的屋子里，只有你和她。

日久天长，水滴石穿呀！那是一个有滋有味的女人，不是吗？

他看着你，他认为你不吭声，这就表明你不是无懈可击的。但他想从你嘴里掏出什么，也难，这就是弱者的保护本能，你只要把自己封闭得紧紧的，不让他看透，木乃伊也无可奈何。

……“玛姬，你太令爱你的人失望了！”

“你怎么会做出这种愚蠢的事情来哪！太可怕了！”

“也许你中了邪教徒的魔法了吧？玛格丽特！”

“你会一点也不感到羞耻吗？要在穆斯林世界里，你要受到剁掉一只手的惩罚的，玛姬！”

年轻的嬷嬷觉得他们的指责，毫无道理。

她说：“我在向上帝祷告时，是主对我说的，祝福你，孩子，拿走吧！你可以拿走的。这是仁慈的主的旨意，我有什么过失？”

“你被革出教门，你知道吗？”

“主没有把我抛弃，他在看着我，我相信。”

虽然上帝的眼睛是无处不在的，可他是上司，不是上帝，你只要做到滴水不漏的程度，他对你没辙。尽管每个做上司的，恨不能当万能的上帝，对他的下属，不仅不满足于剥得光光的，一览无余，还想像爱克斯光那样，一直透视到内心的隐秘里去。

幸亏他不是上帝，不过，他比上帝更伟大的，有可怕的想象力。他似乎看到了你和罗玉玉在那间屋子做些什么，当然不是实验，不是瓶瓶罐罐。

他甚至嗅到一股精液的气息。

在那温度、湿度、空气的洁净度绝对合乎标准的屋子里，他认为不男欢女爱才怪咧！一个礼拜，差不多有五天半的功夫关在这两个人的天地里。

你相信，那绝不会是伊甸园，也许有上帝的时候，有过亚当和夏娃的伊甸园。现在，只有上司，怎么可能存在一个你和罗玉玉的伊甸园呢？笑话！

谈话就这样结束了。

“林工，你再想想……”

没有答应想，也没有拒绝不想，你拿定主意，不搭理这孙子。

你突发奇想，要是吼他一句：“滚你妈的蛋，别再烦我！”他会产生什么样子的反应呢？暴跳如雷？不欢而散？阴险一笑？秋后算账？立即绑赴法场自然是不至于的，顶多慢慢消遣你就是了。但你哪怕挺讨厌他检察官的眼神，法官的口吻，“干什么？装腔作势？”但你也不会发作的，这想法不过一个滑稽的念头罢了，一闪即过。

这就是小人物的可怜了！

老兄啊老兄！你一天到晚做各式各样的实验，从这个瓶倒进那个罐，又从那个罐，倒进另一个器皿里。可你，对于人生，却不敢尝试去做哪怕是一次小小的实验。让他恼怒一下，不也很有趣吗？

你问自己："他会咬掉你的鸡巴？"

可你不敢试一下。"真可怜！"你鄙视你自己。

一眨眼间，研究所大院里，传遍了上司找你谈话的消息，比大喇叭广播还要快。

干吗要找你呢？肯定你有问题，你要干净清白得像个琉璃人儿，就不会找你了。这是大多数人的看法，虽然说心里没病，不怕鬼敲门，但门铃在响，你就很难说你没病了。

你马上觉得自己有罪了，你说这是没办法的事，一种天生的被告心态，在你，在我，在他，在每个人的灵魂里，永远像钟摆似的悬着。一旦触动了的话，劣根性使得你那颗心在罪与罚之间战栗不安地来回摆动。差一点你就低头认罪了，惯性！亏得你恨这孙子，尤其替罗玉玉恨，你索性去他妈的了。

因此更不在乎流言飞语了，当然，你能想象到，要不满院皆知，倒是奇哉怪哉的事了。有这么许多张要说话的嘴，研究所又在这样一个几乎与世隔绝的远郊区，本来就缺乏谈资，忽然间出了服安眠药自杀未遂的女技术员，那是多浪漫多提神的话题呀！

满城风雨，那里吃安眠药，这里人人像服了兴奋剂，世界充满幸灾乐祸。

罗玉玉也许早估计到这一切，她说过："我是我这部小说里的主人公，我在写我自己，我对我负责，不论发生什么事，林工，与你无关。我只是你人生道路上的一座凉亭，你经过这儿，走进来，坐了一坐，歇了歇脚，然后你再接着往前走。你不必对那曾经遮一点风雨和阳光的小亭子，负什么责，是不是？"

她在看小说时，是一个沉醉在她幻想世界里的女人。

但放下了手中的书，她又会是绝对现实主义的女人，"林工，人要生存下去，是第一需要！"

"那你当初也不至于必须要跟木乃伊睡觉——"

"我不得不有求于那个畜生——"

"究竟为什么吗？"

她不想对你隐瞒，她要职称。“女人嘛！还能有别的手段吗？我不想树贞节牌坊！”此刻，她的神态说不好是憎恨，是快意，还是发泄？

“玉玉，这是没法理解的。”

“我不是说了嘛？有些事我也搞不清！”

大概也包括她突然打算自杀。

……旧金山的金门大桥终于融入迷迷茫茫的海岸一线中去。

“再见，美国！”

“再见，阿美利加！”飘挂的彩带，缤纷的气球，像五色雨一样洋洋洒洒地飞舞。

伊丽莎白女王号游轮，在码头停靠时，那庞然大物，让从未离开过俄勒冈州，很少离开过修道院的玛格丽特嬷嬷，惊呆得不知所以。

“哦！上帝！”

现在，当这艘巨轮航行在一望无垠的太平洋上，是那样渺小，脆弱，不堪一击。她感到从未有过的害怕，也许不该从家里跑出来，也许更不该相信这个花言巧语的推销员。尤其，环球旅游，她不知道是不是上帝许可的事？

吉米说，他曾经很荣幸地和一位修士，在里约热内卢的狂欢节相识，不是同一个旅游团，但住在同一个旅馆里。

他告诉玛格丽特，“你听了也许觉得好笑，这位修士先生，特别喜欢拿照相机拍那些跳桑巴舞的裸体女郎。”

“上帝啊！”她在胸前画着十字。

你从你的实验室走出来，大家都做出若无其事的样子，好像这世界上不曾有过罗玉玉这个女人，不曾发生过她昨天晚上那桩可怕的事一样。

“这个礼拜你回城吗？林工！”

你说：“回！”

干吗不回呢？这话问的！

假如放在通常的情况下，问者无心，答者也不会在意。因为，你也确实不每个礼拜回城里去。譬如你太太有外事任务出国，或陪外宾到外地去了呀！譬如你的实验项目到了关键时刻，需要二十四小时顶着啦！譬如你血压好像又不太正常，高了一点啦！

也许什么理由都没有，你偏要留下来在大院里过礼拜天，不愿意到城里去挤，那又能怎么样呢？虽然在旁人眼里有点反常，你想，难道每礼拜六拼命往城里奔，是正常吗？

别人奇怪了几回以后，也就不奇怪了。

因为大家也了解你不特别张罗回城的原因，似乎谁都知道你和你妻子的关系紧张，也许夸大了些，但相当地不融洽，却是事实，你并不否认。

所以，礼拜天，你宁愿留在研究所，哪怕什么事也不干，也比回到城里，看你妻子漂亮的然而是冷漠的脸，要有意思些。

何况你是双峰骆驼，没有城里的她，还有城外的她。

“林工，你妻子知道我的存在吗？”

“宁佳这个人，她为她自己活，她只顾她本人，其他的事，她不看不听不想不管，除掉我们的女儿贝贝，我不晓得她还记挂什么？”

但你也不怪你妻子，每个人有每个人的活法。

宁佳早就对你说了，你想离婚的话，那咱们就离，要是你无所谓，那继续这样维持着，也可以。她并不认为你特别的不好，同样，也没有把自己看成是多么好的女人，所以凑合着过也未尝不可，但有一条，你不要太干涉她的自由。

你发过火，当然你性格注定了你即使满天乌云，也顶多响几声闷雷罢了。这自然是无济于事的，她不觉得她有一个或两个男朋友，有什么了不起。

所以，她建议，同床异梦，不一定反目成仇。她说这样的没有爱情的夫妻，多了去了，有人统计过。

“森中，我只希望我们都保持绅士风度！谁也不干扰谁！”

宁佳未必知道你有个罗玉玉，她奉行自己的哲学，自然也不要求你守身如玉。

于是你再也没有非常恼火，更不会寻死觅活，人，你认为像你这样庸庸碌碌的无数普通人中的一个，将就着过个太平日子算了，才不值得怒发冲冠，大动干戈呢。你相信你绝不是绅士，只不过是一个老百姓，一个能算老几的无聊老百姓而已。

现在，她是你的老婆，你是她的丈夫，从表面上看也还可以的家庭。但是，你有你的罗玉玉，她有她的你也说不好姓甚名谁的情人。

彼此冷冷淡淡的，就这样一个礼拜一个礼拜地把日子打发过去。

要不是发生罗玉玉昨晚上的事情，这个礼拜原来你并不打算和这些同事一块进城的，所以经他们一问，显得尴尬。

现在，你要留下来，会坐立不安的。你不能在小医院里陪她，她有丈夫，你一去，他就得找个借口离开一会儿，三个人，他，你，还有病床上的她，都很难堪。于是，只好说回城，你是没有法子的法子。别人却认为你心里有鬼，果然吧！躲清净走了。其实你很忐忑，罗玉玉怎么想？罗玉玉的丈夫怎么看？这世界实在别扭，你自己也不明白到底怎么办好？

结果，下午四点整，你不得不坐上交通车，回到那个漂亮而不爱你的女人身边去，她不爱你，不等于不需要你，她会给你安排、布置，或者暗示、启发许多你要做的事，包括做爱在内。

你猜不出别的同事，是否也如此别扭？但到了午饭过后，看那股渐渐热烈起来的劲头，你相信你大概是个例外。

下午两点钟以后，研究所的大院门口便进入一周来的高潮场面。

几乎整个院子里走和不走的男女老少都在大门口这儿聚集了，附近的老乡，包括十里八里地以外的，也都赶集来了。于是，形成了一个小小的农贸市场，向回城的人，兜售着栗子、红枣、柿子、核桃。

这时跑来跑去最欢腾的是狗，其次快乐的是整装待发的人，再往下排，该是家住大院里的孩子了。然后，就是长住在这里的职工和家属，周末，怎么说，该轻松一下了。小人物只追寻些小小的慰藉，不敢有什么大抱负呢，能够这样稀里糊涂地把日子打发过去，也就满足了。无大抱负固然无大快乐，但无大快乐，也无大忧愁，不也挺好嘛。

平凡的人，最好心如古井，无喜无悲，也就安生了。

唯有你，一副郁郁寡欢的样子。当然，也就是今天罢了，平素，你不冷不热，没有什么表情的。罗玉玉说："我羡慕你的麻木！我做不到，所以总自讨苦吃！"你说，麻木也是一种难得的心境，你其实也未能免俗，真惭愧，要真能一片空白倒好了！

……"吉米，你卖掉了你的家，为这张船票？"

"有什么不妥吗？嬷嬷！"

"当你从欧洲回来以后，难道你去找救世军，过那一张床、一匙汤、一片面包的生活？"

吉米笑了，他相信他会在雅典向众神推销厨房去味剂的。

"我真羡慕你，吉米，你想做什么，就能做什么。我简直不能相信，就为了去看一眼那神庙？"

"假如我有足够的钱，我早坐飞机了。"

"你为什么非要看宙斯的神殿呢？不远千里——"

他也说不出太多的理由，反正他想去就是了。

三转两转，你极少出现的惆怅，就被大门外小市上的买卖热潮给驱散了，又是那副让罗玉玉钦佩的空空荡荡的一张脸，在小市上溜达。其实你心里想麻木也不成，这是每周回城的前奏曲，你无法不随着大家去买些什么。其实这是多余，干吗呢？你只不过做给别人看看罢了！表明你在城里也有个家，有个老婆，有个女儿，而且，等于向大家说罗玉玉虽然出事了，与你无干，你照旧回城。你明白你这样，也不能改变别人对你的看法，知道无济于事还做，这就是你爱说的小人物的悲哀了。

"多少钱？"你停下脚来问一个卖白薯的老太太，可你并不打算买。

"两毛二。"

"城里也不过三角！"

上下不过八分钱，你也觉得怪无聊的，但若不这样磨嘴的话，还有什么地方用得着你这张嘴呢？再说，空手回家，总不如随便买点，不过，未必受欢迎，你能估计到。

"一毛五？"

老太太摇头，掉脸去招呼别的买主。

"拿粮票换呢？"

"十斤换四斤。"

"真宰人哪！你这刀磨得够快的。"

"不买拉倒——"

"别价，别价……"

你继续跟这位挺固执的老太太，三分两分，一斤半斤地讨价还价，不光你，所有你的同事，包括那个找你谈话的上司，他也在和卖肉的老乡谈判那条肥得流油的羊腿，你心想，够有情趣的，刚一秋凉就涮上火锅了。

"这个畜生——"罗玉玉一提到他就是这两个字。

木乃伊求过你，老同学，帮帮忙，把她塞进你那个实验室里去。

『真宰人哪！你这刀磨得够快的。』
『不买拉倒——』
『别价，别价……』

那时，你不知道他是要你帮他收拾残局，后来，她才告诉你实情，他整整折腾了她一年多，才放开她，给了她一个职称。

木乃伊显然做成了这笔羊腿生意。

人声笑语，鸡叫狗咬，熙熙攘攘，你挤我撞，这一通乱倒把你从早上获知她出事以后的烦恼，置之脑后。你接着和你面前的老太太练嘴皮子，“马上开车了，你还背回去吗？”此刻你感到了难得的精神享受，白薯是小事，直着嗓子愿意说什么就说什么，愿意怎样说就怎样说，倒成了真正的快乐，对你来说或许不可多得，所以你在一派喧嚷声中，尝到了彻底放松的愉快，哪怕是暂时的。你注意到，别人也和你一样在享受着，大概因为一天一天的日子，过得未免太平淡、平庸而又琐碎，难怪他们一个个面色潮红，露出几乎是病态的兴奋吧？你不禁暗笑，难道那五天半的时间里，人们在冬眠来着，直到第六天的下午才苏醒过来的吗？

你也患了那种躁狂型的轻度精神病了，你叹息自己。就这一刻，你既记不起你城里的太太，也把罗玉玉忘了。

你只记得车内座椅底下那一兜比城里并不便宜多少的白薯，买它干什么呢？你太太会皱眉头，然后扔到凉台上，想起来吃，想不起来，最后倒进垃圾箱。

突然，灵机一动，你那宝贝女儿上上礼拜说过，要你买些山里红带回去的。尽管车马上就要开了，准十六点，雷打不动，有人发牢骚：“中国还少有这样认真其事的。”你还是急匆匆地下车，准备不管多少钱一斤，到小市上去买一点，难得贝贝张嘴。

你绝想不到罗玉玉的丈夫，在朝着你走过来，你是怎么也躲闪不开了。

那是个老实得有点窝囊的制图室主任，跟你差不多前后脚来到研究所的老资格了，自然也是老相识了。他当然知道你和他年轻妻子的暧昧关系，她要是不发生昨晚服安眠药的事情，心照不宣，还可以敷衍几句的。他不是来找你算账的吧？你有些担心。

你曾经埋怨过：“玉玉！你干吗要伤害这个老实人呢？”

她把她和你的感情，一字不漏地全告诉了她的丈夫。

“你这是干什么吗？”

她让你别管，“这是我和他之间的事，与你没关系！”

“无论如何是由于我，你们才……”

她反问："难道你跟宁佳到这种地步，是因为我吗？"

"老于怎么说？"

"他能说什么？"罗玉玉说，"早些时候，在那畜生手心里，和霸占有什么两样吗？"

"他忍了？"

"你不也忍着了吗？"

生活干吗这么拧着劲，过得半点也不自在呢？

老于显然很为难，当着那么多的人，老乡不知情，但坐在车里的研究所的同事们，几乎无人不知罗玉玉昨晚自杀的事。大院本来无新闻呀，从哪能找到如此刺激性的消息呢？而且挡不住人们的猜测，这次轻生，和你林森中究竟有些什么联系？

男女之间的感情，即或是私情，要想完全隐瞒住，是做不到的。

何况，罗玉玉并不太想掩人耳目，她还在小医院里躺着，派她先生给回城的你送你正需要的山里红来了。

女人真是难解的一道方程式呀！

你能猜测老于这趟使命的艰难，直到回到马上要开的车上，打开纸口袋，发现一颗颗干净的经过精心挑选的山里红，你不晓得是感激你不过随便说了一句，就放在心上的她呢？还是对这个做丈夫的老实人同情或是负疚呢？

老于笑得勉强，怕是比你更紧张些："回家？"

你点点头，不知说什么好。

"玉玉让我给你送来的！"

你接过来，当时还猜不出是山里红，自然更不好意思问。"她好点了吗？"

他也点点头，似乎也不知说什么好。

车就要开了，车上的人在喊你，你顾不得再去买你的东西，再见也没说扭头就走，你刚一转身，他也三步两步地挤进门外的人群中。

你从车窗里往外看，老于已经不见踪影。

他或许觉得难堪，你在替他想，因为你也扮演着这个角色。

至于那么痛苦吗？小人物最大的悲哀，莫过于不甘心于他的现实命运了。你后来给自己找到宽慰的理由，那是有头有脸的人，才会感到羞愧和不自在的事。你知道这比麻木还要麻木得多的感情，可对小人物来说，有这张脸和没有这张脸，究竟存在多大区别呢？

这个老于！

好像约定俗成似的，每个乘客的座位基本上是固定的。一年五十多次，十年五百多次，不是规矩也成方圆了。除非缺乏耐性的陆续地用各式各样的借口，调走了，把坐席让给后来的人。而有像教堂里荣誉席位的固定乘客，都是类似你这样走不了或不想走的老资格了，别人怎么要让三分的了。

不过，你总是到最后一排，并无太多的讲究，因为很少有人坐，因为你可以不受干扰地看你的小说，一本总也看不完的乘车读物。

这本已经散落的外国小说，鬼知道罗玉玉从哪儿为他发掘来的。

你感谢上帝，虽然你不信，但能有这个完全属于你的，而其他人走不进来的遐想世界，一定要感谢谁的话，那除了上帝外，还会有谁呢？

难道是那位坐在伏尔加里挟着羊腿的上司吗？

在小人物的心目中，上司在某种程度上几乎等于上帝。可他把罗玉玉玩够了以后，踢给你，你把着手教她，成了个考试及格的技术员，才没去告发他。这会儿，居然铁青着脸，当回事地找你谈话？谈罗玉玉，亏他张得开嘴！

你佩服他真会表演，这也是有头有脸的人的拿手好戏。

车开出了研究所，你看到先是小孩子跟着跑，嗷嗷地呼叫着。车加速以后，追不上了，就剩下几十条狗在尾随不舍了。

那场面有些壮观，大家都要回过头去看的。

孩子们在呐喊助威，那些年轻力壮的狗更撒欢地追上来。车内的人也兴高采烈地喝彩，为某几条狗鼓劲，探身到车窗外喊它们的名字，一直到汽车开上了公路，评选出最后驻下脚来的一条，为本周冠军。

所有的狗都累得伸长了舌头，站在路边，直到车子无影无踪，才意兴阑珊地回大院里去。这是每周狗的节目，也是回城的人的一个开心节目，会成为一路上谈论的话题。

为什么咻咻地追逐不停呢？

你总怀疑，这两车人，每个礼拜六，赶着往家奔，是不是会像车后这一群，只不过随大流地属于集体冲动的游戏，或是无目的的行为呢？至少你认为你自己有点类似。

不知谁在宣布："今天获得狗王称号的，是老于家那条大花！"

你不觉一怔。

那是一条总对你訚訚然的不怀好意的母狗。

甚至罗玉玉刚分配到你手下的时候，狗就有一种特殊感觉，它大概预见到未来的结果，一开始就对你不友好。你头一回应邀到她和老于的家去做客，差点让它咬了一口。

老于直赔不是。

“把大花赶出去！真可恶！”罗玉玉对她丈夫说。

你很少到大院的家属区来，你甚至不知道你的年轻助手，竟是制图室主任的妻子。其实你和她丈夫是研究所的老资格，五十年代末、六十年代初就来所工作了。后来的年轻人称呼你们是老前辈，应该当仁不让的。但你关在你那个实验室里，根本不晓得他娶了这样年轻的老婆，要差十七八岁吧？

老于腰都弯了，更显得老态龙钟。大花不听他摆弄，理直气壮地赖在屋里不走。

你说算了算了，谁知它冲上来跟你不肯罢休，咬住你的裤脚不撒嘴。正忙着张罗饭菜的她，从厨房里出来，飞起一脚，把狗踢到门外去，随手带上了门。

大花不停地扒门，撞门，呜呜地叫着。

“老于，我求你啦！把这条该死的畜生带远点行不？”

他向你一再抱歉：“你们坐着，你们先吃，别管我！”

那顿丰盛的晚餐，你很不安地和她面对面坐着吃的。也从此才了解她怎样上山下乡？怎样和当地农民结婚，生孩子，挨打挨骂？怎样折腾回城？怎样离婚？怎样把孩子作了牺牲品，判给了男方？说到这里，她哭了，“我算什么样的人？我算什么样的妈？”然后，她怎样落不下户口，怎样农转非？怎样嫁给老于？怎样找到一份工作？怎样，怎样……

她问：“林工，你当真不知我丈夫是他？”

你哄她：“听说过，不详细。”

后来，你才坦诚地说，你在这研究所里，是个微不足道的小人物。小人物把自己管好就够了，不让别人替你操心，也不必替别人操心。干吗要知道那么多的闲事呢？我只求一个结结巴巴的安生日子，就行了。

老于娶了个年轻老婆，你干吗要高兴呢？又不是你娶。万一他不觉得幸福，你为他犯愁，又能对他有什么助益呢？

直到很晚，老于也没回来。

以后，你每次去她家，老于就带大花到院子外边溜达。

你拿着这本失落了前后文的小说挡住你的脸，因为肯定会有人扭过头来看你。

即使不发生罗玉玉的事，只要有人提到这条凶悍的母狗，或者这位可怜的丈夫，也会牵扯上你。

原本你在那舒适的洞洞里，当地拨鼠的时候，几乎不为人知。自从你实验室里有了这个年轻女人混合着香味和体臭的气息以后，无论你出现在哪儿，仿佛这股气味便随着你了，别人好像能嗅到似的，忍不住要多瞅你两眼了。

这使你苦恼，你不愿意，也不习惯过多的目光，投向你。

所以，你难得到她家做客，尤其后来你和她渐渐地亲密起来，就更不大去了。你不仅怕人，而且还怕狗。

因为，有的时候，狗咬起来比人咬还要厉害。你想不透大花为什么拼命追车？狗有狗的心思，你不是它的同类，自然猜不出。于是，你接着读手里那本没头没脑的书。

这部小说是她为你准备的，她在所里的图书馆当过临时工，那是刚嫁给老于不久的事，很快就转了正。对这位努力奋斗的女人，你也不好意思问她，怎样会有这么好的运气？因为那终究不是获得勋章的光荣事迹，一句话："林工，那都是眼泪往肚里流的日子!"也足够足够的了。

将近一个半小时的行车路程，总得找一点消遣才好。其他人或是聊天，或是打瞌睡，或是呆呆地看沿途的景色，来打发掉这段时间。你既不想跟人扯淡，也不感到困乏，更不愿欣赏车外的风光，即使是一幅名画，看上一千多遍以后，也会出现审美疲劳的。

所以，你乐意坐在最后一排，躲着众人，让大家觉得车上有你不多，无你不少，这就是你企求的最佳境界。你本来不怎么爱看小说，你喜欢瞪着眼睛做梦，幻想着自己一会儿冲锋陷阵，一会儿杀人放火，一会儿又变成为隐身人，谁也看不见你，去窃取重要的情报……后来，她把爱看小说的毛病，传染给你，有一本书遮住脸更好，隔绝开来，你进到小说世界里去，比起你早先的白日梦，甚至更有意思些。

你不晓得她从哪儿找出来的这部散落的外国小说，开头和结尾已经丢失了，因而无法知道书名和作者。不过，你挺关心，甚至羡慕那个名叫吉米的主人公，这个想干什么就干什么的家伙，怎么把修女玛格丽特说动了心，登上伊丽莎白王后号客轮随着他去周游世界，对你则是个永远的谜了，因为这前面至少有四十多页，不知被哪个王八蛋撕掉了。

于是，这书倒像这个世界一样，既没有开始，也没有结束，只不过有人快乐地度过一生，譬如这个吉米；有人，譬如你和罗玉玉，将就着，结结巴巴，凑凑合合，也算一辈子罢了。

现在，你看到的开头，是吉米到修女的客房，请她到船上的餐厅里去共进晚餐。

吉米不是百万富翁，也不是黑手党或是克格勃，他是一个挺讨人喜欢的推销员，他就为了去看一眼雅典的神庙，才参加这豪华轮的环球旅行的。

……“嬷嬷，但愿上帝让你休息好了!”

看来，这最初的对于大海的恐惧心理，她已经平静下来。

在客舱的房间里，那感觉和在陆地上毫无两样。她脸色安详，不像刚才在甲板上那样紧张了。

“谢谢你，吉米，我很好，我很愉快。我甚至忘记我此时此刻是在大海上航行，如果不是这房间里的过于奢侈的装饰，和那幅挂在床头的油画——主啊！原谅我！我几乎怀疑我还在修道院里。”

他不认为那种在经济舱里挂的裸体画，多么令人不安。他推销过的，生意不好，还不如卖印第安人的手工艺品，在俄勒冈州，拓荒者的后裔，买这些玩意儿，是舍得花钱的。他总在琢磨，这位嬷嬷也许是淘金者的后代吧？血管里说不定还存留着一点冒险的成分吧？在那张红扑扑的脸上，他相信他不仅仅看到了上帝。

“你不是天生就属于修道院的，嬷嬷，这世界很大!”吉米告诉她。可她除了天主和她的俄勒冈州以外，好像什么也不知道。吉米接着说：“我们这艘诺亚方舟，现在的位置，是在西经一百五十度，北回归线以南，纬度二十五的太平洋上，我刚从船长那儿过来，他这样对我说的。太平洋是哥伦布发现新大陆的时候，特别风平浪静，才有了这个让人感到安慰的名字。嬷嬷，尽管你开始不讨厌太平洋，而且我还是个有良好记录的推销员，但我也不想把这么大的浴缸推销给你。”

“你是一个很快活的年轻人。”

“我没有理由忧愁，我也从来不去忏悔，请你原谅，嬷嬷！我小的时候，我妈妈老一把拎起来，打我的屁股，就因为我不会哭!”

玛格丽特温柔地笑了。“吉米，我再说一遍，跟你一起旅行，我很开心。”

他当初只是为了少掏百分之二点五的票价，才说服她一起去周游世界。那时，他并不认为她是合适的旅伴，现在，他倒不太后悔了。

"嬷嬷，是该到餐厅去的时候了，我们早订下桌子的。"

"走吧！亲爱的吉米！"

吉米望着她那身修女们的黑袍白帽。"嬷嬷，我们是去进晚餐，并不是去做弥撒呀！"

"你要我做什么呢？"

"嬷嬷，我非常尊敬你，我一点也不愿勉强你。可那是轻松的餐厅，还有乐队伴奏，为使进餐者能有一份良好的胃口，决不会演奏圣母马利亚的。你这样走进去，人们马上会联想起在教堂里领圣餐的情景，还有勇气对准那只烤鸡，或者是侍者刚端上来的牡蛎吗？"

"吉米，我是属于上帝的呀！"

"可这是游轮，并不是修道院，嬷嬷，你就不可以暂时像别的女人一样吗？"

玛格丽特摇摇头，拒绝了。

不过，她仍旧那样温柔。

"老前辈，你怎么老捧着这本书？"

一个离他不远的年轻人，从座位上掉过头来问你。他曾经在你那个实验室里呆过一阵，后来嫌瓶瓶罐罐这份工作，太枯燥乏味，太单调无聊，就设法挪窝，换了份轻松的差使。所以木乃伊才给你塞来罗玉玉，按编制，你应该有一个助手。

不过，你不想要，你宁肯自己辛苦些。

其实你是不愿意别人打搅你的平静，尤其不愿意身边有一对总盯着你的眼睛。

你发现有人天生就是业余警察，对什么都感兴趣；但也有人似乎是与生俱来的怯懦，老觉得自己是嫌疑犯，有什么见不得人的私货似的，你想你大概是。你记得已经告诉这个好奇的年轻人有关这本小说的来龙去脉，理应反问他一句："你嫌不嫌烦啊？老弟！"可你知道，就像大院里的狗一样，以少惹为佳。你若不打算息事宁人的话，他可能倒来了兴致，反而没完没了。还不如采取退让姿态，把书递给他，请阁下过目，一个太软弱的对手，他也就提不起精神进一步纠缠了。

谢天谢地，这小伙子放你一马。

你晓得，顶你的上司是没有用的，这是做小人物必懂的真理。“她，来就来吧！”

到底弄不明白，是这小子要走，才来了她，还是要安排她，才同意他调出实验室？你是老百姓，你用不着而且你也不想了解其中的“猫腻”。于是，罗玉玉从上司身后闪了出来，老实讲，一开始，你对她印象不佳。

“林老师——”

你认为，作为女人，要么漂亮，要么能干。当然，既漂亮又能干，像你妻子宁佳那样（爱不爱你另论）才貌双全的，也确实不是很多。但罗玉玉谈不上有动人的姿色，这倒也无所谓，横竖给你做助手，又不是给你当老婆。问题在于她连门捷列夫的化学元素表都茫茫然。

“这是你在初中二年级就该学的呀！”

那时，她能记得住的，也只有红卫兵的疯狂了。

你忍不住，找到木乃伊，要把她退回去。

木乃伊的脸上你能读出什么文章呢？全是大道理，比社论还社论。培养接班人啦！诲人不倦啦！知识分子和工农兵相结合啦！……

“我得从头教起——”你声明你没有这份义务，你拿的是工程师而不是教员的薪水，你奇怪他这实在不合章法的照顾，太过分了。

“看在我的面上，老同学——”这类人在需要你的时候，甚至会屈膝认你做亲爹的。木乃伊就有这份伟大，所以他成功了，而且越来越得意。

“为什么？非要把她弄到实验室里来？”

他能告诉你，他把她玩够了，玩腻了，有了新欢，要卸包袱了吗？

西山在车后愈来愈朦胧了，混沌的，黑压压的，甚至有点张牙舞爪的巨大城市的影子越来越近了。

秋天的傍晚就显得匆匆忙忙了，一会儿功夫，明亮的天空，变得晦暗起来。你手中的那本小说，也开始模糊，不晓得那个吉米到底把玛格丽特请到餐厅去了没有？也不晓得那位嬷嬷，上帝的信徒，是坚持她的信仰，还是入乡随俗？

想看个究竟的你，差点骂出了声。真他妈缺德！这本书又被扯掉了好几页。

车窗外任什么细节也分辨不出来了，你索性把书放下，闭上眼睛，该是你和她一块儿到船上餐厅里去的时候了。你在外国电影里看到过的，《冰海沉船》、《假如明天来临》、《海神号遇难记》里那豪华的餐厅，丰美的酒点，衣冠楚楚的绅士，珠光宝气的贵妇人……你能想象出你和罗玉玉走进这辈子不可能，下辈子、下下辈子也不可能去的餐厅的一些细节的。

小人物最大的心理满足，便是在想象中得到一切。

她应该穿一身闪光的晚礼服，罗玉玉的面孔，也许可以说缺乏魅力，但她的身材体态，却是无可挑剔的。你看到那些洋人在注意她，自然也在打量你。这里，你用不着怛怛怵怵了，谁也不明你的底细。说不定以为你是大亨或者是黑社会的“教父”呢？你设想裤腰处怎么要有一支勃朗宁，是镀银的枪把，还镌刻着你林森中姓氏的英文字母的缩写。

不，不，你否定了这种持枪的设想，到了这个身份上，就应该雇用保镖了。

对，正因为你身后的那个长得像斯泰隆的膀大腰圆的家伙，才使餐厅里的人，对你俩侧目而视吧？

仆役连忙过来侍应。

“我们订好了座位的！”

餐厅领班迈着小步，飞快地迎上来招呼。

“请，先生，您的桌子靠窗，因为您夫人喜欢大海——”

乐队在演奏一支什么曲子，对你，对她，是无关紧要的，只要不震耳欲聋，只要不强迫非听不可就行了。

你坐下来，你要了酒和点了菜，你欣赏着这个女人，无需再顾忌什么，她那半露在晚礼服上面的丰满到极致地步的乳胸，是很让你陶醉的。

她显得雍容华贵，不过，仍旧那样郁郁寡欢。

“你不能从自杀的阴影中走出来？”

她摇了摇头，和她在病床上的样子差不多，面色苍白，形容憔悴。

“小罗——”你只有在那种销魂时分才叫她“玉玉”的，其实此刻在伊丽莎白女王号上，你怎么喊她，谁也不闻不问的。“你干吗那么想不开呢？现在这样不挺好吗？”

她也不认为不好，只要她放下小说，就没命地现实主义，除此别无他法。她说过的：“目前只能是这个局面了，可我担心这日子能维持多久啊？我是老于的老婆，你是宁佳的丈夫，这个扣解不开，日久天长，不可能永远在这实验室里偷偷摸摸的！”

“我知道，你不愿意这样，难道我愿意吗？事情明摆着，只能走一步，算一步，世界就喜欢这样倒错，别扭，存心跟人过不去。想在一起生活的，中间总隔堵墙；不想在一起过的，捆绑着谁也休想挣脱。”

“我害怕也许有一天！”她很恐惧，“咱俩再也不可能在一起——”

你记得，她搂着你时说的，就是礼拜五上班以后在更衣室里的事，怎么会淡忘呢？

往常，早晨见面这一刻，你俩总是凝神敛息地拥抱着，亲吻着，享受着抚慰的快感。这个节目，语言是绝对多余的。

但她的嘴紧贴了你唇边只短短一会儿，便离开了。无论你怎样安慰她，她也失去了往日的兴致，愁眉苦脸，一串泪珠，让你也不知怎么是好了，没有不散的筵席啊！

怎么办？一瞬间，侍者没了，马提尼酒没了，背景音乐没了，餐厅没了，只有你乘坐的交通车，在华灯初亮的渐渐人多了起来的城郊行驶着。

你真懊悔，你发现你压根儿是个脓包，成不了大器，没人家吉米两下子，敢作敢为。可你连做一个快活的梦，也彻底不了，瞻前顾后，畏首畏尾，真可惜罗玉玉那袭晚礼服了，多么光彩夺目呀！你完全可以在梦中足足地疯狂一阵，没人会拦阻你的嘛？“怎么搞的吗？林森中！”你自己都感到没劲，“唉！你啊你啊！老兄！日子过得窝囊还不够，做个梦，又不花钱，又不费力气，又没个顶头上司管着，而且谁也抓不住把柄，也像是泄了气的皮球，疲疲塌塌。看那个推销员，就为了看一眼雅典神庙，说走就走，还诳走了一个修女，要是你，早吓死了，可人家不照样也活着？”

真累，你抱住你的头，又想起怎么也推不开的罗玉玉提出的难题。

直到车停了下来，好多人下车，你才知道，白石桥到了。

……玛格丽特被风平浪静的太平洋迷住了。

她几乎不大肯离开甲板了，也许俄勒冈州是山地的缘故，而修道院又建在远离尘嚣的深谷里，望出去，高高的围墙，墙外是高高的山毛榉，在密密匝匝的丛林外面，是峰峦叠嶂的群山。无论朝哪个方向看去，都有墙、树和山，死死严严地挡住，仿佛与世界隔绝了一样。

偶尔一只鹰从头顶的天空飞掠过去，便有许多目光追踪着，直到它消失在山外为止。玛格丽特是获得过圣心奖的一位特别虔诚的修女，她相信上帝造的世界，就是这样众山环抱的像一口平底煎锅似的盆地。

她甚至无法想象除了山以外，还能有些什么？

在修道院，天明亮了好久好久以后，才能看到太阳从山巅上升起。可在海上，却是一轮红日先从波浪中涌上来，然后，黑夜才让位给黎明。然后，那天水一色的大海，才出现略可分辨的轮廓。然后，耀眼的光亮，把无边无际的海洋点燃了，辉煌得令人睁不开眼。然后，那位嬷嬷红润的脸上，就会出现让吉米惊奇不止的，和她身份不相称的兴奋、雀跃、欢呼和呐喊。

“哦……哦……”

她终于明白山之外，有海，海之外，还有许许多多的人。

“吉米，赞美上帝吧！”

他已经两个早晨从睡梦中被她叫醒，来等候海上的日出了。他只记得他三四点钟回到他的老爷车上去睡觉，却从来没有三四点钟起床的习惯。“玛姬，我已经请你原谅过了，从我父亲那一辈开始，就不大信上帝了！”

“吉米，你哪？”

“我，真抱歉，除了给朋友做男傧相，我从不去教堂！”

“那你信什么呢？”

他为她披上一条从舱房里带来的毯子。“也许你现在应该明白，你相信的上帝，不如这条毯子，能给你带来温暖！”黎明前的海上，即使是无风天气，也是寒飕飕的。

“你永远那样幽默，不过，你还没回答我的问题——”

“玛姬，我不想骗你，我什么也不信的。如果我要信的话，那我就是上帝！我只信我自己！”他是个我行我素的人，开着他那部老爷车，穿过著名的俄勒冈小道，他说他是一股自由的风，神鬼也奈何不得他的，要上帝干什么呢？

“可怜的吉米，你是个好人，但你的灵魂，却充满了罪恶。”

这个不向上帝忏悔的推销员，此时却想得到嬷嬷的纯属女人的怜悯。他笑着说：“眼前的最大罪恶，是你暖暖和和，而我冰凉冰凉。如果你信万能的主，为什么不赐给我一点温暖呢？”

玛格丽特倒有点不忍心了，拉他坐到自己身边，共同裹着那条毛毯。

“我们可以靠紧些吗？”吉米几乎不等她首肯，便伸过胳膊搂住了她。

也许，她从来不曾接触过异性，也许，她和男人有过交往，已成久远而模糊的记忆，这个推销员挨过来的身体，比那厚厚的毛毯，还要温馨些，紧贴些，可靠些。

这时，天之一角，一跳一跳地显得躁动不安起来，那曙光终于冲出了沉重的海洋。玛格丽特依偎在他怀里，喃喃自语："哦！我多么幸福啊！上帝让我看到了一天的真正开始！感谢主！"

同时，那支强壮的男人手臂，和那股烟味、酒味、薄荷糖味，以及说不好还有什么味道混在一起的男人气息，像海潮一样涌过来，似乎在她灵魂的黑夜里，也出现了一丝令她战栗不安的微明。

你把你这部快零散了的小说，和那包山里红，装进背兜里，拎着白薯，走下交通车时，你的那些同事，早抢在前面去换乘电汽车了。

你着什么急呢？早一点，晚一点，对你，对你妻子，都无关紧要。你渐渐长大的女儿，也把你看成似有似无的人，她当然受她妈妈的影响，毫无疑问。但也不尽如此，这小姑娘有她自己的看法。她竟说她对你不抱希望，像成人一样地在研究你："爸，你这种性格，是先天还是后天形成的呢？"

"什么意思？贝贝！"

"妈妈说，你早些年不这样窝囊的。"她发表绝非她这年纪上应有的感慨，"要我将来嫁人，绝不找像你这样的对象！"

"为什么？"

"因为我见你一天到晚总是点头，从来不会摇头，不会说不，真替你累得慌！"

贝贝，对等而下之的人来讲，只有一个字的回答："是！"就足够足够了。你太小了，孩子，等你长大了以后，你会明白，人与人是不能一概而论的。这就是为什么有的人坐汽车，有的人挤电车，而有的人只能步行的原因了。

无轨电车站上，永远有无数的乘客在等车，你放过了一辆又一辆，不是别的什么原因，这二十多斤用粮票换来的白薯，够你挤的。

"林森中！"

你听到有人在叫你的名字，吃了一惊，因为你尽可能躲着大家，尽可能不被人注意，突然这一声，魂灵都吓出窍了。也许同名同姓吧？你想。

"林森中！"

很明显，是在招呼你，你茫茫四顾，找不到是谁在喊你。你身后的乘客火了，责问你还上不上车？等他从你身边擦过，看你大包小裹，鄙夷地说："外地人，真没法！"那愤愤的，嫌你到北京来添乱的脸色，让你怔住了。

外地人当然也无不好，但你问自己，我怎么会给他留下这个印象呢？

你想不到是停在马路边上一辆小汽车里的人，在朝你挥手。

尽管他在向你示意，让你过去，可你仍旧半信半疑。虽然在你梦里，你连直升机也敢驾驶的，但在现实生活里，你连木乃伊那辆破伏尔加，也是可望而不可即。你觉得你和那辆豪华皇冠无缘，如果在冥想中，打算奢侈一下的话，那你决不会赏光这种中产阶级的车子。你要坐就坐卡迪拉克、梅塞德斯、平治高级房车，而且用卫星电话向大洋彼岸，指挥你的谍报系统的。

你一辈子就梦想当一名像第二次世界大战时的苏联间谍佐尔格那样的敌工，出生入死，所向披靡。当你在实验室里，面对那些瓶瓶罐罐时，其实你的思绪，浮想联翩，一会儿在卡萨布兰卡的小巷疾走，一会儿在迈阿密的棕榈树下漫步。罗玉玉不止一次问你："林工，你怎么又愣神了？"

你才不会告诉她，你的这份只属于你而别人谁也无法分享的快乐。

"你在想什么呀？林工！"

你敢对她说，你让她穿上那种低胸的晚礼服吗？你让她荡污涤垢，变成像天使般的洁白无瑕的女人吗？你让她受到所有人的尊敬，谁也不对她另眼相看吗？你让她有一份大可炫耀的学历，不是威斯康星大学，就是麻省理工学院的文凭吗？

木乃伊在你的想象中，只是一条长着癞疮的狗罢了，叩首求饶也不行。你不知让她多少回，把这个糟蹋她的畜生送上过绞刑架了？

那是你自由驰骋的，别人进不来的天地，在生活中，你虽然是微不足道的小人物，但在你的遐想中，你却是说一不二，想做什么就做什么，想怎么说就怎么说的帝王。

你犹豫了一会儿，还是拎着白薯，朝皇冠车走去。

那个向你展开一张笑脸的人，你不认识。你有预感，那笑影里，包含着胜利者对手下败将的宽容，因为你对罗玉玉的丈夫，也曾这样龇牙乐过的。是宁佳的情人？你在思忖。果然，当你离车不远的时候，从摇下的车窗里，探出她不耐烦的脸："拜托啦，老林，你怎么跟小脚娘子似的，磨磨蹭蹭。"

她也不给你介绍这位自己开车的新技术开发公司的经理，打开车门，要你快进。

车内还有两个包装得无可挑剔的类似老板的家伙，虽然笑容可掬，但不言自明，知道你是何许人也。这种尴尬，你也不是初次经历，早练得脸不红、心不跳了。第一，在芸芸众生中，你不是唯一戴绿帽子的先生。第二，对小人物说来，这小而焉之的屈辱，简直就算不得一回事了。你也报之一笑，心照不宣，又能怎么样呢？

“进来呀！”宁佳催你。

你不晓得手里拎的东西，怎么办？

“什么呀？”她问。

当你告诉她，是从老乡那儿用粮票换来的白薯时，宁佳往后一仰，像牙疼似的哭丧着脸，痛苦地呻吟。

“哦！天哪！”

这倒是在预料之中，会有一场暴风雨。

“你真给我出足了洋相，丢尽了人，白浪费了我一番苦心！”

一进家门，摔盆子摔碗，又跳又闹，又喊又叫，就差动手打人了。你老规矩，一言不发，有理你尚且不敢做声，何况今天你居然明显闹别扭呢？宁佳一生气，就破坏了她的美丽形象了。眼眉吊起来，一副寡毒刻薄的样子，绝对不像个好女人。“你三十年没本事把自己弄回城里来，我好容易给你谋了这份差使，跟你专业对口。人家还特地去接你，显得一片诚心，多给你面子，你就是不识抬举，什么玩意儿？哪怕说一句客气话，道个谢，再拒绝，或者答应考虑，事后给回话不去也行的。你从来没放过这么响的屁，当下就给人家闭门羹吃，活活气死我了！”

你猜不出这个经理，是她的情人呢？还是另外那两个家伙中的一个，是她的相好？或者这三位都和她有些瓜葛呢？她是个跟谁都不动真情的女人，玩玩，好过一阵，就丢手，另结新欢。她凭她那张漂亮脸子，还有一口流利的英语，总能不断地寻找到那层面上相当体面的男人。

幸好，她比较国粹主义，不结交洋朋友。否则，你还得对付外国鬼子。

其实，要不是那一兜白薯，也许你心气顺些，不至于十分决绝。

那经理，一会儿让你拎到车里，一会儿让你放进后备箱，那几块白薯挺不争气，从口袋里“哗啦”一下掉了个满地。他们装出有修养的绅士风度，面露极标准的笑容，看着你一块块捡起来，谁也不伸手帮一把，那一两分钟，你恨不能手里有支冲锋枪。

反正，他们三个人的脸部表情，跟在动物园里看熊猫的神态相近。你不怕屈辱，但最好别当面让你下不了台。

按说，你是不该存有任何反抗意识的，对像你这种顺从惯了，听命惯了的小人物来讲，不肯服帖，可是大忌。但你认为，是他那个新技术研究所需要你，而不是你需要他。就没有必要低头哈腰，鞠躬敬礼，所以，经理的建议一出口，你毫不犹豫地谢绝了。

你才不管宁佳的眼色，而且你早就绝望，已死心塌地地愿意在远郊的研究所呆着的了。你告诉你妻子的朋友："俗话说，热土难离，几十年呆下来也呆惯了，早就不打算挪窝了！"

"你疯了吗？"宁佳立刻吼了一句。

当时你差点要回敬她——难道不嫌我调回城工作，对你碍手碍脚嘛。我要天天在家的话，你能把情人带到家里来吗？你能随便在外留宿不归吗？既然你的哲学，是爹死娘嫁人，各人管各人，干吗非要日日夜夜厮守在一个屋顶底下，终究是不方便的呀！

难道你忘了吗？我若是见一个礼拜就回城的话，你还挺烦气呢？今天你是怎么啦？

弄不清他们在进行什么交易？更弄不清你在这场交易中，是个什么样的筹码？说实在的，你还很少这样被人当回事过，一个普通至极的人，一个对谁来说，都是可有可无的人，居然郑重其事地征求你的意见，希望你赏光，给个面子。

哦！天！太阳从西边出来了吗？

在你平平淡淡的一生中，还少有这样一下子体现价值的机会。你受宠若惊，你几乎快要魂不附体。不过，你马上清醒了，别拿一个可怜的小人物当开心丸来解闷了。

你当然不至于傻到二百五的程度，你也不是怀疑一切，因为你对自己一目了然。你才不信你会突然涨价虽然现在通货膨胀。"我们新技术开发研究所，诚恳地礼聘你林森中先生，和我们携手合作！"那位亲手驾车的经理，说得挺像那么一回事。你不应该认为有诈，但你知道自己吃几碗干饭。你有哪门子技术？在大学，你是个结结巴巴的学生；在单位，你是个凑凑合合的工程师；在实验室里，所谓的那点瓶瓶罐罐的业务，连罗玉玉终于也能掌握，有他妈什么稀罕呢？

当时，你恨不能蹦出这辆皇冠。

……"上帝不允许的，吉米！"

"玛姬！我从俄勒冈一直追着你，你到哪里，我跟到哪里，你难道感觉不出来，我多么爱你吗？这里没有上帝，玛姬，第一他太忙了，又得改选四分之一的参议员，他要去听那些让人头疼的演说。第二他未必有我的幸运，找到你这个可爱的旅伴，能买到打折扣的票。把你的脸掉过来，把你那琼芳登式的美丽嘴唇赐给我。我恳求你，上帝造你这张甜蜜的嘴，就是让人吻的呀！”

“不，吉米，上帝无所不在，会看见我的！”

“你闭上眼，嬷嬷，也许是一个天使之吻呢？”

“不——”

“你哑巴了吗？”

你感到这场可怕的暴风雨，终于过去了。

“你真让我失望！”

你开始收拾残局，把摔碎的器皿扫走，把乱扔的东西复位，把那包让你妻子丢脸，也让你上火惹祸的白薯，送到晒台上去。然后，就该像机器人一样，做你每次回家来应做的一切。烧饭，洗衣服，修理电器，打扫卫生，疏通上下水道和抽水马桶，还有买米、买面、买油和鸡蛋之类供应品，以及为你的贝贝补课……你放心，不论隔多久回家，家里这一摊活，总会给你留着的，谁让你是这个家庭的丈夫（不完全是名义上的）和爸爸呢？

你畏畏葸葸地问：“宁佳，你想吃一点吗？”

不提还好，一说到这该死的白薯，宁佳冲过去，抢在手里，就准备往窗外扔。

“别，别，”你不得不认输，这对你来讲，也是家常便饭。“好了，好了，我答应就是了还不行吗？从屎窝挪到尿窝，或从尿窝挪到屎窝，我也无所谓的。”

你注定是不能胜利的，如果你能坚持到底的话，倒值得奇怪了。再说，一个可怜虫，一个狗屁也不是的家伙，有什么好坚持的？

想到这里，你豁然开朗了，你坐在这个不全属于你的妻子面前，心平气和了。

小人物最大的特点，就是迅速地适应状态，而且能很快地达到心理上的自慰和满足。由她去吧！

“要等你一起吃晚饭吗？”你问宁佳。她显然去找那位经理，把你造成的僵局挽救回来。这问，太多余了，她自然不屑一答。不但不吃你做的饭，陪不陪你睡觉还在两可之间咧！

你端详着手里的白薯和脚边的那蛇皮口袋，你脑海里开始出现另一个场面。

假如还是这条二道贩子的兜子，可在马路牙子一下散落开来的时候，不是白薯，而是一捆一捆的美元，那位经理，还会安然不动地坐车里，看你出洋相吗？不是一千，不是一万，是几十万美元呀！还有那两位西服笔挺的，说不定也跟你老婆睡过觉的绅士呢？双眼也要直起来的吧？

你拍拍那位经理的肩膀："喂！老弟！"

因为宁佳没介绍，他们也不自我介绍，你不知道他们姓什么，叫什么。

"林先生，您有什么吩咐？"

"能不能麻烦你把车开到电车站里边去？"

"警察要罚款的呀！"

你笑了，你说："我想这一麻袋港纸，怎么也够了！"

思绪瞬息万变，美金怎么成了港币呢？那也没关系，黑市不是一比一嘛，照样值钱。你口袋很瘪，买白薯还要讨价还价，但这不影响你成为一个想象中的百万富翁。

就在你刚才等车的地方，就在被骂作外地人的地方，你把你的钞票，一沓一沓地向拥挤的人群抛去。无论他们怎样拉住你的胳膊，经理差点跪下来求你了，"别价！别价！这是硬通货呀！林先生！"你夫人虽然仍旧是那句话："你疯了吗？森中！"但语气里充满了似水柔情，甚至为自己未能百分之百地爱你，才使你这样任性而悔之不迭了。

她的高跟鞋声早"笃笃"地下楼走远了。

你仍在你的沉思中，享受着大把撒票子的痛快，真够劲，都是百元一张的大面值美金，吓死人！

谁劝也不行，你偏要这样疯狂！你喜欢这样疯狂！你朝万家灯火的这个热闹城市问："我为什么不能疯狂？"

你满足了，你过瘾了，你于是踏实了，平静了，所有的愤懑、屈辱、不快、羞耻，一股脑儿地都随风而逝。

……吉米在檀香山，踏上陆地的第一件事，几乎容不得玛格丽特反应过来，塞进了计程车，冲进了超级市场。像他自己说的，是驰骋在河谷、雨林、沙漠、高原的一股自由之风，横冲直撞。幸亏天空没有零式战斗机，否则，会当做又一次珍珠港事变发生了呢。"吉米！吉米！"惊慌失措的玛格丽特，看他发疯一样地把一件件女人穿用的衣物，从货架上取下，抛在了她的手臂上。

她怀疑，他是不是把她当做他的运货卡车？那部既是他的家也是他做生意的老爷车？他把他的车和车上的一只猫，统统卖了做这次环球旅行的盘费了。

“接着这一件，玛姬——”

“天，你到底想干什么？”

“再拿着这一条，亲爱的——”

“你要向船上的太太小姐做服装生意吗？”

然后，杀向收银机，然后，大包小裹地回到船上。

船员们诧异他俩这么快就把火奴鲁鲁游览过来，简直不可思议。通常在离开陆地很多时间以后，踏上哪怕是一块珊瑚礁，也有不肯即刻走开的依恋感。

“见到跳土风舞的穿草裙的姑娘们了吗？”

“向你们这些从本土来的人‘阿罗哈’了吗？”

吉米说：“朋友们！看到的全看到了，没有看到的只好等到下一次再见了！”他认为他的目标是雅典的阿波罗神庙和眼前这位圣洁而温柔的嬷嬷，其他，他并不认为会比他卖掉的也叫吉米的公猫，更让他感兴趣。

“好吧！玛姬，给你十分钟的时间，脱掉上帝给你的这套黑袍，像这条船上其他女人一样，穿上这些刚买来的衣服吧！”

她庄严地拒绝了。

“那我来替你更衣——”

她急得直画十字，虽然她并不十分反感这个死乞白赖的年轻人。

在清晨甲板上那搂住她的有力的胳膊，和那抚摸过她的灵巧的双手，竟不管她同意还是不同意，要为她解衣宽带了。

“啊！主——”她推开了他。

“你怎么啦？玛姬！”

她再一次求他：“吉米，亲爱的，不行，真的不行，原谅我！”

“玛姬，你知道的，我们这艘船，很快就要穿过日期更改线了，我们多了一天，是不是？”

“那又怎么样呢？”

“这就等于说，那是上帝记事本上不存在的一天！”

“你呀！你呀！吉米……”她知道无法扭过他的，她请他出房稍候。等她再度打开她的客房门，是一个健壮的丰腴的俄勒冈女人，站在他的面前。

“哦！这才是上帝创造的奇迹！”

他抱住了她，紧紧的，这几乎使她窒息的拥抱，玛格丽特无力自持地瘫软了。不过，最后一刻，她从他怀抱里清醒地挣脱了出来。

“我没有犯罪吧？”

“你纯洁得像刚出烤炉的苹果派！”

她很感激他，尽管他有些可恶，但仍旧是再好不过的旅伴。要不是他，那面镜子里的女人，会连她自己也认不出来吗？

“谢谢你，吉米，我自己去买的话，也买不来这样合身的衣服——”

“你别忘了，亲爱的嬷嬷，我可是盐湖城一带有名气的推销员啊！不过，在你面前，我是怎么也不能把自己推销出去。”

她抱住他的头，郑重地亲了他一下，但混蛋吉米的眼睛，却从敞开的衣领，一览无余地看下去。

他可是一个不达目的，决不丢手的家伙。

给贝贝补习完功课，桌上多了一摊山里红核，你看了看表，已是十点钟了，估计宁佳不会回家了。至少，你看到的，目前有三个男人在围着她转，今天晚上，大概无需你效劳了。

“该睡去了吧？”明天，你有许多家务事，等着去做咧！

小女孩虽然打着哈欠，但摇了摇头。

“别等你妈了，贝贝！”

突然，在沙发上困意浓重的女儿，嘟哝了一句，让你愣住了。“爸，你好可怜！”

你笑了。“好了，好了，你不用操心我，这世界上像你爸这样的人，不知有多少？你要操心的话，会操心死的。”

“爸，我不明白，你跟罗阿姨好，就跟她好，多好？她也不会自杀了。”你拿出那红艳艳的果子时，已把这消息告诉了她，她认为：“爸，你实在挺差劲的，是不是？”

“你还小，贝贝，好多事不是算术，一加一减，三下五除二就能解决的。”

“怎么办？爸，我都为你犯愁——”

“谢谢你，贝贝。”

“爸——”她已经瞌睡连天，“你干脆跟罗阿姨一块过得了，你别再窝囊了，下个决心，罗阿姨好，妈妈也好！”

“话好说，事不好办。先不讲你和你妈，那罗阿姨的……”

“你说的是于伯伯吗？”

“你妈出国那阵，你在他家住过，你不认为那样做，有点于心不忍吗？”

“哦！全是这一套，真拿你们没法办！我跟妈妈也提过，选一个她喜欢的叔叔、伯伯，跟你离婚，省得她老不开心。”

“你妈回答你了吗？”你笑着问。大凡家庭不和的小孩，懂事早些。

“跟你说得差不多，我怎么办？你怎么办？还有……”

“还有什么？”

“我也学不上来了！”

你了解你妻子，宁佳也不瞒你，她有人，而且不止一个。玩玩可以，正经八百地谈婚嫁，她自己也没多少信心。

这是很没劲的话题，想合，凑不到一块，想散，又藕断丝连地分不开。甭说小孩搞不清楚，你又何尝不头疼呢？贝贝眼皮已经发粘了，踉踉跄跄地往屋里走，嘴里还在嘀咕：“爸，你，为什么，这，这样窝囊呢？……”

窝囊，是的，你不想为自己辩护。你也不想把责任推到别人头上去，你承认你软弱，你确实不敢说不，可如果不这样的话，你打，你闹，你反抗，你一条小鱼，实在很可怜的一条小鱼，能掀起多大的浪呢？

话说回来，即或你和宁佳分了手，罗玉玉和她老公也拆开来，就能够一切如愿？从此天下太平？开始过上幸福日子？

你不相信，她也不相信。

因为这几乎不可能。即使最会在幻想中铺陈华丽芳草地的你，你也很少为你和罗玉玉画一幅只属于你们俩的梦中的绿洲。你敢想入非非，但却不敢把宁佳、把贝贝、把甚至比你还可怜的老于，那丝丝缕缕的联系一刀斩断。更甭说你和她有勇气面对有木乃伊和无数张嘴的世界？

如果你迈出这一步的话，也许你早不是小人物了。

所以，极其现实主义的罗玉玉，不敢有任何妄想，尽量享受眼下虽然十分苟且，对她来说，却是万分珍惜的爱情。她不图别的，只求这实验室的平静生活不受干扰地过下去。

小人物最好不要存有奢望，于是，你也就能心平气和了。至少，你可以做你五彩七色的梦嘛。

你猜不出礼拜五早晨那不知何时，毁于一旦的忧虑和恐惧，到了晚间服安眠药，究竟这背后发生了些什么事？

吉米不用愁这些，你真羡慕那个推销员。

玛格丽特也比罗玉玉想得开呀！她由于拿了教堂里的圣器被逐出教门，若无其事地去环球旅行了。《醒世报》上的那份署名通告，对她来说，简直狗屁不顶。如果木乃伊向罗玉玉瞪瞪眼试试，她不吓掉魂才怪。

贝贝已经睡了，宁佳大概也躺进别人的怀抱，你一点也不困，你还能估计到那个病床上的女人，也未必合眼。你打算继续读那部小说，快乐的吉米在日期更改线，上帝记事本上没有的这一天，到底干了些什么呢？

那堆闯祸的白薯让你不安，你知道，肯定会被宁佳扔掉，不过是早晚的事。

也不知为什么，这和老太太磨牙磨来的东西，竟使你差不多有生以来，头一回敢对人摇头说不，你不接受回城的美差。偶尔的一次反抗，居然也能获得一点忐忑的快乐。

这使你颇为珍惜了，放下小说，又洗，又蒸，准备晒成白薯干。

于是你觉得你也是快乐的吉米了，里里外外地忙得十分起劲。不知不觉，你们家挂钟叮叮当当敲了十二下，已是深夜。你无论如何想不到，门开了，宁佳倒回来了。一屋子水蒸气，那是蒸煮白薯的后果。你看不清她的脸色，你问："他们不会变卦的吧？不会把刚说出口的话收回的吧？什么时候办手续去他们公司报到？"

她扑过来，把你抱住。

后半夜，当你履行了你做丈夫的神圣义务，双眼盯着天花板的时候，宁佳裸着那单薄的身子，双手抱住蜷着的腿，才告诉你："我也让他们要了！"

她还问你，她是不是真的老了？

有的女人，像鲜花一样，灿烂一阵以后，很快就谢了。有的女人，可能是绢花，也可能是塑料花，总那么一种不变的姿态，该红的地方准红，该绿的地方准绿，除去缺乏鲜活的生气外，应该说具有无可挑剔的教科书式的艳丽。

宁佳就是这样一个美人。

你回答她："我还未明确地感觉到。"

她不太信，"得了，别哄我！"

"这是真话，我用不着讨你好！"

不过，你倒有个建议，最好不要一丝不挂。从性的角度衡量，你认为，你的妻子，属于中看不中吃的女人。但你保留了你的看法，一个微不足道的人，是不应该抱有见解的。因为一旦有了什么想法和念头，就会变得不安分，而不安分的结果，便是自寻苦恼，那就太没必要了。所以，尽量往好里想，要看到光明的一面。无论如何，她有一张电影明星的脸和一双会说话的眼睛。这是她走南闯北的王牌，把她的上司（我们每个人都会有一个无可选择的或好或坏的上司）弄得神魂颠倒，把她的同事（漂亮女人身边总有一群馋涎欲滴的包围着的男士）弄得晕头转向，把和她有过交往的各界朋友（譬如出国，譬如陪团，譬如谈判，譬如就是要她这张脸子去从事活动所结识的人中的大部分，但也不是所有人）弄得七上八下。

反正够神的，前几年，更神一些。

她嫁给你的时候，是在中学教英语的老师。

她的命运和这种语言的兴衰，奇妙地交织在一起。当英语很不吃香的年头，那张脸也并不光艳照人的。她是你很忠实的妻子，每个周末的五点半钟（贵研究所的班车的准点率是我们这个拖沓的社会中唯一的振奋了）在白石桥总站等你。寒暑假还带着贝贝住到所里去，为有你这样一个工程师丈夫而颇为自豪的。

那时你也未必不窝囊，但她并不比你更神气。

没有高山，不显平地，你们俩恩恩爱爱，过了一段黄金岁月。

后来，广播电台开始教英语了，她也从中学调到她现在这个与外国人打交道的单位。你也弄不明白，是化妆品的功效？是服饰打扮的结果？还是一种内在潜力的升华？一下子，你都害怕她到电车总站来接你了。你不是那类喜欢张扬的男人，你天生的或是后天养成的怯懦，卑微心理，使得你不敢和这个花枝招展的女人同行。你缺乏招摇过市的勇气，你畏惧太多的眼光在打量身边有个美人的你，“宁佳，我求你，往后，你别来接我了！”

她也正要向你抱歉，如今，时间对她来说，是多么宝贵。英语走俏了，她也忙起来了，周末通常是她必须应酬的日子。“你不会介意我这小小的冷淡吧？”

你当然无所谓，你知道你自己吃几碗干饭，从不要求更多。

生活告诉你，别人的前车之鉴提醒你，你没有火中取栗的本事，你就不要把手伸到滚烫的锅里去。你应该尽可能缩小自己的面积，不招惹任何人，应该意识到平安无事，便是最大的幸福。

但，人的欲望之火一旦被点燃的话，又有那么多好色之徒，往火堆里添柴加炭，就一发而不可收拾了。

“宁佳，差不离就行了！”

“不，我可不是守多大碗，吃多少饭的主儿！”

其实，你了解，她并不比你强多少，就冲她怎么也下不了狠心，跟你一刀两断，便是难成大器之辈。手要不狠不毒，心要不坏不恶，能做大事业吗？但她相信，她有一张美艳绝伦的面孔，那就是攻无不克的王牌。

你手中什么牌也没有，而且你压根儿也不想要什么牌。你很知足你全部的出息就是没出息，她可不这样看，她不想窝窝囊囊度此一生。那么，对不起，你拦阻不了她把你撇在一边，去闯她的天下了。

你想得开，该发生的事总要发生，谁也挡不住，只有听便。

“请——”

……吉米本打算参加船上的“宠物爱好者联谊会”的活动。

他曾经养过一只也叫“吉米”的公猫，因此，那部老爷车上，实际有两个吉米。不过四条腿的吉米比两条腿的吉米，名声要好得多。它非常尽职，它非常温驯，它简直没有任何要求和讲究。给什么，吃什么，有一顿，无一顿，都不抗议。

这种非凡的品格，很能赢得家庭主妇的同情。

吉米向这些主顾推销空气清新剂、除臭剂、杀虫剂时，另一个吉米便要在场，起到促销作用了。尽管如此，它的主人，也不会多赏给它一条小鱼，让它开开胃口。

有一次，吉米把车开到拉斯维加斯，进了赌场，把它关在车里。三天以后，他把口袋里最后一块钱输掉，才想起他早忘得干干净净的另一个吉米。等他打开车门，它居然靠一盆水和空气，奄奄一息地活着。他把它当做奇迹到处宣扬，没料到差点被“保护动物协会”告到法院去。

恼羞成怒，只好踢这只猫出气。

“保护动物协会”把可怜的吉米抱走了，断定他不具有养猫的资格。

可是，它还是逃回到老爷车上来，情愿过忍饥挨饿，被打被骂的生活。他半点也不为之感动，最后，还是将它连同老爷车一块卖了。

它被作价五美元，比不上一份汉堡包。

作为“宠物爱好者联谊会”的会员，至少要有一件宠物方能参加。他把他的吉米卖掉了，也就只好望着那一笔船上提供的最佳宠物奖兴叹了。

他对玛格丽特保证，他的可爱的吉米，从来没让他失望，它要在的话，准能拿到这份奖金。

或许是美国人的天性，他们的祖先是成群结队来到新大陆的。所以，若有两个老兵，便会成立“诺曼底登陆基金会”，碰巧有三个人骑过马，或打过木滚球，立刻就挂出“勇敢者马会”，或“木滚球长老会”的牌子。

在无边无际的大洋上航行，最初的兴奋过去以后，便要流行一种百无聊赖的长途航行综合征了。先是睡不醒，后是睡不着，先是没胃口，后是倒胃口，最终，人们就会产生罐头沙丁鱼的感觉，再大的船也变成棺材似的狭窄，以致有人精神崩溃。

于是，船上想方设法让乘客快活起来，除了考虑到伊丽莎白王后号的声誉，认为成立“驱除蟑螂促进会”有所不妥外，凡是能琢磨出名堂来的，船方提供一切便利，包括免费的含有酒精的饮料。

吉米挑来拣去，由于玛格丽特的缘故，他决定和她一起参加“俄勒冈洞穴寻踪者协会”，尽管他并未去游览过，那也不妨碍他大模大样地坐在来致词祝贺的船长身旁。

他绝未想到，那个向玛格丽特大献殷勤的家伙，是鼎鼎大名的桑切斯参议员。

吉米走过去，请他到会议厅外的休息室里。

“喂！牛仔！别把你的脑袋，钻进我的篱笆里面来！”

这个在美国富豪排行榜上列名的参议员，不屑一理地回身走进会场。船长正向与会者建议，“请大家都尊敬的桑切斯先生，为有幸暂时聚集在伊丽莎白王后号上的俄勒冈洞穴的寻踪者们，发表他的主席讲话——”

漂亮的女船员为这位牛仔装扮的百万富翁献花。

吉米却不买账，他问：“为什么他是主席？而不是我，不是别人？”

礼拜天，你的早课，是悄悄地起床下楼，赶紧去排队买油饼豆浆。

不能惊动仍旧睡得很香的宁佳，否则她要大发脾气的。她劳累了一个礼拜，好不容易能有个睡懒觉的机会，也确实不该搅醒她。无论如何，这个家七分之六，是她在张罗着，也实在难为她。

这套房子是她弄到手的，房子里的电器是她出国的指标买的，电话是她的老板为她装的，贝贝进重点又重点的中学，是她活动的，乃至百叶窗、嵌木地板、热水器、封闭凉台、装空调、贴上浪漫情调的壁纸，等等，你真惭愧，简直一指头的忙，也没帮过。

只是礼拜天从远郊回来后，对这些不断出现的上帝的奇迹，一次一次地惊讶罢了。

你不能不承认，漂亮女人总是能够花不大的代价，达到她的目的。于是，你慢慢地觉得你在这套房子里，不是你应该扮演的家长的这个角色，你成了偶尔来串门的乡下亲戚，成了吃白食的房客，成了什么也不是的局外人了。

甚至你刚刚离开的那张席梦思床，你躺过的那个部位，昨天，前天，也就是礼拜五，礼拜四，未必空闲着的。你弄不清，是你替代着他们，还是他们在替代了你？

宁佳认为你实在无聊。“我有这么大的女儿，我绝不会无耻到这种地步！”

她也不永远对你凶神恶煞，她承认，她不能做绝，这是她发达不了的致命伤。其实，贝贝也不是三岁两岁了，会不明白她那些风流？但她却偏要维护最后这点面子。

“没办法，要不，我早出息了！”

她和那些头面人物厮混了这多年，她懂得，没有拿刀宰人的勇气，休想登峰造极。她说，那口吻并不是把你当成丈夫，因为对丈夫说这些话总是难堪的。而是看做一个可以推心置腹的朋友，诉说衷肠。“我要是能撕破我这张脸，跟谁都睡的话，一个个在我手心里握着。然后我要是再能六亲不认，心毒手辣，整就往死里整，也许我今天是老板，而老板早打入阴山背后去了。”

所以，漂亮不行，还得有头脑，有了头脑也不够，还得要有一肚子坏水。所以，她压根儿仍是个有气无力的小人物，不过，只是那张脸使她不大肯安分守己而已。

你在炸油饼的锅前排队，望着在滚油里浮沉的物体，被筷子拨拉得你上我下，挤挤撞撞。你突发奇想，你也好，罗玉玉也好，宁佳也好，不有点像在锅里挣扎煎熬的样子吗？一会儿膨胀发鼓，一会儿泄气干瘪，最终也难逃被吃的命运。你悟到，谁让咱们一开始，就是随意可以揉搓捏弄的面团，让你方，不敢圆，让你圆，不敢方呢？

等你把早点买回来的时候，她也起来了。

你发现，宁佳未精心装饰以前，确实有点憔悴，年龄的痕迹就比较明显了。是啊！你不禁猜测：或许她意识到美丽不会永驻，总有一天，那张漂亮面孔要失去呼风唤雨的本领，趁着还没有完全贬值以前，把你从郊区弄到城里来，也算对你这些年的冷落和忍受屈辱的报答。或者，最终觉悟到人生只不过是环行路，绕了一大圈，还是回到始发点，当中学英语老师，和那个并非不满意的丈夫一起时，不也有那种寒酸的快乐吗？世界上许许多多的普通人，不都这样过的吗？

“宁佳，我没有猜错吧？”

她才不承认。“去去——”

你已习惯于不反驳，也许是自己太自作多情了，也许沉迷于幻想之中，以假当真，也许这个女人还不甘心败退，撑着那份架子吧？

“好，好，算我瞎掰！”

她只要眼睛一睁，电话也就跟着响了，只要电话一响，她就该忙得坐不住了。

“这事咱们没完，你不要嬉皮笑脸——”她竟顾对着电话嚷，根本不理会你端上来重新热过的豆浆。“我就不信北京城这么大，非你这个鸡蛋才做槽子糕？什么？老板？你以为除了他，就无他人可求啦！你记住，如今，什么东西都紧缺，唯有人，十二亿呢！永远不是短线物资。只要我张嘴，我不信会办不成！”

你劝她算了。

“去，去——”

她风风火火地忙起来，化妆，找衣服找鞋，布置你今天要做的事，告诉你不必等她回来吃饭，然后跟还未起床的女儿说了声再见就走了。

你追到门口，“宁佳，贝贝的英语期中考得不太好，你抽空给她补补！”

她火了：“你干吗的？你干吗的？”头也不回下楼去了。

你倒不为自己可怜，你为你这不甘命的妻子可怜。又要去卖那张脸，说不定卖脸还不止，不晓得还要付出什么代价？

相比之下，不敢有大欲求的罗玉玉，倒安生多了。因此，她哪怕得到一点点幸福，便会感激得恨不能对每个人磕头的。

可她为啥想不开，要寻短见呢？

……“看在上帝的分上！”

“我没有理由拒绝一位体面的绅士，跟我谈话！”

“离他远点，我求你，玛姬！”

“吉米，请你原谅，我认为你这种要求是过分的。”

“我有责任保护你！无论如何你是应我的邀请做这次环球航行的。”

“我并不需要谁的保护，谢谢你的好意。在我的头顶上，有至高无上的上帝，我不是迷途的羔羊！”

"现在你这羔羊已经被狼抓在手心里。"

"吉米，你没有理由仇视桑切斯先生，他并未得罪你呀！"

推销员觉得嬷嬷的逻辑毫无道理，难道一定要有什么原因，才可以反对他吗？我就是不喜欢他，我就是讨厌他，我一下子看他不顺眼了，不可以吗？我为什么要向他鼓掌、要对他致敬呢？

就因为他戴了一顶墨西哥人的宽边草帽？

你觉得这个小子有点无理取闹了。

"爸，你在笑什么？"

"我在笑这部小说里一个满不论，什么也不在乎的家伙！"

"让我看看！"她要抢过这本书来。

"贝贝，快复习你的英语，你妈让我给你做鱼吃，让我陪你去烫头，顺便到洗衣房取回衣服，还要让我去替她到商店退掉那件上装，莫名其妙，不合适干吗要买？理由是穿起来太花哨了，贝贝，你妈妈什么时候怕打扮得过头的呢？"

"因为不是她自已去买的嘛，她当然不会中意的。"她心在书上，"爸，是这个喝醉了的吉米吗？"

"别人送的？"你把书替她合上，这孩子有点像罗玉玉，拿起小说就不撒手。"回答爸爸的问题，是老板吗？"

"那还用问。"她要求你让她再看一小会儿。"爸，这部小说肯定挺有意思，是不是？他去敲玛格丽特房间的门，零点，那一定是个女人吧？"

"等等，贝贝，我看完以后，认为你能看我再让你看，好吗？"你把书收回来，这一段你尚未读到，你能估计到这个推销员想达到什么目的，半夜三更闯进年轻嬷嬷的屋子里去。

"爸！请你不要把我当小孩子！"

"不，贝贝，我不愿意又惹得你妈不愉快，她当过老师，她知道你该看什么，不该看什么，她有她的一套教育方法。"

"她？"你女儿耸耸肩膀，不以为然。这孩子全明白，你甚至觉得她从心里对你，对你妻子，有种无可奈何的不满。

至少，你和宁佳，并不能给她以有这样的双亲而自豪的感觉。一个十分窝囊的父亲和一个过于风流的母亲，你知道，她不喜欢上帝的这种安排，她自已说，最理想的组合——这自然是小女孩的天真幼稚："是爸爸你像妈妈的那位伯伯，而妈妈呢？要能像你的那位罗阿姨，就太好太好了。"

她经常到郊区的研究所来玩来住，因为实际上宁佳即使不出国、不出差、不离开北京的话，也忙得照顾不了多少贝贝的。她既有工作上的忙，也有私情上的忙，还有工作和私情夹杂在一起的忙。你不用猜测，因为宁佳也不瞒你，她跟她的这位老板到国外去，她的职责就不仅仅是翻译和秘书了。后来你也学得无所谓了，世界上不必事事那样顶真，你不也有个情人嘛，你不也让那个老于挺难堪的吗？更何况你女儿跟罗玉玉很亲近，一来就住在她的家里，而那条绝对嫉恨你的大花，可并不烦厌你的贝贝。

你对你女儿的这个组合方案，叹了口气。

你也设计过你、贝贝和罗玉玉一家三口在郊外的一个温暖小家庭里的其乐融融的情景。你并没有太高的奢望，哪怕啃窝窝头，但希望过一个不至于有人动不动地就来摸摸你脑袋，有事没事找个碴就欺凌你的安生日子。可能吗？当然不！即使在你的这个假设的小天地里，你也感觉到窗外那幢幢人影，很怖畏地映在窗纱上，让人惴惴不安的。

若不是木乃伊那个性虐待狂的坏种在屋子的周遭徘徊，便是不停在踯躅着的老于那可怜虫和那条汹汹然的大花了。

梦中也难觅一块净土。

生活大概永远是这样不能尽如人意地舛错着的，颠倒着的。有能量的人，改变一切，没办法的人，譬如你，那就适应一切。

你信奉没出息的哲学，你宁肯把脑袋弯到裤裆里，也不会自杀。

“贝贝，凡事都能像你想的那样，还要天堂干什么咧！”

“妈妈说过，快活就是天堂，不快活就不是天堂，所以她想办法快活。可罗阿姨说，真的，她对我说过，她连一个快活的梦也做不成。有一回，半夜里，她搂住我哭，都把我哭醒了。”

“为什么？”

“她说在梦里，好好的，你们那个实验室哗啦一下塌了——”

“真能胡思乱想！”

你和你女儿探讨，弄不懂你罗阿姨干吗这样想不开，甭说天堂，连人间她都要离开了。这究竟为什么？即或再不好的话，也比地狱强啊！

贝贝只惦着你手中的书，漫不经心地回答：“是吗？”

“我也许这个礼拜不该回来，弄得你妈不高兴，还放心不下你罗阿姨。”你和罗玉玉的事，从来也不瞒你女儿，说来不免有一点凄楚，偌大一个世界，除了你女儿，找不到一个人可以谈谈你感到束手无策的事。“贝贝，我也不晓得怎么才

你给研究所的小医院打了个电话，值班的护士查问你半天才告诉你，罗玉玉已经出院回家了。

好了？”

她说：“爸，反正我要是你，不会像你这样没主意。”

你给研究所的小医院打了个电话，值班的护士查问你半天才告诉你，罗玉玉已经出院回家了。

谢天谢地。

你放下了这颗心。

“爸爸，补习完了，该准我看你这本小说了吧？”

“不行，贝贝，我得先陪你去发廊，你妈的命令。然后到洗染店取衣服，然后，咱们再到时装公司退你妈不想要的上装，这实在不是一件好差使。”你很钦佩你的老婆，只要你礼拜大回城，总能将日程安排得满满的，教你无暇顾及其他。

你觉得这样也好，省得胡思乱想。小人物，无大事，动那些脑筋干什么，除了自寻烦恼以外，弄不好还会误入歧途，那可划不来。最好，磨房里的驴，两眼一蒙，围着碾子转去得了。

不过，你拎着这件其实挺漂亮的上装，你可有点不大自在。

若是你买的，那自然又当别论。可这是你妻子的情人，也是她的上司送她的礼品，你这个做丈夫的，无论怎样豁达圆通，也觉得很不是滋味。

在时装公司里，你忽然产生一种可怕的预感，会不会冤家路窄，碰上那位据你妻子说相当器宇轩昂的老板呢？

这世上什么事不可能发生呢？幸福与小人物无缘，但不愉快却总是要缠住不放的。

你想象不出，遇上那位“很风度的，很派头的，虽然六十出头，但看上去要比你还年轻”的老板，该怎么办？

关于这位垄断了你妻子近十年的某某，他的魄力、他的手腕、他的官场运作和他怎样消灭掉一个个对手，独霸一方，南面而王的故事，自然是从宁佳嘴里听说来的。因此你曾以为他该是个面目狰狞的家伙，至少也是个冷面杀手。

据说他极残酷，吃人不吐骨头，你能想象他的一副凶相。

不，不，你妻子说，外表上你根本看不出来，温文尔雅，面慈目善，谁都说老板是个美男子，对女人挺有魅力的。

“那你干吗不跟我离婚，嫁给他呢？”

“他有老婆。”

“不也可以甩掉嘛！”

“人家可是革命伴侣，两口子始终相敬如宾！”

你不禁要问，那你宁佳夹在当中算怎么回事？简直很莫名其妙的。听她口气，好像她的情人是这样一个相当有身份的人，对于你做丈夫的，如果不是什么荣耀，至少，也未辱没你，因此她心安理得。而且，她努力描绘他是一个多么难得的，令人肃然起敬的人，对他那长期患病的老伴，是如何关怀备至，体贴入微?、以至他老伴完全理解他生活上的遗憾和感情上的苦闷。

“把上帝都感动了，他是人，不是神仙，自然也应该有正常人的欲望和需求！”

“这就是说，他老婆批准他搞破鞋！”

“别讲得这样难听！”

看那意思，她和她的“赌场得意，情场失意”的上司，有了苟且关系，好像具有某些冠冕堂皇的理由，至少对你来说，不是不光明正大的了。“难道你不认为他理应得到一些同情和安慰吗？”

“你们单位怎么不评选你为先进工作者呢？就冲你这份体贴领导的全身心的奉献精神，简直可以称之为全天候的服务。”

宁佳马上翻脸，你也就立刻凝神敛息。

你其实并非针对她的，你只是十分讨厌那些大人物的伪善，利用职权之便，玩手下一个女人，就玩去得了，还涂脂抹粉，弄出那些道德文章来，真可恶。

罗玉玉和你就没有这些漂亮语言，第一，说不上来；第二，确实也感到并不漂亮。

先是她需要你，你需要她，然后，她离不开你，你也离不开她，就这样。如果说，有一点快乐，也是惊恐不安的。有一点爱情，那也是偷偷摸摸的。因为你也好，罗玉玉也好，都无法排除掉那深深的罪恶感。

你生气，那位老板，却理所当然地和你妻子上床，像木乃伊睡罗玉玉那时一样，似乎享有野蛮部落里酋长的性特权一样。“他妈的——”

假如此刻在商店里，果真碰上了的话，你想，你的手中这件时装，说不定随着你的愤恨，掷到他的头上去。你怀疑你是否能鼓起这股勇气？不过，当你驰骋在你想象的世界中的时候，你是绝对敢咆哮如雷，甚至是杀人如毛的家伙，这个动作也许过于斯文了些！

“爸爸——”贝贝提醒你，“他就是那位伯伯！”

“我正要给这个假正经的混蛋一点颜色看——”说着，你掏出你的手枪。

整个时装公司的顾客，被你这突如其来的拔枪动作，惊吓住了。躲藏的，逃跑的，呼喊的，乱作一团。只有这个见过大阵仗的人，故作镇静地问："你是谁？"

你才懒得跟他对话，把枪指着他的额头。

也许他的情人不止一位，他猛一下，弄不清是哪位情人的丈夫，跟他过不去？也许他作恶多端，不知哪位仇敌被逼得铤而走险？他惶惑着，不知所以。多年来作威作福的尊严和领导干部的面子，与眼前黑洞洞的枪口以及那支扣住扳机的手，只能选择一样的时候，生存下来便是高于一切的了。

"有话好说——"他"扑通"一声跪在了你的面前。

你当然不会开枪，即使你真的有一只你想象的勃朗宁。你绝对不会碰他一指头，因为他已经匍匐在地。虽然你是微不足道的小人物，但也不妨你有一份大人物所不具备的高尚。

居然你还为你惊扰了大家，表示道歉。

你说，你向在场的顾客们说，做坏事就是做坏事，不要把做坏事认为是做好事，我惩罚的正是这个家伙连块遮羞布也不要的恬不知耻。

然后，你冲天开了一枪，扬长而去。

"爸爸，你怎么啦？"你女儿发现你愣着，问你。

"贝贝，你见过那位伯伯吗？"

"常跟妈妈一块出国的？"她想了想，显然不像是有意识地瞒你。"有时候，接过电话。"

"没来过咱们家？"

小姑娘摇了摇头。

于是，你那仇恨的梦，顿时消散了。你非常感激你妻子，这一切都是背着女儿的；同时你也说不好是种什么感情，他，那个家伙，也许有可原谅之处，因为他终究并没有在你家和你老婆如何如何，起码那张大床是干净的。

小人物从来未敢占尽上风，期求大获全胜的，有一点小小的能够回护面子的余地，就觉得满足。哪怕全军覆没，你也会为这张床上没有别的男人睡过，而沾沾自喜。你明白，这实在很阿Q的，可是，若连这点自慰能力也失去的话，等于几乎不喘气地活着，岂不太难点了嘛。

你轻松多了，你决定以德报怨，讲究恕道，把手枪揣回兜里去。

但当你跟售货员谈判退掉手中这件上装时，你从那位小姐疑问的眼神里，似乎看出了"来路不明"这四个字。或许你的窘态，一副心虚胆怯的样子，或许你结结巴巴，说不出子午卯酉，或许正是这个售货员经手，一个男人买走，另一个男人来退，不免要产生一点疑惑。

可想而知，好容易快活起来的心境，又被乌云笼罩住了。

……“你看看表，吉米，现在几点钟了？”

“你房间的墙壁上没有挂钟，我只看到一幅画里躺着一个赤裸着的女人。”

“哦，你其实不能喝酒，何必逞英雄呢？”她温和地责备她的这位伤心的旅伴。然后，催他回房休息，“吉米，已经凌晨三点钟了，还要到甲板上去看日出呢！”

他不肯离开，他说他的太阳就在这个房间里，他摇摇晃晃地走过去，把那幅油画翻转过来。他嘟嘟囔囔地说：“玛姬，她可是无法和你相比，我还从来没有见到过像你这样温柔，这样美丽，而且这样纯洁的，真正天使般的人。你太善良了，不要赶我出去！亲爱的玛姬！”

虽然听上去有些推销员的习惯性的溢美之词，但嬷嬷是女人，而且越来越像女人，自然也不反对这些听来怪甜蜜的恭维。

“你喝得太多太多了！你没有必要赌气！上帝总是让我们宽恕别人，再说桑切斯先生并不曾侮辱你，他说蜜酒是女人的饮料，并不等于是对你的奚落。他进到酒吧的时候，你已经快要醉了！他说到蜜酒的时候，你在喝很浓烈的干邑，多余发那通脾气！”

“你很欣赏那个牛仔，是不？”

“他跟你一样是个快活的人，不过，你的快活是天生的，他的快活是别人给的。不知为什么，两个快活的人凑到一起，反倒都不那么幽默风趣了。”

“你知道为什么吗？玛姬！”

玛格丽特在修道院的石墙内，几乎没有机会和男人接触。除去记忆中还是一个小姑娘的时候，有些天真无邪的男孩女孩的交往。后来长大了，当了修女，便过着与世隔绝的隐居生活。这是她成年以来，第一次穿得如此单薄和一个年轻异性在卧房里相对而坐。开始那阵，或许是迟钝，她未能意识到这其实是特别新鲜的经验，竟把自己仍看做为上帝的仆人，在安抚这个酒喝多了的显得懊丧和失意的推销员。等到感觉到吉米的眼神，不那么安分地盯看着她的时候，她这才体会到她虽然穿着一件睡衣，但由于那绸料薄如蝉翼的缘故，纤毫毕露，几乎和油画上那位裸体女像，相差不了多少。

顿时，吉米也按捺不住地，站起来，越来越靠近她。

她不安，可忍不住有一点激奋。她努力警惕着，戒备着，但她身体的某些突出部分，似乎打点精神在迎接挑战。

于是她惶惑了，因为在等候日出的那一会儿，已经领教过这个绝不容得她有喘息机会的旅伴，只要他想做到什么，就说时迟那时快地，使她来不及反应地就达到他的目的。她不知道他深夜闯进房来的真实意图，一种可能发生什么的预感，使她战栗，希望他赶快离开。但感情的牵扯也好，女性的怜悯也好，跃跃欲试的冒险心情也好，或者，一种玩火的欲望也好，她并不打算很快结束这场危险的游戏。

上帝，显然离她愈来愈远了。

她明知道他要表达的意思，而且，最好不要让他说出口，因为他像修道院上空的山鹰，正无声地朝她掠过来，已难以躲避。但她怎么也控制不住自己，问他到底为什么会一下子不快活了呢？

吉米说："玛姬！由于我爱你爱得快要发疯了……"

接着，他大概从电影上学来的台词，爱是苦痛，爱是折磨，爱是男人出卖自己的悲剧，爱是什么什么，还没能说清楚的时候，他扑上来，搂抱住裹在滑腻丝质睡衣里的那一团令人销魂的肉体。

"救救我吧！圣处女！我得不到你，我就要死了……"

玛格丽特在愉悦和惊恐，快感和苦痛，欣慰和失悔，上帝和撒旦之间晕眩着。

你看到这里，你想，最好不要让贝贝再碰这部小说。

尤其，那段过分的性描写，幸好不知被哪位读者还扯掉了一页，要不，昨晚上岂不让贝贝先睹为快了嘛。

"其实——"你说，"咱们的女儿什么不明白呢？"

不过，你拗不过你的妻子，她当过教员，她有她的一套教育方法。她允许自己不那么遵守道德规范，但却对女儿防微杜渐，严格要求。你能理解，这也是一种时尚，所有大声疾呼如何如何的正人君子，他本身也许最经不起挑剔，屁股上甚至比别人有更多的屎。

"你笑话我？"宁佳是个翻脸不认人的人，而且，摔东西是她的拿手好戏。

你才没有这份胆量嘲笑她，笑人如笑己，你不过是多余的感慨系之罢了。但她是不可以招惹的，她不是罗玉玉，一个全身心都属于你的女人。宁佳到最后，统统归罪于你，正因为你窝囊，没出息，三十年调不进城里来，在郊区晃荡，家不家，业不业，才造成她的今天。

"怪谁？怪谁？……"她还无限委屈呢！

你不得不认错，你不该笑话她。虽然，只是感叹，她多心了，你也不对。

这就是你为什么特别疼爱另一个女人的缘故，罗玉玉也许并不动人，但百分之百地属于你。你拥抱着一个心在别人身上的女人，无论怎样呼唤，回应总是相距得那样遥远。但罗玉玉，她把身体当成工具是一回事，她当真地有史以来爱上了一个人，则又是另一回事。

那是个要爱就往死里爱的女人。

否则，她不会吞下差不多半瓶速可眠。

也许，像小说里描绘的玛格丽特一样——

她的丝绸睡衣的束带松解开来，裸露出的双乳，在挣扎的颤动中，碰触到那个男人多毛的胸部时，仿佛被电击一样，她身体本能地凑上去，恨不得如胶似漆地紧贴在一起。但她的仍旧保持清醒的心灵，却绝对拒绝这个粗鲁的、说动手就动手的，而且心目中没有上帝，亵渎神灵的人。

"主啊！救救你的信徒吧！"

她恨死了这个异教徒，他的手从她身体一路滑摸下去，半点也不斯文地在企图使她变成像油画上那个脱得光光的女人。那张喷着酒气的嘴，在她脸上寻来找去，令她无法闪避开他的吻。

"玛姬，玛姬……"

在这连上帝也无可奈何的时刻，她死命地在他肩膀上咬了一口，痛得吉米滚跌到床下的地毯上。

半裸的嬷嬷跪在床上，不停地在胸前画着十字。

你在想，一开始，也许罗玉玉就是这样在你的实验室里，把她的身体坦陈在你眼前的吧？

她说过，那时，她不认为你和其他男人，有什么不同。

刚一调进你的实验室，你是不敢顶撞木乃伊，才接受这位助手的。可她连初中也没好好念过，怎么能做至少需要中专毕业才能适应的工作呢？测试中最起码的演算，她瞠然不知所以。

你要把她退回给木乃伊，没想到碰了一鼻子灰，那孙子给你玩大道理。有什么办法，惹急了他，把她留下来，而把你请出这座庙，他未必做不到。有些时候，上司要比上帝更具威力，大家为什么对阎王爷感到森森然的可怕呢？就因为他能让你死。你服了，你只能在想象中把木乃伊送上了路易十六掉脑袋的断头台，后来觉得他算什么东西，让他那样死，倒光彩了他。他不是一个淫棍嘛，得艾滋病是他最好的下场。

面对现实，你无计可施，也不知拿你的这位新助手怎么办？

"求你啦！林老师！"罗玉玉坐在更衣室的板凳上掉眼泪。沉默了好久好久以后，她一无顾忌地仿佛在讲述另外一个人似的讲她自己。她说你看不起她，一点也不奇怪，她确实不是凭本事，而是靠不光彩的手段，谋取到这份技术工作。

"你在图书馆，不更清闲吗？"

"搬一辈子书，什么也不是。"

"可在这儿，你得一切从头开始，重新打加减乘除——"

"林老师……"

那泪汪汪的眼睛，使你心软，你明白，这也是你成不了大器的致命伤。

你发现，小人物的同情心，或者，小人物对更小人物的同情心，这就是注定了小人物永远只能是小人物的原因。"无毒不丈夫"，若想有出息，这一条沉重的感情尾巴，也会拖住你，使你休想出人头地。

"从门捷列夫的化学元素表开始吧！"

也许你一生只懂得一个女人，那就是不大给你好声气的宁佳，你从理智上清楚，并非所有女性，都像她那样斥责一条狗似的对待自己的丈夫。不过，亲身感受到妻子般在生活上无微不至的关怀体贴，倒是挺新鲜地从你的学生这儿得到了。

虽然还是如同土拨鼠，钻在你的洞穴里，但由于多了一个女人的缘故，实验室里也就多了一点温馨和融洽，以及说不出来的闻上去挺舒服的气息。

木乃伊来视察过，后来你才明白他说的"很好很好，我料到会这样的"不冷不热的话是什么意思。

每天上班后，总是要冲淋，更衣，然后才能进入密封的无菌、无尘、无自然光的实验室里工作。她除了帮你做一些力所能及的工作外，还要补习功课，那当然很难为她的了。你教课之余叹息："要我，绝不干这傻事，从头学起！"

她也说不好为什么，但她要熬出来。你表示佩服，也许女人意识到自己还有一分价值时，或许她想得到什么还未得到时，总有些不甘心吧？否则，她干吗从东北的屯子里挣扎到北京城的郊区来？从图书馆的临时工奋斗到实验室来当技工，还要获得一份文凭，谋一个技术员的职称呢？你觉得为此目的而去跟这个人睡觉，跟那个人睡觉，本钱下得是否太巨大，太可怕了呢？

能够这样坦率的交谈，自然是彼此心仪以后的事了。

她也被你问得惶惑起来："林老师，我差不多像卖淫一样，从那些嫖客手里得到这些，所为何来？夜深人静的时候，我也扪心自问过，可也找不出答案。"

你的看法是从你的生活逻辑推断的，你很惋惜，若是能如同你这样服帖于上帝的安排，乐天知命，做一个安分守己的小人物，给一口，吃一口，给两口，吃两口，不要吃着碗里，看着锅里，饿不死，冻不着，也就没那些麻烦事了。

一开始，你甚至很不习惯这个可怜的女人，也愿意为你提供这种服务呢！

每天从淋浴室里出来时，她总是把她那姣好的身体，和那青春女性固有的娇媚，在你眼前晃来晃去。

你可缺乏那部小说里的主人公吉米的勇气，你甚至不用强行脱她的衣服，她已经差不多是全裸着了。但你终究是中国人，而吉米是美国人，他可以肆无忌惮，你却顾虑重重。他能够按住嬷嬷，管嬷嬷同意不同意，他想干就干。你明知罗玉玉非但不会拒绝，而且在等待着你，但你一想到自己是个千万不能有任何奢望和非分之想的小人物时，哪怕你存有性冲动的念头，也只好按捺住心头的欲火。

你也悲哀过自己这种心理上被阉割的苦痛。

她说她是渐渐地相信了你。

她说你是她在这个世界上所遇到的第一个好人。

她说她后来终于明确她不甘心，她苦苦挣扎，到底是为了什么了。一个女人，获得她的一份爱情，是老天赋予的神圣权利。

你笑笑，没有言语，不过，你在心里摇头。

直到你为她加强补习几个月以后的一个礼拜天，她终于从城里参加成人高考回来，一进研究所，先跑到实验室，不管三七二十一，疯狂地抱住你，像下雨一样地在你脸上亲着吻着。那份激动简直震天动地，从心底里往外笑着，但却控制不住地泪流满面。

"看起来，肯定行啦！"

"及格是毫无问题的了，林老师，你全押对了题，成了！"

你当然也为她高兴，你居然把她托起，似乎你甚至比她更期待这个结果。

这时，罗玉玉才想到你此刻应该在城里，而不是枯坐在实验室里。你并没有告诉她正是为了等她这个消息，才留下来的，可她马上明白了。她什么话也没有说，那眼神表明，此刻，比考试，比文凭，比技术职称，比一切一切更重要的，是从心灵到身体都迫切需要的无穷无尽的爱。

你第一次不是在想象里，享受到一个女人全身心奉献给你的真情。

“你不回你的家吗？”你一点也不希望她马上走开，你后悔迟至今日才懂得这是一个多么好的女人。你所有的梦，不管你设想得多么浪漫，多么风流，也顶不上罗玉玉此时此刻所给你的一切中的一角。

她说：“我往哪儿去？我何时有过我真正的家？我何时有过我真正的丈夫？我现在才彻底明白，我所以去奔，去跑，去卖命，去卖我的身体，其实也就是为了得到一个结果，不是出人头地，不是升官发财，而是一个女人理所应当有的东西。我不能永远被我不愿意把身体给他的人强奸，我为什么不能有我真正值得爱的人，有我真正值得宝贵的爱情呢？林工，有你在我身边，我还往哪里去呢？”

那一夜，你把实验室外漆黑漆黑，下了一点雨而变得泥泞的世界，忘得干干净净，做了一个不再是小人物的实实在在的梦。

……太平洋给了一个好看的和颜悦色的笑脸以后，开始变得不那么亲切可爱了。

甲板上已阒无一人，强劲的热带风暴没完没了地纠缠着，每天的气象预报，像太平洋晦暗阴森的面孔，让人腻烦。

乘客们除了到酒吧，用一杯杯掺冰块的威士忌，来消磨令人躁动不安的，而且过得越来越慢的时间外，便是百无聊赖地躲在自己的房间里，和丈夫，或者和妻子，或者和既不是丈夫，也不是妻子的情人，或者和在航行途中刚刚结识的朋友一起，诅咒上天这种煞风景的安排。

吉米也许是唯一的例外，他是个从来不知道忧愁的人。

他哼着俄勒冈小调，那是一首记叙印第安人穿过沙漠的民谣。

“哦哦，你走了，你离开了内陆！哦哦，你把马和情人都留在了西岸！哦哦，你剩下的只有一袋水和一首歌……”

这又快活又悲伤的歌声，和他那张讨人喜欢的脸，倒使他成了好多人争着邀请去喝点什么，聊点什么的大热门。

玛格丽特无法一早到甲板上去看日出了，而且好几天，连太阳的影子也见不到了。只有可怕的和不太可怕的暴风雨，交替地似乎在鞭打着这艘游轮。加之巨浪不停地摇晃着船身，那种坐立不安，那种末日即将来临的恐怖，她甚至相信这是上帝对她的惩罚，因为她犯了罪。

而且，可怕的撒旦仍在她的灵魂中盘桓着。

这是她最最惶恐，最最害怕的事，“主啊！救救我吧！”

如果那个推销员被她狠狠地咬了一口以后，不是若无其事地退出了她的房间，而是尴尬地坐在地下，做出失悔的样子，她说不定会跳下床搂抱住他的。总算在最后一刹那，主的奇迹出现了，他系上他的裤子，吹着口哨走了。她庆幸自己，未跌进魔鬼的深渊里，仍能保持住圣处女的贞洁。但不知为什么？那个壮实的年轻人，强压在她裸露的身体上，和她肌肤相触的感觉，却使她心烦意乱地，总在缠绕着她。

吉米是个心不在焉的人，早把那天晚间的事撂到脑后去了。

他忽发奇想邀请玛格丽特去欣赏热带暴风雨在海上的波澜壮阔的场面。“走，玛姬！从顶层那玻璃花房看出去，比肖肖尼瀑布还要让你心惊胆战哪！”

她不想去了，她怕接着犯罪，因为她曾在花房里逗留过，那里有最适宜情人幽会的空间。

这一回，他真是讪讪地离开了。

接着，来敲她的房门的，是那位桑切斯参议员。

他没有戴那种宽边草帽，而穿上了只有修士才穿的紧领衣服。他说，在这种灾难临头的日子里，人们也许越发需要上帝，船长已经告诉了我，强热带风暴并没有过去，所以，在这艘诺亚方舟上，作为主的儿女的我们，应该让船上的人明白——然后，他朗朗地背诵《腓立比书》第二章：“所以在基督里若有什么劝勉，爱心有什么安慰，圣灵有什么交通，心中有什么慈悲怜悯，你们就要意念相同，爱心相同，有一样的心思，有一样的意念，使我的喜乐可以满足。”

“哦！你简直就是神父！”玛格丽特发自内心地赞美着。

他说，他在神学院读过两年，他几乎要成为一名神职人员的。

她不无懊丧地把她的遭遇告诉了这位参议员，她深信她是无辜的，她千真万确地听到了主的声音。“桑切斯先生，你不会认为我在骗你吧？”

“主会原谅一切！”他说。

你发现，托尔斯泰的话，“幸福的家庭家家相似，不幸的家庭各个不同。”也未必那么准确，至少你在老于的家里，看到了你和你家庭的影子。

“小罗，你还是回家去吧！你是个有丈夫的人，承你看得起，给了我一生也少有的热烈感情。到此为止，只当咱们之间，什么事也没发生过，好吗？”

“不，林工，这只是刚刚开始。你太正经了，我早就不避着你脱衣服的。”

“我是人，小罗，可我知道我是什么人，你是你丈夫的，说不定你还是木乃伊的，我可不敢去引火烧身。”

罗玉玉那丰腴的身子，紧紧缠绕着你。她说：“我总嫌我身体脏，因为没有一个男人是我心甘情愿跟他们睡觉的。”

她跟你约定，下个礼拜天，让你一大清早到她家去。

“干什么？”

“让我们像真正的夫妻一样过上一天！”

“那老于呢？”

“我要他钓鱼去呀！四点钟就出发，咱俩还可以再温存一会儿！”

天哪！你和老于，或老于和你，有什么不同呢？

不过，他比你多一条对你绝对仇视的狗，那天早晨，它对你这个偷情的人，吼叫得多么厉害啊！

……“是的！”玛格丽特应声回答，“主会原谅一切的！”

这是在修道院里养成的习惯，女主持或者任何一位神父的话，都意味着是上帝的谕旨。不但不可有一丝违背和怀疑的念头，而且要心领身受，不断地反复念诵，因为那就是主的声音。

她想这位过去的神学院学生是对的，在风浪里，这艘船也确实像诺亚方舟。

灾难临头的时刻，作为神的儿女，就应该像《罗马书》里所说的那样：“如果我们和他一同受苦，也必和他一同受荣耀。”她真惭愧，差一点点忘了自己是修女，亏得这位文雅的、有教养的绅士的提醒。她觉得主回到她的灵魂中来了，谢谢上帝！

她认为他要成为一位神父，必定是十分严厉的。他那沉下脸来的样子，很使她记起修道院的守门神父，那是一把永远生锈的锁，不但锁住了谁也休想自由出入的大门外，还锁住了修女们的心。

等桑切斯参议员告辞离开房间以后，她从壁橱里把那件自游轮告别火奴鲁鲁就不再穿的黑袍拿了出来。当她在镜子里看到褪脱掉凡俗衣服的自己身体时，那个快活的吉米，似乎就在背后一样，那股恶浊的酒气，那支勒得她透不过气来的胳膊，让她在回味中几乎又坠入罪恶的渊薮中去。

她急急忙忙地套上那件宽阔肥大的黑色裙袍，但玛格丽特对镜子里的那位修女，却好像不认识似的。她不禁问："谁？这是我吗？"

她相信她穿上了主的衣服，也许可以避免灵魂的堕落。但不也把她和别的热热闹闹的人隔开了吗？于是在这艘船上，只有头顶上万能的主和这位桑切斯参议员了，甚至连吉米也会敬而远之的，那可太寂寞了。

这时她才回味过来，参议员敲开她的房门，难道就为了给她背诵一段《圣经》吗？就为了对她讲主原谅一切吗？

她不太理解他这句话的意思，也不知道他为什么要讲这些？主当然要原谅这世上所有的人，但为什么偏要对我说这些呢？当吉米一阵风似的进来，告诉她这个离开旧金山后的第一个海上的周末，船上将为多少天不见太阳的苦闷乘客，举办密克罗尼西亚狂欢节的消息时，她倒没有多大的兴奋。

……"那根仙人掌来找你干什么？"

吉米到底把桑切斯"俄勒冈洞穴寻踪者协会"的头头位置，给搅得当不成了。

他的一条很被众人赞许的理由，即或参议员先生百分之百地应该戴上这顶桂冠，也不能采取强迫别人必须接受的做法。除了上帝和爹妈不可选择外，（吉米说："上帝我可以不信，爹妈我可以离开！"）船长先生为什么一定要把桑切斯弄成个主席呢？尽管我喜欢他，恨不能亲他一下，但硬要我承认既成事实，我就不得不说不了。

由于参议员是墨西哥裔的缘故，"仙人掌爱好者联谊会"的会长职务，桑切斯先生倒是众望所归地当上了。

吉米自然也不是胜利者，但他高兴。"哦哦，他的水袋破了，他要死在沙漠里了……"他又哼着那支印第安人的民歌。

"你没有必要跟参议员过不去？"玛格丽特曾经埋怨过他。

吉米回答说："听着，玛姬，我不是吉米！"

不明底细的人，会以为他说“我不是我自己”呢？其实不然，他讲的是另外一个吉米。是那条他养的，可又被他作践、踢弄、折磨、虐待，无论怎样凌辱，乃至到了饿毙的程度，也不逃跑的老猫。

一听到吉米管桑切斯先生叫“仙人掌”，对一位尊敬的绅士，缺乏最起码的礼貌，她本想跟他交谈的愿望，也打消了。

“仙人掌如果再敢骚扰你，玛姬，我要一根根敲断他的肋骨！”

“吉米，希望你别再惹祸！狂欢节也是魔鬼出没的日子！所有的欢乐后面，都有忧伤跟随着的，修道院的女主持这样讲过的。”

“那我们还是先享受欢乐，然后再应付忧伤。只有笨鹅才会坐在池塘旁边，为明天流泪。走吧，玛姬！丢掉你的修道院，脱下你的道袍，快活地去跳去喝吧！”

“也许我们这诺亚方舟，说不定就在这个周末沉到太平洋里——”

“等到沉的时候，你再祷告上帝吧！快换衣服去，亲爱的嬷嬷！”

“我必须这样！吉米！至少今天晚上！”

“为什么？玛姬，也不是去做弥撒，或者为死者进行安魂祭！”吉米开玩笑地说。

“船摇晃得这样厉害，你还亵渎上帝！”她不停地画着十字，求主原谅他。

“玛姬！”他对她无可奈何，“好吧，好吧，只要你觉得这样好！那就请便！”

“吉米，你没看到，那位桑切斯先生穿上了教士的衣服。因为在灾难即将降临的时刻，我们这些主的儿女们，应当像耶稣说的牧羊人那样为羊舍命。”

“看样子，我要和仙人掌把账好好算一算了！请，圣洁的嬷嬷，你这上帝的仆人！我就是你的一条最可怜的羊！在前面为你引路吧！”

礼拜天，是上帝休息的日子，但对小人物来说，它是礼拜七。

从时装商店把那件令你很不好意思的上装退了货，回来的路上，你女儿碰上了她的同学。一个胖嘟嘟的，显然没心没肺的小姑娘，你女儿把你介绍给她。

“我爸爸！”

“唔？”

“唔什么？”

“有一回，我看见你妈妈从小汽车里出来，那个挽着她胳臂的男人，我以为是你爸爸呢！哦——”她也觉得有些说得走嘴了。

“你真能胡说八道！”

等那个同学走了以后，你女儿也觉察到你的沮丧情绪了。

“爸爸，对不起！”

“贝贝，你又没错。”

你不禁想：难道是你的错？是你老婆的错？

……从经济舱到要去的舞厅，必须走过很长一段甬道，还要拾级而上，沿着曲折的舷梯，才能进入一派珊瑚岛风光装点的狂欢节会场。当然，热带风暴还不至于可怕到全船覆灭的程度，对初次航行的旅客来讲，着实是够恐惧的了。船身的摆动，和她那件长袍的绊手绊脚，好几次跌倒在吉米的怀里。

“主啊！”她魂都吓掉了。

“这时候，主帮不了你的忙，别害怕，有我呢！”因为抱在他手里，俯首即可吻到她，他怕她再咬他一口，轻轻地试了一次，居然未加反抗。

“我相信我快要去见上帝了！”她没有拒绝他再一回长长的吻，只有这一刹那，她才能忘记死亡的威胁。风浪愈来愈可怕地肆虐起来，船在强烈地颠簸，两个紧吻着的男女似乎被人猛推一记，从舷梯上滚跌下去。

吉米努力托着她重新攀登上来，她已经吓瘫了，任他摆布。他说：“你听，玛姬，舞会已经开始了！让我们快活完了去死，也算对得起创造我们的主。”

当这位死也不忘快乐的推销员半搂半扶地，走进灯光闪烁、烛影摇红、花团锦簇、乐声回荡的大厅里时，竟没有半点狂欢节的气氛。被吉米说对了，仿佛在举行一场追思礼拜。每个与会者神色沮丧，心情沉重，那几位在跳密克罗尼西亚土风舞的姑娘，也动作呆板，表情凝滞。

“怎么回事？怎么回事？”吉米像推销他的杀虫剂一样，在推销他的快乐气氛。“女士们，先生们，跳起来呀！鼓手，来一首热烈的曲子吧！”

他的话还没有落音，像山一样的巨浪，把伊丽莎白号浮托到浪峰高处，然后，一撒手，整条船跌落到海底似的仄歪着下滑，桌子、椅子、杯子、花瓶，和那位鼓手的几面大鼓，全不由自主地朝一边栽倒过去。人们站立不稳，互相撕掳成一团，恐惧地锐叫着。就在这生死未卜的紧急关头，那位桑切斯先生用大主教宣读教廷谕旨的口吻，向在场的人开讲起来，一下子倒把混乱局面稳住了："我们为什么要遭遇到不幸和灾难，上帝为什么要惩罚我们这些善良的人，就因为我们这条船上，有一个偷盗圣器，被逐出教门的女人。那就是她——"他把手指着玛格丽特，"就是这个还敢穿着主的衣服，犯了十戒的法利赛人！"然后，他大声咆哮地吼着："主啊！这不是我们的过错！原谅我们吧！显示你的灵威，把这个不是修女的修女，我们心中的鬼赶出去吧！"

玛格丽特失神地跌坐在地下，满场大哗。

吉米放下他的旅伴，以从未有过的沉着，走向桑切斯，只有一个要求："向大家说，收回你刚才的话，并且向嬷嬷道歉！"

参议员财大气粗，并不把一个推销员放在眼里。他说："滚开！"

"我数到三，你要是不按我的话去做，我就把你墨西哥祖宗的魂灵揍出来！"吉米开始计数。

但是，他"三"字尚未出口，桑切斯一拳就打得他鼻孔穿血。

吉米哪里是这个训练有素的家伙的对手，但他并不因为那是个有钱有势有力气，而且有他妈的似乎是正义和真理的参议员，稍稍胆怯半分。他冲上来，正好船的摆动帮了吉米的忙，惯性使他猛地一下撞倒了对手，骑在桑切斯的身上，为玛姬，为他自己，为俄勒冈洞穴追踪者的权利，打得他七荤八素。

紧接着，吉米的末日就来临了。

桑切斯一个鱼跃动作，将推销员弹出好远，还未等他站稳脚跟，扑过来，像连珠炮一般的拳头，雨点似的落在他的身上。他本来发誓要把参议员的肋骨一根根折断的，现在，被打扁了的倒是他了。

吉米最后连招架之功也没有了，只有朝这个以上帝的名义（桑切斯一边打，一边说着）来打他的人，吐唾沫的份儿了。

玛格丽特一见他从嘴里啐出来的，尽是些血沫，什么也顾不得了。她不知从哪儿涌上来这股勇气，冲着桑切斯大喊大叫："这个上帝，要是你的话，我就永远也再不信了！走，吉米！"她甩掉那缠裹住她的黑袍，把吉米搀扶起来。这一回，是她几乎托住他，从舷梯一磴磴下到经济舱，通过长长的甬道，连她自己也不禁诧异，弄回到房间里。她笑了，而且是真正开心地笑了。

遍体鳞伤的吉米问她："玛姬！你怎么啦？"

"上帝离开了我，我不一样能活得挺好嘛！"

她再也不感到恐惧，当她跟这个年轻人恩恩爱爱的时候，修道院的日子，已是一个非常遥远的，漆黑漆黑的梦。

"吉米，抱我更紧些，我希望夜长些，再长些，天最好永远不亮——"

快乐的吉米差点为这个他爱的女人，把最后一口气也拼耗干净，他连亲亲热热叫一声"玛姬"的力量也没了。他想起那首印第安人的歌曲，"哦哦，他的水袋破了，他就要死在沙漠里了……"他已经精疲力竭，哼不成调了，现在只有一个飘浮在半空中又舒服又慰藉的感觉。他就是那已不剩一滴水的皮口袋，而压在他身体下面的那个没有了上帝的一丝不挂的女人，倒真像饥渴到极点的沙漠，一片永远灌溉不满的干涸的沙漠。

他也许会死在这片沙漠里吗？

不！他仿佛已经到达了他追寻的旅途终点，那就是他的极致境界。"玛姬！你就是宙斯的神殿！"

你倒在那张床上，捧着这本没头没尾的小说，看到此刻，眼皮开始打架。不过，你在思索：苦苦追寻，上下求索走了千里万里路，其实，神殿就在身边。

"这小子——"你骂了一声吉米，有点羡慕，有点嫉妒，但你是东方人，还是东方人中的弱者，你想，即使借给你胆子，你也不会像他那样任性胡来的。抬头看看钟，半夜两点多了，昨晚上宁佳突然出现的奇迹，大概不会重演了。你有什么办法？除非你失眠的话，你可以设想你穿着迷彩服，戴着贝雷帽，端着一梭子五十发的卡宾枪，潜行到你老婆的情人家里，敲他的卧室房门。

"谁？"

你在犹豫，有必要给那位老板来个透心凉吗？宁佳连划个小口子，流点血，腿都软的，干吗要吓着她呢？你到底踢开了门，你设想你的妻子会朝你扑过来，紧挨着你。你不怪她，你有你的骑士风度，你甚至对那位奸夫，碰都不想碰一下，你嫌脏了你的手。而是以一种蔑视整个世界的眼光，瞥那家伙一眼，然后拥着你妻子离去。

不知什么时候你迷迷糊糊地睡着了，等到电话把你吵醒，你才发现这一夜和衣而卧，此刻已是礼拜一的清晨。

电话那端的人，听出来是你，笑笑。他劝你凡事要想得开些，调回或者调不回，也无所谓的，眼不见，心不烦，更好。我们都得听老板的，所以，爱莫能助，请谅解吧！你一句话也没说，等对方也觉得没劲了，不说了，你才把电话挂了。

贝贝还没起床，你抓紧时间给她把早点准备好，给宁佳留条，哪些办了，哪些未办，哪些等你下礼拜回来再办……然后，望一眼多少有点空空荡荡的屋子，一年可以回来五十多次又少了一次的屋子，然后，悄悄地，脚步轻轻地，努力不吵醒你女儿和想象中仍睡在床上的妻子，下楼赶早班车到白石桥搭六点钟研究所来接人的车。

你还坐在你的后排座位上，这一路，大家基本上像没有睡醒似的，或痴痴呆呆，或昏昏沉沉，或像大泄元气的病人，萎靡不振，或东倒西歪，接着做未做完的梦，只有你，以难得的清醒，幻想着这辆车，最好永远不停下来，一直地开下去。无终点也就无期求，无期求也就无欲望，无欲望也就无争斗，这对你这个弱者来说，没准倒得其所哉了呢！

你想，要是把这荒唐的念头，告诉罗玉玉——她只要出院，肯定要来实验室上班的。她准说："下回再不给你借荒诞派和魔幻现实主义的小说了！"

当你能够清楚地看到西山的秋色，峰回路转，那研究所灰蒙蒙的大院，便不管你欢迎也罢，不欢迎也罢，硬塞进到你的眼帘里来。

只有那热热闹闹的一群狗来迎接你们这些由城里返回的人了。你很奇怪，居然看不到那条总对你虎视眈眈的罗玉玉家的大花，通常，那条狗，不会放过你的行踪的。

你往你的实验室走去，她会等在更衣室里，拥抱住你，给你一个长吻。

离开也不过数十个小时，罗玉玉会说："可把我想死了，林工……"她要你抚摸她，她要你搂抱她，她要你……每个礼拜一的更衣，冲淋，总是难免多耽误一些时间。

接着，她让你坐下来，从保温瓶里取出你的早点。她双手托住下巴，在你对面，痴痴地望着你吃。

今天，可教你失望了，门仍旧锁着。

你倒不意外，虽然出院了，也许还需要将养。但是，当你在你这个洞穴中消停下来，你发现，不但罗玉玉的物品，哪怕是一张她的香水纸巾（她是个有洁癖的女人）也没留下，统统无影无踪了。甚至，连她那股年轻女人特有的青春气息，从她头发，从她身体，从她一举一动中自然流露出来的，令你为之倾倒，为之陶醉的芳香，也消失了。

这是怎么回事呢？

你纳闷了好久好久，你几次想冲出去，问个究竟，你觉得你的罗玉玉不会把你撇下的。这爱，对你来说，固然是弥可珍惜，对她应该说是一生在追求的东西，怎能轻易随便地抛弃呢？

真能胡思乱想，你否定了自己。对于像你、像罗玉玉这样的小八腊子，连这点子苟且的爱，也要丢掉的话，那你连狗屁也剩不下了。不会的，你在等着，肯定在下一分钟，下一刻钟，下一个钟头，她推开门，含笑走进来，投入你的怀抱。

她没有来，木乃伊倒出现了。

这个被你不知枪毙过多少回的家伙，一脸正经地通知你："森中同志，我来实验室告诉你一声，罗玉玉同志安排到我的办公室当业务秘书，她的调令上个礼拜四就给她本人了！"

你在心里叨咕：混蛋，快离开这儿！你真担心你一旦控制不住自己，会不会一下子蹦起来，把这个性虐待狂掐死？

当你想到你的罗玉玉，又会被这个畜生残酷地糟蹋时，你多么想得到一支你梦中的卡宾枪啊！你多少年流不出来的眼泪，在你脸上毫无顾忌地流淌着。

虽然，你明白，世界是永久的，人生是短暂的。虽然，你努力排解，你干吗呀？你至于吗？

但是，无论如何，你想不到人生在世，会有这么多的烦恼。

玛丽小姐

现在，谁也说不好该拿玛丽小姐怎么办才好了。

在胡同口方家，不，应该说在整个胡同里，从老到小，几乎无人不知玛丽小姐的。

老太太健在时，是她老人家陪着这个玛丽小姐每天出来溜达的。几乎是风雨无阻，从不间断，准八点，那油漆斑驳的翰林府的大门，便哐啷哐啷地开了一条缝，先是玛丽小姐，然后就是校长夫人，一前一后地走出来。准九点，老太太和她的心肝宝贝，已经从后海南沿绕银锭桥回来了。

天天如此，比钟摆还准。

接着，胡同口里的人家，便可听到早先的翰林府那扇沉重的年代太久的大门，又发出一阵哐啷哐啷的声响。也许从此这一整天，大门保持着有涵养的沉默，几乎不大有动静的。

于是，只有悠扬的鸽哨，在天空里忽而近、忽而远地响着了。

这所四合院门口那影壁和下马石，记录着方家祖先在乾嘉盛世的恩渥隆遇。从前清翰林院方大学士开始，一直到方中儒这位大学校长，胡同口方家在后海这一片，凡老住户都知道那可是真正的书香门第。

后来，前几年吧，每天陪玛丽小姐出来溜达的，变成是校长本人了。

街坊邻居相信，老太太一准到她的天主那里去了，因为她是个虔诚的教徒，总要到西什库去做礼拜的。

人们也纳闷，方校长体格原不如他老伴，他倒该先走的，结果她把他撇下了。

自从老伴归天以后，他老人家像塌了半边天，身体好像更不顶了。一天到晚离不了拐杖，精神显然不如他夫人，每天早晨，颤颤巍巍的他，走两步就得歇口气，玛丽小姐不得不驻足等他，回头看着他。比起他那永远腰板挺直，永远整齐光洁，永远像洋人那样在数九寒天也穿裙子的老伴，他可差得太远。无论应付四合院会出现的问题，还是有关儿女的一些什么事情，老夫子总倒后悔不如他先走，也许因为他从不料理家务的缘故，忙于他的学问，本来事无巨细都是他老伴操心的家务，一下子落到他头上，怎么也照管不过来了。

幸好，并未麻烦他很久，人们再见不到老校长和玛丽小姐一块出现在后海溜达了。

银锭桥头摆烟摊的和修理自行车的老大爷和老大娘都明白：老夫子到天国去找他老伴了。胡同口方家这书香门第的最后的一个象征，前后脚随他夫人离开了人世。

再也见不到那真正是来自外国的玛丽小姐，由谁陪着出来溜达了。于是这后海边上，似乎缺了些什么？

人是挺怪挺怪的，习惯了，适应了，也就觉得理所当然了。大家讶异了一阵忽然消失了的这对老夫妻以后，一旦哪天方家的什么人，又和玛丽小姐出现在海边垂杨下溜达的话，人们难免又要引起议论，好像挺不顺眼的了。

“老太太、老爷子一过世，儿女们便不把爹妈的心肝宝贝多么当回事了！”

摇头的，叹息的，唉！唉！这世道啊……

家家都有本难念的经，方家人，现在是三兄妹，老大方彬，老二方军，老三方芳，对玛丽小姐的看法、意见以及具体的措施方面，各个想法不尽相同，不能一致。其实也不是天塌地陷的大事，无非有人希望这样，有人喜欢那样，有人想当甩手掌柜，有人不想吃亏罢了。

“怎么办呢？”

“总得有个万全之计，对不对？”

不就是一条叭儿狗嘛。

即或是一条纯种的马耳他叭儿狗，不也是一条狗吗嘛。

姑奶奶叼着一支长长的女士烟，牛仔短裙裹着她那浑圆的臀部，两条秀挺的玉腿，一双高得出奇的跟鞋，在方砖铺地的四合院的天井里，像模特儿表演似的，娉娉婷婷地走来走去。“我不认为玛丽小姐是一条普普通通的狗，不管你们承认也好，不承认也好，它是父母亲的遗爱——”

“用不着你定性——”她丈夫在心里“腹诽”他太太。

姑奶奶叼着一支长长的女士烟……像模特儿表演似的，娉娉婷婷地走来走去。

“难道你们大家不怕别人笑话吗？”

大家做出洗耳恭听的样子，其实，她大哥、大嫂，二哥和他的情人，以及她那懒洋洋在躺椅上八字摊开的丈夫，都不买她的账，又不得不听她的。可能觉得她来扮演卫道士的角色，不怎么适合吧？一个非常风流的女人，突然非常严肃起来，有一点点不太谐调。

“瞎来劲！”

她丈夫被她拖来参与关于解决玛丽小姐的这个家庭会议，本来满肚子的不乐意，见她这副神气，越发地不高兴，干吗？兴师动众，还真当回事地坐在这儿讨论，好像一天到晚公家的会还没开过瘾似的，回到家里来接着开，实在荒唐透顶。

王拓心里骂他老婆，臭显，就你能？你也不是一家之主，你上头有两个哥哥，你是嫁出去的人，你凭什么出头管这些事？莫名其妙，充其量，你也只不过具有三分之一的权利和义务而已。瞎张罗！她的全部能量，就在这张罗上。

终于张罗上一个什么协会的秘书长，“末代王朝的奇葩，哦！哦！”

“滚你妈的蛋——”

他知道他老婆表现欲极强。热爱在日常生活中扮演这种或那种角色。

现在，她在院子里那副当家主事的样子，很像才去世的老爷子，更像前些年归天的老太太。包括她哥哥、嫂子在内，都相信是老爹、老娘把她给宠的。

她逐一地看着院子里的人，等待着大家的答复。

“怎么着？诸位——”

一表人才的方军，被老爷子笑话成空心大萝卜的电影厂里的导演，却是个天字第一号情种，他本人的爱情故事，按方芳的评论，要比他自己拍的那些烂片子，更卖座些。他在院子里的丝瓜架下，跟他的情人不知在密谈些什么？院子里的讨论他并不关心。

这位目前和他同居着的女演员，半点也不漂亮，全家人弄不明白，他会如此迷上菲菲？

“二哥，菲菲，你们的喁喁情话，还有完没完？”

“要我们发表个什么意见吗？”方军问。

“对了，就是要你讲话，因为你是方家的人！二哥！我知道你讨厌玛丽小姐——”其实，这院里喜欢这条刁钻古怪的狗的人不多，也可以说没有。“不过，你不能没有一个态度！”

“是，女家长——”

“不要话里带刺，二哥，什么时候你片子拍得有这点含蓄，就好了！”她是个眼里不揉沙子的女人，厉害得要死，她父亲在世的时候，那样一位鼎鼎大名的大学校长，也让她三分。“好吧！你不要以为我多管闲事！关于玛丽小姐，看在早去世的母亲和新近离开我们的父亲分上，看在咱们这个无论如何也能算是书香门第的分上，不能不考虑到舆论的力量。弄得玛丽小姐没人管，都想一推了之。像话吗？”

“不至于吧！”方军表示不理解，他说，“一切不是挺正常的嘛！”

“正常个屁，不能这样对待玛丽小姐，且不说咱们是什么人家，且不说老爷子刚过世，从保护动物协会的观点……”

“我们可没有虐待啊，方芳！”大嫂贺若平连忙声明。

“现在不是追究责任，说起责任来，谁都有一份，因为我们是胡同口方家的子女。”方芳一脸正气，一派大度，也难怪父母在时，特别器重她，而对两位少爷失望。

方军说（这种不得体的话，也就是他能没心没肺地说出来）：“至于这么严重吗？玛丽小姐虽说上了点年纪，但终归是条叭儿狗，卖了算了！”

全院大哗，“啊？……”

方军所以成为一名三流导演，可能与他自我感觉略差有点什么联系。

他压根儿未把大家的亏他说得出口的惊诧神色放在眼里，继续发表他的谬论。

“那么好，我有个朋友在杂技团，驯狗的。也许，玛丽小姐具有表演天才呢？”

这回，方芳发她姑奶奶的脾气了，猛喝一声：“你还有完没完？”

菲菲拉了他一下，他赶紧举手做投降状。

“二哥，我看你实在差劲——”

他知道她的厉害，从小就斗不过她，虽然他比她大好几岁，但事事处处都得听她的。白长了个大个子，白当这个哥哥。上树，他不敢，只能站在树底下捡她扔下来的枣吃。后海挨着他们家院墙，夏天跳进去游泳，冬天跑上去滑冰，他只有站干岸眼巴巴看的份。他妹妹无所不能，无所不会，徜徉在天上是蓝天白云、水里也是蓝天白云的后海上，美不滋滋地，快活得这后海都盛不下她。“下来呀！笨蛋——”那时她不叫他哥，而叫他笨蛋、笨虫、大土鳖，或者傻驴什么的。他也真往水里跳，而且不止跳过一次，每次都淹得两眼翻白。细算算，喊他哥，也是他当导演以后的事。

不过要是让她去看他的样片，准会蛾眉一竖："这片子也就是你这笨蛋导得出来吧！"他承认他片子拍得不好，但他能找出无数的理由，把过错推诿出去。他永远怨天尤人，永远觉得他的才华得不到施展。

他的妹婿王拓非常羡慕他有糟蹋国家几十万元的权利，而且还有抱怨的资格。

方芳戳着他的脑门，很不客气地数落着。

"关于玛丽小姐，你有意见、你有看法、你有什么好主意可以发表，不要信口开河，胡说八道。"

"遵命！"方军一向被她"镇压"惯了，马上钳口噤声，表示服帖。

王拓估计他老婆下一步，该进入这次家庭会议的主题了。

果然，她把目光转向抽闷烟的老大，这一家的长门长子。

方彬这人，猛一看，挺不知深浅的。总做出一副深沉的思考状，其实，全家人都明白，越是这种样子的时候，他脑子也越是什么都不想。要是此刻谁问他，你妹妹和你兄弟在争论些什么？他一定是两眼露出茫然的光，说不出个所以然。

王拓在他老丈人家，其实更亲近导演，而不喜欢这位处长大人。

方老夫子终生抱憾的事，便是家门不幸，儿女不肖。老人家所谓的不肖，主要是怨恨他们不争气，一个个不学无术。如果说老二中看不中吃的话，那么，这个老大则是既不中看，又不中吃。"真想不到翰林府终止在我这一代……"

王拓深知逝世的岳父岳母，也未必很愿意接纳他为书香门第的乘龙快婿。只不过是：第一，在插队时结的婚，无可奈何，不得不认可的事；第二，怎么说，多少还有一份精干，虽然文化程度太差了，老三届，高中水平，这使老人摇头，幸好吩咐干些什么，不至于像二位少爷那样不顶用，也就接受这个现实了。由于时常被岳父母差遣，女婿顶半子使用，这两位郎舅，导演比较亲近他，因为可以省却自己许多麻烦，何不乐得轻松？而处长呢，老怀着一种对于精明人的戒备，怕遭他算计似的警惕着。

"大哥，"方芳"笃笃"地走到方彬跟前，她丈夫认为她没有必要在自家人面前，充当领导，好像不管着几个人，不当个头，就不是中国人似的。

王拓心想：第一，你不是家长，谁也不曾选你。老爷子未在遗嘱里册封你为他老人家的法定继承人，你没必要在这儿指手画脚。第二，你要匡扶人心，维系道统，发扬书香门第的温柔敦厚、福寿绵长的家教家风，那你就不妨身先士卒，将玛丽小姐弄回自己家里来"供养"，何必来这套假招子？他听他老婆对她大哥，一个什么部什么司什么处的处长继续发表门第伟大论，对玛丽小姐的态度也就是对先考先妣的态度论，那副道德面孔，应该说从演技角度来看，是不错的，但这套宣传，让他腻歪透顶。

方彬了无反应，方芳逼着问他。

“你说吧，大哥，怎么办才能妥帖些呢？”

“什么事呀？方芳！”方彬的拿手好戏，就是装糊涂。其实，他有时确实喜欢脑子处于空白状态当中。不过此次这场戏虽是他老婆鼓捣他才开演的，他做不了贺若平的主，是实情。但他想从这条狗身上先做文章，达到另外的目的，说明他也并非十分太呆。

他有时真呆，有时装呆，有时一点也不呆。

正如老夫子说过的，呆是他的生存之道，要不，能当上处长，据说还要当局长。

方芳当下就光火了，你不想要玛丽小姐，对不起，也甭打算往外推。她本来就觉得老爷子刚过世，方家不该这么快出现让人家看笑话的事，不过考虑到这个玛丽小姐确实难缠，才凑在一起商量个好主意的。好！这位处长像没事人一样，简直岂有此理。

她根本不晓得她哥哥的底牌，他笨吗，不该笨的时候，一点不笨！虽然，他不清楚他大学是怎么毕业的，但在他那个部那个局那个处混得还是不错的，呆人有呆福，官场倾轧中，也能拣到些便宜。现在，他用这一套来对付自家人，真有他的。

“那我们大家回来干什么？”她气呼呼地说，但始终挺着胸，做出优美姿势，时刻表明她是个艺术家，而且，还是个不大不小的艺术家的样子。

时代也真能造就人才，方芳从乡下回城以后，文不成，武不就，高考落榜，坐机关无门，当工人不愿出力，扫马路怕丢人。也许演过几天样板戏，有些艺术细胞，成了区文化馆的舞蹈教员。应该说，她挺能张罗，主办过一次国际标准交谊舞大赛，操持过一个业余的时装模特表演队，上了报纸，上了电视，成了文化艺术界的一位名流。如今掏出名片来，头衔也是一串一串好吓人的。她那大学校长的父亲，除了叹息还是叹息：“虎牌万金油啊！”对她沦落到三教九流这一点总是皱眉头，“方家门风怎么会如此不堪？倡优隶卒，全有了！”

老人的这种念头，她当然认为是很可笑的：“得了吧，爹！”

“我们大概是太落伍了！”他掰着指头对玛丽小姐说，（别人谁还肯听呢？）出了个不三不四的导演，姘上个活人妻的女演员，又来个跳舞的，又来个小老板，包括那个无能的处长和他的小市民的老婆，全是胸无点墨之辈。

『哦，哦，你看，你看，忙晕头了……』方彬装得极像，抱着脑袋，似乎日理万机，不堪其扰的样子。

她不听这一套，掉屁股就走。

不过老人能原谅她，她未赶上好时候，上山下乡，失去学习机会。所以，他有些抱愧，若她能读书，比两个儿子要强百倍。“即使如此也比那两个草包像人些啊!”

方芳在院子里站定，脸一板，打量着她的大哥，一个破处长给她装糊涂，心想，甭给姑奶奶来这一套，我不吃。“怎么回事？大哥，还得请教你呢？”

“不是礼拜六吗？哦——”说到这里，方彬仿佛才明白一样，“今儿不是礼拜六！对，不是礼拜六。”原来老爷子健在时，周末，全家照例总是要团聚一次的。

“大哥，这儿不是机关，不是官场，用不着跟我们大家打太极拳。不是大嫂讲了嘛，她不想要玛丽小姐了嘛。”

贺若平连忙声明，她不是这个意思。说实在的，这家人，此刻，谁也不想担这恶名声，老爷子尸骨未寒，就嫌弃玛丽小姐了。

这条狗遐迩闻名，是来自异邦，是纯种马耳他，有谱系证书，而且是一位大使夫人送的，至今还时不时地托人捎来狗食罐头的。

好一个了得！是一条有海外关系的狗。

她赶紧向在座诸人，再三解释，主要是她怕担当不了这份责任：“我跟你们说实话，这个玛丽小姐越来越难侍候，动不动就闹绝食，真不好办。这不才决定把大家请回来，商量怎么解决的嘛!”

虽然玛丽小姐不是十分可恶，但也十分地不招人喜欢。可生活就是这样，你不待见，你讨厌，但你得接受，你还不敢怠慢。

其实，恨不能说去他妈的!

方彬做出恍然大悟状，“哦，哦，你看，你看，忙晕头了，忙晕头了……”

他装得极像，抱着脑袋，似乎日理万机，不堪其扰的样子。

自打王拓辞掉公职，干公司，做买卖，当老板，身上沾有铜臭气以后，从老丈人起到两位舅爷，到自己老婆，都把他视为异类。他从来不买这书香门第的账，这回索性不觉得翰林府，有什么狗屁神圣了。老爷子是双料博士，他服气，剩下的，跟他一样。拿“文革”中爱说的话形容，彼此彼此，都是一丘之貉，尤其这位大处长。他心里在骂：“什么东西？装他妈的孙子。分明是一心想踢走玛丽小姐，觉得自己吃亏了。现在，他变得不知情了，好像倒是我们大家来给他找麻烦似的。”妻舅的这份智商，他真不敢恭维，很难相信是博士的后裔。可他居然还有可能被提拔，真他妈的邪行，而且还是吴铁老（老爷子的朋友）透出来的口风。

这两位妻兄，他讨厌方彬那假正经，情愿离他远些。而宁可接近方军，虽然吊儿郎当，至少他有一份真率。高兴就高兴，不高兴就不高兴，全在脸上摆着，不玩儿阴的。老人在世时，全家人谁不拍玛丽小姐的马屁？包括那个此刻当少年犯的方大为。别看那是条狗，得拍，不拍不行，要讨老人的欢心，就必须拍。

独他不！他不喜欢狗，喜欢女人。

方军风流韵事不断，而且档次极低，有时和风尘女子来往，被捉进派出所过。可他从来不给自己贴花描金，做出正人君子的样子。他知道他老爹半点看不上他，认为他是败类。他妈祈祷上帝保佑，只要他不杀人放火，不吸毒贩毒，就算万幸了。他承认他不行，不灵，“王拓，不怕你见笑——”他说他搞不了事业，搞不了钱，要什么时候连女人也不想搞了，他大概就成了西方文学中的“多余的人”了。

“在这家里，我不如狗——”

“你不能不承认，一种很反常的情况下，狗会比人重要。”

王拓也腻歪这条狗。

他在这家里，应该说能谈得来的，只有导演。

每当他俩谈兴正浓时，方彬总会过来好奇地问：“什么？什么？”这家伙有种怕被人暗算的恐惧，时刻保持警惕。因此，不大好说他呆，但这样猛插一杠子的做法，又难以说他多么聪明。

这两个人，根本不愿意跟他搭讪，因为他只知道做官，谈其他无异对牛弹琴。

说起来，这段插话，那还是前不久给老爷子办丧事时的事情了。

方校长之死，也算是备极哀荣了。怎么讲，一代鸿儒，学界泰斗，自然是相当重视的了。活着，也许无所谓，一死，倒有了分量。人的价格行情，时涨时落，忽而尊重，忽而贬低，碧落黄泉，真能有天渊之别的。不过，这一回，也许是最后一回，翰林府那扇哐啷哐啷的大门，从未出现过的辉煌，人来人往，川流不息，索性开而不关了。于是，那影壁，那石狮，仿佛回光返照似的，突然鲜亮了许多。

可以想象，是多么忙忙乱乱了，其实死亡应是一件悲痛的事，可难得的哀荣压倒一切的时候，丧事在某种程度上失去了本义，应酬和场面比什么都重要了。

于是方军和王拓也用不着哀痛欲绝，倒格外地清闲自在，因为插不上手。

那几天这条胡同，这个小院可热闹了，车水马龙，络绎不绝。哪怕只当一天大学校长，也是个长。人一死，沾个长字，那风光就很不一样。加上老爷子是真正的有学问，便多一层实在的体面和货真价实的光辉了。这样，官场也好，学界也好，来的宾朋贵客竟黑压压挤满了一院子。

院里临时设了个灵堂，负责照应来吊唁的党政领导、知名人士、亲朋好友、门墙桃李，都是长门长子和那位穿了一身黑的姑奶奶的场面了。方军和王拓，虽说一个是儿子，一个是女婿，也不知是他们上不去台盘，还是这两个家伙不愿上台盘，反正被排除在外，连泣血稽颡的机会也没有。方芳那天风光极了，她请来的一位电视台朋友，扛着个机子随她转。方彬当然不愿失去这样一个能与负责同志、与各路名流或巴结、或讨好、或增强印象、或放长线以便将来钓大鱼的机会，何况他的身份（不孝孤哀子兼某某部、某某司、某某处的处长）历史地把他推到这个出风头的场面上来。

可惜那张脸，永远木木然，幸好是丧事，这表情还算合宜。

一个人一辈子只有这么一次机会，机不可失，时不再来呀！他不时提醒自己。

他对自己说：不可能再碰上这样一位老子了，连早年获得过博士学位的英国牛津，美国马塞诸赛，也发来了唁电。这对有些人说，怎能落在洋人后面，纷纷登门三鞠躬了。方彬认为若不利用这点“剩余价值”，岂不太傻了嘛。于是，他跟他妹妹抢风头，忙得个不亦乐乎。

被冷落或自甘冷落的方军和他的妹婿，躲在东屋里，只有玛丽小姐陪着。一口连一口地喝着上好的茉莉，一支接一支地抽着万宝路。姑奶奶有话，这种细枝末节的小地方，绝不可以掉胡同口方家这名门望族的价。哪怕把裤子当了（这是绝不至于的），烟要好烟，茶要好茶，坐小车来吊唁的客人，司机一律开钱。她知道大嫂贺若平小户人家出身，生性抠门，特地讲清楚，把发票留下来，三一三十一平均负担。这样，他们两个本着不吃白不吃的精神，尽情享用了。

王拓知趣，因为他不姓方，不插手也罢，导演被冷落，完全不应该的。方芳几乎独霸市面，方彬笨笨磕磕地抢镜头，哪有导演的份？他唯有自我解嘲了，哼！这些出出进进的头面人物，给我当群众演员我也不要。“看我这一兄一妹马不停蹄的样子，送往迎来，就显他们是这部丧礼片的男女主角了。”

“得了，你不干，就别说嘴啦！”王拓开玩笑，“连玛丽小姐也在看你牢骚满腹的德行呢！有你抽的，有你喝的，坐在这儿当看客多好？你愿意应酬这些客人？”

“唉！你这是什么话？怎么，我是私生子吗？”他可以不干，但别人不让他干，那可不行。

“这就是你们没落贵族的德行了，想吃怕烫，不吃心慌！”他数落他的妻舅，“你想干，你去嘛，又没人拦住你——”王拓把他朝院子里推，他又不动弹。刚才，他们电影厂老板来吊唁，他也懒得去应付。他妹妹不得不编出他伤心过度的话，遮掩过去。

“我不凑热闹——”

“这就是大家爱说的时代病了。自己不想干，不屑干，别人干了，还指手画脚，说三道四。”

“得了老兄，所有混得得意的人，都长了一张说人的嘴。”

玛丽小姐见他愈来愈没个好声气，抬起屁股走了。

王拓了解这个方军多多少少有点二百五，这家人阴盛阳衰，两弟兄的智商加在一起，也没有他老婆高。居然国家把几十万块钱任他糟践着拍片子玩，而他当老板的那家公司，想申请点贷款，比登天还难。如果说是私生子，王拓说自打他干公司以后，他倒真有这种感觉。

他说：“得了吧王拓，我才是私生子！你至少是你，我算老几？不仅是这一家的私生子，而且我觉得我是整个社会的私生子。”

“你真能胡扯——”

“你不相信吧！反正，我觉得我是个多余的人，谁都嫌我，包括这个玛丽小姐！”方军接着又宣泄了一通，从死去的老头子到还没死的电影厂厂长，都绝对认为他是多余的。这牢骚一直发到方彬送走一位坐奔驰车的客人，得意地搓着双手进来时为止。

“什么，什么？”方彬紧紧追问。

他怕这两个家伙算计他，因为遗嘱还在学校领导手里，不晓得老爷子写了些什么？所以，他这个长门长子，既要做出一副悲戚的样子，接待来宾，又要琢磨下一步棋该怎么走？他脑子到这时候就成了一锅糨糊，根本不得要领。于是，在院子里，伶牙俐齿的方芳便把客人垄断了，他在一旁唯有点头哈腰干着急而已。

可他又不放心这两个闲人，再忙也要来应付两句，一张口，语无伦次，也难怪，他想到遗嘱上谁将分到什么，谁将分不到什么，也就不得不前言不搭后语了。

当了这几年处长，真难为他。

据吴铁老说，还有可能提拔他一下呢！连他老爹还健在时也不禁纳闷，“也许我真是有眼无珠不识金镶玉，都说知其子莫如其父，难道这句话错了？”

他老弟轰他出去招呼来宾，因为和他交谈，绝对要吻合他的实用主义，关于老夫子的遗产，一再试探，没完没了，虽然方军并不觉得自己多么清高，也不是不想捞一把，谁会嫌钱扎手呢？但方彬反复强调三兄妹要团结一致，互让互谅，他烦死了。

“这儿没你的事，你忙你的去！”

“什么多余？真的，什么多余？”方彬刚才听到这屋里的只言片语，便一个劲地追问。

王拓笑笑，不言语。

他知道方彬的心病，他的宝贝儿子，胡同口方家这书香门第的唯一的第三代传人，一个四肢发达，头脑简单的小伙子，因为持刀行凶，险几死人，被拘留待审。究竟让不让大为参加爷爷的遗体告别仪式，一直意见不一。

方芳并没有明确说不行，也没有说行，但不知为什么，好像姑姑不点头，别人还不便做主似的。谁也不曾公开地说，老爷子归天，和大为把他情敌的肚子上扎了两个窟窿，差点出了人命，被抓起来有关。但老爷子倒确实是在病榻上，听说他孙子居然敢开杀戒，接连说了两句：“一代不如一代！”以后，第三句还未说出口，一口痰壅塞住，便咽了气。

第三句话，肯定还是再强调一次而已，那张悲观绝望的面容，已把老人要讲的话，全部写在脸上了。

但方军认为，也许老爷子第三句话，是别的意思，没准会给我们一个光明的尾巴，他那个电影厂厂长通常都是这样要求他拍片的。再说，老爷子是位严谨的学者，措辞用字，相当慎重，哪能一而再、再而三呢！

老夫子刚刚咽气，大家不知所措的时候他能吐露这番高见，不能不让人叹服他不愧是没心没肺惯了的，根本不往心里去的主。他还很有怨气，好比对墙壁发表一通演说，了无反应，众人的冷淡使他索然无味。于是，他又一次印证了他是这个家庭，这个社会的私生子的看法。

他永远怨天尤人，只是和他情妇在一起时，还稍稍振作些。他对他的侄子存在与否从不关心，所以，是不是这小子气死了老爷子、该不该让这个辱没门庭的败类参加追悼会，他连想都不想。

不过，亲戚朋友相信，大为闯祸，是老爷子死亡的主要原因之一，大概不错。

难道方彬和方军，能教老先生活得多么快活吗？这难兄难弟，没有什么能耐，没有什么本事，更没有什么学问。所作所为，无不让老人深深的失望。唉唉，都是银样镴枪头啊！稍稍器重的方芳，可惜生不逢时，赶上了“文革”，小数点加减乘除未学会，就中断了学业。“可是她居然成为一个著名的文化人士，简直更狗屁不通了。”

翰林府完了，有人说，他死在绝望上，所以，第三句话也就无需说出来了。

但王拓认为，老爷子的这种嗟叹，基本上属于上一个世纪读书人的悲哀。

什么叫学问？您老人家的长公子做官的学问小吗？二少爷谈情说爱的学问小吗？令嫒写情书都找人捉刀，可不妨碍她当这个协会的理事、那个协会的秘书长。据说即将出版的《中国艺术家辞典》里，还有她的条目咧！好一个了得！

“瞑目吧，泰山大人！……”王拓心里想，也许方军说得不错，老爷子的第三句没能吐露出来的真言，可能是觉得没有必要强求别人像自己一样。你认为好，别人可以认为不好，你认为不好，别人认为好，不行吗？一代一代要活下去，包括拿刀捅人的那个少年犯，看那下手的狠劲，将来成为“教父”，也不是不可能的，你管得了吗？

老人家的悲哀纯属多余，可他那样抱残守缺，认定他的学问是学问，倒真是值得悲哀了。光阴荏苒，日月如梭，一些东西增值，一些东西贬值，老爷子对于时代的市场观念，大概太淡薄了。难怪他咽气时，面色怅惘而迷茫，不知是叹息儿孙，还是遗憾自己？话未说完，就永远地离开人世了。

处长还在执拗地盘问他俩，“到底什么多余？真的，多余什么？”

方彬并不刻意要他的儿子，在爷爷的追悼会上露面。但却想利用这个契机，把大为从关的地方弄出来。他懂得怎样利用死人的价值，过了这村再没这店了，坐奔驰车走的吴铁老已经表示可以成全。只要举家一致，异口同声，不嫌大为多余，让爷爷最后看一眼这个有种拿刀捅人的孙子，能假释出来，那么，也许就可以不必回去继续坐牢了。

事在人为，对不对？

这两票很关键，一个叔叔，一个姑父，方彬认为，只要他俩首肯，方芳也就不好不表态。虽然她一直讨厌，甚至反感大为，多次申言，应该将他关起来。否则，这小子杀人放火，无恶不作，非弄得满门抄斩不可。只要他一在院子里，那玛丽小姐就算是倒大霉了，不折腾得半死不会罢休的。那时老爷子还在，这小子只敢背后作践，当面还是溜须这条狗的。

“为了玛丽小姐，也不能让这小子回来！”

王拓不赞同他老婆的观点，狗重要，还是人重要？

“看是什么样的狗，什么样的人？”

方芳问他，到底是玛丽小姐给晚年的老人，带来了慰藉好呢，还是这个杀人犯催老爷子的命好呢？

“总不能因为狗而不主张放人，说不过去的。”

“在我们方家，玛丽小姐就不同一般——”

无论做丈夫的怎样晓喻，方芳态度坚决，甚至绝情，不行，应该继续关他，这个败坏家风，辱没门庭的人，没他老爷子还可以多活几年，让他来参加追悼会？开玩笑！

方彬明知他妹妹会这样想这样做，却不肯放弃这千载难逢的能争取假释的好机会。亲子之情，贺若平的一把眼泪，一把鼻涕，那就挑明了说吧！但他又不敢把他这老妹子得罪了，问题在于方中儒留下的，也许是最值钱的汗牛充栋的图书，其中很多的是珍本、海内孤本，不能按老爷子的意思，无偿地奉献出去。

钱！那是钱啊！他恨不能大声疾呼。可他一是考虑到老人刚死，二是赤裸裸地拜金主义不免过分，三是说实在的，这些年官当的，凡事少开口，一问三不知，结果连句整话也说不好了，真急得他抓耳挠腮。他认定了，必须三兄妹联手，才可以使这堆满三间屋的书籍，变成通货。而能言善道，出头露面，舍她其谁？指着没个正形的老二，那德行能办成事嘛。冲这一条，他不愿惹恼了她。

“如果老爷子把书献了，他名垂千古了，除了这所四合院，给我们留下个屁啊！”

他那小市民的妻子“哼”了一声：“怎么没留？留下个祖奶奶！”

方彬有一点迟钝，正好适合他一等二看三慢的为官之道，不致犯错误。好一会儿才悟出他老婆说的是谁，“啊呀，你先别管玛丽小姐吧！”

“我倒想问问，老爷子一闭眼，他的心肝宝贝谁管？”

“你放聪明些，别看它是条狗，谁养着它，就等于方家的正宗嫡系，那可是一份发言权。”

“我把话说在前头，那才是条祸害呢！”

“求求你别搅，好不好？当务之急是书，书就是钱，老头子一生积蓄全在这上面了，行家说了，虽称不上价值连城，几十万块人民币总是值的。”

一听这数目字，他老婆也不由得不心动了。“怎么办？”

“得争，尤其得方芳去争！”于是两口子意见一致，连贺若平也认可了不招惹方芳，而且把玛丽小姐侍弄好了，姑奶奶兴许更开心些呢！

可是，万一遗嘱已经安排了呢？结果钱未捞着，儿子也放不回来，岂非鸡飞蛋打？于是他那几天，一辈子也没动过这么多转弯抹角的脑筋。藏书不能献，儿子还想要，只好迂回战略，来争取这两张票了。

“吴铁老说了，人情之常，能够理解。错归错，血浓于水嘛！”

方军除了发牢骚和搞女人外，什么都不往心里去。“反正我不会让菲菲来的，我不觉得这多么重要。但是我也不反对你去把大为保释出来，我也不在乎一个犯了罪的孙子出席这种场面，本来就是形式主义。”

“对，是这么一回事！”他抓住方军的话，“那么想法把大为弄出来？”

王拓知道自己老婆的大义凛然：“我看还是你们三兄妹定吧！”

“你是起决定作用的关键人物，王拓，方芳很听你的呀！”

“谢谢啦，令妹的性格，你们二位也不是不知道，她想听的才听，不想听的说下大天来，她也未必听，是不？”

方军这才明白怎么回事，他怵他妹妹，赶紧声明：“我是狗屁不顶的人，大哥，这事再商量吧！你先招呼来吊唁的客人吧！”

方彬听不出这两个人卸磨退套，兀自想要他俩表态：“二位的意见，事关重大……”他一个劲地拜托，缠住不放。

要不是胡同口汽车喇叭声响，来了位屁股冒烟的贵客，方彬还会纠缠的。王拓知道自己妻子的说一不二的脾气，不过，抓空把方彬的意思对她讲了。她对她侄子态度非常明朗，不改造好，不能把这小子放出来。“不——”只有一个字的回答。

他呢？对这个动不动拔出三棱刮刀的一脸横肉的小流氓，也素无好感，才屁大年纪，就占山为王，成帮结伙，为非作歹，实在不像话。不过觉得他妻子捍卫书香门第的光荣，有必要如此坚决吗？他表示怀疑。他相信，再好的过去，已经过去。他劝方芳，豪门世家不可能有永远的辉煌，没落到这一步，最佳之计，就是承认现实。

“方芳，从古至今，哪有万世不变的基业，气数尽了，你也没法力挽狂澜！”

“我承认我们家衰败这个事实，可也不能出杀人犯哪，所以把他一辈子关在牢里才安生——”

“你当姑姑的，何必如此歹毒？”

方芳回答道：“这样做，为他好，也为家好。”

他反驳：“难道你们这一代多么给老爷子争光吗，我才不信。”

“至少，我们没犯罪——”

他嘿嘿一笑，不以为然。

“你笑什么？”她问。“你不会想到，这混账东西，多少次偷看我洗澡，不止一次被我当场抓住。从小就色胆包天，不是个好种。”

"唉！小孩子的好奇心罢了！"

"三岁看大，七岁看老，全是他那小市民的妈，先天就给了他的遗传基因——"

"哦，天——"

"胡同口方家从古至今没出过这样的败类，后海这一片，除了恭王府、庆王府，还有两家贝勒府，就数到我们方家翰林府了！"方芳一脸正经。

王拓笑了，"方芳，翰林府还真亏有你这位正经得不得了的当家主事人，你们方家列祖列宗在地下都要感谢你姑奶奶，捍卫了这张脸呢！可你一跳伦巴舞，或是恰恰舞，穿得尽可能的少、尽可能的薄时，你不怕老祖宗骂你浪？"

"我就知道你没好话。"

"你能把两者并行不悖地一统起来，也真叫我佩服。"

"姓王的，你有完没完？"她眉毛挑了起来。

"算了吧，方芳，你们家的脸，早让你们这一代，给撕破啦！老爷子是死在他孙子手里，何尝不是死在你们这些人手里，别客气！"

"滚你妈的蛋——"她不想和她丈夫谈下去，"我们方家的事，你少插言。"

"好好，从今以后，我在商言商。"

她不许她先生议论，自己却按捺不住要发泄，还怪王拓，"都是你，哪壶不开提哪壶！"

她先数落她二哥和那个活人妻的菲菲，过了明路似的同居，算怎么回事呢？

"你多余操这份心！"

"每月给甘心戴绿帽子的丈夫开二百元安慰费，简直可以上"吉尼斯世界之最"了！"

这世界也真是无奇不有，难为导演想出这名目来。别看他拍的片子十分缺乏想象力，这天大的笑话，倒弄得全城沸沸扬扬，比他拍的任何一部片子都轰动。

是挺让人难堪的。但方军无所谓，给人介绍是他爱人，因为他已经付过钱了。

有人好奇地私底下问过方芳："你哥好意思发这钱，我们就够惊讶的了，那主儿自己来领，更不可思议了！"

方芳除了破口大骂她二哥外，夫复何言？

"是上你们家来领安慰费吗？"

"敢？"

"那你二哥的情人呢？"

“反正我们家不承认——”

老爷子还活着的时候说过：“你要把这个女人领进院的话，我马上跳湖！”

方军还振振有词：“你老在西方待过，这不是正常又正常的事情嘛！”

“这是中国，这是方家——”老爷子让玛丽小姐咬他，轰这个败类滚出去。玛丽小姐果然也不客气，龇牙咧嘴。

那时候，狗仗人势，可厉害啦！

方军在院里对他妹妹诉苦：“我保证，这一次是真正的爱情！”好像以前他和别的女人难解难分，寻死上吊都是假情假意似的。方芳恨死他出丑丢人：“你这笨驴，就这能耐，应该把你送到配种站去。”

他还挺自负：“我这个人，有爱情能爱，没爱情也能爱！但这个菲菲，我可动了真情啦！”

“这样的话，你以前也说过的。”

“小姑娘，你根本不懂爱情——”

方芳火了，尤其讨厌他那嬉皮笑脸的样子，抬起手，就给了他一记耳光。

“你干吗动手？”

“因为你是畜生！”

他既不敢还手，也不敢还口。“好好——”

可老爷子一死，这位活人妻也戴着黑箍，正式出出进进胡同口方家，有什么办法？你是要脸，还是跟她撕掳？不准她进门，不许她戴孝，不承认她是方家人？堵在大门外跟她吵，跟她闹？演员会怕你这一手？整个胡同里的街坊邻居都来看笑话，岂不也等于大大的丢脸？真拿这个菲菲没办法，在灵堂里哀哀地哭起来，比谁都伤心呢！

接受一个有夫之妇成为方家的儿媳，每月要支出闻所未闻的安慰费，给那位活王八。幸好的是这家伙不大摇大摆来胡同口方家领二百块钱，否则，连翰林府门口的石狮子也感到丢人，方家这脸真没处放呢！

方芳只好感慨，完了，方家完了！

尽管如此，方芳也好，王拓也好，对导演还是要亲近得多。

至少他不阴，他不想方设法算计人。

“你那位大哥，我半点也不敢恭维，没水平还要露一手，没本事还要耍两下，就你们老爷子这一死，他里挑外撅，足一通表演，可戏演得那个砸！”

“都是当官当出来的一身毛病。”

“他这智商，天晓得——”

方中儒老先生不再搭理谁了，闭上眼睛，一脸苦楚。

"要不是吴铁老，他早让人家踢走了。"

"无论如何，你二哥丢丑，是一人一家的事。可你大哥，是某部某司某处的管计划外立项的处长。这肥缺，他是怎么搞的？财也没有发成，事也没有干好。"

"笨蛋一个，还自以为聪明！"他妹妹说。

"要不索性上呈下转，根本不用动脑筋，当个混事的官也行啊！只要能把圈画圆，安分守己，多好？他不，还要搞些名堂，又不高明。也不想想自己有多高的道行？他最近把我们公司的一笔买卖搅黄了的事，你不知道，他自以为得意呢！"

"怎么回事？"

"算了，算了！"王拓懒得说下去。

"姓王的，少给我玩心眼——"

"告诉你，让你跟他打架去？其实他才傻，那是吴铁老批的条子。"

方芳一惊，"你没有给他招呼？"

"我讲了，他不信，你有什么办法？"

这位大处长的妹妹，除了跌足叹惜外，还好说什么？"爹在世的时候，骂他蠢材，他还不服气咧！"

凡初次认识方彬的人，了解到他父亲是大学问家方中儒，禁不住要问："方老先生，果然是令尊乎？"

"怎么，不相信吗？"他还挺为这份家学渊源的光荣而自负呢！

对方望着连句整话都说不周全的方彬，面露难以置信的神色。

他还要问人家："咦！难道有假不成？"

每逢如此得意洋洋地反诘时，问话者通常一笑了之，不会有下文的。

他听不出言外之意，也就罢了。回家来居然当新鲜事讲给大家听，气得老夫子对方彬说："你别二百五了，先生我求你啦！"

"怎么啦我？"他还很不以为然。

方中儒老先生不再搭理谁了，闭上眼睛，一脸苦楚。

要有人不识相，继续烦他，对不起，懂事的玛丽小姐，就该发出威胁的吼声了。

方芳说她明白老人为什么老闭着眼睛，试想，差不多著作等身的方中儒，环顾左右，却是这样的儿子，这样的孙子，值得他看，有得他看的吗？蛆！你懂吗？

她丈夫问她："你不包括在内？"

方芳不想把自己撇出去，她承认：“都是蛆虫，完了，真的完了……”

方老夫子的遗体告别仪式，开得庄严而又隆重，“哲人其萎”，学问随之而去，当然是很惋惜的。但与会者，熟知老先生的亲朋好友们，望着这些泣血稽颡的儿女，和因在押而缺席的然而并不等于不存在的孙子，似乎除惋惜学问外，还有更该惋惜的一些什么？说不好是些什么？这“什么”如鲠在喉，怎么也不好受，倒确是事实。

当时，大家觉得最应该出席的，倒好像是更能讨老人欢心的玛丽小姐。

虽然，它很讨厌。但认识方老先生的人，无不知道玛丽小姐的。通常是这样的，凡初到胡同口方家，和老人家刚一接触，总会很荣幸地先认识这条狗。

“你可以叫它玛丽小姐！”他把这名字叫得很亲切，还郑重地从头至尾展览一番，一定要你同它握握手。

傲慢的玛丽小姐睥视一切地卧着，那可称得上一条贵族的狗。你说它聪明也好，你说它势利也好，反正，这院子里，大概只有两个半人，是它买账的。

其他人，对不起，它耷拉着眼皮，连看都不看一眼。

老先生一向不把儿女介绍给来访者，哪怕在他面前晃来晃去，也决不说一声这是老二，这是老大，或者这是方芳我的女儿诸如此类的话。以致有人误解他也许是孤家寡人，才把狗当宝贝的吧？

他会兴致勃勃地告诉你，这条马耳他纯种犬的父系，获得过巴黎博览会奖，母系更不得了，爱丁堡世界赛狗会上拿过金牌。“都有证书的，而且上了《不列颠百科全书》，不信，我找来你看。”

如果你稍稍懂得一点狗的学问，或者在官园农贸市场和某立交桥下的狗市厮混过，那老先生就更来了精神。“像这条百分之百的纯种马耳他狗，全中国我不敢夸口，北京市它可是独一份。”

“它的智商——”若是十分谈得来的知己，也熟知他对儿子的行止颇为不满的，他会坦率地告诉对方说，“要比我那当处长的、当导演的儿子，还略胜一筹咧！”

听者无不愕然，但不得不承认，这狗确实太通人性，除了不会说话。

玛丽小姐俯伏在他脚下，一副当仁不让的样子。

方校长缠绵病榻也有些日子了，但住进医院却是去世前不久的事，没有别的什么原因，就是放心不下玛丽小姐。

渐渐地，病势一天重似一天，经常陷入谵妄状态，一生经历，便颠三倒四地说个不停。但也只有两个名字，常挂在他嘴边，一个是已经去了天国的老太太，一个就是玛丽小姐了。

大夫和护士一直以为老先生念叨的这个洋小姐，是他早年留学外国时的一个什么情人呢？等到它也被获准来病房探视，才知道不过是一条叭儿狗，都忍不住笑了。可一看到玛丽小姐把头贴靠在床边，那泪汪汪的悲戚样子，也被感动得收敛笑容而动了真情。

所以，在神志清醒的时候，有关后事方面的问题，老人家自然是要想的，而且，应该说，无论如何，也要为玛丽小姐的未来作出安排的。

这是必然的，谁都这样认为。

但怪了，他会把玛丽小姐疏忽掉，是无法理解的，成了个至今也不解的谜。

也许只有吴铁老知道一些内情，在方中儒住院期间，这位也算相当负责的老同志来看过他多次。他俩是同乡、同窗，三十年代以后，一个投奔革命，一个出国留洋。先分道扬镳，后殊途同归，尤其上了年纪以后，把世情看得淡了，两人倒又比早先更交往密切一些。

一旦摒除了利害冲突，共识便多了起来。更何况一个是名人，一个是名家，就惺惺相惜了。他成了胡同口方家的常客，这样，方彬才得以在他那个某某部立足，方芳才得以在她那个什么协会出头，王拓才得以给他那个野鸡公司弄张批文，赚上一票。

吴铁老如今可豁达了，助人为乐，而且乐在其中，几乎进入炉火纯青的圆通世界。他相信苦绝不是他一辈子追寻的目标，如果说需要苦，或需要吃苦，也是为了以后不再苦，或不再吃苦。特别到了这把子年纪，就要活得洒脱些，自由些，不妨无拘无束些了。一般来说，这些屁大一点事，又不特别劳神，与人方便，与己方便，何乐而不为之呢！

所以他对方中儒的执拗和清高，活得如此拘拘束束，就不太赞成了。

当然，各人有各人的活法，他也不想勉强他的这位老朋友。不过，老兄，要知道学问是无止境的，正如革命永远是尚未成功一样，你不可能做完所有的事情。恕我直言，看来，这就是所谓的书呆子了。学问愈多，呆气愈甚，他不止一次敦劝："中儒兄，你看你都快成木乃伊了，放下你手中的书吧！何必钻之弥坚，锲而不舍呢？孔夫子还食不厌精，脍不厌细呢！"

"老铁啊，老铁！有时候举目一望，真是晚景苍凉咧！"

"那你就更该潇洒些了，咱们已经到了苦日无多的晚年啦！留给后人去干吧！"

不提后人还罢，方老先生一听到这两个字，就皱眉头。"老铁啊，你看你三个孩子，两个在美国，一个在英国，这都是当年我呆过的地方。我跟你一样，两男一女，倒不是我一定要出国留洋方算出息，至少应该立事——”

吴铁老劝慰他：“也不必过于苛求了，一个个成家立业，各得其所，不偷不抢，安分守己，可以啦！”

他佩服老铁想得开，他想不开。可惜那几屋子称得上汗牛充栋的书籍，竟无人继承他的事业。怎么能丢手呢？难哪！老铁！我活一天，就得当一天书虫啊！

甚至住进医院，还要带上他的未做完的下一次国际学术会议要宣读的论著。

这当然是愚不可及了，吴铁老对病床上的他说：“你是一定要蜡炬成灰泪始干了！”吴铁老觉得他可怜，至死不悟。

所以，方老先生竟未太顾及后事。“学问把你们家老头害了，这一辈子活得所谓何来？”这番感慨，真有点石破天惊之义，吴铁老自参加革命以来，九死一生，自然要高一层境界了。

虽然中国人比较忌讳死，上了年岁的人，则尤以为甚。这是东方人的传统文化心理，乐生畏死，不足为奇。方校长学贯中西，得过英国和美国两个博士学位，知道即使活到一百零三岁（广西有位老妈妈，在这个年纪上入了党），再往下活，也总有离开人世的一天。他老人家想得开，在病床上，学问之余，便立了个类似遗嘱的这么一纸文书。

“老铁，幸勿见笑，谁总有这一天的。”

吴铁老看了这遗嘱，笑笑，没有表态。

方中儒便把这交给了他的继任者，现在的大学校长。

总算吴铁老还问了一句房子的归属问题，否则，连这句遗言也不会留下。

俗话说：“大智若愚”或者“智者千虑，必有一失”，老爷子这张遗嘱，颇能表现我国尚未进入完全法制社会的特征。第一，是用圆珠笔写的。第二，未经过公证，不具有法律效力。其实也无所谓，他也不是洛克菲勒，或是像那位希腊女船王一样，拥有百万家产，只有一些书和胡同口方家这套四合院。

仅此而已，或许方老先生为他这一点点财产，不免汗颜，觉得太郑重其事了，有些小题大做，所以才采用这种马马虎虎的办法。真要是拿到法律公证处，堂堂大学校长，只有些许可怜巴巴的薄产，还不够人家笑话的呢！万一传到外面去，岂不要丢中国人的脸嘛。

老人的爱国主义情感，不能不令人肃然起敬。

至于后海边上这套荷风水月、绿阴环抱、磨砖对缝、前廊后厦的四合院，本是前清当过翰林的祖宗留下的。在当时连皇帝也没有暖气、煤气的情况下，方大学士住着，生炉子，烧火炕，呵开砚台里的冻墨，给皇上写奏折，也觉得理所当然的。可如今，房子年久失修，那哐啷哐啷的大门，都关不严了，哪怕炉子烧得再旺，好像每条砖缝都透风似的。正像吴铁老所说，老兄，要无公家做后盾，你想把这套院子现代化起来，谈何容易？

“除非把它交给大学里。”

“那你还不如作成我老铁呢！”他当玩笑话说的。

“看来，阁下颇有能量的了？”

吴铁老以自嘲的口吻说：“这就是做官的比做学问的优越性所在了。”

每个人都有一个梦，这或许是吴铁老还是一个从外省来北平读书的大学生时的梦。有朝一日，他也能在这后海周围，有一座属于他的四合院。那时候，房子并不很贵，那时候，吴老还在革命和学问两者之间徘徊，那时候，他对于原籍跟他相同的这位同学的门第，有着一种说不出来的羡慕之情。

也许，他自嘲过，由于不是揭竿而起的缘故，是个读书人，才有这种风雅吧？

后来，他革命了，这念头便被铁与血给冲淡了。等到若干年后，老同学重新聚首，望着那虽然阑珊残旧，但气象依然的翰林府第，那消逝的梦，不禁又复活了。

小人物的梦，也许只求一张书桌。中等人物的梦，就要求一间书房了。而对吴铁老来说，他的梦，在这一波碧水的后海边上，有一所安静得可以听到细鱼唼水的声音的小院，读书品茶，颐养天年，也许就其乐融融了。无论如何，他是读书人，哪怕是领兵打仗的时候，也是手不释卷的儒将，何况嗣后一直舞文弄墨，数得上是党内的一位高级知识分子，有这样一个不算奢求的梦，也就是相当的、难能可贵的俭朴了。

方中儒是学者，对于世事，有些懵懂。其实他要通达些的话，这破院子早转让给他老同学的话，他也不至于每年冬天，为煤球、为风斗、为棉门帘、为安烟囱、为烧不着炉子而操心了。虽然他不用动手，老太太过世以后，必须放下书本来张罗，总是免不了的。他也多次发狠要告别这四合院，可一过了冬天，又作罢了。

如果说方老不考虑到祖业断送在自己手里，也未必准确。但很大程度上，为他的心肝宝贝着想，却是事实。

若搬进楼房里去，玛丽小姐就像进了笼子一样地受拘束了。连四合院它还觉得天地太小，每天要牵着它顺海沿溜达的，冲这一点，老校长就下不了决心。

吴铁老终究是读书人，即或存有觊觎之心，也要顾及老同学的面子的。他极其间接地托人婉转暗示，你这个大学校长，可不是你老人家去念过书的牛津大学的校长，麻省理工学院的院长。想把这古老的府第内部装修全部现代化起来，靠自己的力量，那恐怕是天方夜谭了。

他回答说："我是无能为力了，我已经老了，看儿女们将来如何吧？不过，我可以想象，他们也未必能有什么作为的。"他没有转让的意思，但似乎预料到未来的结果。

这倒也不幸而言中。

在病榻前，吴铁老忍不住还是问了，这份不成其为遗嘱的遗嘱中，应该说少了些什么？而且，也正是他最为关心的什么，那曾经是他的一个久远的梦。

老先生说不上是猜知了他的心思，还是觉得实在没有必要当回事？"谁住归谁吧！省得麻烦！"

这种说法，有很大的模糊系数，既不是哪一个人所有，但哪一个人都有一份发言权。他这个在官场厮混一生的人，倒不禁佩服学者终究是学者，聪明是地方，糊涂也是地方。一旦要转手，住多住少，住大住小，涉及经济利益，势必有戏好唱。老爷子这一手，谁能料到，没准倒像是埋下一颗定时炸弹，谁要打四合院的主意，就不得不谨慎地分别跟他儿女中的每一位打交道了。

也许是学者高明之处了，对他那几个认为是没出息的儿女，倒不失为一种最好的制约办法。

这自然增加吴铁老的难度，不过，对付的是他的儿女，而不是他，就不在话下了。

方彬在没有见到遗嘱前，就从吴铁老那儿听到这条遗言了。

两口子高兴坏了，认为老爷子病糊涂了，把一个天大的便宜，给了他半拉眼睛也看不上的儿子。因为，目前这四合院实际使用情况，只有他、他妻子贺若平，以及玛丽小姐住着。

如果方大为从牢里放出来，也是理所当然地有他的一份。"这下子咱们逮着了！"

方军在电影厂里要到了一套房子，小了一点，和情人半合法（女方的丈夫同意，因为按月付给那位打灯光的师傅安慰费了。）半非法（婚姻法不认可，算怎么回事呢？）地住在一起，也将就了。他所以早搬出来，因为老爷子不允许菲菲进门。二来他也不害羞地声言，这院，冬天像冷宫一样，做爱颇不方便。全家人听了不免愕然，他倒对这种愕然表示愕然。如今在院里只占了两间西屋，堆放着他和以前的情人们交往时的一些情书、信物、纪念品。有人试探过他的态度，给他一套三室一厅，肯不肯让出四合院？他无所谓，条件是：他们同意我也同意，他们不同意，那我也不同意。

不能不服气方中儒的厉害。

方芳早搬出去了，自从王拓的开发公司发了财以后，就敢花钱买商品房住了。

也有人问过她，“如何？那破四合院，你也不住，何不……”她回答干脆，一口拒绝，理由是祖产，谁敢动？但那还不是最主要的原因，而是玛丽小姐离开了这院子，怎么办？看起来——说客回去向吴老复命——这条狗比祖业还神圣。

吴老能理解，不但狗，只要真有象征意义，哪怕一摊狗屎，也会当做宝贝的。他笑着说：“不是有句成语嘛，叫做敝帚自珍，就是这个意思了！”

他没有派人去向那位处长探询，那个总有两块眵目糊粘在眼角的方彬，早不经暗示就跟吴老谈条件了。第一，能设法把大为保释出来；第二，实现提拔一级或两级的愿望；第三，要一套四室一厅和一套两室一厅，在三环路以内，好让他和他那闯祸的小祖宗隔离开来。

“行吗？老伯！”

吴老笑而不答。

回家后，他妻子担心地问：“有门吗？”

“你懂啥？大干部总是这样的。”

“哈哈——”两口子笑作一团。“咱们发啦！咱们发啦！”他一高兴，一得意就搓手，因为这院子绝大部分是他们“占领”着。

其实，此时此刻，老夫子还未断气。

贺若平精于算计，锱铢必较。她说：“会不会其中还有什么讲究？”

老太太健在时，只抓大政方针，至于柴火油盐具体的事，还是她长房儿媳当家。买十块钱的东西，准报销十一块钱。老太太心里明白，不过觉得合乎西方收小费的标准，很有洋人派头的老太太，也就随她了。

她可不像她丈夫一脑袋糨糊，“谁住归谁”和“谁卖归谁”不完全是一回事。“遗言可是有点含糊，没提产权，只是居住权——”

“是吗？”方处长顿时兴致全消，似乎整个眼睛长了眵目糊。“这老头子狡猾狡猾的——”

有人说：学者的知识过于专业性，钻研得愈深入，于是其他方面，实际也等于呆子一样，这话就未必准确了。等到那份不具备法律效力，但势必生效的遗嘱一公布，方彬两眼都黑了。

“全完了！全完了！”

事后他对方军、方芳埋怨，咱们老爹也做得太绝，就这点值钱玩意儿，他的一生积蓄，全奉献了。“他落了个好名声，我们呢？得到什么？”

贺若平没好气地搭腔：“你得到了一条狗！”

她从来对玛丽小姐不感兴趣。方芳马上反驳：“这整套四合院，谁住着？”

方彬当即悟到，房子是最后唯一可以捞到的稻草了。

所有看到遗嘱的人，对其中关于书籍的分配方案，哪些是捐给国家图书馆的，哪些是捐给大学图书馆的，哪些是馈赠给他的得意门生的，那份周到、细致、详尽、妥帖，令人肃然起敬，可见老夫子不愧为大学问家。而他的处长儿子、导演儿子以及他那有表演癖的女儿，差得太远，焉知不是老人家的预见？省得他们打破头，也许会把值钱的书，换成人民币，剩下的，该论斤约了。

着急也没用了，来了两部卡车，把几屋子书统统拉走了。

老先生特地注明了的，是无偿捐献，受赠单位也不好拂死者的遗愿，只能送上一纸奖状。两眼直直的方彬，哭笑不得，掂着这份荣誉，问院里众人：“管屁？管屁？”

玛丽小姐对所发生的一切，显然不比处长明白更多，拉走主人那么多书，防着它会发疯似咬人，将它关起来了。现在，放出屋来，它吼着方彬手里这张纸，也未必没它的狗道理。但处长火了，竟破天荒地踢了玛丽小姐一脚。

不要说方芳，其他人都觉得他太过分了。

方彬这才意识到几近大逆不道的过错，马上两只死羊眼失神了。也就在此刻，人们才想到在这份遗嘱里，竟然没有关于老人家最钟爱的玛丽小姐的只言片语。

“奇了怪了！”无一人不感到惊讶的，凡知道胡同口方家这条狗的都是这种表情。

当然，把一条狗写进遗嘱里去，在中国人看来，不免荒唐。但在西方，却是习以为常的事，如果老太太后谢世的话，她一定要写的。老先生精通西学，也许未必会拘泥世人俗见，但他又深悟我中华传统文化，规行矩步。他该写的，给玛丽小姐留下些什么。然而他不写，直到垂危时，也不提，这就说明他是一位中国式的学者。

怎么回事？非学者的凡夫俗子思忖，也许存心要考验考验他的儿女们？

能看到遗嘱的，应该说是些最亲近的人和吴铁老及大学里的领导。都觉得讶异，这玛丽小姐几乎等于胡同口方家的图腾，老人居然没有作出安排。

他绝不会把他的心肝宝贝忘记的。老实讲，老人晚年，腿脚不利于行，活动是尽可能的少了。除去他的学生来求教，除去他的老朋友来看望，一个人在书房里枯坐着，是相当寂寞的。要不是有玛丽小姐在旁陪伴，真不知如何排解这一份孤独。后来，学生渐渐来得少了，功成名就的自然再不需要他，功不成名不就的好像也不再指望他了。老朋友呢，仿佛抽签似的，一个一个被上帝宠召去了天国。于是，书房里，只有他和玛丽小姐，看着日影慢慢西移，知道一天的结束，看着院里那棵枣树，由青转绿，由绿转黄，到黄叶完全落光了，知道一年又快过去。日复一日，年复一年，唯有玛丽小姐排解老人的孤独了。

到了这个年纪上，谁还愿意听他唠唠叨叨呢？可他不是哑巴，他要说话。于是他就只好对这唯一的听众诉说了："亲爱的小姐，斯芬克斯的谜语说过，脚最多的时候，正是速度和力量最小的时候。现在，当没有脚的时候，也许是生命即将终结的时候了。"

玛丽小姐温驯地望着他。

他和他的两个儿子，几乎好些天也说不上一句话。虽然，晨昏定省，倒不失书香门第的规矩，老先生不知为什么，顶多挥挥手就拉倒了。他半点不喜欢俗不可耐的处长，和那个老不足吊的导演，他们俩同样也不喜欢他。随着方军、方芳搬出去，老爷子索性让方彬也把这套礼数给蠲免了，何必彼此勉强呢！于是，一日三餐，除掉贺若平送来他的和玛丽小姐的吃食外，这道门再没人跨进来。

"门虽设而常关，好，好。"他抚摸着玛丽小姐的毛茸茸的脑袋，自我安慰着。

老人有时甚至禅悟到，最好的结果是没结果，追逐一生的人，没准连这么一个精神依托也找不到呢？

玛丽小姐的伙食，是半点也含糊不得的，至今，还得想方设法给它从外面弄狗食罐头呢！

所以贺若平在这四合院里，也不容易。

光这条祖宗狗就够她侍候的，更何况还有一大家子人。

自从老太太早几年过世以后，她在这个家庭的整个运作过程中，应该说是个重要人物，但谁也不把她放在眼里，这使她总憋着一股火。因为这家人，老爷子除外，甚至包括她先生，分明是个草包，却颇以祖先是翰林，老爹是大学校长的书香门第而自豪。因而看不大起她小门小户出身，这也的确让她有些自卑。所以不仅对老爷子唯唯诺诺，连讲话的声气都努力凝神敛息，对小叔子、小姑子，乃至对一条狗也不敢稍有懈怠，稍有不满。

慢慢地，她品出来，就算是书香门第，又能如何？一个个该狗屎还是狗屎。

总算熬到了出头之日，老爷子归天以后，她在四合院里，才算直起腰来。拿方芳的话讲，快要装不下她了。

她过去听她丈夫发牢骚，做名人的儿子太不容易了，她不会做声的。现在若是再说，她一准要反驳，得啦！做名人的不争气的儿子的老婆，才叫做难上加难呢！

方彬只好对他妻子赔笑脸，顶多说一句："干吗？干吗？"老实讲，无论在班上，还是在家里，他也并不十分快活。导演曾经说他是喜剧式的悲剧人物，想当个能干的处长可缺乏本事，想当个出息的儿子又少了天资，想当个尽职的丈夫在这个家庭里，说话不能作数，想给我们做出表率吧，实在拿不出个样子。总而言之一句话，方军说："大哥即使想干干脆脆的照他本来的样子过，窝囊就窝囊，不行就不行，像我似的，他还办不到呢。他把自己摆在那个牌位上，武大郎盘杠子，上下够不着，更难受。"

所以，对他老婆又能如何？只好竖起耳朵听——

"凭什么我连那玛丽小姐也不如呢？好吧，我不算，我是外人。怎么你们也混得不比玛丽小姐讨老爷子喜欢？不就因为你们不成器，不得不依附名人，吃大学校长这块牌子嘛。弄成这份连个屁也不敢放的德行，真他妈的窝囊透了！"

"看你说的，看你说的——"

"我始终不明白，到底在你们家，为什么一条狗成了太上老祖？"

处长对太太说，你也不是不知道玛丽小姐的来历，看在老爷子分上，少说两句吧！

她忍了那么多年，不容易，终于再也忍不住了。在方彬眼里，一定要同一条狗较量个高低，可就是妇人之见了。啊呀，怎么跟你讲呢？若平！咱们儿子不是还吃官司吗？他扎伤的那个人住在医院里，不是还得由咱们付医药费吗？眼看着冬天要来，这四面透风的破院子，不还得咱们来受罪啊？而且你也知道，我不能永远当一个处级干部吧？

贺若平有点悟了。"你说怎么办吧？"

这胡同口方家四合院，翰林住着可以，校长住着也可以，怎么到处长住着的时候倒不可以了呢？也许物质文明和现代化的生活，使人的适应能力逐渐衰弱，曾经是辉煌的翰林府，如今倒真成了住在里面的人的累赘了。

"得把这院子脱手！"

“吴铁老倒一直惦着。”

“可玛丽小姐是个大难题，你光顾生气不行，得让老二和老三也领教够够的了，才能谈下一步！”

“对，也该这些说风凉话的主儿，顶个狗祖宗过过！”

于是，便把方军和方芳找来，于是，便有了老人逝世以后的首次家庭聚会。

方彬装了一阵糊涂，言归正传，把话题引到玛丽小姐身上来。方芳性急，她晚间还有一场交谊舞比赛，是他们那个协会主办的。她说：“大哥，你当这些年处长，别的没长进，官腔官气，全部的官场恶习，统统学到家了！玛丽小姐怎么啦？有话快说，有屁快放！”她对她两个哥哥，从来不考虑修辞的。

“应该承认你们大嫂难能可贵！这些年来——”方彬像在那个某某部里一样，该听见的，听不见也能听见；该听不见的，听见也只当听不见，这是一个无能的干部必须具备的最起码的条件。他不理会他妹妹的挖苦，照旧夸他的老婆。第一，肯定成绩。第二，强调困难。第三，也就是要害了，三一三十一，公平负担。街坊邻居，亲朋故旧，谁人不知，哪个不晓，玛丽小姐是老父亲的遗爱，那就不能由我一人独领风骚地表现对于先考大人的孝心啊！这份光荣怎么也要让一点给二弟和三妹啊！

想把玛丽小姐推出来，不但方军、方芳意想不到，作为外姓人的王拓和那位性感演员（她说中国不拍这种片子，所以她没戏可演）都怔住了。

乖乖，这位两眼总挂有眵目糊的处长，看来大有希望，懂得玩心眼啦！

也许名人像一棵大树，压得树底下的小草长不太好。如今一旦见到日头，大概要朝气蓬勃了。过去，在大学校长面前站着，难免觉得自己腹中空空，绣花枕头一个，多少有些心虚胆怯。现在，在这院里，彼此彼此，也就不必“谦虚”了。

夕阳西坠，晚霞满院，玛丽小姐从它的屋子也是原来老爷子的屋子走出来，也许老先生归天后全家人很少这样团聚在一起的缘故吧？它露出一种纳闷的神色。显然，以酸刻的眼光瞧着自我感觉好极了的方彬。如果它有语言表达能力的话，肯定要说：“看你们一个个的德行，想要解决我？我至今保持着名门望族的尊严。可你们呢？打算甩开我再卖房子，真是败家子啊！”

“我还得先说说你们的大嫂，这个玛丽小姐很不容易服侍的呀！”

贺若平做出世上少有的贤惠孝顺儿媳的模样。她说：“这条狗是琳达夫人送给老太太的，有国际意义——”

方芳打断她：“得得！”她一直讨厌这位大嫂文化层次太低和小市民气。

她从来无可奈何她的小姑子，那是跋扈惯了的女人。为大局着想，她不招方芳："老太太去世后，玛丽小姐是爷爷一大安慰，养好这宝贝，让老人家安度晚年，是做小辈的责任——"

"诸位——"方彬继续吹嘘他老婆。"要不是你们大嫂尽心尽力，玛丽小姐至少被人家拐走一百回了。"

这话倒也不假，玛丽小姐是北京城里唯一的马耳他纯种哈叭儿狗，多少人惦着它。幸好如今是条老狗，又不能下小崽，狗贩子们和热爱狗的人才对它失去了兴趣。有一度，它差点成了狗明星，方二爷把它抱到电影厂，试过镜头的。但它是条贵族狗，不屑于当演员，还是回到四合院里来养尊处优了。

方军虽说是个糟蹋粮食的导演，但他懂得希区柯克的悬念，这两口子演什么戏？卖什么关子？他掠了他妹妹一眼，那意思很明显，关于这条狗，我才不管！他和他情人一直在嘀嘀咕咕，显然有什么为难之事，一副泥菩萨过江，自身难保的样子。

方芳不愿搭理方军，也是五十来岁的人了，总觉得仍旧是年轻的恋人那样自作多情，烦不烦哪？她光看他俩卿卿我我，没注意到他俩犯愁，真没劲，什么时候不能亲热，就这一会儿工夫，还腻腻歪歪，一对儿没心没肺。可对她大哥大嫂的这一套把戏，倒觉得二哥不玩儿心眼的好处了。她心想，"甭美，打算一推六二五，没门——"

方彬根本没看出来他弟弟妹妹的抵触情绪，更不注意他那精明的妹婿，拿什么眼睛在打量他。这种人好就好在失去感觉，不管别人如何，他继续夸他的老婆。

"不说别的，诸位，每年二八月玛丽小姐发情闹窝，谁去给它找对象啊！就你大嫂操心。一个妇道人家去狗市找配对的公狗，怎么张嘴啊！唉！腿都跑细了。"

贺若平笑着补充："其实多跑点路无所谓，只是这种事应该是你们先生们去干才合适的。二叔，你有一年也帮过忙的，狗对象比人对象还难找哪！"

方军跟他情人说说嗓门高了起来："管他呢？看能咬我卵？"

满院的人怔住了，两个人爱都爱不过来，怎么吵嘴啊？菲菲笑着向大家解释："没事，没事，我们在说另外一个人。"

人们明白，这个人，肯定是她原来的丈夫，一个在摄影棚里打灯光的师傅。

方彬不失时机地宣传："我们在说你大嫂给狗找对象的事，不容易，全亏她……"

他老弟此刻挺心烦，没好气地回答道："老爷子生前讲过，我们方家，历来是阴盛阳衰，这很正常。我们向大嫂学习不就结了！"

王拓接着说："是啊！大嫂继续保持光荣吧！"

方彬马上拦住他的话："大家一块光荣吧！"

"当然，大哥大嫂身先士卒带头啦！"王拓是个鬼精鬼精的生意人，否则不敢在海淀一条街上，强手如林的情况下去当老板。他相信是生活逼得（或者是打得）他聪明一点，他羡慕他这位大舅老爷，活了多半辈子，还不开窍。官照当，钱照拿，无能无为，不动脑子，据说还要提拔，真教他眼气。看来大树底下好乘凉，跟他岳父大人这个被惯坏了的心肝宝贝一样，自我感觉总那么好，对不起，谁尿？

他早对方芳讲过，应该将四合院转手，各得三分之一，天下太平。方芳立刻炸庙，好像扒了她家祖坟似的。"好好，我保证三缄其口，再也不说，反正你和你二哥连个屁也没捞着。"

"那是祖产——"

"有个房产经纪人正同他接洽呢。"

"他敢？看他长几个胆子？"

"那破院子，早晚得出手——"他预言。

"玛丽小姐往哪儿去？"

他本懒得参与方家的事，但处长的意思他听出来了。要大家一块儿来"难能可贵"，对不起，我可不奉陪。这种人，也太差劲了，四合院住着，已经占了便宜，为玛丽小姐作些贡献，也是应该的。居然亏他好意思张嘴，根本就不该搭理，看他能把大家怎样？

王拓想不到方芳会有这样正统的观念，她很当回事地对她大哥讲："你是长门长子，你说吧，怎么办？反正不能让人家笑话，爹才死了几天，尸骨未寒，玛丽小姐变成了没人要的东西——"

哦！天晓得，她怎么成了红衣大主教？

也许他是局外人的缘故，王拓怎么也不能理解方芳对于这破院、这老狗的感情。人哪！有时挺莫名其妙的，分明对你来讲，已经到了可有可无，甚至毫无价值的地步，没准倒是一份真正的累赘，说不定既害人，又害己，干吗还要抱着搂着，而不舍得割弃呢？真够呛，这个方芳……

"方芳，可没人说不要啊！"贺若平连忙申辩，虽然她不是十分乐意，可她先生盯着她，生怕她小不忍则乱大谋。

但她是母亲啊！她儿子正在服刑，怎么能不挂肠牵肚呢？想到这里，就恨这个当姑姑的，方芳眼里只有狗，哪有她儿子大为啊！

按说老爷子去世那会儿，本该借此机会提出要求把方大为放出来，不放，保释也可以。贺若平心里有股火，怪罪方芳不但不帮她哥在吴铁老面前争取，还说干吗让他参加追悼会，要死人在九泉下也不安吗？按这位姑奶奶的意见，那条狗倒有资格去跟遗体告别似的。胡同口方家人都死绝了吗？四条腿的畜生也上阵了，像话吗？要不是怕它在灵堂里出洋相，一准会抱它去的。

大为不能放，狗却要出席丧礼，这算什么书香门第？贺若平全部的恨，不敢对方芳发，拿玛丽小姐这哑巴畜生撒气，总是可以的吧！

狗也有狗的主意，绝食！

“啊呀呀，你怎么搞的吗？”处长的目的是要卖房，这大而无当的四合院，那哐啷哐啷的老掉牙的大门，说明了破旧的程度。对他来讲，其实是一笔沉重的负担。

但他妻子这多年来，为讨老爷子的好，把这个玛丽小姐服侍得够够的了，现在，她只要一想到她儿子，对不起，她就无法忍受这条妖精狗，或是狗妖精。

“为什么老二老三就甩手不管呢？”

方彬劝喻她，慢慢来，性急吃不了热馍馍，要从大局着想，要讲水到渠成。

“这不是你们机关，少来你当官那一套，反正那畜生又罢吃了！”

“何必立竿见影，把事弄砸了呢？”

他未能马上把绝食这件事和他太太的深仇大恨联系起来，不过他能猜出玛丽小姐所以不吃东西的原因，是伙食标准自老爷子去世后，有时不免降得太低了。

“啊呀，你就稍为弄得好一点不就结了！”

“说得轻巧，新鲜猪肝，新鲜牛肉，是要花钱的。”

他那糊涂脑袋算不过来这笔账，“哎，不一直是这样的嘛。”

“过去是花老头子的，现在可是掏咱们腰包。”

“哦！……”方处长恍然大悟。

“其实，钱，无所谓，既然大家都说这条狗是老人的遗爱，是方家的宝贝，那么要尽义务的话，人人都应该有份。”

“唔，是这个道理，对，就先从这儿开始。”

于是就有了这次家庭会议。虽然将全家人聚在一起，又要破费，老规矩，总不能不供一顿饭吧？但若是把老爷子留下的心肝宝贝推出去，或部分地推出去，贺若平觉得还是划得来的。

说实在的，她也烦了，真烦了。这个玛丽小姐从大使馆琳达夫人那儿来到胡同口方家，服侍这条娇生惯养、刁钻古怪的狗，便成了她理所当然的差使。老太太精明绝顶，派头十足，把她对狗的态度，当做她对公婆孝顺与否的标准。

那时她就不喜欢玛丽小姐，因为它势利眼。

也难怪，它是在资本主义的大使馆里生养的，它跟主人亲，不跟侍候它的人亲，因为那是奴仆。幸而它不会讲话，真将这意思表达出来，贺若平不吃了它才怪。

老太太可是个人物，老爷子也惧她三分。这也是方家的门风，女的比男的硬气。当年陪老爷子留洋，到英国，到美国，也曾风光过的。上帝就是那时信的，所以在西什库教堂里，也与别的教徒不同，基本上是讲英语的。

“阿门！”一口标准的牛津英语。

方芳一回忆这往昔的光荣，脸上就漾出幸福的陶醉感。

“得啦！三小姐，再伟大的过去，也是属于昨天的事了！”她丈夫一看她这种样子，就要调侃她的。

“你有吗？”

“我们家是太普通的老百姓。”

“所以你嫉妒——”

王拓哈哈大笑：“一个败下来的破落户，值得我正眼瞧吗？天晓得！”

他半点也看不上他妻子这种感伤情绪，这种依恋情绪，这种怎么也舍不得割弃的情绪。

“你说该如何是好呢？”

“很简单，一句话，去他妈的！”

这也许比较困难吧？

因为老太太会说一口很流利的英语，由此结识了好几个国家驻北京的大使馆里的夫人小姐，因此有些来往，因此才像得了宝贝似的有了这个玛丽小姐。

“外国的！真正外国的！”她不敢非议婆婆崇洋媚外，反正抱着怕摔了，含着怕化了，太过分了。对自己儿女也没见如此疼爱过，更不要说孙子大为了。无形中，贺若平得侍候三位祖宗了，这外国的玛丽小姐，算个什么东西？可有什么办法呢？谁敢得罪老太太？当儿媳妇的更得捏着鼻子忍了。

可老太太一闭眼，老爷子又宠爱上了，她还是不敢发作，还得忍下去，永无翻身之日。问题是这个畜生实在太不是东西，太可恶！太可恨！太小人！势利眼透顶，谁最有权威，就摇头晃脑地巴结，尾巴那份摆动，叫人看了眼晕。狗通人性，它比人还精，盯准向一个人献媚拍马屁，拍完老太太，再拍老爷子，别人谁也不在它眼里。

贺若平照应了这多年，没有功劳，也有苦劳。它永远爱答不理的德行，弄不好，外国脾气发起来，翻脸不认人，跳着蹦着地朝她吼，好凶好凶。

也许像人一样，玛丽小姐已经到了不招人喜欢，也不想讨人喜欢的年纪，自从方中儒去世以后，它对所有人，都是一副极其冷淡和厌恶的模样。它是老狗，或许能感到全家男女一种无可奈何的，拿它没法办的心情，它不当回事，照旧让人们添腻。

这条狗怎么对付吧？诸位！

它继续绝食，虽然大家来临之前，已经给它开了个狗食罐头。

真成了活祖宗了……

方彬一直没有过长门长子的意识，所以，他妹妹授权他决定，很抱歉，一下子还张不了嘴。他比较习惯于接受别人的发号施令，在家里，是老爷子，在班上，是局长。要他当机立断，三一三十一，或者，走极端，卖掉，送人，宰了，扔到后海里淹死，至少在未能摆脱老爷子的阴影（也许永远被笼罩着）以前，他缺乏这份魄力。

谁也弄不清他是不愿动脑筋，还是压根儿没脑筋，反正他够窝囊的。说呀！你哑巴了吗？急得他媳妇恨不能抓挠他。他妹妹等着要走，他老人家仍是闷葫芦一个。

你说他有老庄的清静无为的思想，悟了？才不是。为他自己，还是挺不甘心的。你说他有多大作为，那也高看了他，充其量，那小小野心，不过想熬个局级干部，把这院子出手，住进四室一厅，手里有个几万块钱存款，就心满意足了。他未必不想再往上爬，可太费力气，太费心思，他的哲学就是一动不如一静了。

方老先生活着的时候，很奇怪，曾经跟他平心静气地探讨过。虽然老二什么也干不好，稀松二五眼，名声也不雅，可他无论如何还在干些什么，成败另说。而阁下你，处长先生，怎么就好意思稀里马虎把这一个日子，又一个日子打发过去。

他老爹对他表示钦佩。

方彬也完全可以反驳，干吗我要像你一样学富五车，干吗我要像你一样著书立说，你那样活是活，我这样活难道就不是活吗？也许方老夫子这棵大树太大了，因而阴影也更浓重了，即使有这种想法，恐怕方彬也是钳口结舌，不敢讲的。

不过，这一回，这位酒不喝，烟不抽，麻将不打，女人不搞，当然也不会去研究学问，研究业务，哪怕研究一下琴棋书画、花草虫鱼，也决不愿费脑子的处长，突然当回事起来。“真的，吴铁老跟我们部长是老战友，一句话的事，就提拔了！”

“大为呢？”

“只要把这破院子给了他，什么都好说。”

“三环路以内——”

“明白明白！”他对他小市民的老婆没办法。

“可老二老三不同意呢？尤其那个刁妇！她那丈夫更不是东西！”

“我愁的就是他们，我跟吴铁老表示了。”

“他怎么说的呢？”

“你们老爷子临终前亲口对我说的，谁住归谁。现在你住着，你就有权，至少有很大的权作出决定！”

“可玛丽小姐呢？他也不是不知道，那是你们方家的活祖宗呀！总不能连狗也一块卖吧？”

“一提到这条老狗，吴铁老也咂牙花子……”

这位玛丽小姐像一贴甩不掉的膏药，又下不了决心去除的祸害了。

终究还是当过处长的人，“若平，该花的钱要花，做顿好吃的，不要怕花钱，要一位一位电话请到。包括那个二百五女人，那个小老板，都请来，好说好商量，对不对？还有，你把老爷子的遗嘱，找出来，不是没有写着咱们应该如何如何养这条狗吧？那大家……”

贺若平也从未有过的痛快，一一点头答允，她觉得解恨，因为她乐意看到把玛丽小姐送上断头台，真要让他们谁侍候一天这畜生，就烦了。然后，怎么处置，连屁也不会放的。

“那还用说。”方彬为自己的神机妙算和即将实现的理想，而有些飘飘然。

但是，当他的弟弟，骑着摩托，带着那个活人妻，光明正大地走进到院子里来的时候；当他的妹妹和那个财大气粗的小老板，随后也光临的时候；当玛丽小姐不做脸，好像马上要断气，方芳一个劲地问：“怎么啦？怎么啦？小可怜！”的时候，方处长好容易找到的感觉，先就丢掉一半，剩下的一半，赶紧想把握住，也仿佛抓不牢了。

说到天边去，你住着四合院，你没有理由提出来不管玛丽小姐。

“怎么回事？哥，吹捧了半天大嫂，下文哪！”

方彬不想立刻刺刀见红，他当了好多年不大不小的官，经验告诉他，点题以后，先绕绕圈子，这是一种成熟的表现。“什刹海的荷花可开了有些日子了吧？”他一边说，一边在追寻那失去的感觉。他不怎么怵吊儿郎当的老二和他的情人，但对于多少有些霸气的妹妹和那个装得超脱的，其实挺有主意的妹婿，倒有一点点怯。因为方芳要蛮起来，王拓再出些花花点子，可不是他能抵挡住的。

贺若平不了解她丈夫的苦衷，生气方彬又摆官谱，“什么荷花，早谢了。”

方芳很忙，可不像方军，现在没片子好拍，正闲得生蛆的时候，而且也想躲一躲他情人那位戴绿帽子的丈夫。

“我很忙，没有看花的雅兴。”方芳催她大哥，“如果就是关于玛丽小姐的话，我想不至于有什么难言之隐，你就痛快些吧！求你啦！”

“既来之，则安之，方芳——”方军说，“大家甭走了，吃完饭，拉开桌子打四圈怎么样？”

方彬也劝她：“算了，小妹，干吗扫大家的兴？”处长怎么能放她走呢！她不在场，任何决议都等于零。

“真不骗你，大哥，我有个晚会，必须要露面的。”

她丈夫打趣她：“得了，太太，芝麻绿豆大的官，有什么了不起，亏你当回事。”

“一个协会的秘书长啊！你可别小瞧了！”

方彬一听“长”字，马上神经兮兮地问：“方芳，你什么时候提拔啦？”

她笑了，“才叫有趣，你想不到协会的名誉会长是谁？吴铁老，当然这差使跑不到别人头上去了！”

“方芳，你现在是什么级别呢？”

她还真不像她哥走这方面的心，肯定是想当然耳，随便一说而已：“怎么也得是个处级吧？也没准是副局级吧？”

于是，方彬余下的那一半感觉，也找不到了。

就在这一刹那的突然静寂中，有的懊丧，有的麻木，有的生气，有的幸灾乐祸，有的眉飞色舞，个个都流露出丰富的表情。因为似乎天上只掉下一个馅儿饼，吃着的和没有吃着的，心态是不会一样的。唯有绝食的玛丽小姐，鄙夷的眼光，看着方家这一班翰林和大学校长的传人。

门铃响了，还是老式的拉铃，客人在门外要用力多扯几下，才有人去开那沉重的、破旧的大门。一阵哐啷哐啷声响以后，院子里的人正纳闷这不速之客是谁时，一个嗓音粗浊的男人，不耐烦地问：

“方导住这儿吗？”

顿时，菲菲脸无血色，方军慌了手脚。

去开门的贺若平多余问的：“你是谁？”

“我是方导的情人的丈夫，来朝他要钱的。”说着，堂堂正正地穿过月亮门进院里来了。

菲菲跳起来，闪在方军的身后。“你干吗？你要干吗？”

“你放心，我不会碰你一指头，现在虽然不是文明礼貌月，打人，尤其打女人，可不是男子汉的行为。”

方芳勃然大怒：“谁请你来的，出去——”

“哎！欠债还钱，我来要我的一份安慰费，怎么着？”

要是早两年，玛丽小姐不飞过去，在这位先生腿上咬得他叽哇乱叫才怪。

完了，这一家确实完了。幸亏还有个姑奶奶抵挡一阵，否则，玛丽小姐要懂得伤心的话，真该呕血数升，为方家一哭。

方芳把手一指：“谁该你钱找谁去？这院里我嫌你把它站脏了！”

菲菲的丈夫，是个混混儿，才不怕这一套。他恨不能让全世界都听到，显然他在胡同口打听时，已经足足地宣传一顿，可能大门也未关上。竟有几个好事之徒，蹭进来，在月亮门外瞧热闹。

王拓轰闲人出去，闩上门，用顶门杠顶住，落下了消息儿。每次对这老得掉渣的门，他都要叹息再三。从乾隆年间开始，还是方大学士鼎盛时期，就这样关门的，延续至今，历经沧桑，多少岁月流逝过去，居然仍在尽职，也未免太苦痛了些。若以古董的观点衡量，也许是有价值的一座门。但对目前居住的人来讲，实在是相当地尴尬了，还能挡住遮住什么呢？不是连王八头子都正经八百地登堂入室了吗？书香门第的脸面，被撕得还剩下多少呢？也难怪门上那“忠厚传家久，诗书继世长”的楹联，变得斑驳不清，模模糊糊，或许是不太好意思的缘故吧？

他走回院里，无论如何是当过老板的人，上至吴铁老这样的魁首，下至三教九流、市井无赖，懂得应该怎样去应付的。

“怎么着，老兄？你是要练嘴皮子呢，还是要解决实际问题？”

“当然是要钱了！”

“那好说！你不是光要钱，不要人吗？二哥，你跟他到屋里去谈！”王拓不由分说，把他两个人往厢房里推。

“已经给过你这个月的钱了，你什么意思吗？”情圣被这突然袭击搞昏了，狼狈不堪。"干吗？有多少大不了的事，不能在电影厂里说，偏要跑到家里来闹？"

"我都不怕难为情，方导，你还在乎吗？"

"那你也不该到这儿来出洋相，好说好商量嘛！"

"是嘛！如今什么不涨价呢，安慰费怎么也得反映通货膨胀的实际，对不对呀？"这位不速之客总算让王拓硬架进屋去。

菲菲倒也没怎么不好意思，只是觉得她先生言谈粗鲁，举止失措，太掉价了："你不嫌丢人，别人还要这张脸哪！"

她丈夫从门内探出头来："得了得了，亲爱的，你看见没有，你还比不上北屋门口卧着的那条狗值钱哪！"

玛丽小姐耷拉着脑袋，可能觉得拿它比她，有点辱没它高贵的身份吧？

直到此时，处长才想起埋怨他太太："你也不问问是谁，就放进来！"

贺若平由于在这书香门第当了许多年受气的儿媳妇，有一种逆反心理，倒很乐意看到这赫赫扬扬的名门望族出丑。"我怎么啦？他脑门子上又没贴着条，写上乌龟王八蛋几个大字。"

方芳说："太不像话了，这世上也只有我二哥那傻驴，才被人这样耍！"

"肯定有后台给这家伙撑腰——"王拓相信自己的感觉，一切的一切，都好像约会似的一齐来临了。"怎么回事？"他问菲菲。

"神经病，今天忽然提出来的，在厂里已经折腾过一阵，哪想到躲了初一，躲不了十五，又追到家里来。"

"到底要怎么样？"方芳问。

"亏他张得开口，说是物价涨了，要求提高安慰费的标准。"

"多少？"王拓当老板的习惯，先谈价钱。

菲菲也觉得她丈夫过分了，是谁挑唆他这样闹的，干吗漫天要价？"原来二百，现在他要四百。"

"什么？翻了一番！"方芳望了眼她二哥的情人，心想："值吗？"

王拓笑了，"银行利率下调，保值储蓄的系数为零，凭什么要这么多？"

"那好——"菲菲的丈夫正从屋里走出来，接茬说，"我把丑话说在前头，方导，还有你们一大家子人，四百，也不是定死不变的价格，要经常调整的。干脆，还是一次性了结算了。"

"请——"方军轰他，"甭扯淡！"

"给我三万元，我和菲菲一刀两断。"

显然毫无商量余地，导演最近银根紧张，要不，他肯有耐性坐在这儿蹭饭

「给我三万元，我和菲菲一刀两断。」

吃，无非省一顿是一顿罢了。麻将牌把这对露水鸳鸯的并不很多的积蓄，全捣腾光了，下一步就只有卖他那辆摩托了。“亏你想得出，三万！我是耗子尾巴生疮，挤不出多少脓水，别做你的大头梦了。”

“哈哈，你们可是有房子有地的人家啊！”他笑着，扬长而去。

全院子里的这家人，好一会儿，你看着我、我看着你，不吭声。似乎这位戴绿帽子的先生这句泄露天机的话，给大家留下了什么启示。看来，老爷子把那么许多书籍白白地奉献以后，没把四合院交出去，（他偏要那样做，在遗嘱里写上一笔，子女们又能怎样奈何他老人家吗？）或许是为了给他被看成是没出息的后代们，一点安慰吧？

连菲菲的丈夫都不害羞地来领他的补偿，那么——我们翰林府的后人，为什么不可以光明正大地从这破院子上获取自己应得的一份呢？

“是啊是啊！诸位，我们不是一无所有，就像一支流行歌曲唱的那样——”

这话在这个时候，唯有方军能够一无遮拦地讲出来。

方芳马上一张红衣大主教的面孔，声严色厉地吼着：“你要干什么？你这笨蛋，你少说两句，不会把你当哑巴卖了。”

所有失败者、孬种、窝囊废，事后总能找到一些余勇，要宣泄出来以遮盖遭受过的羞辱。方军还很少对他妹妹敢这样梗着脖子反抗，他有些气急败坏，前言不搭后语地嚷嚷：“还商量玛丽小姐什么呢？到底狗要紧，还是人要紧？既然好不容易全家凑在一起，谈谈这所四合院吧？”

他除去女人，包括他拍片子，认真的时候很少。还不如那位长得不算漂亮，但非常性感的演员，她倒记住了他没记住的一些细节。“那个大胡子？”

“哪个大胡子？”

“就是来找你谈你们家院子的那个大胡子——”

“怎么啦？”方军不愿意岔开话题，“菲菲，求你啦！别插嘴——”

菲菲说：“昨天，我看见那个大胡子，开车把该死的接走了，回来时喝得醉醺醺的，今天这才开始折腾的嘛！”

王拓向她打听：“什么牌子的轿车？”

方军恼火透了：“诸位，说正经的行不行？”

菲菲很抱歉，没有看清楚。王拓心想，吴铁老一生办事，严丝合缝，滴水不漏，否则，也不成其魁首了。

不过，他对这位老者，并不太反感。怎么说，给了你生意做，给你老婆一份愉快轻松，职务不低的差使。已经到了我为人人、人人为我的炉火纯青的地步，是一个豁达通脱，尽量采用文明手段以达到目的的老人了。要不是他太太捍卫祖产的奋斗精神，王拓不反对方军提出的这个话题。

他附在方芳耳边说："谈谈就谈谈吧！你管……"

"放你妈的屁！"她也冲着她丈夫耳朵低语，但那份愤怒，像塞进了一颗拉开了弦的手榴弹。

方彬想不到他失去的感觉，却意外地峰回路转，而且跨越了一个最大的障碍，也就是躺在北屋门口的玛丽小姐，直接接触实际问题。他又不停地搓开他的手，因为，他十分得意。若是房子能如愿脱手，那就意味着儿子、位子、票子三位一体的理想实现。你不让出这个子，就休想得到那三个子，他恨不能立刻拍板敲定。吴铁老箭在弦上，引而不发，不就是"忠不忠，看行动"吗？还要这位可敬可爱的老同志、长辈、慈父一样的上一代人，怎样晓喻你呢？他自责地想："难道让老家伙给我立下保证吗？怪不得他老人家不给我们部长使劲，我太榆木疙瘩了！你看，那小老板跟方芳嘀咕，肯定，吴铁老不会白提拔她的。别看这丫头嘴硬，谁知是不是在装腔作势，演戏给我们看？"

处长望着王拓，微微一笑。

他很少向小老板当面挑衅，至多暗中做做手脚而已，譬如那笔买卖。此刻，他居然问道："你俩密谈什么哪？"

"你少管——"方芳给他个闭门羹。

王拓刚被他妻子一炮轰的，七荤八素，心里一股火，对想跟他斗法的大舅老爷说："我告诉方芳，你大哥聪明一世，糊涂一时，上回给搅黄了的生意，其实是吴老不好出面，委托我们公司办理的。"

"啊……"顿时，眵目糊又挂在眼角了。

急火攻心，方彬什么也顾不得了。"不，方芳，我要管！你不是说我是长门长子嘛。"他在这院里，老爷子活着，他直不起腰杆，老爷子过世了，他也未能马上从阴影里走出来，抬起头，做出个当家做主的样子。啊！这可是逼得他伸胳膊，撸袖子，真要管事了。

他妹妹说："好啊！看你怎么个管法？"

方彬根本顾不上方芳什么态度，只琢磨怎样摆脱泥菩萨过江自身难保的困境。

这个吴铁老，他算是寒透心了。实际上，他暗地里等于背叛了老祖宗翰林院大学士盖这座院子，传之久远的初衷，也背叛了他爹谁住归谁，可不是谁卖归谁的遗嘱，答应了吴铁老，您老别着急上火，早早晚晚将这座四合院让出来。只是一个时间问题，等他慢慢地把方军、方芳的工作做通，您老的宿愿一准实现。

敢情，直到今天，儿子放不出来，位子解决不了，病根在自己有眼无珠，给吴铁老的生意来了个破头楔，你不倒霉，谁倒霉？他恨不能一头撞死在院里的那棵枣树上。

后悔吧！哭都来不及了，他想，当务之急，做通做不通这两人的工作，也得卖房。

其实，这倒是方彬以小人之心，度君子之腹了。错怪了吴铁老，至于儿子啊、位子啊，区区小事，举手之劳而已，早晚会有你的就是了。一笔两笔生意不成，无伤大雅，吴铁老心胸宽阔，不会当回事的。

说穿了，人老了，世事洞明皆学问，就不那么铁石心肠了。无非也是一种感情上的亲切表示吧，他曾经不止一次地跟方芳试探过，他似乎知道她比她两个哥哥更能主事一些。但方芳不赏脸，居然给他个不大不小的软钉子碰，我们这位老者也未动肝火，要放在几年前，后果是可想而知的了。

“这个方芳啊！”王拓也拿她没法。尽管她也明白她荣任这个协会的秘书长，是谁的功劳。那么多竞争者中她能脱颖而出，没有荣誉会长的一句话，行吗？但她对吴铁老说：“胡同口方家这小院本身就是一部历史，只要方家香烟不断，好像这是具有某种象征意义的东西，就没法割弃。我想吴铁老，你还是别打这四合院的主意吧！”

真是莫名其妙的宗教感情，阿房宫如今在哪里呢？

没关系的，吴铁老反转来让王拓不必着急，他有耐心等待，他不想采用伤感情的做法，即或需要小小的教训一下，也是非常温柔的了。人到了这般年纪上，何况他老人家也是“子曰诗云”的读书人啊！便有那种成熟和智慧之美了。譬如刚才那个无耻之徒，破门而入，骚扰一顿，不过是一次幽默的调侃罢了。

因为他虽然可以等待，但不能无限期等待。这个多年的梦，总得化为后海边上的一个现实吧！

看来方彬有点迫不及待了。

“大家商量一下，这个院子的问题吧！”

方芳大惑不解地问：“不是谈玛丽小姐吗？”

“老二已经说了，到底人重要，还是狗重要？这话不是没有道理的。”

姑奶奶把手往腰里一叉：“什么？你们要动这份祖产？”

“哦！这算哪门子祖产，一所破院子——”方军唉声叹气地说，“卖了吧，卖了吧，没有什么值得惋惜的。”

“混蛋，你给我闭上你的嘴——”她叱喝着她的二哥，像训一个小孩似的。

“方芳，你听大哥我一句话，咱们家最有价值的祖产是那几屋子书，爹都能把它无所谓地交出去，那我们……”

方军抢过来说：“那我们也就不存在道义上的约束，卖！趁着有人感兴趣。”

“你还要脸不要？书是爹的，他当然有权怎样处置——”

贺若平拦住她的话：“这房子谁住归谁，是爹的遗言，那就是说，谁愿意怎么处理就怎么处理。”

这一来，无疑火上浇油，方芳在这院子里，一间房也没占着。她差点跳起来：“谁要卖房，谁就得承担是方家败类这份名声！”

“我早八百年就是方家的不肖子孙，爹生前就封了我，卖吧，我还等着钱用咧！再说这个破院子……”

要不是导演站得离她远，她早扇他好几个耳刮子了。“再破再烂，也是方家老祖宗留下来的。”

“那你为什么不住？比谁都搬走得早。”

“我——”方芳一时语塞。她丈夫半天没吭声，此时，怕他老婆窘着，接过话碴：“反正这前后两进四合院，要修复起来，没有十万二十万扔进去，说实话，是难住人的。”

“从哪哭出来这么多钱啊！”方彬说。

“我觉得我们得承认现实，我们这一代，凭我们这几块料，想振兴这座翰林府，纯粹是痴人说梦。”方军从来不曾这样认真过，或许牵涉到菲菲，只有卖了房子，才能彻底得到这女人，他得说服大家，尤其是要他那捍卫名门的妹妹认识到一去不复返的现实。“我们有什么义务要维系这书香门第的光荣呢？我们自己就不成器，不争气，干吗死绷着这面子呢？我们也没有觉得这样活着，对不起谁，干吗非要那光辉灿烂的过去呢？卖了吧，诸位！没有必要等到房子塌下来把我们大家压死！”

贺若平愤愤不平地说：“真到房倒屋坍的那一天，你们谁也遭不了殃，要人来收尸的是我们这一支和这条你们谁也不要的狗！”

“玛丽小姐……”

方芳这一声叫喊，真正具有石破天惊的强烈效果。

不但满院子的人吓了一大跳，那绝食昏昏欲睡的老狗，也惊醒了，呓呓怔怔地站了起来。估计，方家老祖宗，尤其她父母，在九泉下，也会出一身冷汗的。

她向北屋奔过去，满面热泪，涕泪横流。

玛丽小姐盯着她，一动不动。那一双老狗的眼，一下子判断不了，是迎接她好，还是躲避她好？

弄不清楚方芳是表演癖在发作呢，或是真正动了感情？她想起琳达夫人自己开着车送她妈妈和玛丽小姐来的光景，从此好像胡同口方家进入了一个崭新的时代似的。虽然仍是残破的院落，呻吟的大门，尘封的书屋，阑珊的花木，由于这条狗的到来，出现了一线生机和勃勃朝气。先是她的母亲，绝对洋人派头地，步履矫健，牵着它在后海边上溜达，后来，是她父亲，夫子风度地，消闲自在，陪着它绕银锭桥散步，那是最美好的岁月，那是她一生中最值得怀念的记忆，难道就这样把帷幕落下来吗？

她再也忍不住了，号啕大哭，扑向玛丽小姐，无论如何，它是父母的遗爱，它是方家的象征，它是一个全盛时期的回忆，它是从翰林开始的这书香门第的吉祥物呀！她把手伸将过去，带着她满腔的怨恨和无尽的爱，打算搂抱住这个快要无家可归的老可怜，放任自己，恸哭一场。

后来到底也没明白是什么原因，是她的手的动作，过于猛烈迅速，使玛丽小姐猝不及防？是她那霹雳舞的手套，透出尖尖十指，像狰狞的利爪，似乎要抓挠它一样，它感到万分恐惧？也许，狗老了和人老了是差不多的，过于强烈的爱，不是能不能接受的问题，而是要不要拒绝的问题了。玛丽小姐突然产生出大概是“来者不善，善者不来”的怖畏心理，退后半步，身后的门虽虚掩着，但老人逝世这些日子，不常开关，门一时又推不大动，无法躲进屋里去。在它看来，对这气势汹汹的姑奶奶，只好“呜”的一声迎上来，冲着她牛仔裙下裸露的大腿，咬了一口。

“妈呀！”方芳立即倒在北屋门前的高台阶上。

“我把它宰了——”三个男人几乎异口同声地杀将过去。

感谢绝食的功劳吧！感谢年龄的功劳吧！玛丽小姐虽然无妨说是恩将仇报，咬了它其实在这个败落的家庭里，最不该咬的一个人，除了她，还有谁稀罕它和它所代表的逝去的荣光呢？由于绝食，饿得已没有多大力气，由于年龄，牙齿也使不上劲，尽管给了一口，也不过在那跳伦巴或桑巴的玉腿上，留下几点红红的牙印罢了。

她当然不能让他们碰玛丽小姐一下。

“不！不！……”

“没事吧？方芳！”

“它生是让你们逼的，玛丽小姐，我爱你的。”

"你别惹它了，它这会儿红了眼了！"

王拓捧着他夫人的这条漂亮的秀腿，要没有这灵活敏捷，跳出诱惑力的腿，会收进即将出版的《名人大辞典》里去吗？

"疼吗？"

她摇摇头，"有一点点木——"

他突然想起什么，回头问贺若平："大嫂，玛丽小姐注射过狂犬病疫苗没有？"

"还是好几年前的事了！"

"啊？"院子里的人这才意识到问题的严重。

方芳是个特别敏感的人，又有表演癖，听到这里，她马上脸色刷白如纸，刚说了一句头晕，立刻仰躺在她丈夫怀里，一副人事不知的样子。

"方芳，方芳……"大家围过来，一迭声地叫她。

她睁开了眼，虽然显得非常衰弱，但还安慰众人，她没有事，她不会有事的，千万不要难为玛丽小姐，看在她的面上，看在死去的父母面上……

菲菲是演员，应该懂得什么叫演戏，她也被感动得泪下如雨，"快送医院抢救吧！别耽误了！"

方军要去推摩托，到底还是老板腰粗："打的吧！拦一辆出租——"

正在大家惊慌失措，乱了方寸的时候，胡同里响起了汽车的声响。好像每个人的第六感觉都特别灵敏，忙不迭地冲出月亮门，上帝保佑！希望是谁来临，果然是谁来临。那哐啷哐啷的大门，还未拉开，就听到像三月春风般温暖的语音。

"怎么回事啊？协会的活动能少了我们漂亮的秘书长吗？"

吴铁老鹤发童颜，面目慈祥，精神矍铄，老当益壮地走进院来，到底是老同志，老领导，什么阵仗，什么情况，什么危急形势没经过见过呢？他老人家马上了解一切，马上作出决断，马上恨不能亲自抱起方芳，送进汽车，到医院去治疗。

最伟大还是处长了，他从来不曾如此以最快的速度，最短的语言，汇报了这一次家庭会议的进展情况。老人家既没有当回事，也没有不当回事，只说了"不着急，抓点紧"六个字，便和王拓，和被狗咬了一口的病恹恹的，似乎显得越发漂亮的秘书长坐车走了。

跟在这辆高级轿车后边的，是导演和他那月租四百元的情人，她说她对眼前的这辆车眼熟，那还用问嘛，当然紧追不舍了。更何况血浓于水，那车里有他的很可能得了恐水症的亲妹妹呢！

把弟弟、妹妹都送走以后，胡同口方家的大门，又哐啷哐啷地响动了一阵，于是，一切复归于静寂。

“怎么办？”

“什么怎么办？”

说实在的，回到院子里来的这两口子，瞧见那条没精打采、阴阳怪气、不死不活的玛丽小姐，倒真正觉得没法办。

那纯种的马耳他狗，踉踉跄跄地站起来，弓着背，朝这夫妻俩，张开嘴，打了一个亘古未有的大喷嚏。

连老枣树都抖了一下，怪不怪？

那年故事

一

朱之正和他那位漂亮而且年轻的妻子杜小棣，走在郊区新修的柏油马路上。

清风徐来，煦阳暖人，远山叠翠，田园绿遍。两口子好开心，好开心。这是一个春天快要过去，夏天已经来临的季节，绝对是应该走出屋子，到大自然中去的时候。人，其实本也是自然的一员，只不过愿意把自己关在屋子里罢了。

也许好久没有沐浴在泥土的芳香里了，这种畅快，暂时使他们忘怀一切，仅仅想到眼前的风光，而不想其他。否则，城市里，机关里，办公室里，住宅区里，甚至家庭里，每张脸上交替闪烁的问号、惊叹号，都能让人神经错乱的。现在好了，索性不走脑子，这种轻松的快乐，哪怕就在这一刻，也够满足的了。“没想到，”当然是朱之正说，“在这远离尘嚣的西山脚下，竟能觅得另一番想不到的情趣。”

这一点不像他说惯了的官话，尽管杜小棣不那么聪明，但听得出来，她丈夫现在讲话的口气，不是那种四平八稳，有板有眼的社论。人，一旦接近正常，就可爱了，是不是？

还能说明，那种免官的烦恼，对他来说，已经去他妈的，退烧了，没有热度了。这很不容易，因为官是一种有诱惑力的东西，像老酒，上瘾，越喝越想喝。看来这位不能免俗的先生，也终于想开了！做妻子的虽然漂亮，但也浅薄，有点儿俗气，可又很可爱，她想不到这么深奥，但他能愉快起来，她挺高兴。

——好啊，及时行乐吧！这是一年中多美妙的时光啊！既是春天，也是夏天，既不完全是春天，也不完全是夏天的日子，如果你不想别的话，这春夏之交的日子，也许可以成为一个爱情季节。

二

是这样，他想通了，那城市里太多太多的人群，太闹太闹的声音，太烦太烦的事端，还有，太乱太乱的头绪，太脏太脏的记忆。在好容易挤出水泄不通的二环路、三环路、四环路以后，干吗还要回过头去看它想它呢？岂不是杀风景了吗？甚至包括他的这位年轻的妻子，一些难念的经，统统置之度外。

这憩静的山林，初绿的景色，确实是令人心旷神怡的。

“亏你这个小傻瓜想出来的好主意！”他赞赏他妻子。

“我没说错吧？”她很高兴朱之正，终于被她说服，按她的主意到古峪来了。至于真正的躲一躲，避一避那些烦心事，实际也是为他好的目的，并没有告诉她的先生。只是说，你既然工作不那么愉快，人家也不要你管事了，你还支撑着干吗？跟我走，听我的安排，什么度假村、消闲别墅，什么高级宾馆、旋转餐厅，都不在考虑之列。我想起一个好去处，西山脚下有个叫古峪的小村子，我认识的曲大娘家，那果园最僻静了。咱们与世隔绝地在那儿呆上一个礼拜，不行？

往日，他也许要犹豫的，但这一回，破例地答应得非常痛快。

无论将来会怎样变化，怎样发展，且不去考虑了。眼前，她是你的老婆，你这个做丈夫的本来该让年轻妻子愉快，是不是？朱之正比杜小棣大二十多岁，做她的父亲也绰绰有余，她能嫁给你，义不容辞地顺从着她，还有什么说的呢？何况那张脸笑起来，是顶教他陶醉的。这种快乐，不完全是丈夫的，还能品味出一点父亲般的慰藉。杜小棣真是个小傻瓜，单纯得透明，确是怪可爱的，至少要比在他治下的乱糟糟衙门里，整整八小时，看那一张张世纪末的嘴脸，顺眼多了。

他有时也纳闷，迷恋这样一个简单的头脑，是不是对于这个复杂世界的逆反心理？为此丢掉了官，为此又回去搞自己的老本行。说了归齐，也许朱之正不是吃政治饭的，受不了那种复杂，不过因缘时会，阴差阳错地当上了官，而且是大官，其实免掉他，比继续呆在那位置上，更好。当然，谁心里都明镜似的，免职不完全因为胜任或者不胜任，让你当，你就胜任，不让你当，你就不胜任。朱之正如果不是那么很认真，很想做些事，而且很坚持自己观点的话，官是当笃定的，谁也拿不下来。他不明白有所为、有所不为的官场运筹学，三把火没烧，就碰壁了。

那部门好比一艘破船，已经触了礁，搁浅在那儿，虽然一时半时沉不下去，但要让它浮出海面，继续航行，也太天真了些。神仙都没这本事，你算老几？他一心一意想做一个称职的大副，忙得连新婚妻子都冷淡了，现在想起来，当然是犯傻。因为大家并不希望他做什么，船长不着急，你瞎忙什么？

所以他一人在那儿张罗，在那儿忙活，着急过，呼吁过，还草拟过三十多条应急举措之类的方案等等，自然是扯淡了。直到暗示要重新安排工作，他悟了，过去把他放在这个位置上，和现在把他从这个位置上拿下来，实际表明他不过是个无足轻重的角色。放你在那儿，摆摆样子的。刘大官人跟他推心置腹地说过，阁下，中国的事情急不得，可你放着这样年轻老婆，像一块地撂荒着，不过几天风流日子，你的年龄已不允许再等了！

哦，天！他的低调和他的高调，一样地石破天惊！

刘东林是个十分庸俗无能的官僚，但他很会做官，上下左右，面面俱到。甚至他把儿子打发到外国去，跟他的儿媳妇保持着名存实亡的关系，别人睁着眼睛装看不见；而那个盛莉，也理直气壮地以半个夫人的姿态出现，人们也不认为是奇哉怪哉的现象。而他朱之正娶了杜小棣，因为杜小棣曾经是一年前的这个日子里，出了问题被抓起来的歌舞团编导巩杰的未婚妻，一下子，舆论和行情一齐下跌，直到现在解职为止。

对刘东林这位上司，他是敬而远之的，但他老兄这番话，不能说没有道理。你再过两年，花甲一过，再熬几年，便奔古稀，而你年轻的太太正是女人的好季节，像开春的等待灌溉的肥沃土地，你不抓紧耕耘，属于你的时间，还有多少呢？

人，某种意义上说来，实在是很可怜的，短促的一生，完全留给自己的时间，并不是挺多的。何苦！真的，何苦呢！悲剧也好，喜剧也好，要来的，总是要来的；要去的，也总是要去的，那就随缘吧！

悟透这两个字，不易。

三

现在也分不清了，到底是朱之正要免去职务，不那么热衷公务，有更多时间陪着杜小棣，使她有说有笑呢？还是因为那个关了一年的巩杰，要释放出狱，她为了不使朱之正尴尬，故意在努力冲淡难堪的气氛，在谈笑风生呢？好像他们结婚两年多来，小日子从来没过得这么滋润。

——但是，这个世界是好别扭，好别扭的。虽然他们结合了，而且还是彼此都付出了代价的婚姻，那个坐牢的年轻人的影子，哪怕是这对老夫少妻最最忘情的那一刻，也好像是抹煞不了的存在。有了太阳的同时，就有了阴影，这是没有办法的事。尽管快活，又好像并不十分快活，何况巩杰要走出牢门了呢？于是就有了这个逃避阴影的行动计划。

是她那小脑瓜琢磨出来的，她搂着他，她爱他，她真心愿意朱之正少一些烦恼，免职的事就够他受的了。

这是多好的春天啊！要不是不怎么爱动脑筋的妻子，给他出了这个怪别致的主意，差点就错过这个好季节了。“小棣，过去在研究所做技术工作，忙得没有一年四季，如今在衙门呆久了，干脆连春夏秋冬，都失去感觉了。”

穿着乳黄色风衣的杜小棣，回过头来向他嫣然一笑。那张洋溢着青春气息的面孔，要不是路旁有行人的话，他真想抱住她亲一下。他很高兴有这股激情，真正的从心底里涌上来的冲动，不完全是性的欲念，而更多是爱的感觉，这使他有点小小的惊讶。这种二十年前，或者三十年前有过的浪漫，居然还未在心中死绝，虽然离古峪尚有一段路程，已经产生出不虚此行的满足。“小棣，你怎么认识古峪这曲大娘的？他们家有咱们落脚的地方吗？”

“那是一个挺大的果园，好几套大瓦房，还有场院，还有看守果园的窝棚，是一个足可以浪漫的地方，歌舞团下乡体验生活，经常在她家住的。”

“没有记错的话，小棣，就是你们搞的那个挨批的节目吧？”

她没有接茬，他能理解她不愿回答，不过又想，也许她跑在前面，不曾在意他说了些什么。其实巩杰要释放的消息，还是他最早知道，最先告诉她的。他也并没有告诉她，能够提前获释，正是他这个主管这档子事的领导，作了很大努力的结果。朱之正说来还是脱不掉知识分子气，有了释放的准确信息，马上通知两位有关的人，一个是巩杰以前的未婚妻，即现在身边的女人，一个是巩杰的生身父亲，也就是退下来的老部长，谁知都碰了壁，两个人表现出同样的漠不关心的冷淡。

老前辈早把儿子当叛逆了，可以理解；但她，已是他妻子的杜小棣，会完全忘情早先那个热恋过的意中人吗？当然，顾忌着丈夫的嫉妒，本来心里有疙瘩，这个总夹在夫妻生活当中的第三者，够麻烦的了，她即使高兴，也不会表现出来的。

“怎么说，他到底年轻——”

“你也并不老呀！”

“小棣，你真的不嫌我？”

“看你，又来了！”

“真的，我能让你满足吗？”他在她满足的时候，偶然也试探性地在她耳边问上一句。

她确实不是那种很会动心机的女人，很自然地点点头。

他也忐忑地问过：“那他一定让你更快活了？”

“谁？”她不讳言，她就这样地坦率，她有过不止一位的情人。

“就是那一位——”

“你计较那些事情吗？”她反过来问他。

他说什么？他答应过不伤害她，永远不！因此，这使他有一点黯然神伤，她并没有忘记那个姓巩的编导，一个比他年轻得多的，也潇洒得多，也英雄得多的囚犯。

人，是有记忆的动物，他，想开了，别难为她了。难道一定要她讲一些他爱听的话，明知是哄，还要从哄中找寻安慰吗？

——算了，面具这种东西，在两人世界里，就免了吧！

四

郊外的静谧气氛和城市里的喧嚣，到底不同，杜小棣从这里感到了难得的轻松，和把一切乱七八糟暂时搁置起来的超脱。真后悔去年这个日子里，为什么没想起躲到这里来呢？

她其实是那种不愿意给自己找苦恼，添麻烦，也不愿多动脑筋的年轻女人。这类女孩子在北京城里，有那么一批，漂亮、快活、享受，有一个或数个有钱或者有势的男人，也就是所谓的“托儿”奉陪着，恣意忘情地消耗着青春，才不愿想那么多烦事，总愁眉苦脸，皱纹多了，还得多去几次美容院呢。去年春夏之交，可把她烦恼透了。

她不愿谈那个毙掉的节目，一切都由此发生的，因为那是巩杰信心百倍搞的。那时，他意气风发，在文艺界是一个令人刮目相看的人物，歌舞团的女孩子还羡慕她的好运道呢。她傻乎乎地快活，快活的不是这份爱，而是因为她找到了白马王子这个事实。而巩杰这个新锐的现代舞蹈，是他事业走向成熟的高峰，结果，毙了。

——女人，有时是挺莫名其妙的，爱，是属于你自己的，你一个人去尽情享受好了，干吗那么热衷于炫耀？所以，他因为节目的原因，一肚子火气，上了街，然后不见了，后来才知道被抓起来，她从此就失去了他。幸好，慢慢地麻木了，然后也就浑然不觉了，她就具有这等本事。

沉湎于过去，思前想后，人会衰老得更快的。她的人生哲学是珍惜这一时、这一刻，那些愁事，你想，该不能解决，还不是解决不了。

连朱之正这大半年也受到她的熏陶，没办法，两口子吗！不是你改造她，就是她改造你。起初没从大副熬上船长，很不自在一阵，现在连大副也不当了，好像更无所谓了。他相信，归根结底，他不是当官的料，和杜小棣结婚就是最好的例子。一个非常政治化的人，有可能跟送上门来的她，睡上一觉，占个便宜，但要横下一条心，讨这样一个老婆，就得掂量掂量得失利害了。可他，却当真的热恋起来，他等待的正是这种单纯的女人，他早年死去的妻子，外号叫“两报一刊”，冲这四个可怕的字眼，便知道他遇到杜小棣后，为什么产生出这迟到了三十年的爱情。

对他的这桩婚事，怪了，大家侧目而视，谁也没有拦阻过，可谁也没有投过赞成票，他有预感，为这个女孩子，他要付出。中国人有种奇怪的心理，愿意看到别人失败，而不愿意看到别人成功。

但他认了，人，一辈子连一件傻事也不做，那可太没劲了。

刘东林狡猾得很，“大主意你自己拿。”他那当家的儿媳妇笑笑，说了一句，“咱们中国要兴选美的话，她够条件。可她，你知道背后怎么议论她？”

“那就请你赐教吧！”

“我不说了，我不说了！”

他了解这个不断给刘东林买高级补品的儿媳妇，狗嘴里能吐出什么象牙来？杜小棣也许有点傻，把什么都对他讲过的了。他晓得这个外号“公用品”的女人，会说什么。她不说不说还是要说的，这娘儿们，不但爱插嘴，还爱插手，老公公批阅文件，她都要干预的，这是中国从古到今许多政治家的癖好，都有让夫人参政的雅兴。

盛莉说：“朱叔叔你听了别往心里去，人家都管她叫公共厕所——”

看那一脸正经的样子，朱之正一笑，中国人就这点乌鸦跳在猪身上，嘲笑别人黑，而看不到自己黑的伟大。刘东林不让她把看法发表完：“盛莉，你别捣乱，行不？快给我们拿点冷饮来，好嘛！”

等儿媳妇离开，刘东林恭喜他的艳遇。朱之正向他的上司如实交待，老刘，截至此刻谈话时为止，有艳而无遇。老奸巨猾的刘大官人才不相信，世界上没有一只不沾腥的猫，何况这个女孩有求于你管专案组的副部长，分明送货上门。

天地良心，并非如此，不过，他也不需要那个官人证实他的清白。

那是一个炎热的夏天傍晚，杜小棣大概放下他的电话，就骑着自行车赶来了。

她气喘吁吁，满脸绯红，一头的汗，跑进他的屋子，就站在空调器前吹着。这不是他第一次找她来谈话，但却是最后一次公事公办式的谈话。对这个先是怕他，后是恨他，终于相信他，而后依赖他的杜小棣，他断定，她不是那种藏着掖着什么的人，有什么不和盘托出的呢？她和巩杰没有任何有关案件上的攻守同盟，不错，她卷进去过，也只是和别的人一样，不像别人检举说的，和外国人有什么秘密勾当，他坚决主张把她解脱了。

虽然其他办案的同事持保留态度，那时，他是头儿，他说了算。"就这样——"

他找她来，就是为了告诉她这个决定。其实，无需他亲自面谈的，可他愿意看到她如释重负的轻快。

他看到她沁出的汗珠，"那你先去洗洗脸吧？"

朱之正无论如何没有想到，这个女孩子在他的卫生间里，竟"哗哗"地冲起凉来。

接着，便是轰然一响，如果不是一件什么东西砰然倒下的话，他不会跑过去的。

"摔倒了吗？小棣！"

没有回答。

"出什么事啦？"

还是不吭声。

他推开门，只觉得两眼一亮，一个赤裸的杜小棣微笑地看着他。

五

话说回来，杜小棣决定嫁给他的时候，也担心过的，这么一个官员，他古板吗？他老气吗？他缺乏情调吗？是不是一天到晚，二十四小时都那么"社论"似的让人受不了？何况他原来有过那么一位太太。

这也是那个玛蒂替她担心的。

"这男人挺让我意外的。"婚后，她告诉玛蒂。"想不到的那么过瘾——"

"很能满足你的性要求了——"她知道杜小棣是不隐讳的女人，何况她是西方人，又是两个女人在私下里谈，就更无遮拦的了。

杜小棣说，别看上了年纪，床上功夫比那年轻但并无多少经验的巩杰，要强多了。"很让我享受的，我真没想到，玛蒂！"

『这男人挺让我意外的。』婚后，她告诉玛蒂。
『想不到的那么过瘾——』

"我希望你的这位官员先生，能永远这样让你得到这种快乐。"那是一个三十来岁的外国留学生，是专攻中国少数民族文化的来自美国的研究生，是巩杰的朋友，当然也是她的朋友兼情敌。"太成熟的果子，在树上就挂不多久了。"玛蒂为她担忧。

"我从来不想那么多！过一天是一天，混到混不下去再讲。一个女人，你说呢？眼下他把你当宝贝供着，含在口中怕化了，捧在手上怕摔了，还求什么？何况他半点也不'两报一刊'，我觉得他怪不错的呢！"

这位洋人有点奇怪，"也许你们中国人的脸，都是平的，给别人看的全是没有起伏的表面，只有关起门来，才是他的真实面貌？"

"你可说对了，有时候，有的人甚至跟你睡觉，跟你做爱，也未必是他真实的自己。"杜小棣的这番话，好像挺深沉，其实她倒是不走脑子，凭感觉信口说出来的。接着，她补充："老朱还不是！"

"那你不打算跟他分手了？"

"玛蒂，我问你，你是有学问的人，而且你也是个女人，你说真话，像我这样的，除了图一个彻底的快活外，还图什么呢？"

玛蒂问她："巩杰要是出来了呢？不会关他一辈子，是不是？"

杜小棣根本没想过，她过去的情人，还会出来。回答也未经过大脑，率直地说了出来："那你把他弄到国外去，他本来就打算的。"

玛蒂笑了，"难道你不明白，他真正爱的是你——"

"你和他呢？在黄果树……"

"那种春风一度的感情，值得当真吗？当时我需要，他也有这个欲望，你因为演出晚来了两天，我们同住在一个房间里，你好像不该太当回事的吧？"

玛蒂的中国话，说得挺溜，如果光听声，不见她脸的话，无论如何想不到是一个蓝眼珠、白皮肤的洋人，还有那样一张极其性感的嘴。巩杰在少数民族地区采风时结识的她，很快就熟了。巩杰是个挺有魅力的男人，很讨女人喜欢的硬派小生，玛蒂被他打动，也是自然的。女人嘛，按照杜小棣的观点，是一刻也不能没有男人的。

巩杰一直想到国外去，不是镀金，不是淘金，他主要是想去搞他的艺术，闯出一个他的世界。又不肯依靠有势力的父母，而且那位老前辈也不会帮他出国搞艺术这没出息的行当。他和玛蒂亲近，这其中有功利主义成分，他不否认。他解释过，"性和爱不完全是一回事！"杜小棣也不甚在乎，因为大家彼此彼此，她也有空虚的时刻，也曾偶尔有把爱情把身体给过别人的时刻，何况这也是这类年轻姑娘的潮流，太在意，岂不是太俗了嘛。

他呢，也就是那位天之骄子，对杜小棣的感情，玩的成分多于爱的成分，暂时的成分多于长远的成分。因为他不想结婚，也不想成家，更不想带一个累赘，到美国去闯荡。

杜小棣心里明白，她头脑再简单，也能理解他的这种现实主义。不过她也有她的现实主义，她追求的是这个现在你属于我，而不是属于别的女人的现实。往后想，干什么，那不太傻了嘛。

但两人异常地相爱过，算是试婚也好，非正式的同居也好，经常住在一块儿，也是尽人皆知。像这样的公子哥儿，长相，个头，才气，干练，思维敏捷，待人接物方面，可算是出类拔萃的了。他完全能够凭借他老子娘的余热，做一些像他那类子弟例属正当的事情，从政也好、经商也好，他那样精明，岂有不成功不发达之理？可他热衷艺术，迷恋舞蹈，也真是让他爹妈失望，还爱上这么一个门不当、户不对的不是很正经的女孩，“公厕”，天哪，太可怕了，更被父母视做陌路之人了。

这个风流女孩，浪漫是一回事，心地还是明白的，就冲这一点爱他，也是值得的。何况他真帅，真有头脑，女人是需要属于自己的男人有这点体面的。所以特别在他出事以后，到关进去以前，她可是百分之百地用爱来回报他的，她愿意牺牲自己，为他做一切事的。以前他太强，除了献给他身体和爱情外，她几乎无所表现，出事了，她倒有可能为他做些什么了。

爱情这东西，挺怪的，信手可取时，往往不经意间错过，等到要失去了，又万分地难抛难舍了。她那时真有个感觉，好像除了巩杰，这世上男人都死绝了。于是她明白了，这才叫做爱。那个失去了自由的年轻人，终于懂得，他跌进了爱河里的时候，并不珍惜那滚滚河水，现在他干渴得要死，河却可望而不可即了。

问题就在这儿，玛蒂说中了，爱，不是精神，而是物质。巩杰离开关了近一年的拘留所，第一个电话，就是打到她住着的高干楼里来的，而不是打给送他进局子的父母。

“他怎么会晓得我的电话号码的呢？”她纳闷过，但也没有接着往下思索。

六

朱之正精神抖擞，健步如飞，从背后看，谁也不相信他是五十六，或五十七的人。而且他是那种根本不买染发剂的顾客，一头黑发，不显老相。如果是一个糟老头子的话，说话颠倒，眼神恍惚，腿脚蹒跚，口水直流，哪怕为她杜小棣，或者还为那个巩杰，做了些什么，甚至为此影响了他的前程，她也未必肯将自己的千金之躯贱卖的。睡一觉，让毫无战斗力的老头子蹂躏一顿，作为报答，不是不可以，但嫁给他，做他的老婆，一天到晚，看那块干面包，要考虑考虑的了。

她早先不认识朱之正，他是因缘时会，从底下单位一步登天的。但色迷迷的刘东林，是老首长了。每次机关舞会，她是尽量躲着的，不是怕他那双不老实的双手，在她屁股上抠抠摸摸，而是怕那个盛莉。可为了巩杰，她既求过有爬灰盛名的刘东林，也求过叫“公用品”的风骚泼辣的女人。她早先也在歌舞团独唱过，信守美声唱法，嗷嗷起来，令人浑身直起鸡皮疙瘩。

“盛姐，你帮帮忙吧！巩杰到底是怎么样的人，你也不是不清楚。”

“问题在于这个年轻人，碰在了硬杠杠上，谁也没法保他，连为他说话，都得吃挂落儿的呀！”

当然，刘东林让朱之正管这起案子，是不是有盛莉“防患于未然”的因素，就不得而知了。但要看刘东林对任何一个别的女人，如今只有垂涎三尺的份儿，决不敢有非分之想的规规矩矩，便知这个挺浪可也挺有板眼的儿媳妇，在某种程度上是能够操纵控制着她公公的。

“我给你提一个纯粹是女人的建议吧，小棣！”

“你说吧！”

“我只是这样想，也许，我们老刘会把巩杰这起案子，让一个姓朱的副手过问的。我只提醒你一句，这个姓朱的二把手，是一个单身汉，还是一个妻子死去多年的老鳏夫。”说到这时，那张浓妆艳抹的脸，流露出一个绝非善类的笑。

杜小棣虽然不是那么灵气的女孩子，对于这个暗示，是能领会的。

果然，没过几天，团里的政工干事通知她，领导要找她谈话。她问是不是一位姓朱的副部长，那一脸正经的干事，虽然也是女人，但挺反感女人，尤其是漂亮女人，很憎恶地看了她一眼。因为这些跳舞唱歌的姑娘们，和头头脑脑过于亲密的来往，是让严肃的人摇头的。尤其像她这样被认为浪出水来的，跟谁都可以脱裤子上床的“公共厕所”，不是妖精，也是祸害，更为人所不齿。

就那身的穿戴，还是春夏之交的季节，是不是也过于裸露了？袖口短得连白嫩的乳房都闪出一大块来，还要怎么一个浪法啊！到烈日炎炎的三伏怎么办？天体主义，全脱光了？

她去了。

杜小棣为自己能够摆脱这位盘问个没完没了的那张寡妇面孔，而感到轻松。她有经验，越是上年纪的老先生，对年轻美貌的女孩子，越是好说话些。尤其你不要怕长痱子，挨靠得他紧一点，发发嗲，缠住不放的话，不至于太让他为难的要求，通常都会满足你的。

谁知请她在他对面坐下的这个朱之正，根本不是老头，至少看不出是个老头，很精神，很有一点气概的。在这个年龄段上的男人，就像曲大娘家果园里的秋天，那些挂在枝头已经成熟了的红玉或者国光苹果一样，分不出早和晚，先熟和后熟的。你说他四十多岁可以，五十来岁也可以。她还注意到，他穿的那身T恤衫，和手腕上的那块表，是国内难买到的名牌货；杜小棣全部学问表现在购物上，这对她来说，是很容易判断的。后来当然就知道了，这是他在美国的女儿，经常孝敬他的东西，他只有那么一个女儿，在那儿嫁了一个挺有钱的台湾博士，两口子不是在大通银行，就在美洲第一银行，是部门业务主管，根本是不打算回来的了。

"请坐吧！"

他的工作秘书是个姿色端正的职业妇女，给她倒杯茶来，就退出去了。那临走时一瞥的眼神，杜小棣能懂得什么叫做蔑视，谁让她是一个名声不佳的女人，而且还是一个在审查中的案犯的未婚妻呢？

然后，她就哭了。他虽然严肃，态度却还温和，话说得很重，口气倒也不那么剑拔弩张。不知怎么回事，他给她留下一种可靠感，信赖感，因为大部分男人，都是程度不同的色鬼，而那些怀有性侵犯意图的男人，眼睛里的欲焰，是无法遏制的，而作为像她这样的女人，恰恰又是最敏感的。也许她在这个人的目光中未曾发现不轨的企图，所以把盛莉明目张胆的教唆和自己也习惯了卖弄风情的手段，全部放弃了。

杜小棣想起那张政工干事的寡妇面孔，她不明白，难道我和巩杰谈过恋爱，也是罪吗？我怎么啦？我招谁惹谁啦？她打算告诉他，别瞎费力气了，她是巩杰的朋友，好朋友，上过床、睡过觉的朋友，但和他发生的那些事毫无关联，录像里有我不错，但我只是站在那儿傻听罢了。

朱之正端详着她。

她发现他的那双眼睛，不像有的男人，喜欢把目光停留在女人身上那些敏感的部位。她愤慨地说："有些人对把我拖进这桩案子里来感兴趣，就由于是可以消遣我，如果换个人，他们连问都不会问的。"

"那是为什么呢？"

"我也不知道，好多人干吗那么恨我——"她不够伶牙俐齿，表达不出以下这个意思：有的女人，她全部的幸与不幸，都是和她长得漂亮分不开的。

谁知请她在他对面坐下的这个朱之正，根本不是老头，至少看不出是个老头……

“你冷静一下，你先喝口水——”他很礼貌，也很威严。

因为她确实不知道巩杰到底背着她干了些什么？可别人认为，她要不知道详情，太阳从西边出来。谁能相信，马上就要成为，其实已经成为巩杰妻子的人，会不了解自己丈夫的蛛丝马迹？会提供不出一点点他的反动言行？哪怕一句？

政工干事问过：“你们两个，一天到晚，除了那个，还是那个？”

她反过来问那张寡妇面孔：“你说呢？一男一女在一起，要不那个，还能做什么？”

杜小棣一点也不是黑色幽默，她就是这样一个追求快乐的女孩子。所以巩杰只把她当做一个拿得出手的漂亮女孩。一道甜点，一块棒糖，一条围巾，一把名牌的网球拍，仅此而已。其实在心目中，却是把她看成是一个艺术品位、爱好、情趣都不高的，只懂得玩耍快乐，购物啊消费啊的女人。尤其是缺乏头脑，缺乏思想，使他失望，一谈到比较严肃些的话题，她就不是对手。他宁可和那位研究中国少数民族艺术的，对蜡染崇拜得五体投地的玛蒂，促膝长谈，不分昏夜，也不知有多少共同语言，说也说不完。

何况巩杰出事的那些日子，也是玛蒂从美国来中国的时候，她经常在太平洋上飞来飞去的。那时他陪着逛北京，在一起的机会较多，而杜小棣千真万确随一个野路子模特队到外地走穴，赚土老帽的钱去了！

关于她和巩杰以及这个外国姑娘间的这些长长短短，她当然不会对朱之正讲。

不过，她觉得他好像能猜出什么似的，因为他指出：“按理，别人这样想也是正常，既然你们如此要好，非同一般的关系，你就多少能了解一点；否则，巩杰竟连什么都不想告诉你，那怎么谈得上亲密呢？”

——“这当然也是呆话，难道夫妻就不可以保留一块只有自己才能进入的天地吗？”后来他们结合了，明白了，“男人和女人组合在一起的那种感情，不仅仅是一种模式，可以允许有各式各样的。要统统是海枯石烂的话，那也怪可怕的。照书本去念的模范爱情，像蒸馏过的水，是没有什么味的。”

天天打架，不是好夫妻；一辈子没红过一次脸，难道能算是好夫妻吗？

七

“要不要歇一会儿？”她问。

“你累了吗？”做丈夫的先关心她。

“蹚过这条小河，再翻过那座矮山，就是古峪了。”

“林子里可真够清静的——”

“连人影也不见！”

“好像这世上就剩下咱们两个。”这是朱之正最理想的境界。

“那多好——”过一会儿，她竖起耳朵：“什么声音，笃笃笃？”

“这你就不知道了，啄木鸟，好几年也没听见过了，那时我们在三线……”

朱之正回想起在大学念书的时候，还有过一点名山大川的游兴，至少是在心灵上这样自由徜徉过的。那时年轻，还幻想过和一个所爱的姑娘，一起到那渺无人烟的沙漠、荒山、处女地去“开辟鸿蒙”呢！后来进了科研机构，又结了婚，成了家，在三线一呆就是十几年，局限在秦岭太白那连绵大山之中，不仅想象力丧失殆尽，连梦也是飞不出眼前脚下的深山大壑。

——生活，有时像密封的茧一样，你要是突破不了这层层的束缚，就是一个永远的蛹。唯有冲决而出，你才生出翅膀，你才飞得起来。可是，人的可悲，就在于或变成巨人，或变成侏儒，常常是不由自己和不能自己的。你有了茧的保护，茧也左右你的变化。就这样，人的生存空间，其实是极有限的。

后来，很可能是巩老前辈，那时还在台上，发现他虽有些知识分子气，但还是能做些事，想做些事的人，加上刘东林看重他作为副手的无野心性，不具有取而代之的威胁，就把他弄到北京来了。接着，前几年，文凭突然吃香起来，命运经常这样阴差阳错，他自己也颇意外地，得到了他做梦都不曾想到的一切。

——现在，这一切，像佛家禅偈，从来处来，又往去处去了，九九归一，又回到本初状态。虽然失去了的，不免惋惜，可终究来得轻易，所以也就不那么后悔。再说，他得到了这个心爱的女人，还不够吗？也许老夫少妻的局面难能长久，但那是思量也无用，唯有听其自然的事情了，目前他拥有着她，这一点，扪心自问，还不该心满意足吗？

他突然觉得，这眼前的现实，不正是早年间那个和一位女人同行的梦嘛。

“那就在这小河边坐一会儿！”他提议。

“水真清，我去洗一洗——”

他拉她不住，只好叮咛着，“小心，山里的水，很冷的哟！”

“你又成老爸爸了！”杜小棣脱掉了风衣，卷起了裙子，光着洁白修长的双腿，踩着河卵石往水里跑去。冰凉的山涧水，刺激得她嗷嗷地叫，还回过头来招呼他，“来呀，来呀！”

要不是她高兴得手舞足蹈，踩在长满青苔的石头上，差点滑跌在水里，他愿意待在一边欣赏这个年轻女人的一举一动，一颦一笑。这个和他女儿年龄相差无

笑疯了的杜小棣双臂勾住了他的脖子，『看把你紧张的，我是故意吓唬你的。』

儿的妻子，你可以说她无知，说她浅薄，说她几乎不愿动一动脑子；可有这么一位单纯可爱，天真得有一点点傻，但却是娇艳的女孩，能让你暂时忘掉人世间那些钩心斗角，忘掉那些肮脏血腥，成为你温馨的避风港，不也是一种幸福，一种难寻难求的超脱吗？

这世界够累人的了，不是吗？

但是她原来的情人出现了，而且，他是趁那个青年人处境危殆的时机，夺走了她的。他无法不承认他的这份卑污，也无法回避这份自己也好，别人也好的都会谴责的事实；虽然她从不认为他卑污，可也不能面对责难。她不肯说她还爱着那年轻人，但要她说再也不爱巩杰了，那也很难启口的。

那位老前辈，爱说的一句口头禅，叫做“画一个句号”，这件扎手的事情，怎么把“句号”画圆呢？

她真的要跌进水里了，他来不及脱鞋脱袜，就跑了过去，一把抱住了她。

笑疯了的杜小棣双臂勾住了他的脖子，“看把你紧张的，我是故意吓唬你的。”

“你这个坏东西！”他假装松手，要把她放进小河里去。

“别，别——”她搂得他更紧，脸也挨靠过来。

朱之正此刻不但想起了他的梦，也似乎从心底里冒出来那个做梦时代的自己。二十啷当岁，像这春天里山坡上的每一棵树，每一根草，每一瓣花，都是自由地舒展地生长的。后来，梦就消失了，不再追逐自己的阳光，把仅有的想象力，营造生存着的脚下那块土地，再也不是愿意怎么长就怎么长，而是能够怎么长就怎么长了。

他无论如何不敢相信光天化日之下，抱着、吻着这个怀抱里的香喷喷的女人，竟会涌上来一种了结的念头，可怕的念头，孤注一掷的念头，在那个第三个人即将出现之前，也许是最后一次，从他所珍惜的这个女人身上索取了。因为他简直无法预料，她见到她旧情人时，会出现怎样不可控制的场面。何况他允诺过，他是男人，他是一诺千金的男人。于是连他自己都不可理解地搂住她要求：“宝贝，你能给我吗？就在这儿，就在现在！”

她吓一跳，差点从他手臂里滑下来。但又觉得闻所未闻的新鲜，眉宇间充满了兴奋和寻求刺激的好奇神态。

“你害怕？”

“我？”她掩住脸格格地笑了。“天晓得你想得出来！”

正好树阴下，有那么一小块平坦的草地，她最终是不会拒绝的，何况这种奇特的体验。她那逗引的笑意，从嘴角的酒窝倾泻出来，还未等她躺倒，他先醉了。那是一个绝对放松，摊开四肢，全部展示，来者不拒的女人，快乐地拥抱着他，亲吻着他，一边主动解着衣裙，一边在他耳边轻轻呢喃：“我，我，我什么都不去想，我就想你——”还没等说完这个字，她已一览无余地裸露在天地之间。

他觉得她的话太对了，连声附和：“不想，我们干吗想呢？”

这蓝天，这春风，这一个也许是最后一次的，从堇色衣裙里褪脱出来的那美妙无比的女人，白皙细腻的皮肤，在阳光下发出目眩心迷的光色，使他涌出他从未有过的强烈冲动，抱着她，搂着她，在草地上滚来滚去，不停地抚摸着她，吻咂着她的身体，然后，两个人便密不可分地融为一体。

只有啄木鸟仍在头顶的树干上，“笃笃”地敲击着。

八

如果不是倒霉，潇洒不羁的巩杰连理都不理这些领导干部的，他是一个艺术家，那胡子便是证明。

不知你发现没有，中国的年轻导演，大部分留胡子，虽然那胡子，只能称做鼠须，很寒碜的，很邋遢的，并不增加多少气度的。巩杰的胡子却是真家伙，连茂密的胸毛也不是贴上去的。老前辈反感这个儿子的狂放，讨厌这个哥萨克，拿他没有办法。

巩杰不买他老子的账，你走你的阳关道，我走我的独木桥。

连老子都不在乎，刘东林是他爸爸一手提拔的，他会有好脸？他爸爸没下台时，那是个围着屁股转的人物。他对这个俗不可耐的家伙，讨厌极了，虽经常见面，但决不搭讪，至于这个朱之正，他简直一点印象也没有。

杜小棣在第一次和朱之正谈话以后，巩杰就跟她研究对策。

“多大年纪，这个姓朱的？”

“我看他好像不是太老，说不准岁数。”

“你真笨！我爸绝不会信任太年轻的人的。”巩杰被审查后，脾气更坏了。

“他那精神劲，好像不到五十岁吧？”她是凭女人的直觉。

“你别胡扯了——”

“挺洋气的！”

“你做做好事，多关心这个人一些别的，行不？这是个决定性人物，他严厉吗？”

"我觉得他还蛮斯文的。"

"挺客气?"

"反正不凶。"

过了一会儿,他忽然冒出一句:"也许他对你印象不错——"

"你这是什么意思?"

"小棣,你能不能利用你的魅力,把他俘虏住,他是主管,他的态度是非常关键的,求你啦!"

"我能做什么?"

"跟他亲近啊!"

杜小棣有一点吃惊,因为盛莉也只是暗示,而一个爱自己的男人,却能张得开嘴:"不,我不做我不愿做的事情,你要我为你做什么都可以。随随便便去跟人睡觉,我不是婊子!你不是也认识几个串高级饭店的妞吗?让她们去吧,我不干!"

巩杰被问得很狼狈,恼羞成怒,跳了起来,气急败坏地责备她,"非上床不可吗?我只是要你放灵活些嘛!你啊你啊!"

那时,巩杰还未正式被公安部门收审,但已不许离开机关大院。他一个公子哥儿,优越惯了,一向不受拘束,哪经得起这份窝囊,她能理解,火气没法不大。其实后来,她才从朱之正那里了解到,要不是刘东林看在巩老的面上,暂时放在机关里,争取内部解决,也许早就坐上牢了。这个老滑头的政策是能保就保,不能保,也就爱莫能助了。反正把朱之正推到前面,政治上的风险,由他承担,自己躲得远远的。而那个盛莉也不愿意杜小棣一趟一趟来找刘东林,漂亮女孩子总在她公公身边绕来绕去,可不是好事。

朱之正对她说过,他是平民,他是搞科研的知识分子,他是从基层爬上来的,他一辈子夹着尾巴做人,所以他从心里讨厌权贵,和这些趾高气扬的王孙子弟,能有这个机会收拾,他才不会设法保护。可是,第一,这个年轻人确实有点冤屈,因为他的节目被毙,一股火压不下去,才卷入社会上的那些人当中,但为首的并不是巩杰;第二,这小子还挺够种,敢作敢当,不咬别人,全包揽在自己头上。对已是妻子的杜小棣,他也无所顾忌了:"按我本意,不仅认为把你拖进来,多此一举,就连巩杰,查来查去,不过那些大家都知道的东西,他要是不硬顶着,同案犯不互相推诿,把各自的问题交待清楚,早就可以结案。可是中国人没办法,背靠背地咬起来,都恨不得一口咬死,自己脱生,涉及的面越来越宽,最后只好交司法机关。"

巩杰对朱之正的作用，估计得还算是正确的。生死也许夸大了，但放在机关内部处理，还是交给有关部门，真是他一句话的事。

巩杰再硬，也怕坐牢，这时，他胡子越来越长，艺术家的浪漫越来越少。当然是病急乱投医的举动了，忍不住又把希望寄托在他漂亮的女朋友身上。“小棣，‘公用品’不是说他是个老鳏夫嘛！”

“我说过了，我不干！”

“咱们都是演员，小棣，难道不会逢场作戏吗？”

所以，那天拿起电话，听出来是久违了的他的声音，她也按捺不住为他出狱高兴的。哪知他对她说的第一句话，却是劈头盖脸的责备：“真想不到，小棣，你会弄假成真，嫁给了这个乘人之危的家伙——”

她什么也不想说了，像呛了一口水似的噎着，半天，透不过气来。

九

第一次被招到朱副部长处谈话，就这样结束了。

“你好好想一想，你什么时候想好了，你来找我谈！”

但朱之正想不到，当天傍晚，他坐车快到家的时候，就远远地发现了站在他们所谓部长院门口的杜小棣。他没让司机开进院里，说要到附近商店买点物品，把车放走了。他不否认，他是一个男人，在妻子过世以后，那时还在研究所，也和一个有夫之妇来往过好几年的，不是一尘不染的清教徒，何况早风闻她的公共厕所的雅号呢！他觉得这是一次机会。

他在研究所当所长以后，也尝到过权力的甜头的。

“那当然不是爱！半点不是，连对你的可怜也说不上。”

“没想到你还真卑鄙呢！”已经是他妻子的杜小棣笑了，像是发现了一个新天地。

——这世界上有绝对不卑鄙的人吗？

他承认：“小棣，我不可能比别人更坏，但，也不可能比别人更好！就这样！你信也好，不信也好！”

她说她信。然而也不要认为她真的信了，或者不信，她坐在梳妆台前涂脂抹粉的时候，除非地震，其他什么事情都不走心的。

他一边放慢脚步，朝即将捕获到手的猎物靠近，一边装作并没有看到她，而留意商店的橱窗，一边在琢磨，是采取曾经对一位有求于他的女技术员那种直截了当的手段，迅速地占有呢？抑或像和那位有夫之妇一样，朝夕相处，关怀体贴，慢慢地情感交融，心心相印，靠水滴石穿的功夫达到目的呢？因为有的女人能够接受突如其来的袭击，那个女技术员说过，猝不及防的暴力和强迫，有一点挣扎，甚至连贴肉的内衣都撕裂了，接着驯服，接着瘫软，接着暴风骤雨，那种意想不到的快感，给她留下的幸福是无以言表的。可那位有姿色而且风情十足的有夫之妇，就不同了，只是到了她极感激他，极可怜他，又极同情他，除了她把身子给他，再无其他可以表示她心意的时候，才把她家的门钥匙，塞在他手中的，还悄悄叮嘱着："就一次！你知道，我挺害怕——"

自然，任何事情一开了头，这过程就不会马上结束。

那个温柔的会计主任，经常和他一起为他们那个被放逐到三线的研究所，到省里、到北京来要钱。那时候，林欣和他就像合法夫妻一样放肆和快活，那种恨不能死在他身上的疯狂，不顾不管的追寻性快乐的放纵，和她日常与阿拉伯数字打交道时的谨小慎微，竟是两个人似的。他感激那几年她给了他全部的幸福，若是那位会计主任肯离婚的话，他会毫不犹豫地娶她的。"这说明我虽然坏，但并不是绝对无情无义的。对不？"

"那个小段呢？"

"后来，她回上海了！我不是最坏的，对不？"

杜小棣点头，否则她也不会嫁他。

她记得，甚至在新婚之夜，她和衣而卧，薄薄的纱衫里，那掩映不住的旖旎春光，看得出使他心旌摇荡，不能自持的。即使到了那般情不自禁的时候，他也踌躇地，当然也是挺舍不得地说："小棣，现在你后悔嫁我，还来得及！我不想让你委屈，也不想让你勉强，如果你心里还有巩杰，只是为了回报，才跟我结婚的。那么，小棣，你也不必说出来，那是很难开口的，我懂；你只要点一下头，我马上离开这个房间。"

——奇怪吗？真正的爱是在性以后才会出现的。

可在那个混沌的雾蒙蒙的傍晚，他的心像那颗鸭蛋黄似的夕阳，有些没着没落，拿不定主意的。是解决性饥渴第一，搂住这个女孩春风一度，以慰久旷之苦呢？还是有点耐心，让她自动上钩呢？当时，他很快找到了心理平衡，她是为了她的男朋友，奉献她的肉体，虽然凄惨，可心灵伟大；他得到了她，不但卑劣，还很龌龊渺小，而且背上乘人之危的恶名，既然如此，也就大家扯平了。他说他那时确实真像一条狼，不过拿不准，是一条伸出血红舌头，直扑过来的狼，还是一条披着头巾，装作外婆的狼，总之，想吞噬已到嘴边的这个猎物，已经迫不及待了。

他心痒难耐，可仍旧放慢步子，那女孩离他卧床的距离，顶多半步。最后，索性走进了商店。朱之正婚后对杜小棣半点也不隐讳，他承认，那一刻他以狼的哲学，理直气壮地想占有她的，“反正，我不睡你，别人也要毫不怜惜地糟蹋你的——”

杜小棣尽管是个不愿走脑子的女人，听她丈夫坦陈他卑鄙的心曲，也不免惊吓得直起鸡皮疙瘩。她马上想到坐牢的巩杰，到底年纪轻，一切都是笔直的，心眼儿不那么曲里拐弯，可不像朱之正把人类、把世界描绘得那样肮脏。

但是，当他回头透过商店的玻璃橱窗看出去，却不见了她的影子。

他立刻警觉起来，这个女孩子是不是在布置一个陷阱，用色相来诱惑他，落入圈套，把柄抓在她手里，你怕身败名裂，你就得俯首听命。

这正是那个爱过他的林欣，一个山沟里吃地瓜长大的女人，郑重提醒过的……他记起他从那个三线研究所，平步青云，要调到京城任职的前夕，那个实际和他正式妻子差不多的会计主任，说什么也不肯抛弃长期两地分居的丈夫，一个普普通通的，老实巴交的，甚至知道自己老婆有这段隐情，也忍而不发的本分人。这真是中国女人的奇怪心理，“我已经背着他做出这样的事情，怎能狠心再把那可怜的人扔掉。”

“你只爱我呀！林欣，你别骗自己——”

她承认这个事实，更不能忘怀他给她带来的快乐，但又谴责自己的不贞和不守妇道，不值得他看得起，不值得他娶的。她认为他一个正在发达的人，不应该娶她这样一个不体面的不干净的女人。

那难分难舍的别离啊！到了明天天亮就要启程上路，也是他和她结束几年情感生活的最后一夜，往日的狂热，消失得一无影踪，衣服裹得不能再紧地，坐在床边看着这个即将走上仕途的幸运儿。

那段情分，她已经画了一个句号。

“你怎么还不睡？”

“你睡吧，明天你还要走好远的路！”

“当真不能改主意了吗？我可是要在北京等着你的！”

“别瞎说——”她捂住他的嘴。

“等你两年！”他倒没有食言，快三年了，才和杜小棣结婚。

林欣苦笑着，让他把一切都忘记，有的是好女孩子，只是要他小心，城市里有些花花绿绿的姑娘未必能像山沟里的女人那样赤诚，千万不要挑花眼，轻易不要把心交出去啊！

难道杜小棣在演一出串通好了的戏？

直到他回到自己屋里好一刻以后，才听到剥剥的敲门声。

果然是她，一个尴尬窘迫的她，迟疑地站在门口，似乎前面是狼，身后是虎，既不敢进来，又不敢离去。已经兴味索然的朱之正，本来打算用语言挫折她一顿的，看她讷讷地连话也说不上来，根本不是企图引他上钩的歹意，倒像是有许多迫不得已的难处似的。

“算了吧，杜小棣，你来的目的我清楚，我再说一遍，你是你，他是他，朋友归朋友，问题归问题，不要感情用事，不要胡思乱想，更不要做出不恰当的行为。我想，年轻人，你是能明白我说的这番话，是什么意思的？”

当时，被他羞辱的杜小棣，简直恨死了他，一转身，努力控制着，不使自己哭出声来，跑出楼去。

如果不是这个小小的周折，朱之正肯定会急切下手的，也可能早得到了她，但却不会再有杜小棣的第二次出卖。她这么说，他也这么想的，也许她并不是如她口头上的那么坚决，但至少不会有以后的圆满，也不会有今天在这山林野地里，那种亚当和夏娃式的自然之子的快乐。

珍惜吧，这一刻，他勉励自己，如果终究是要去的，那也只有由它了。

她仰着那张桃花般艳丽的脸，惊喜地娇喘着，呻吟着，在他耳边说：

“你怎么啦！你怎么啦！你简直不是你了！”

这种从未尝试过的极致，尽管到了彻底的精疲力竭，像一摊泥，快要虚脱休克，也不肯罢手。

——无论他，还是她，都像死过一次似的，久久才活了过来。

十

古峪就在眼前，马上就要进村了。

太阳偏西，时值午后，整个村子悄没声地，连狗也没精打采地看着这对陌生人出现在下山的大路上，懒得汪汪两声。这两个在那山坡灌木林里，消磨掉三个多钟头和最后一点精力的城里人，拖着慵懒的身子，朝山下蒙着一层蓝色烟云的村子走去。

“看见了吧，那有棵紫色玉兰花的围墙院就是。”

他好像没有听到。

“你怎么不说话？”

朱之正没有理会他的妻子，他知道，她不可能理解他的想法和做法。原来，他之所以这样做，或许等于是一次了结，像债务人和债权人一样，两清了。他不是圣人，但他懂得，不是属于自己的东西，终究不可能永远据为己有。如果，你仅占有她的身子，而得不到她的心，即或将心换心，也仍旧白搭功夫的话，对真正想完全拥有的他来说，岂不是更糟嘛。时间拖得愈长，那就益发不甚想象。

“没事吧?”她稍稍有点担心地问。“马上就到了!”

他不打算马上告诉她，究竟准备怎样处理他和她，和那个出狱的年轻人之间，终归要解决的问题。但人，也实在是太多变的动物，他也说不好最后的决定是什么样的，但和出城时那种彻底的超脱豁达，不完全一样，山林的欢乐以后，他明白了一个男人之所以是男人，有其不能逾越的极限，那就是当你真爱一个女人时，你不会甘心认输的。

“开玩笑!”他把腰板挺得笔直，“你以为我真老得不行?”

“你都快要把我给生吞活剥了!我算怕了你了!”杜小棣幸福愉快地笑着，跳上去，抱住他不放，“你是魔鬼，吃人的魔鬼——”这是一个快活了便高兴，便手舞足蹈，不快活便撅嘴，便好像天要坍下来的，多少有点神经兮兮的女人。不是很有心眼的，很会动心机的女孩，她根本不会想得很远很深，她以为他的沉闷是在考虑失去的官职和地位：“这回要过几天乡下人的生活，你这当官的抖不了威风，犯愁了不是?”

“得了，我在山沟里呆过的。”

其实，朱之正现在心里盘算的，和早晨出城的时候，和更早答应远行的时候，不知转了几个否定之否定的弯子?全非初衷。“亲爱的，既然我真正地得到了你的全部，我就不会让你从我的生活中消失!”现在，他只有一个念头，能够放弃的，他会毫不吝惜地弃之如敝屣，置之脑后；但好容易得到的，就不愿撒手了。他怎么也是年近花甲的人了，愈来愈悟到人活着的全部目的，在那里忙忙碌碌，争来夺去，说穿了不过是为一些虚幻的影像，在那里无休止地消耗掉体能罢了。而后又为获得的其实空空的，同样是虚幻的满足，在那儿盲目地快乐和兴奋着。这一切，比之眼前这个无与伦比的肉体精灵，都他妈的黯然失色。

他才彻头彻尾地明白，就在那矮矮密密的山林里的欢乐，证实了一个男人，他的第一物质，也是第一精神的承载体，就是你身边的你醉迷的那个女人。还寻找什么呢?追求什么呢?女人是点燃男人灵魂的火花，他有过好几个女人，不是随便一个女人，就能把他的心燃烧起来的。

——你得到了她，你找到了生命价值，管人家怎么笑话你这份出息，你突然觉得活着非常有意义，跟她在一起，有那么多的快乐，你干吗不牢牢把握住她呢？

好多年没敞开喉咙唱歌了，有时陪杜小棣到卡拉OK歌厅坐坐，也只是微笑着而不张嘴，自从语录歌以后，他记不得什么时候曾经产生过唱一唱的欲望，这一会儿，他竟哼起一首还是做大学生时的歌曲。“当那梨花开遍了原野……”虽然，那院墙里，是开得未免晚了一点的玉兰花。

“你唱的是什么呀？”她虽然在歌舞团，但是个追赶时髦的女孩子，不会知道这支老掉牙的歌子的。杜小棣的全部知识，表现在化妆品、时装，以及法国香水的牌子上。“你不要到时候受不了？没有宴会，没有干杯，只有粗茶淡饭！”

“你别以为我天生是个官僚，干巴巴的，毫无趣味。宝贝，原来我傻乎乎地允许你后悔，现在，对不起，我已经懂得怎样享受人生，珍惜人生，你想后悔也不行了。”

“后悔？这是什么意思呀？”

她有些意外，因为，她除了追逐她的快活外，还来不及后悔呢！她根本不可能理解，朱之正突然冒出来的后悔，是指在他和巩杰之间的抉择。这一点，从他开始动念头，要把这个女孩子弄到手时，就作了足够的思想准备的。特别那天告诉了她，巩杰快要放出来的消息，这个并不深沉的年轻妻子，出乎意料地表现了那种无所谓的平淡，连一点表面惊讶的神态也未流露，这倒使他内心产生相当大的震动。他不是怕她难以忘情，而是怕她悔之不迭。因为巩杰提前释放，不是原来那使她等不及的漫长的服刑期限，他无形中扮演了一个把她骗到手的可悲角色。当时，他确实对她建议过：

“如果你要等待的话，一年两年，还是容易熬过去的，但是，我劝你考虑，你要为你的痴情，付出你整个青春的话：第一，他值不值得你牺牲？第二，你舍不舍得为他牺牲？第三，你能不能有恒心等那么久，不是一年，不是两年啊！”

很难说她是被这番话打动，也很难说她本来有什么主意，但她不打算等下去，倒是从这一刻铁了心的，因为她开始信任他了。

而且她答应嫁给朱之正，也是这次谈话以后不久的事。

哪晓得等不到一年，巩杰从狱中出来了，这是朱之正未料到，更是杜小棣太意外的。

但天地良心，此刻在院子里那玉兰花树下，和曲大娘亲热个没完的漂亮女人，压根儿也没有他的这份思考。她所以下乡，就是逃避，眼不见，心不烦，就行了，才不愿在脑子里总琢磨那些难题呢！暂时离开城市，正是怕那个爆炸性的场面，巩杰找来了，怎么办？那个大胡子是一定要来同她理论的。而且她也不能肯定，能够把握住自己，在那个无论如何也是会激动不已的时候，万一控制不住感情，重新投入旧日情人的怀抱，怎么办？那胸毛，那真正男人的胸毛……天哪！她不敢往下想。

她从来不曾恨过他，没有任何理由恨他，偶尔脑子里闪回往日相依相恋的场面，也是怦然心动的。那年轻人虽然灵巧，虽然强悍，但做爱却又显得那样粗笨，甚至近乎粗暴。她也不反对野性，强迫也不见得不是另一种满足。不过，她也迷恋她眼前的这位先生，尽管年岁不饶人，很难比得上巩杰动作敏捷，力量雄劲，可那份老练、细腻、持久和投入，却是旧日情人所不能给她的享受。所以，她常常在兴奋的迷蒙中，也有颠倒错位的时候，常常把两个男人搅在一起，分不出彼此的。

所以，她真不晓得第一眼看到巩杰，那两条腿会不会瘫软下来？

怎么办？她想不出一个答案，于是，只好不见面，离得远一些。将来呢？她也问过自己，只好将来再说了，她的政策（其实她从来也没有政策），也许就像鸵鸟一样，把头扎在沙里，拖一天，算一天。

杜小棣就是这样一个女人。

她宁可回味刚才林子里的那份欢乐，而忘掉一切。

十一

她是在卫生间的门被推开的那一刻，把心给他的。

杜小棣看到朱之正的那双眼睛中的震惊，也许这是他从未见过的完美胴体，那神色不完全是贪婪，而是一种赞叹，一种倾倒。她发现他的眼光，从她头顶未关紧的莲蓬头水柱往下扫描，顺着那点点滴滴的水，从那乌黑漆亮的长发看下来，到那光滑圆润的玉肩上，到那渐渐隆起的乳沟里。随后，她能感觉到他那触摸般的眼神，在那实际并不像少女，而更像成熟少妇稍稍下垂的丰硕的乳房上停留着，接着，便跟随那小溪流似的水，直泻而下。站在门口的他，凝神敛息，大气也不出。既未像色狼般地冲过来，也不是慌不迭地道歉，而是报以一笑，甚至比她想象的还要温情，还要亲切，相当男人气，可并无邪恶。而尤其没料到的，他说了一句她从未听到过的对她的赞美，使她产生了久久也不平息的激动。

——女人，有时是挺莫名其妙的。

他说："你真美，而且美得那么纯洁！"

"是这样吗？"对她来讲，纯洁这两个字和她联系不上，"麻烦您再说一遍——"

他点点头，抛给她一条浴巾，这才告诉她找她的缘由。他没有讲，这其实是个别人并不赞成的决定，不过，他做主了，从现在起，她不受任何限制。她和巩杰虽有非同一般的关系，但与巩杰所犯案件并无实质牵连，因此，她可以去演出，可以去走穴，可以做她一切想做的事，当然包括穿上三点装在台上扭来扭去，和那个又飞来中国的玛蒂来往。

“那么他呢？他也没事了吗？”

“我再说一遍，他是他，你是你。”

“他不会被交出去给外单位一块儿处理吧？”她鼓了很大的勇气，向他求情：“如果您能让他不受追究，我……”说到这里，声音低得简直听不出来，那无地自容的窘态，恨不能找个地洞钻进去。

“你能回答我一个问题吗？杜小棣——”他没等她点头，就问下去了：“你这样来诱惑一个男人，完全是你自己的主意吗？你美得这样纯洁，这不是糟蹋自己吗？”

“不，不，”她连忙摇头，急得哭了，那无可奈何的神色，表明了她绝不是甘心情愿，硬着头皮的苦恼，全随着簌簌的泪水流出来了。“我根本不想来的，真的，我没办法——”

“我万万料不到你一次两次三次来，竟是这样一个目的，和你在我脑子里的美丽的形象，怎么也合不上。”

“谁叫我爱他呢。”

“那他爱你吗？”

她十分肯定地点了点头。

朱之正头一次称呼她“小棣”，不过，她一点也未在意；却是他后面的话，把她震动了：“小棣，如果我爱一个女人，天塌下来，我该做的，是保护她不被砸着，怎么能让重担子压在她的肩上呢？”

杜小棣愣住了。

“他真爱你吗？”他又问她一遍，“他让你为他出卖自己的灵魂——”

她哭得更委屈了。

“好了，好了，我只是随便说说，你也别往心里去。这只能让我相信你是一个非常善良的姑娘——”

激动的杜小棣忍不住扑在他身上，忘了自己除去一件浴巾外，实际还是一丝不挂的。朱之正挨着那令人心动的赤裸身子，心头欲火差一点就要爆炸了，但他是个伪君子，一个有时也很可怕的伪君子。一个十分强烈的念头在心头闪过，只要把巩杰送走，让他去坐牢的话，他不是不可以把杜小棣把握住的。

也许是从这一刹那开始，朱之正知道自己该怎么办了。他为她披上了浴巾，退了出来，替她掩上了门。他当然渴望得到这个女人，需要这个女人，不过不是追求片刻的满足，而是长久地拥有。因此，他知道自己这种想法，几乎充满了邪恶和堕落，为了得到一个人的心上人，而把她情人送到牢里去关起来。实在不像他所能做出来的事，可那有什么办法呢？乘人之危也好，卑鄙龌龊也好，对不起，年轻人，你我虽无冤无仇，甚至我从头至尾是同情你的，但为了得到这个你居然不好好爱惜的姑娘，我可是不能客气了。

他不想卑鄙，也不敢崇高，然而，他却要在这两者之间选择。

——这两者竟是在一念之中，他不打算做圣人，再说，又干吗要做圣人呢？何况一个男人竟然张口让他所爱的女人，为了他去牺牲色相，牺牲也许是女人最宝贵一切，他当这个圣人又有什么意义呢？

于是，这份内心深处隐秘的丑恶，更有了一个能使自己心理稍稍平衡的借口。

话说回来，别人难道比我更好吗？

他找到了一些他女儿不久前回国度假时留下来的，从未拆封过的衣物、化妆品，从门缝里递给她。“你将就着用吧，小棣——”

她才听清楚他这样亲切地叫着，从门缝里回报给他一张温馨的脸。“您——”

“对不起，我这里可是一个男人的世界，请你不要介意！”

“哪能呢！哪能呢！”她当真地被感动了。

自从巩杰出事以后的这些日子里，好多人离得她远远的，她也好像打入另册似的受到白眼，这还是头一次感到有人给她温暖。杜小棣确实也单纯了些，很容易信赖一个人的。她不但告诉了朱之正，她和巩杰的长长短短，连玛蒂在她和巩杰之间的位置，在黄果树发生的一些波折，也一五一十地说了。甚至把那外国人都不赞成用色相来诱惑，对巩杰有看法，也和盘托出。

“每次敲你家的门，我的心就凉了！”

“也许我女儿刚走，见到你，我就想起她！我真是这样看你的，你信吗？”

“当然，您是我见到的最正派的男子汉了！”杜小棣衷心地愿意扮演这个角色，“那您把我当您的女儿得了！”

他才不肯固定在这种关系上，不过，暂时这样来往着，也不无益处。“小棣，也还不光是那些，我说过的，你的美是那种纯洁的美，是不能使人产生邪念的美，也是不忍心去伤害的美。我无法理解你那位男朋友，怎么会……”

她才听清楚他这样亲切地叫着，从门缝里回报给他一张温馨的脸。

从此，她那一下子真空了的感情世界里，朱之正自然填补了进来。他在官场上，并不是一个老练的新手，一下子跳太高了，有些手足无措。但杜小棣这个毫无城府的年轻姑娘，哪里经得起这样一个成熟的，对女人有经验的男人呢？这个短促的干爹或者干女儿的过程，等不到巩杰判刑，就结束了。

她是不在乎什么形式的，但他却郑重地要她嫁给他。

“你不怕娶我身败名裂？”

“如果是为了你，我认为值——”

杜小棣心满意足，虽然不断有人追求她，她根本不考虑别的年龄相当的人，连犹豫都没有，投进了他的怀中。女人嘛！天生是个女人！她看透了自己，就是当优哉游哉的太太的材料。

“因为他能给我带来快活，我不求别的！”

如果巩杰被抓之前，向她提出来，她也会跟他结婚的；那也是一个有可能给她创造幸福的男人，谁都知道巩杰的父亲是谁。说白了，她就愿意做一个让男人养起来的女人，谁更具备这个条件，她就答应谁。

有一张漂亮的脸，有足以使男人倾倒的、无可挑剔的肉体，凭这本钱，还用得着亲自去为生活奔走？这就是那个为她公公服务的“公用品”的哲学。

杜小棣特别羡慕也曾在歌舞团呆过的盛莉，倒不是因为她把那个无能的丈夫一脚踢到美国去，跟自己的公公不明不白地过到一块。也从来没打听过，她嫁给刘东林那拖鼻涕的公子，目的就在于老头子呢？还是老头子早和她有一腿，借这个名目，让她进家门呢？这些，杜小棣虽和她来往，向来不问的，只是羡慕她懂得怎样使自己快活。一个女人什么都得到满足的话，只要男人能给她需要的一切，还在乎什么形式呢？“公用品”的话，是很有启发的。

十二

“你疯了吗？你的选择绝对错了！”

“得了，玛蒂！只要活得痛快，我嫁给谁不行呢？”

“那你干吗不找一个大款？中国现在出现了这个阶层！”

“大款除了钱之外，还有什么呢？”杜小棣对男人，有她的挑拣，不是没有大款相中过她，可没放在眼里。一种很特异的反感情绪，让人不可理解。她说，“玛蒂，我也不知为什么，总觉得他们脏，而且身上有股气味似的。就这种挺怪的感觉，其实他们是非常豪华的。”

“那你的朱之正，除了他的官位，他的权势，还剩什么呢？就只有一把年纪！”玛蒂是个研究中国的老外，她比中国人还陶醉中国古老的一切，但她对于这个制度和支撑这个制度的官员，有点格格不入。“可靠吗？”

“玛蒂，你何必操那些心，我个人感到挺好就行了呗！”

“我不赞成，我看巩杰也不会赞成！”

“难道让我等着，等着他放出来，我成了个老太婆？”

“根本不是那么多年，小棣小棣，做事总得要思前想后的呀！他爱你，他要出来，他的问题，你也不是不了解，你有点头脑好不好？”

老实说，和杜小棣谈话，最好停留在消费范畴，别要她动脑子。发生在地球上的事，海湾战争，苏联解体，波黑冲突，布什下台，对她来讲，和发生在月球、火星上的事一样，不会感兴趣的。要她思想？除了吃、穿、用，除了接吻、拥抱，和那件事情外，她什么也懒得琢磨的。

要说想，她在嫁他之前，倒是考虑过她和朱之正的年龄差别，但她明白，有得就有失，他能满足那些同年龄的男人所不能提供的一切，差个十岁二十岁，有什么了不得的呢？

于是她不想了，于是她就这样嫁给了朱之正，那是去年秋天以后的事。

据说，这也是北京女孩子的一种时尚，挑一个岁数大点的男人做丈夫，主要是图一个成熟男性的稳定感、安全感，在体贴入微方面，老夫待少妻，要较同龄人更细致些、迁就些，这也是人所共知的事实。她说过（当然算不得是警句），没想到当老婆这么容易，除了脱光了陪先生睡觉外，任什么事也可以不想不做的。对一个女人来说，这不是一种很快乐的境界嘛。

“你居然觉得这样挺好，我真纳闷！”玛蒂挺难过，为她挺看中的朋友巩杰难过。“至少，你哪怕等他两年——”

“两年？”实际巩杰判了五年，扣除拘留的大半年，还得坐四年牢。“就算等了两年，以后的结果还是不等的话，我何必为了做样子浪费这两年呢？”杜小棣有时也冒出两句耐思索的犯嘎的话。

玛蒂怔住了。

她说：“玛蒂，你有时是女人，有时不是女人，巩杰一样，他有时是男人，有时就不是男人！我不像你们那样伟大。”

“你别瞎说了！”

“真的，反正我就是一个女人，我就盼着有一个男人，一个最好成天陪着我的百分之百的男人。你跟他在黄果树好过，我不反对，谁也不能把男人拴在自己的裤腰带上，但我反对从你那儿回到我身边的时候，人在心不在——”

“他真那么想我？”

“想你倒好了，至少有性要求，谁晓得他想什么，心不在焉！你知道，我需要的是一个专心致志的男人！你简直想不到有时我多么恨他，好好的，你投入了，他走神了，把你撂在一边。你能忍受嘛！做那种事情，突然中断了，跳下床——”

玛蒂被她逗乐了。

“有什么可笑的？”她承认她不像玛蒂，更不像巩杰，除了男女的情感外，有那么多可谈的，而且谈得那么津津有味，那么神采飞扬，有时又那么忧天悯人，那么伤时感世，使她这个旁听者头都大了。南极洲上空出现臭氧层空洞，也忧心忡忡，她很莫名其妙，跟你们一个在美国、一个在中国的人，有关系吗？她说，“玛蒂，女人就是女人，她生到这个世上来，除了生儿育女，除了围着锅台转，除了做玩物，除了让男人败家栽倒，没有多少能成大事的，就算这些成大事的女人，也离不了男人，没有男人给她满足，她也受不了的。”

“你认为女人不过是性机器了？”

“那你说呢？”

“别忘了女人也是人！”

“哦！玛蒂，你试过了你女人的能耐了，千里迢迢从美国赶来，要为巩杰做些什么，怎么样，连探监都没门！我敢说，一个女人别说干好事不灵，干坏事也不灵的，你别为巩杰费心了！我劝你……”

玛蒂是个挺有性格的洋女人，马上把脸沉下来。“你真差劲透了！”

“随便你怎么看，我不在乎！”

“真好笑，”玛蒂拿她没有办法。“人家说我倒像中国女人！”

“你意思我像你们美国女人了？”

“请你不要误解，在我们那儿，除了出卖肉体的妓女，也不是跟谁都可以上床的。”

杜小棣很浅，浅得像一碟水，唯其不深，一眼便清澈见底，没有藏的掖的，所以坦率得有点可爱。她说，而别的女人恐怕只敢在心里琢磨，“告诉你吧，玛蒂，有的男人，是可以同他上床的，有的男人，连挨一下、靠一下也腻歪的。”

“那么这位官员呢？因为有权有势，破例了？”

她听不出玛蒂的讽刺。“那时，你回国去了，要在，巩杰很可能死命地求你去施加影响了。一开始，我碰都不愿碰他的；现在，那当然得另说了。他似乎不坏，你知道，我是很在乎男人身上那股气味的，怪了，他还行——”

"巩杰促成了这个悲剧?"

"悲吗?"

玛蒂跳了起来，这个白种女人一生气，脸上的雀斑更明显了，每一粒都锃光瓦亮。杜小棣以为她动手要打自己，谁知她是激动得难以控制自己的情绪。一口气喝下半瓶酒，"巩杰真该死，该死——"然后愤慨地喊叫，她用中国话来骂人，挺溜的："男人真他妈的不是东西！有时候，像男人，有时候，一点也不像男人，有种的是男人，可你记住，最没种的也是男人！长着根鸡巴，怎么也硬不起来。"

杜小棣不敢笑。

不管怎么说，这个玛蒂挺仗义的，收到她寄去的信，告诉巩杰不幸卷进说不清道不明的是非中，跟洋人的来往，使得案情复杂，而且有口难辩时，很快就飞渡重洋，为他澄清来了。在黄果树，不光是蜡染的奇异色彩，跳月的边寨风情，使他俩在艺术趣味上投合，那胡子还是挺能讨女人欢心的。如果说，玛蒂对他没有好感，不被他的魅力吸引，无论巩杰怎样有目的地接近，她不会倾心的。

——玛蒂说过，一个女人，若是按自己的品味去寻找异性，那么，意气相投的男人，并非俯拾即是的。然而，失望的话，那也就是加倍的痛苦。

杜小棣夺下她手中的酒瓶，"哦，天哪，你怎么啦，至于这么折磨自己吗?玛蒂!"

"这你还不清楚嘛！我恨他，是他为了救自己，把你奉送给那位官员的。"

也许这是外国人的性格，翻脸不认人，不怎么太念旧情。杜小棣却倒不激动，也无气愤，好坏那是一年多前的事了，何况她愿意也好，不愿意也好，已经撇下情人嫁了朱之正，还算什么旧账，反而一个劲地为巩杰说好话。"人在难处，他也是不得已。谁也不乐意去坐牢的嘛!"

玛蒂发现这个女人很无聊，不愿和她谈下去。"我可怜你，但不尊敬你!"

十三

到底是春夏之交的季节，曲大娘家的果园里，花事已经过了。朝阳的那一面，已经坠挂上了纽扣大小的果，只有朝阴的那一面，还点缀着一些未谢的花。淡淡的、甜甜的香味，令人心旷神怡地弥漫着。

"走，走，看花去!"杜小棣招呼朱之正。

"来晚了，小棣，前半月，电视台来我们家果园拍开花的片子的。"张罗烧水做饭的曲大娘说，"到底给我留下一台彩电!"

“能收看得着中央台和北京台吗？”朱之正也是随便问问。

“可清楚啦，那帮小伙子在房顶上给我竖了个天线，好高好高，真不知怎么谢他们。”

杜小棣有时不那么心细，大大咧咧，脱口而出，全不管别人听了以后什么滋味。“没关系，大娘，他们都是巩杰的哥儿们，你不用往心里去的。”

“电视的钱呢，他们死活不收，小棣啊，你说怎么办？好几千块哪！”

“大娘，你就甭管啦！那是巩杰早答应下的事，他说过要给您弄一台，而且还能收看得上的嘛，您客气啥？”她对朱之正说：“可能是山势的缘故，这一带电视接收成问题。”

朱之正嗯嗯着。

曲大娘是那种见过世面的明白人，一看杜小棣带来这个上岁数的先生，听到电视的事后，脸上挂了一点不自在的神气，心里就十分明细了。所以，她再不提巩杰，虽然，她挺惦记那个坐牢的长着胡子，看起来怪怪的，心地却不坏的年轻人。这时，喝了两口山泉水沏的茶，抓了一大把瓜子，杜小棣拖着她丈夫看花去了。望着这一对夫妻的背影，曲大娘为巩杰那个不走运的小伙子，感到不平。栽了跟头，坐了牢，亲老子也踢一脚，连媳妇也跑了。

很难说眼前这对夫妻不般配，但若是给站在树下那个漂亮媳妇拍照的，是巩杰的话，那不是更般配嘛。那小两口多恩爱啊，搂搂抱抱，亲亲热热，恨不能如胶似漆地黏在一块。杜小棣那张花下的笑脸，和不停变换着娇美姿势，使曲大娘想起那段歌舞团来体验生活的日子，她不也曾这样让巩杰照相的吗？女人哪，真行，说忘，就全忘了，把小伙子扔到九霄云外了。要我，曲大娘想，怎么也不会把后头的男人，带到前头那个男人呆过的地方来呢！避还避不及呢！老太太也弄不懂，是如今女孩子不在乎呢？还是这个姑娘缺心眼呢？

“哟！”她不禁失声叫了出来，因为看到杜小棣拉着那位先生，朝山坡跑去。那个盖在山上的看果子的窝棚，可是当年巩杰和杜小棣躲开别的下乡的歌舞团员，常去幽会的地方，而知道这隐秘的，只有大娘，因为窝棚钥匙藏在什么地方，是她悄悄告诉这对恋爱中的年轻人的。

“这姑娘昏头了吗？去那儿干吗？”

但，没走多远，杜小棣站住了，陡地回过身来，傻傻地盯看着她的丈夫，好像脸色也不像刚才那样有说有笑的了。然后就回来了，然后就听她问她的丈夫：“你为什么？你这样做，究竟是个什么意思呢？”

“小棣，我早许诺过的。”

曲大娘一看两人热辣辣地，站起来要走。

朱之正说："大娘，你不必见外的，我们也没有什么好避着你的，虽说我头一回来，你还不熟，可小棣，还有巩杰，跟你都是很亲热的。难得你们家这么清静，正好大家有这么一块地方，能定下心来好好谈谈。"

"不，不！"杜小棣突然像是蜇了一下，大声地嚷叫起来。

"怎么啦？怎么啦？"曲大娘忙拉住激动不已的杜小棣。

"你——"她其实不是一个顶能厉害的女人，叫了两声，也就止住了，站在那里，眼眶里充盈着泪水，急切中找不到适当词句，只是问他："干吗？干吗？"

"求求你，小棣，我没有别的意思，绝对不是寒碜你，更不是存心恶心你，你不会不记得那年在旋转餐厅，我怎么说过的？即或将来有一天，你要回到巩杰身边，我也不会跳楼的。"朱之正努力使语气轻松些，他确实不想伤害她，"躲，是个办法吗？既然巩杰出狱了，既然他忘不掉你，既然他不甘心失去你，我且不管你如今是铁定了心不变跟我过，还是回心转意随他去，反正，得正面回答这个问题，逃避一时可以，可在一个城市里，一个部门里，还是一个单位里，抬头不见低头见，接触是无法回避的，答复总得要有的。你能视而不见，听而不闻吗？"

她从来不曾嫌过朱之正，这几年，她听惯了他的话，她不能说他的这番话是没有道理的。不过，她心里不快活，不满意，就是恼火她成了两个男人交易中的一个筹码，招呼不打一个，也不问一声，她愿意还是不愿意，就把她推到牌桌上，谁赢归谁。"即使我再幼稚浅薄，我也是有我自己的独立人格嘛！……"她急得眼泪汪汪，就是因为她表达不出这样一个起码的概念。

那个圣诞节，那个旋转餐厅，她当然不会忘记。

就在那里，她有了一个她不否认的丈夫，正是在那样一个豪华的场合，她第一次被当做朱之正的夫人，介绍给他女儿和女婿所代表的那个银行里的洋人和中国方面的朋友，踏进了一个她从未涉足过的商务圈子。

开始，窗外是灰蓝的天和浮动的云，她仿佛是在幸福的天堂里飞飘着的，即或是那鳞次栉比的屋顶，车水马龙的人间烟火，掠过她的眼帘，那也是离她很远很远的。何况天色在渐渐地暗下去，枞树上红红绿绿的色灯渐渐地亮起来，这是她过的一个最地道的圣诞夜。以前，她和巩杰，和歌舞团的年轻人，也欢度圣诞来一点洋情调的，但那是很中国味道的。她认识的外国人中，最熟的莫过于那个玛蒂了，而玛蒂除了面孔、皮肤和身材外，是一个比中国人还中国人的洋人。

所以她喜欢旋转餐厅里那种百分之百的欧洲风味的圣诞气氛，她也发现自己如鱼得水地能够适应这种生活，鸡尾酒啊，烧烤啊，火鸡和鹅啊，圣诞老人的礼物啊，以及圣诞夜的弥撒音乐啊……

他注意到她眉宇间的愁云，心里也很发虚，因为已审未判的巩杰只能在拘留所里，过这个节日了，这也是唯一使她感到美中不足的。刚刚分手，那痛苦不能马上忘掉的。而她也知道，他是作出这个决定的关键人物。

当然，别的人也许连眼皮也不眨一下的，他呢，也就是刘东林笑话成不了大气的知识分子气太浓。有什么办法，拉一拉，推一推，说来容易，拉，失去的是一个心爱的女人，推，良知上总要欠下些什么。正因为那年轻人如此凄惶地过节，他才可能和杜小棣在高耸的楼顶的火树银花中，被人羡慕他有一位多可爱的妻子。

圣诞夜的歌声，可以短暂地忘却，终究要被落到地面时的残酷现实所代替。

他说："小棣，你不要忙着答应我，这些人，谁也不会把这些逢场作戏的事当真的，就算是圣诞夜的一个五彩缤纷的荒唐梦吧！你放心，虽然把你的朋友送交有关部门，也不是毫无缓转的余地，我一定努力把他的案件仍旧争取回到内部处理。听着，有一天，他没事了，你要回到他身边去，我决不会拦阻的。而且，你也不用考虑我，我不会从这楼顶跳下去，即使目前已经得到的你的这些温柔，我也相当地心满意足了。"

杜小棣心地其实很软，两处都割不下，可总得要舍一头的话，她也只好随遇而安了。

同样，到了古峪，到了曲大娘家，朱之正一切都安排了，她又有什么办法？

"你该问我一声，让他来！"

"我要是对你说了，你还会到曲大娘家来吗？"

她想想，也对。可即使非常非常对，她也不开心。

"怎么回事啊？"曲大娘问。

朱之正到底是男人，挑得起，放得下。"哦，送你电视机的那个年轻人，不是今天，就是明天，也会赶来看你果园里的花的，再晚还真是看不上了！我出城的时候，已经给他留下话了！"

十四

回过头去看，大胡子要跟杜小棣一块到外地去走穴，狗屁事也不会发生。

这就是太忠诚于艺术的悲剧了，亚里士多德的三一律，在上一个世纪，就被打破了，如今的观众愿意在舞台上看到的是女人的乳房和臀部。巩杰痴情地守着艺术的贞节，他不肯堕落，把他心爱的艺术零敲碎打当商品卖。

他发誓："我不去赚这份钱！"

人，要倒霉起来，也是防不胜防，料不胜料，偏偏玛蒂也能凑热闹，来了几个自费旅游者逛北京，要巩杰作陪，外国人也不都是百万富翁，他又绝对是个舍命陪君子的汉子，留下来了。

一出事，好，马上有人举报，一搅进老外，问题就复杂化了，谁不晓得他有一个金发碧眼的外国女朋友？其实这也不是了不起的事情。关键在于他的性格悲剧让人哭笑不得，明明不完全是他的问题，还要充当英雄好汉，都兜到自己头上；那些他的志同道合的朋友，也很差劲，无人出来为他分担一点责任。再加上中国人的老脾气，落井下石，为了洗脱自己，便把脏水，都倒在他身上。

他那老前辈的父亲，下台了，也是个有影响的人物，只要肯出面打个招呼，也许结果不致这样，但是老前辈好像更关心自己，别人还有什么说的呢？偏赶上部门领导班子调整，考察干部的工作组来了，在他们眼皮子底下，谁肯伸出肩膀承担责任，说一句：我保了，这个年轻人是狂傲一点，不知天高地厚，可本质并不坏，不是不可救药！这样的大丈夫，如今打着灯笼也很难找到的了。

——人，是越来越聪明了！

"谁愿意抻头？反正我没这份勇气，小棣！"那时，朱之正对于官，对于权，不能说热衷，至少不像现在这样豁达。"难哪，难哪，刘东林把这块烫手的火炭，塞在我怀里，存心要我的好看啊！"

起初，杜小棣扮演了一个非常艰难的角色，她为她所爱的人冲锋陷阵，她并不怕，而要她靠她女人的本领，做她极不愿意做的事情，对付朱之正，一方面要靠拢他，一方面要提防他，心里讨厌他，脸上还要装出信赖的样子。她从鼓起勇气头一次敲朱之正家的门，一直到那旋转餐厅，默认是他的夫人这段日子里，也许是她长这么大以来最为难、最苦痛、最焦头烂额的几个月，一直到巩杰正式拘留。可在这之前，她奔走的唯一目的，就是不移交政法部门。

"您主持他的案子，您的话当然是权威的。"

"虽然我很想保，就算你不求我，我也该这样做！可是你知道，众目睽睽，多少双眼睛盯着。而且巩杰一点儿也不合作——"

歌舞团的政工干事，对杜小棣都严加防范，作出种种限制，可想而知，已经立案审查的巩杰，日子是更不怎么好过的了。

这位公子哥儿（虽然他并不以此为荣）何时这样受人无端辖制过呢？

不服气可以理解，使少爷性子就没道理，脾气挺大，动不动就和办案人员顶牛，她也劝过，"这对你没好处！上头说了，你得好好表现！"

他跳，他蹦，跟她嚷嚷："你烦我丢你脸了对不？你嫌我成你的负担了对不？"

"巩杰，你别发火，关键要争取内部解决，首先你得态度好——"

他有时气急败坏，"宁可去坐牢，也不受他们窝囊气。真的，我够了！"

杜小棣头脑不怎么爱拐弯，"那还要我求爷爷告奶奶干吗？"

"啊呀！你这个人哪！"当时气得他把茶杯都摔了，埋怨她不理解，不体贴。其实他会不懂这个理，连亲老子都退避三舍，只有她在为他奔波。凭什么找碴和她闹，是觉得她不肯为他牺牲，可又不便说出口，让她跟朱之正如何如何，一个男人逼自己的女人做那种事情，是难以启口的。

那时，巩杰除了杜小棣，还能指望谁来伸出援手呢？

做父亲的巩老前辈声明了，他不管，而且对刘东林、朱之正说得斩钉截铁，"该怎么办，就怎么办！是什么罪，就什么罪！你们不要考虑父子感情，希望为我的晚节着想，我还想画一个完整的句号呢！"朱之正当时一句话也没有说，听着，完事就离开了。郭大官人私底下是很自由主义的，曾试探过："老朱，你认为老前辈说得是心里话吗？"

朱之正冷笑一声，这透着他的修养不足，表明为官时间还不很长，历练不够，像这类官场斗争练到炉火纯青，心如古井，也很不容易。他分明知道用不着表这个态，也估摸是在诱使他上当，偏要沉不住气，就是知识分子的臭毛病了。刘东林一问，不说不说还是说了："我能理解他对儿子的恨，但却是因为他儿子妨碍了他完整的句号！是不是有点文不对题。句号比儿子更要紧吗？再说，巩杰当真犯下十恶不赦的滔天罪行吗？"

至于刘东林背后怎么就他这句话做文章的，那就是谜了。

刘东林是老狐狸，他不冷笑，也不热笑，拍拍朱之正的肩膀，说道："对老前辈的指示，若是句号和儿子两全，当然是最好的啰！不然……"

朱之正等第一把手的态度，但刘东林说了"不然"以后，没了下文。

他既怕这个大副的上升趋势，威胁到他船长位置；又怕挤走了朱之正，来一个不好对付的新搭档。他知道，在他们一级干部升迁任用上，巩老前辈不是等闲之人，说话是起作用的。所以把巩杰的棘手案件推给朱之正，究竟官办好，送公安机关，还是私了好，本部门内部处理，也就是句号和儿子怎么个两全法，让朱之正为难去吧！

"滑头！"那时朱之正实际并未吃透老前辈的话，中国人嘛，心口不一，首鼠两端，不是新鲜事，务必不可全信，但也不可不信。等他当真顾全了句号，把儿子送进大牢，朱之正的官运差不多也就结束了。傻了吧？什么事都不能太当真的，老前辈恨他儿子是真的，怕句号画不圆也是真的，要你按章办事也是真的，可并未讲必须送进牢里去啊！

盛莉告诉过杜小棣，她公公是赞成拖的，“中国的事，一拖就黄，一黄就稀里马虎。关键在这个姓朱的手里，他要认起真来，又加上同案的人把过错全推到小伙子身上，只要一交出去，必定要坐几年牢的。你要救你的巩杰，只有在他那儿下工夫，我公公也说不上话了。”

刘东林暗地里乐了，这位大副的戏，到此为止了。

十五

杜小棣嫁后，一谈起旧日的情人，通常不大接朱之正的话茬儿。不是禁忌，也非伤感，而是她这个人，眼前不见谁，脑子里也就不会想着谁，不是无情，也不是健忘，她更专注此时此地的快乐，是个地道的今天主义者。昨天已经过去，明天还没有来，想那么多，不累？

她那种看来聪明，其实不算很聪明的女孩子，你既然是个可以卖弄色相，但不情愿随便什么人都可以解裤带的姑娘，那就不要把“公用品”的话，再转述给那个走投无路的人听。一个落水的人，救命要紧，哪怕一根稻草，也捞住不放的。

“小棣，我求你这一回，为了我，你再去试一试！”

“不，不，不是怕再碰钉子，我不能干！”

“小棣！没有一个男人，会拒绝漂亮女人的！只有他能决定我的命运——”

她第二次又去了朱之正的家，他在厨房里忙吃的，他女儿在美国，只是他一个人过着单身贵族的生活。

在办公室里的他，挺官僚的，板着脸，说的话和社论一样严肃。可在他自己的家里，虽然还字斟句酌，口气缓和多了。他说，连上帝也原谅年轻人犯错误的，不过，巩杰也太过分，太任性，就说那个挨批的节目吧，何必那么听不进别人的话，结果如何，碰得头破血流。现在，你犯了错误，你还发那艺术家的脾气，别人谁会买你的账呢？

她靠拢过去，再三说明巩杰这人，是有这些不在乎的毛病，可心并不坏。

他暗自好笑，心这个东西谁看得见，你来干什么？我可能做什么？亮出来都未必是冠冕堂皇的。他和她拉开一点距离，因为气氛不到那么融洽的程度，他不能不戒备着她；她也提防着他，他虽是官，可他更是男人，房间里又无他人。朱之正一闪念间，那邪恶的占有欲，曾使他横下心来，索性一不做，二不休，干脆来个突然袭击，抱住搂住这个近在咫尺的女人；她呢，来访的目的，本意就是出卖自己，她希望他是个坏蛋，但又害怕他果真是个坏蛋，她等待着那个场面，来救巩杰，可又担心，万一占了便宜，并不办事，岂不是吃哑巴亏嘛！她也往后退了退。

朱之正索性推开厨房的窗户，天气在热起来。念头是一回事，后果又是另一回事。谁知她是怎么一个女人，万一鬼哭狼嚎，大叫大嚷，弄得沸沸扬扬，惊动全楼怎么办呢？像他在研究所遇到的那个不反感动作粗鲁强暴的女技术员，终究少见。何况当时山沟里为了备战，疏散居住，左右无人，那个小段，她叫喊下大天来，也无济于事。

那时，长时间不沾女人，屋子里有个异性，空气似乎要温馨一些，他不愿让她即刻走掉。朱之正太了解自己，心地确是不那么善，但还未恶到吃人不吐骨头的地步，所以他才败在刘大官人手里。不过对付一个未经世故的女孩子，还是游刃有余的。"话说回来，年轻人，又是艺术家，好激动，犯错误是难免的。"

"那您……"杜小棣回到他身边站立着，把想表达的意思，总算婉转地说了出来。仰着那张好看的脸，等待他的答复。

这时，要亲她一下，她会抗拒吗？他问自己。

他相信，她在使用女人的武器，至少是魅力。他记得，那个技术员也是有求于他，要求调离三线，和杜小棣一样，一次、两次地来找他，先在办公室，后来到他住处，也是这种春天和夏天之间发生的事，她穿着又薄又透的短裙，在他屋子里晃来晃去。那时，他是所长，是有权放走她的，但此例一开，至少得走掉一大半。他拒绝了，说到底，连他本人也不愿呆在这山沟里。但她缠住他不放，有一次赖着不走，非要他在申请书上表态同意。其实山区的夏天来得晚，那时还不炎热，她那白嫩的玉臂挨着他，向他撒娇，向他展开魅力攻势。

小段存心穿得那么短的，那露出来的丰腴的大腿，以及无需想象，就在裙边裸露出来的白白嫩嫩的臀部，原意是供展览，只许观看，不许动手的。但他忍不住地伸出胳臂，搂住了她，一把将那个长得相当丰满的身子，强拉过来，按倒在自己的腿上，并且不是十分温柔而是急切地抚摸着她。

他的下属先是怔了一下，本来她是打算付出一小点代价，不动真格的。可她估计错了，朱之正是个正派的君子，但不等于他不是一个男人。那双眼睛里的欲火，早把君子、伪君子那面具扯掉了，碰上这样一个无所谓体面的人，知道不是简简单单地搂一下、抠一下就可了结的场面了。

小段后悔了。

她挣脱了他，脸急得绯红，要离开他的屋子。他知道，迈出了刚才的一步，弄到手和弄不到手，后果反正是一样的。于是等不到她拉开门，就死活把她拖住。“别，别——”他知道自己卑鄙，口口声声不迷信权力，此刻却无耻地利用权力，一分钟前还严词拒绝她的请求，现在又改口同意了。“只要你答应我，什么事都可以商量的。”他骂自己真他妈的不是东西，可搂抱着的这软绵绵的肉体，他又不愿放开。但她对他的承诺，不领情，也不服帖，她的尊严，她的愤怒，加上她的恐惧，促使她跟他死命地挣扎着。

“难道让我马上批你走吗？我说了，不是不可以考虑，这是算数的……”

不管他说多少好话，那女技术员也不顺从，充满愤恨，和他不出声地在大沙发上撕掳着，不让他贴近。但她穿得实在太少，那短裙经不起几下揉搓，褪脱了下来，正好一面大镜子里，她看到自己裸出来的腿部，吃了一惊。他趁此按住了她，小段两条腿空空地蹬动了一阵，也就不再动弹，喘息着，呻吟着，任他摆布。后来，他自己也诧异，不知什么时候，反转双臂抱住他不放手的，却是这个始终怒目而视的女人。

一直到夜幕降临才离开，因为撕裂的裙子，无法见人。但她再也没开口，甚至他说他要娶她，也不吭一声。直到送她出门，他真是感到得不偿失，为他的伤害而后悔，说了一声抱歉，没想到她的回答只有两个字：“畜生！”

也许他想起那女人的诅咒，便不再对杜小棣胡思乱想，问她：“你在我这儿随便吃一点？食堂该不卖饭了。”

“谢谢——”她也不打算马上告别，难得把要求提出了，能获得一个肯定的答复，保证不把巩杰送给有关部门处理，在内部大事化小，小事化了，那就谢天谢地了！于是没话找话，“怎么，您炒的熬的全是洋白菜？拌沙拉也是洋白菜？”不知为什么，那年那季，上顿下顿，离不开它。

“如果你不挑剔，就不必客气！请吧！”

她就是从那一刻起，解除了对他的敌意，杜小棣通常不想那么多的，吃就吃，而且马上进入主题，“求求你，别把他送走，那样，他很可能是要坐牢的。”

“是啊，我是不赞成一锅煮的，要区别对待嘛！”

她干脆说了，巩杰其实是顶冤的，玛蒂被卷进来，根本是个误会，他们有来往，可绝不能有什么里通外国的事。说着眼泪掉下来了，他要是抓进去，那她还能跟他好吗？她找不到一个适当的词，表达出她和巩杰没有结婚，但也同结过婚差不多的关系，弄得她等也不是，不等也不是的矛盾局面之中，“我可就糟了！”

他一笑。

这不知深浅的笑，她和巩杰探讨了好一会儿，不得其解。

“总的来说，他这种反应，我认为是个好兆头。”巩杰像所有处于劣境中的人一样，愿意把事情往好处想。

“可他并未答应。”

“但也没拒绝。”

“不过，我一掉泪，弄得他饭都没吃好。”

“这说明他对你有弗洛伊德因素……”

“谁？”杜小棣除一张脸子和一个妙不可言的身体外，谈不上什么知识，她的全部学问是怎么样臭美和享受，其他，一律不关心，确实跟这位充满现代意识和时代感情的艺术家，谈不到一块。

“那你趁热打铁，勤跑着一点，功夫做到家，他会软化的——”

“还去？”她问。

“那是当然——”

这回她倒不摇头畏难了。

女人哭起来，再漂亮的脸也会有点变形，朱之正从艺术欣赏角度出发，给她拿来了一盒纸巾，供她擦拭。这本不是什么稀罕物件，也无特别的意思，但杜小棣独是在这些地方，有她的特别来得快的灵感，凭嗅觉，凭触觉，判断出绝不是国货，马上她涌上来一股好奇心。

她对这个单身贵族，忽然想知道得更多些。

她虽然说不好那个弗洛伊德是谁，但对洋玩意儿有天然的亲近感，这个开端，一下子把她的心吸引住了。

十六

“按你说，我是为一个女人，或者，为这个女人原来的情人丢了官，这有什么不光彩的呢？”

“算了算了，老朱，共事一场，我想给你个忠告。因为你不在这个地方干，你总得在别的地方干，提你个醒，阁下，我们每个人都生活在一个固定了的模子里，它是圆的，你也就是圆的，它是方的，你才能有棱有角。这模子意味着界限、制约、规矩、分寸，不可能由着自己的性子、感情、好恶、兴趣，跨越那看不见却实际存在的模子。你过线了，你就得付出代价。你没想到你娶杜小棣的后果吧？这个深刻的教训，今后可要小心哦！”

朱之正笑而不答，因为他狡猾了，心里想，“我要那些教训干什么？有什么用？我现在很快活，因为我有一个使我充分燃烧起来的女人，我觉得我活得比从前有意思，至少眼下是这样，还不够吗？你忙碌了半天，又比从前的你，多得到了些什么呢？你还是你！而我却不是早先的我了。”

那一程子，刘东林真够忙的，忙得有点亢奋，一面向有关人士反映他办案不力，温情主义；一面对老前辈埋怨他拿着鸡毛当令箭，小题大做；一面又跟他套近乎，“你大胆放手地干，我支持你！”甚至表示对他的同情和理解，“是啊！是啊！没有必要再把杜小棣列为涉嫌对象，缩小打击面嘛！”这个刘大官人显然看出他的意向，还凑趣地说过：“她算是一个很出众的女孩子！”

后来，他也并不隐讳对杜小棣的感情时，告诉过刘东林，不多久就要结婚的消息，这家伙羡慕不已地赞叹过：“你好眼力，好识货！”

盛莉在场，直是摇头，她不愿一个有可能替代她公公的人，找一个比她还出风头的老婆。“我可了解这个姑娘，作风啊，品行啊，也就不去说她了。要娶她的话，你什么都指不上的。像那首流行歌唱的一样，一无所有。唱歌吧，五音不全、跳舞吧，没有节奏感；报幕吧，老忘词儿。除了会花钱，会享受，会陪你睡觉，还有什么能耐？”

——难道男人娶一个女人为妻，是指望她为你去打天下吗？

刘东林见他面露不解之色，知道他已经被那个小妖精迷住，倒乐意他继续不清醒下去，不至于成为自己强劲的对手。“盛莉，麻烦你别插嘴！应该尊重和相信老朱的选择！”

那时，缺乏官场斗争经验的他，竟误以为也许都是男人的缘故，有一些共同语言呢！刘大官人说得唾沫星子飞舞：“老朱，你信不信？男人欣赏女人，既有大家共性的部分，更有其个人特殊着迷的部分。他会被这个女人的某一点，有时是很说不上的某一点，而陶醉，而疯狂。反过来，女人被男人吸引住，恋他嫁他跟他，大概也是这么一个道理吧？”

现在，他栽了，这位大官人目的达到，改调门了，一脸正经，要汲取教训了。什么教训？狗屁——

朱之正并不否认，他的年轻妻子除了那粉妆玉琢的脸蛋，那娉娉婷婷的身材，当然还有一颗几乎毫无歹意的善良软弱的心，其他简直无可称道的了。然而，她给了他这一生也未见识过的崭新世界，一个使他可以换一种存在方式，不必那么紧张生活的世界，他还企求什么呢？

“是啊！上帝要是再给她一个聪明或者狡猾的脑子，这种单纯的快乐，还会有吗？”

她的高兴在脸上，她的烦恼也在脸上，她全部的人生经验都清清楚楚地写在这张脸上，一眼就可以看穿，看透。她说：“我非常非常地爱你，可我也非常非常地爱巩杰，我可以按你的意思说，不爱他，但我不想瞒你，你也别生气，我心里怎么也忘不掉他的。”这种天真的坦率，对他这个曲曲折折，沟沟坎坎，没有什么大的跌宕，可也是结结巴巴、勉勉强强，老是努力适应现实的人，尽管他不乐意她心目中有另外一个男人，但比绕着弯讲出来，或者干脆编一番假话，要真诚吧！“我不知我眼前站着巩杰的话，我会不会心活？”

“你总不会要我为你们祝福吧？”

“不，不，永远也不！”她跳上去抱住他。

山村的傍晚，来得比平川要早些，太阳落到山背后去，不一会儿，便夜色苍茫了。

虽然村口有几次热烈的狗叫声，但约好了要来的客人，并没有出现。

“他不会不认识这儿的。”

“别说这些行不行？”虽然每次传来汪汪的群狗喧闹的声音，她都禁不住提心吊胆地张望。

“大概他看到我留给他的那张便条，晚了。”

虽然她要求不谈这个话题，可仍旧问他：“天晓得你怎么写的？”

“我就说，我们到你也曾去过的地方等你，他会不明白？”

“万一他……”

女人的心啊！不是不希望他来吗？甚至怕他来吗？干吗还担心他来不了，找错了地方呢？

“你生气了？”

“我没有！”

他在写这个条子的时候，他想得更多的是自己的卑污。当他在山林里草地上尽情欢乐的时候，他责备自己其实是虚伪的姿态。可现在，看到这张脸上的惊惶，疑惧，一个难抛、一个难舍的苦痛，他才发现自己宁可她是快乐的，无忧无虑的，那么，已经写下这张条子，约了那个出狱的人来，他应该怎么做，实际是无所谓的；该发生的总是要发生的，不该发生的，也许就不会发生了。

“小棣……”

他本想说一切听其自然的，但她捂住他的嘴，不让他说。

一直到天完全黑了下来，一直在村口等候的曲大娘，也回到院里：“他不会来了，这个胡子！”

“你看电视吧！大娘——”

尽管在这个季节里，应该是气候宜人，挺惬意的。但山区的夜晚，气温有点偏低的。尤其他们俩坐在这个架在半山坡上的看果园的窝棚里，从缝隙透起来的月光，也是凄冷的，真感到寒气袭人了。

她蜷缩在他怀里，不言不语，也没有多大一会儿，她喘息均匀地睡着了。那脑子装不进什么愁事的，天大的烦恼，过了一阵，也就随它的便了。这不也是一种幸福嘛。自己不停地折磨自己，苦痛因此会少一丝一毫吗？真棒，她睡得很甜，很香，说不定在做着绮丽的梦。可他却怎么也闭不上眼，看着月光从她那张美丽的脸上移动，他想起了他和林欣，那个山里女人的生离；也想起了他和结发妻子的死别；小段是带着对他的恨，分手的；那么这个没头脑的小傻瓜呢？

也许明天，这张脸再也不属于他了。

朱之正把她柔软的身躯搂得更紧些，她那秀发萦绕在他眼前嘴边，散发出清新的气息。他也不知道什么时候迷迷瞪瞪地睡着了，这几乎等于是铺天盖地的露宿，也许是朱之正睡得最不踏实的一夜，不时地惊醒，不时地呓怔，更是不时地改变着自己这样那样的主意，东方开始露出鱼肚白时，他才真的昏昏沉沉地睡着了。

一直到山喜鹊在窝棚顶上叽叽喳喳地吵闹个不停，一直到曲大娘站在窝棚门口的梯磴上叫喊，他俩才翻身爬起，推开嘎吱嘎吱的柴门，不由得惊住了。首先慌不迭地冲出窝棚，差点把曲大娘拐倒的杜小棣，喊着叫着：“玛蒂——”飞奔过去，扑在这个外国女人身上。

玛蒂穿着由蓝色和紫色花纹组成图案的蜡染套装，矜持地向她，也向朱之正微笑着。

“哦，玛蒂，你这身衣裳真漂亮——”杜小棣总是先看到这些生活里最花花绿绿的东西，似乎她就为这些东西而生，为这些东西而活。她辨别出了：“你设计的，我想起来了！啊！天哪！我怎么这样糊涂——”这才进入正题，“玛蒂，你什么时候又从美国来了？”

“昨天中午！因为巩杰到飞机场去接我，所以没能赶到这儿来！”

随后，便是一刹那的沉静，只有山喜鹊此山彼山地呼应着，山村早醒了，水碓已经咕咚咕咚地响开了。

“他呢？”

“我想他昨天不来，是再不会来的了——”

"那你这么远专门打个的来，干什么呢？"

玛蒂张开她那性感的大嘴笑了，"你呀你呀，什么时候长大些，再不提这些傻问题，该多好？"

"这么说，玛蒂，你是特地来把他弄出国的了？那样也好——"

"我干吗一定要让他走呢？"

"那你这次突如其来，是怎么回事？你上次离开中国的时候，在飞机场，你不是说过的嘛，太腻了，太烦了，再也不愿长途飞行了！"

"哦，上帝，你还不明白嘛！这回不是可以用不着很快往回飞了！"

杜小棣的脑子，对那位外国人的文字游戏，一时反应不过来。"玛蒂，你这话是什么意思呢？"

"亲爱的小棣，我的好朋友，我再不走了，我要留下来跟那个大胡子在一起！"说到这里，这个穿着一身蜡染套装的白种女人，那脸上的雀斑，又特别地辉煌起来。

"我的妈呀！"也不知是谁锐利地叫了一声，感情像决堤一样不可收拾，这两个女人忽然间又是笑、又是流着泪水地搂抱在一起。

——女人，多少有一点神经质，这是毫无办法的事。

喜鹊仍在热烈地聒噪着，那份欣喜，那份快活，果园里的人们，被这兴奋雀跃的叫声，感染得好开心，好开心。

早晨的火烧云，满山满谷，透得那天，又高又亮，好像这才是一个自然的、真实的、本初的、没有变样的世界，果园里的这两个拥抱着的女人，一动不动地怔住了，似乎从来不曾见到过的如此恢宏、如此壮丽的世界而震惊不已。

久久地，她俩还呆在那里。

永远的华尔兹

一

立德尔博士是位并不令人十分感到愉快的汉学家。

在美国，中国热早过去了，研究中国，不算是一门热门的学问。但也还有一些人在研究中国，如最近去世的费正清博士，如这位活着的立德尔博士。不过，大胡子说："我对于中国清朝末年的兴趣，纯粹因为我自己家族的缘故。"

费正清博士，我不认识，但读过他的著作。立德尔博士，我认识，却从来没见过他的任何有关他的外曾祖父和中国的只言片语，总听他说在研究着，但也总未见他写出来。这也并不稀奇，美国是个什么样的人都有的国家，其实，林子大，什么鸟儿会没有呢？中国何尝不同样如此！

反正谁也不会当回事的，来的都是客，那就热烈欢迎呗！泱泱大国，一向以礼貌著称于世，史学所的王所长，史学会的汪会长（请注意"所"和"会"的一字之差），当然要尽地主之谊，好好款待一番了。何况立德尔博士的外曾祖父曾经在中国几乎生活了一辈子，现在他踏着先人的足迹又来了，汪会长说："这不正说明中国文化的博大精深嘛，才让外国人仰慕不已的。"

史学所的那位挺漂亮的秘书对立德尔博士说："我们欢迎你到中国来寻根！"

请注意，这一点相当重要，故事所以会那么抚今追昔，一切的一切，都是从这儿引发出来的。

史学所的那位挺漂亮的秘书对立德尔博士说：
『我们欢迎你到中国来寻根！』

二

立德尔博士虽说是汉学家，只是对中国人而言。在美国，他是基金会的干事。

这位盎格鲁-撒克逊种族人，赤红脸膛，鹰钩鼻子，头发早歇了顶，但络腮胡子却十分茂盛的博士，实际上是一家私人基金会的干事。

老兄的那山羊毛大胡子，给人留下最深刻的印象。

他喜欢热情洋溢地同人拥抱，这还可以；他更喜欢亲亲热热地与人贴脸，那就不敢恭维了。外国人就是外国人，没办法。

这次是先收到他的一封信，告诉我，他第三次要到中国来。

我给王所长打电话，照会他这件事，他说他也收到了博士的信。同时，我给汪会长也打了电话，答复是一样的。因为是一个来访的研究中国近代史的汉学家，必须要向史学所和史学会分头打招呼。

大胡子启程之前，又拍来一份电报，要我某月某日的几点，到飞机场去接某某次的航班。以及十万火急，务必务必的话。

我认为立德尔有一个判断上的错误，基金会干事并不等于访华的一位外国元首。

我赶紧拿起电话找王所长，对方很惊讶："怎么回事？怎么回事？"接着，我从汪会长的公鸭嗓里，也听出了同样失望的调子："这可就日怪啦！"

三

我和立德尔博士认识，是很偶然的。

有一年，我去英国，根据主人的安排，有一天，到牛津大学的东方语言学院见几位汉学家，那是一种随便的、不拘形式的交谈，喝着咖啡，各谈各的，基本上是一个无主题变奏。

这也很好，省得成本大套。我们已经有太多的严肃和一本正经，这一点，我对立德尔颇多非议之处，但他不那么努力把自己捆绑起来，更随心所欲些，倒是让我膺服的。

三月的英国，春寒料峭，黄水仙虽然开了，但丝丝缕缕的雨，总使人排解不了心头的冷意。他出现了，这个新奥尔良的大胡子。霎时间，就热热闹闹起来。

我当时不知道他老兄是美国人，还以为是他们一伙的，也许迟到了，也许从外地赶来的。

他和在座的每一个人握手，拥抱，贴脸。大嗓门，生硬的中国话，和雪茄烟的味道，喧宾夺主，马上全是他的市面了。

对于我们几个中国客人，不用说，热情有加。左颊右颊的优礼有加，真让人禁受不了，他那胡子好像山羊毛织的毯子似的，还有一点扎人。

这时，方知道他刚从美国来，到这儿来查一点他外曾祖父那个年代的资料。他经常来，跟此地的同行很熟，别看隔着大西洋，倒比从我家去史学所或史学会更便当些，我与这两个单位的一个姓王、一个姓汪的领导联系什么事，唯有电话，想登门朝拜所长或会长的话，真挤不起车，老骨头老肉，实在吃不消的。

想到这些，比起人家大西洋上飞来飞去，像吃馅儿饼似的容易，难免要泄气的了，真是的！

不过，若是立德尔一张嘴，他的外曾祖父为中国如何如何贡献了一生，我也不怎么爱听。当然，我未必具有强烈的爱国意识，多么多么的“革命”，对这位据说对中国还不错的传教士，有什么反感。细想一下，这种情绪，也颇有趣，或许便是所谓的“复杂性”了，就如同所长也好，会长也好，并非十分“待见”这位老外，又不得不做出十分“待见”的样子，不也是好笑的吗？

他，也就是这位胡子老外，当时，很郑重其事地问我：“你是山东人？”

我说我不是。

“山东人都是大个子。”

我回答他：“但大个子不一定全是山东人。”

“如果你不反对，我想求你一件事。”

他就是这样一个人，直截了当，是个按下子弹，马上扣扳机的主。而且，对不起，决不把麻烦别人，当一回事的。才认识五分钟不到，他张嘴要我给他办事。

与立德尔博士，就是这样认识的，那天伦敦真冷。

四

请原谅我把镜头闪回，一八九九年十月二日，那是光绪二十五年的事。

我也说不好为什么，写到这里，突然想起了这样久远年代里的一个场面？也许这就是我在前面所说的“抚今追昔”了。

那一天，秋高气爽，万里无云，在泰安去沂州的驿道上，蹄声嘚嘚，一路飞尘地驶来了一辆教堂老爷的四轮马车。车上坐着圣言会的副主教福约瑟大人，和拎着马棒的教堂执事，和护卫他的扛着来复枪的德国兵。

“让开！让开！”赶车的吆喝着。

挡道的独轮车，一边装着扇石磨，分量不轻，十五岁的李二全和他的爹，两个人都光着膀子，一个在前，一个在后，努力地想把这不听话的车往路边靠靠，好教马车过去。洋人是惹不得的，连帽子上有顶戴的官员，都对他们点头哈腰的。

那时的驿道，说实在的，连现在的三级公路也比不上。

第一，土路，坑坑洼洼，全是车辙；第二，狭窄，会车总要磕磕碰碰，少有不骂娘入祖宗的。

“滚！”马车上的人大声吼着。

心越急，越出事，独轮车歪倒了。本来上火，赶车的再吹胡子瞪眼睛，李二全把肩上的绳子甩脱，索性去他妈的了。

穿着黑袍的福约瑟大人，在车上站起来，他说：“我凭我这支手杖，走遍山东，没有一个人敢挡我的路！你好大胆！”

他这样振振有词的时候，他和他的跟役心里都明白，在曹州被打得屁滚尿流，是另外一回事。也许，这是使他恼怒的原因，他下令他的护兵：“给我打！”

德国兵举起了枪。①

五

立德尔博士点起了雪茄。

“哈瓦那的，有兴趣吗？”

“谢谢——”我不抽烟，但我提醒他，门上贴有不准吸烟的标志。

他笑了：“要是他们的丘吉尔在这里，他会服从吗？”他根本不买账。

这样子的一个自以为仅次于上帝的人，你拿他有什么招？他第一次来北京，就够折腾人的，在山东，给王所长出了个难题，要一把真正的大刀会的刀，或者一面大刀会的旗留作纪念。好像他张了嘴，别人必得照办似的，后来未能满足他的要求，好一个不高兴。在首都机场，硬是不跟王所长拥抱、贴脸告别，却和所长秘书莉莉亲热个没完。

第二次来北京，老谋深算的汪会长，满足了他的欲望，送给他一把谁知是真的还是假的大刀。但他又提出来，半点也不客气地要求授予他一个名誉头衔，弄得我们这位老资格直嘬牙花子，承认他比自己还敢狮子大开口。

所长和会长在这方面看法一致，立德尔是个很令人讨厌的家伙。

①事见光绪二十五年九月二十日毓贤致总署咨文

早知道，我就不该招惹他。

在伦敦，叼着雪茄烟的大胡子告诉我，他的外曾祖父曾经在山东传过教，很了不起的一位上帝的信徒，他把他的全部生命，都献给了教会。给我看了这位传教士的油画像的照片，果然像圣徒那样，令人肃然起敬。还从他的文件箱里，找出来一份复印的清朝政府档案递给我。

他先让我评价一下那份档案："不会是假的吧？我花了钱的。"

我想不至于，假字画、假古董可能，但造假清朝档案骗人，下的本是不是太大点了？不过，照汪会长的话，很有点指点迷津的意味，老先生认为：中国人是绝对的现实主义者，有利可图，什么事干不出来呢？

不过，我宁可把这世界想得好些，但愿不是像老前辈所说那样不可救药。

原来这位立德尔博士的外曾祖父，很可能曾经在威海卫圣公会教堂当过神父。

根据这份没头没尾的复印件，大致看出这位从新奥尔良来到中国的神职人员，曾奉他们国家公使的命令到巨野、曹州等地参与办理教案，并协调各列强与中国政府官员的关系。但档案里提到的这个人，是不是他的外曾祖父，犹待核实，所以，这也是他把我拖到一边去的缘由。

他希望我回国以后，继续帮他寻找他外曾祖父的资料，可我对历史十分懵懂，这才找到我的朋友王所长。他和我是老乡，五十年代都划过老右，还曾一块儿被"改造"过几天，所以有一点友谊。

后来经他考证，这倒确是一份兖沂曹济道的奏折。他的学问显然比吃政治饭的汪会长高明，而且判断可能是那个后来成了八国联军索要的义和团主犯的毓贤干的。一个道台是无缘得见天颜的，胡乱进言，弄不好要犯僭越之罪，所以是由当时的北洋通商大臣崇厚转呈的。由此可见这位美国传教士挺能活动，居然从知府、道台到三口通衙门，到总署，拿今天的话说，一路开放绿灯，也是不可小视的人物。

这位道台大人（是否毓贤？待考），不知得了洋人什么好处，还是让洋人的洋枪洋炮吓破了胆（无非这两端，非此即彼。正如不亲外则仇外，不媚外则排外一样，中国人好像特别喜欢走极端不可似的），给皇上打了这个报告，认为博士的外曾祖父"折冲樽俎，竭力斡旋，时作持中之论，议论公允，慷慨陈词，少有偏袒之意"，并且说："齐鲁一地，教案迭起，民教纠纷，了无宁日。"这位道台的主旨是想把洋人推荐给朝廷，认为洋人的事，若由洋人他们自己来调停处理的话，或许比较好办些。

好一个卖国主义的主意！

皇上居然没扇他大耳刮子，算他走运。

六

毓贤很快由兖沂道到省里来主政臬司衙门，大概在现在的济南市三山街一带，类似于当下的公检法部门吧，也是很有权势的。此人以“善治盗，不惮斩戮”[①]闻名，很显然，是一个蘸着老百姓的鲜血染红了顶子的官吏。

直到一八九七年光绪二十三年巨野教案发生，山东巡抚李秉衡革职，张汝梅接任这份差使，民教冲突，此起彼伏，实在维持不下去。于是清廷把一度调往湖南的毓贤，又请了回来，接任山东任巡抚一职。虽然成了封疆大吏，但那些焦头烂额的教案，使他穷于应付，根本没安生过。

应该说，这位毓大人，是总结了前任被革职的教训，上任后对洋人还是竭力周旋，想坐稳这把交椅的。

尽管他没少镇压百姓，大刀会的人死在他手下的，也不在少数。当他作为臬司，和兖沂道的锡良处理巨野教案时，也是胡乱抓人，刑讯逼供，滥编供词，很想讨好洋人，以便了结此案的。连教士薛田资都认为：“中国的官僚把几条人命看得一钱不值。大约有五十人被抓了来，有一部分人很快就释放了，有一部分被严刑拷打致死。有的死于牢房里的传染病，牢房里几乎一直有传染病流行。七人被判罪，其中两名被杀头，其余五名被判为无期徒刑。圣诞节刚过就开了斩，为了警告其余，砍下的头被涂黑了，在城东门上挂了好几个星期。”

“对这一不公平的事情，我束手无策，像往常一样，我去拜会知县，请求他公平处理。可是我得到的回答仅仅是美言相许而已。更为不幸的是，连这个知县也被革职了。”

“凶手还是那个义和团，而义和团据说是‘全部都已消灭了’的。1895—1896年，毓贤接到‘严行禁止’义和团的敕令以后，也曾向北京报告说，他已经执行了这一敕令。他因此加官晋爵，很快成了山东巡抚。因此，让这个知县冒险向上面报告，说还有义和团，这对他来说是多大的苦恼啊！特别是对七个囚犯的判决已经得到皇帝的批准。复审几乎是不可能的了，否则，按照中国的法律，毓贤就得掉脑袋。”[②]

尽管如此，洋人还是不满意他，到底将他轰出山东，由袁世凯总揽大权。甚

---

①《清史稿》四六六页。

②事见薛田资著：《在孔夫子的故乡》。

至后来毓贤回到北京，让外国人压着，硬是坐了一阵冷板凳，去太原任山西巡抚，也不放过他。

一九〇〇年三月十五日，英国驻华公使窦纳乐爵士拍给英国外交大臣索尔兹伯理侯爵的电文中，这样写道：

关于山东反对基督教结社的情况，我已于本月10日电告阁下。现在，我必须报告：前任该省巡抚已被任命为山西巡抚。山东近年来发生骚乱的主要原因，无疑是这位官员对反对基督教的结社抱有同情；这里的各国使节对他行为提出了强烈抗议。

当我向总理衙门谈论到卜克斯先生案件时，我曾警告他们说：如果卜克斯先生案件的解决不能令我满意，我必须坚持惩罚巡抚，因为他对该省的混乱状态负有责任是毫无疑问的。我们知道，该巡抚由于教案而被免职，并且美国公使曾经正式要求永远不再录用他。①

在稍后一些日子里，这位公使致外交大臣的电文里，仍然表明他要给当时的中国政府施加压力，对他们任用毓贤表示不满。

我们迄今尚未收到总理衙门对3月10日照会的答复；昨天，我阅读了任命前山东巡抚担任山西巡抚职位的官方通告，使我对中国政府在这个问题上的态度抱有严重的疑虑。山东反对基督教结社的成长和逍遥法外，普遍地被认为是由于这位高级官员所给予他们的同情和鼓励；他的行为在过去若干时候以来已经成为好几位外交使节提出强烈抗议的主题。总之，毓贤被指定担任如此重要的一个职位，不能不认为是中国政府方面对列强的意见和抗议特别缺乏考虑的表现。②

直到一九〇〇年三月二十九日，窦纳乐爵士仍在坚持：“该省前任巡抚毓贤已被任命为山西巡抚，他是主犯。除非此人首先受到惩罚，我们便不能够坚决要求惩罚那些较低级的官员，因为他们实际上是根据他的命令行事的。”③

于是，他在山西任上，就和他镇压过的义和团一起，特别的反外、仇外起来。

---

①②③《关于中国反抗运动的函电：中国第三号（1900年）》。

仔细想想，这当然也是很有意思的。

七

一开始，立德尔博士和史学所取得了联系以后，便把我撇开了。

当然也可以说，史学所和立德尔直接挂上了钩，他们之间的许多来往，也就不想把什么都对我这个外人讲了。

这种谋略，完全属于国粹了。老会长嘲笑我对我老乡的忠实，中国人跟中国人玩儿这一套，最在行了。哪怕亲娘亲老子，也不讲情义的。

首先，立德尔也不是东西，过河拆桥，他也滴水不漏地瞒住我。我还挺当回事地和第一历史博物馆的内廷大档的老先生套近乎，给他挖资料呢。

我当面问过这位胡子。学他，也直截了当："这么做，至少不够朋友吧，也该打个招呼的吧！"

他面不改色，他问："山东人的性格，是不是特别的讲义气？"

"可以这样说吧！"我回答。

"能不能认为全部的中国人，都很讲义气呢？"

"那倒未必的。"

"这就对啦，何况我是外国人呢！"

这个王八蛋！

其次，我对史学所的做法，尤其我那位老乡，实在不敢恭维。"王所长，真有你的！瞒天过海，纹丝不动！"

王所长多少还是一个做学问的人，呆气仍在，并未被官场的明争暗斗磨炼得多一点滑头，白"改造"那些年，仍然缺乏适应生活的能力。他面部肌肉不归原位了，不知怎么对我解释。

可我明白，他嗫嚅地说出"莉莉"二字，便知道是他的秘书，一个人精，搞的名堂了。

我甚至不知道他们向这个老外发出了邀请，真是进展神速。要不是汪会长那公鸭嗓在我寒舍门外响起，我不知道两强相争，已经到了剑拔弩张、刺刀见红的程度。

我懵然无知，他老人家却了如指掌，到底是搞政治的，嗅觉特别灵敏。

"老兄老兄，你可太不仗义了！"

"老前辈，你怎么啦？"

汪会长在创造历史的时候，我还坐在课桌前学习历史课本呢！敢不让他老人家进屋，请坐，倒茶，然后垂手听训。

他说：“我是三次去过美国，我对这个资本主义大国，可以说是了如指掌。我从东海岸横贯西海岸，从西雅图一直斜插迈阿密，好的，坏的，肮脏的，不堪入目的，该见的全见过了，我对那个国家没有太大的兴趣了。”

我想不到他是为立德尔而来。

“是的是的，”我摸不清老爷子的来意，只好这样跟他唱和，“汉堡包吃一回两回还可以，老是那口味，也受不了的。”

“别给我打马虎眼！你在英国是不是和一个美国人接触过？”

听他这外调的口吻，我吓一跳，连忙坦白，确有其事。

他跌足长叹，一副“孺子不可教也”的失望状。“你怎么也不考虑考虑，老兄啊，你并不了解对方的身份、背景，怎么就让这位外国人和官方机构接触呢？万一他是反共的、反华的政治人物，或者抱有不可告人的政治目的，那所造成的政治影响，你想过吗？”汪会长摇摇头，做出一种“大人不见小人怪”的长者状：“你啊你啊，就知道写你的小说，那怎么行哪？你还不总结经验啊！五十年代栽了那么重的跟头，不就是缺乏政治头脑吗？这个历史教训，还不够深刻吗？”

老先生玩儿这一套顺口溜，熟门熟路，先给你念紧箍，然后再进入主题。

幸好，我也不怎么惶惑，无论如何，过时的符咒，总是像过期的药一样要失效的。不过，我不愿让他感觉到他的狗皮膏药倒了牌子，做出一副屡试不爽的灵验如神的样子，似乎他这番教导是多么的振聋发聩。“我还真没有想这么多，我认为如今，是可以张开双臂，去拥抱任何人的，只要他口袋里有美元。”

“不对了不是？那也有抱得紧、抱得松的区别的。”

“可这个立德尔是什么基金会的呀！他们每年有一笔邀请学者访问的开支，你老说该不该表现热情一点？”

“对呀对呀，这你没错。不过，应该由我们史学会这样的群众团体出面接待才是！史学所不合适，那位所长书生气十足，不但缺乏外事工作经验，更缺乏对敌斗争经验。那个把持一切的风流秘书，哦，什么事都敢干的，她可不在乎人格国格的。”汪会长一激动，声音提高八度，听得头都爹了。

大概他领教过莉莉的魅力攻势，提到了她，痛心疾首。

“你老到底是个啥意思，别给我绕弯子，你知道我缺乏政治。”

“趁现在还来得及，你应该马上行动，让博士先生接受史学会的邀请！”

原来如此，“好吧，汪会长，我立刻跟立德尔商量商量！”

会长把手指戳着我的脑门子：“你都被那个娘儿们蒙在了鼓里，那个大胡子已经在首都宾馆住下来了!"

这可实在有点他妈的不像话了。

八

这是立德尔首次被邀请访华前的琐事，已经可以闻到一丝火药味了。

在这种钩心斗角的较量上，王所长根本不是汪会长一个等量级的，书虫子一个，丝毫不在话下。可莉莉，却让久经考验的老资格碰壁，气得他一塌糊涂。

我们赶到宾馆，这姐们儿好像知道似的，挟带她的美国俘虏一个小时前撤了。

"去哪儿?"

回答是拨浪鼓似的晃脑袋。

偌大的北京，到哪儿去找?我问我的老乡，你们搞得也太过分了吧?

他说他真的不知下落，我想他不至于撒谎，但汪会长发誓，做所长的要不晓得的话，砍他的头。

"汪会长，你可言重了。你的脑袋抗日战争未掉，解放战争未掉，为这区区小事掉的话，太不值得了。"

他断言，任何人，任何话，都不可信。

当他吐露这番真知灼见时，那副政治家的风范，是很令人高山仰止的。大海捞针，从哪儿找这个美国胡子?正在一筹莫展之中，两张请柬出现在我们面前。

"史学所宴请著名汉学家立德尔博士，于某月某日下午七时假座某某饭店举行，恭请光临!"

汪会长叹了口气："煮熟的鸭子，飞了!"

我以为他老人家一怒之下，也许不领史学所这份情了。谁知我到了饭店，汪会长早已笑容可掬地坐在上位，和我那位老乡亲密无间，和那位立德尔大谈特谈山东，从孔孟之道，一直侃到煎饼果子。

这时我细细品味，博士的中国话，多少有一点胶东口音。他那睥睨一切的神态，和我们老会长暂时放下革命，一副热心洋务的通达和亲切的面貌，两个人大有相见恨晚的投契之情。

那顿饭，他们老二位，至少站起来拥抱三次，当然包括贴脸在内。

这可急坏了莉莉，她的座位在我旁边，她对我发牢骚："你的这位老乡，真是扶不上去的天子!"

"怎么啦?"我看了一眼所长，端坐在大胡子的左边，很中规中矩的呀!

"你看他那副字典面孔，一言不发，到底他是主人，还是那老杂毛是主人啊?

我就说，不能请他来，他说不，这是礼貌，真是他妈的一个书呆子。”

可不，他致了祝酒词以后，就吃冰棍拉冰棍了。

我启发他，老先生的话头已经从泰山下来，直奔立德尔外曾祖父当过传教士的威海卫了，那你史学所的所长，还不谈谈你最拿手的北洋水师、甲午海战和刘公岛吗？这时候显出学问家和政治家的区别了，俗话说，“不打懒，不打站，就打不长眼。”钻到学问中去，就常犯这个毛病，把握不住瞬息万变的形势，而坐失良机。还未等到我的老乡插上嘴，汪会长已经一个跟头十万八千里，飞过了太平洋，到了密西西比河，到了新奥尔良，谈起那里的堤坝和世界上最长的双跨大桥了。

莉莉对她的所长，不抱希望了，只好展开她的魅力攻势。不过，她先悄悄向我抱怨：“你的这位大胡子，可不怎么样！”

我声明：这位博士是你们邀请的，咎由自取，怪不着我。

她说：“这个老外，挺色！”

我吓一跳，几乎不相信我的耳朵。我了解，莉莉比较开放，连她都这样看，大概不会言过其实。但当她朝胡子笑了一下，那种笑，我敢说，连低度酒的成色也不够的，我们这位博士就马上醉意盎然了，那双隐藏在眉毛胡子里的眼睛，朝着我们这个方向，汪会长再谈什么，他也不感兴趣了。

那是我和他第二次见面，在伦敦只是喝了一杯咖啡的工夫，谈不上什么深知，只是觉得他有点霸道，好像大家都得买他的账似的。凭一根文明棍走遍山东，或者走遍中国的时代，应该说是一去不复返了，要是拿美元还差不多。果不其然，他获悉他去山东旅行期间，这位一笑起来十分动情的秘书并不陪同，便坚持要史学所为他配翻译，而且要求配一名年轻的女翻译，他其实中国话讲得算是可以的。

这洋老爷的要求，你也很难说他过分，但又不能说他不过分。

汪会长叫人佩服之处，他永远能把握住时机，而且一石二鸟，这就不能不让你感到姜还是老的辣。他说：“那是自然，年轻女孩子口齿伶俐，反应敏捷嘛！”

我那位老乡倒未必是多么的爱国主义，他比较呆。哪怕说研究研究呢？不，他这一点倒有点山东人的性格，小胡同赶猪，直来直去，真能拉下脸来：“我们从来不提供妓女，请原谅，博士先生！”

我以为立德尔会拂袖而去，也许他没有听懂，也许他装糊涂，和汪会长继续刚才的交谈，而且答应了要和他当会长的那个史学会的会员，做一次学术交流，重点介绍一下他那个基金会，让中国人了解它。“文化乃世界之精华，相互来往，是不存在国界的！”老先生的嗓门越来越亮，调子越唱越高，两个人又站起来拥抱、贴脸了。

一直到宴会结束，洋博士也没闹清在座的这位会长，是主人还是客人。

莉莉当然恼火，所长所长，你至于吗？如此保护国货？你什么时候有工夫驾临大饭店去瞅瞅，那些打扮得花枝招展的小姐们，干什么吃的？再说，你也没有必要当面给人家下不了台，弄不好，前功尽弃，我们后面的戏怎么唱下去呢？

“那也不能为了要他回请我们，明年去两个人到美国访问，就斯文扫地，坍史学所的台！”

“你实际上是为史学会创造条件，老头儿一子没花，大胡子已经被他抓得牢牢的了。”莉莉对我诉苦，“看看你这位老乡，尽帮倒忙。好容易谈得有了点门，他同意签个邀请学者访问的协议，以基金会的名义，两至三人，在美国活动两周，算起来我们还是挺赚的。”她预言，非砸不可，汪会长白拣了个便宜。

“怎么办？”所长那副字典面孔，哭丧着。

“依我，就给他找个妞——”莉莉未必敢想敢干，多少有些赌气。

所长直摇头，不敢说行，又不敢说不行。

九

幸亏只是一次笑谈，根本谁也没有当回事地过去了。

于是所长陪着立德尔到山东地界去寻踪访迹了，一行人到了山东，跑了一大圈，连当年那些教堂建筑物的遗址，也已不多见。可见时间最能磨平记忆中痛楚的创口，也不过百年岁月，并不十分遥远，这些挺丢中国人脸的“山东教案”和其他地方的教案，已经不大有人记得了，更少有人提起了。

但洋博士不断提出要求，希望找到与他外曾祖父有关的遗物，使他可以凭吊一番。所长和山东的几位同志也相当为难，譬如烟台、威海，还勉强对付，有些未被“文革”扫荡干净的宗教旧址，哪怕是一个尖的或是圆的屋顶呢，还可以让他发思古之幽情。至于穷乡僻壤，兵荒马乱，灾祸频仍，早就夷平得了无踪迹了。大胡子很奇怪，本世纪初叶的事嘛，怎么连点洋教的影子也不见了呢？

找不到什么遗址，那就降格以求，找些文物也行。立德尔提出了要求，要得到异教徒一把用过的大刀或一面绣有“毓”字的最早的义和团的团旗。

这个“毓”字，便是毓贤，毓大人了。他在山东任上，可没少镇压过这些反抗的农民武装。一八九九年光绪二十五年，著名的义和拳领袖朱红灯、心诚和尚，在兰山、日照、即墨、沂州掀起反洋教、反侵略斗争，就是他会同德国侵略军剿灭的。年底，这两个起义首领在济南也是被他所杀害的。[1]

可是，中国这些善良的老百姓，也实在可悲，等到毓贤要收编他们，改拳为团，忘记了同伴的血和滚落在地的头颅，又拜倒在毓大人的面前，感恩戴德，在旗上绣上“毓”字，表现出一种奴性的忠诚。在北京那个老太婆眼里，义和团的命运，不也如此吗？太后用你时，作为义民的你，头颅被东交民巷的洋枪洋炮击碎，太后不用你时，作为反叛的你，头颅被京师衙门的刽子手砍掉。

立德尔博士认为等价交换，是一种神圣的商业道德。一面旗，或是一把刀。

“亏他想得出来？”王所长倒没有当即回驳，但他也知道，到哪儿去找这些破烂？大炼钢铁，连锅都砸了，还会留下一把大刀会的刀？

后来，我对这位老乡说：“你多余搭理他！”

所长一脸苦笑，左右为难。

“那就算了呗，滚他妈的蛋吧！”我说。

不行！莉莉代表全所革命群众不答应就这么拉倒。“我把话说白了吧！这就叫人穷志短，无非大胡子口袋里有的是美元罢了。谁都知道他背后的那个基金会肯花钱，这位博士是总干事，不巴结行嘛！你不巴结，别人还等着咧！谁让咱们一穷二白，给个三文五文，就乐得屁颠屁颠。如今出国成风！你这个当所长的可不能不为我们这些引颈企盼去国外看看的部下着想，要是笼络住这位洋财主，每年可以出去一个两个人，到大洋彼岸的花花世界开开眼，对研究工作或许不无补益吧？”

王所长让我去开导这位洋博士，能不能要别的什么能搞到的纪念品行不行？

我奉命前往胡子下榻的五星级宾馆，跟他谈起此事。莉莉给我帮腔，她真有一番高见。“你们国家历史短，当然什么都当宝贝了，我们国家太古老了，连几百年的甚至上千年的文物，也不当回事地砸个稀巴烂呢！”

那胡子转向我：“我不能白来中国一趟，是不是？我怎么也要拿到一件与我外曾祖父有关的东西，是不是？”

好像我应该对此要负责似的。

我老伴后来嘲笑我，你纯粹是没病找病，谁让你坟头烧纸，去引鬼上门呢？

十

王所长从鲁中到胶东，足足兜了一大圈，他累趴了，洋博士仍然精神抖擞，

---

①《中国历史大事编年》。

那胡子转向我：『我不能白来中国一趟，是不是？我怎么也要拿到一件与我外曾祖父有关的东西……』

不停地提出要求，日程对他来说，形同虚设。最可怕的是那位汪会长像幽灵一样跟随着他们这一行，只要住下来，老人家的电话也就向博士致意来了，而且为他出谋划策，馊主意一个接着一个，搞得王所长穷于应付。有一次在微山湖的船上，谅他鞭长莫及了吧？唉，照样，一艘小汽艇疾驶而来，送来这位老先生的电报，祝旅途愉快。

没见过这样抢生意的！本来，我这位老乡，当了那些年右派，做事小心，说话谨慎，也被会长伸得太长的手惹火了。他说："非告他不可！"

一回北京，王所长还未容空递上状纸，他倒先坐在被告席上了。史学所的上级纪检委的人，一个挺不错的老古板，早就恭候着他了。

"你们怎么搞的嘛，严重违反外事纪律——"

"什么？"王所长一看检举信，火冒三丈，什么丧失人格国格，什么为外宾提供性服务等等。"纯粹他妈的血口喷人！"

"你冷静点！"

"你相信？"

"我对你太了解了，别人倒有可能，你嘛，打死你也不敢的。"

风尘仆仆的王所长坐在那里，倒也不打算为自己辩解了，他知道有谁会干出这种事。那副字典面孔冷笑着，从手提包里掏出在山东为立德尔寻找当年教案资料时，所收集到的"揭帖"之类的东西，给这位来查他的人看。

那是一份光绪十三年十二月七日兖州士民的"揭帖"。

> 东鲁义士为驱逐洋教，斩杀汉奸，以保乡闾，以伸义愤事：查天主教起自欧罗巴洲，蔓延中国。其教弃伦灭理，禽兽不如，唯利是图，以夺人之国为奇功，占人之土为豪举，淫人妻女为智略。创为魂灵之教，谓一入其教，死后魂灵即可升天。其传教者谓之教士，愚民被其利诱入教时，引入暗室，不论男女，脱其衣裳，亲为洗濯。继令服药一丸，即昏迷不知人事，任其淫污。男则取其肾子，女则割其子肠，恃有药力，不至当时殒命。以后按礼拜日招至教堂，男女混杂，白日宣淫。牧士即至教民家饮食住宿，遍行奸污。又有孽术能配蒙汗药，迷拐童男童女，剖心挖眼，以为配药点银之用。……①

①《教务档》第五辑。

没等对方看完，王所长又递上另一份资料。

“你再瞧一眼这份‘邹县绅民揭帖告白！’”

他接过来，除去号召老百姓保卫儒术，反对洋教外，也有类似荒诞不经之言，他看着看着，也不由得笑了。

这是光绪十五年一月七日的“揭帖”。

……今洋教蜂起之日，亦道统存亡之际也。耶稣之行，比杨墨佛老而尤甚。邹鲁之士，乃礼教信义所素明。光天化日，难藏魑魅之形。泗水东山，必杜猖獗之患。扬眉鼓掌，实出群情。食肉寝皮，乃伸义愤。道统不绝，人心亦赖以因尔。

谨将严查洋人汉奸条约，详列于左：

一、洋人之行，大意在渔利渔色。入教者夜间跪经，其实裸体行淫，乱人妇女。滋阳前年檄文，言之已详。

二、洋人之害，毒于贼冠。取人眼珠心血及处女月经妇人胎孕，俱有确证，载在辟邪录。……”①

“你让我看这是什么意思？王所长！”

“一百多年了，手法怎么也不变呢？甚至越来越退步，至少写‘揭帖’的士民们还有爱国之心呢！这老东西也太下作了吧？”

“谁？”

“你明知是谁，还故意问？”

“我顺便告诉你一声，你最好跟他联合做东道主，省得他给你下绊子。”

听到这里，我这位老乡，两眼发黑，差点晕过去。中国人到底体质弱，按说他也够博士水平了，可和人家洋博士一比，年龄还小好几岁，竟是未老先衰，而立德尔已经在宾馆梳洗一新，胡子上喷足了香水，准备赴宴。

不用说，是我们敬爱的汪会长先在北海仿膳请客，会晤他的史学会主要成员；然后，到他府上饮茶，搞一次小小的家庭派对。

大胡子高兴得直叫：“This is a very good idea!”

---

①《教务档》第五辑。

②“这是一个绝妙的主意！”

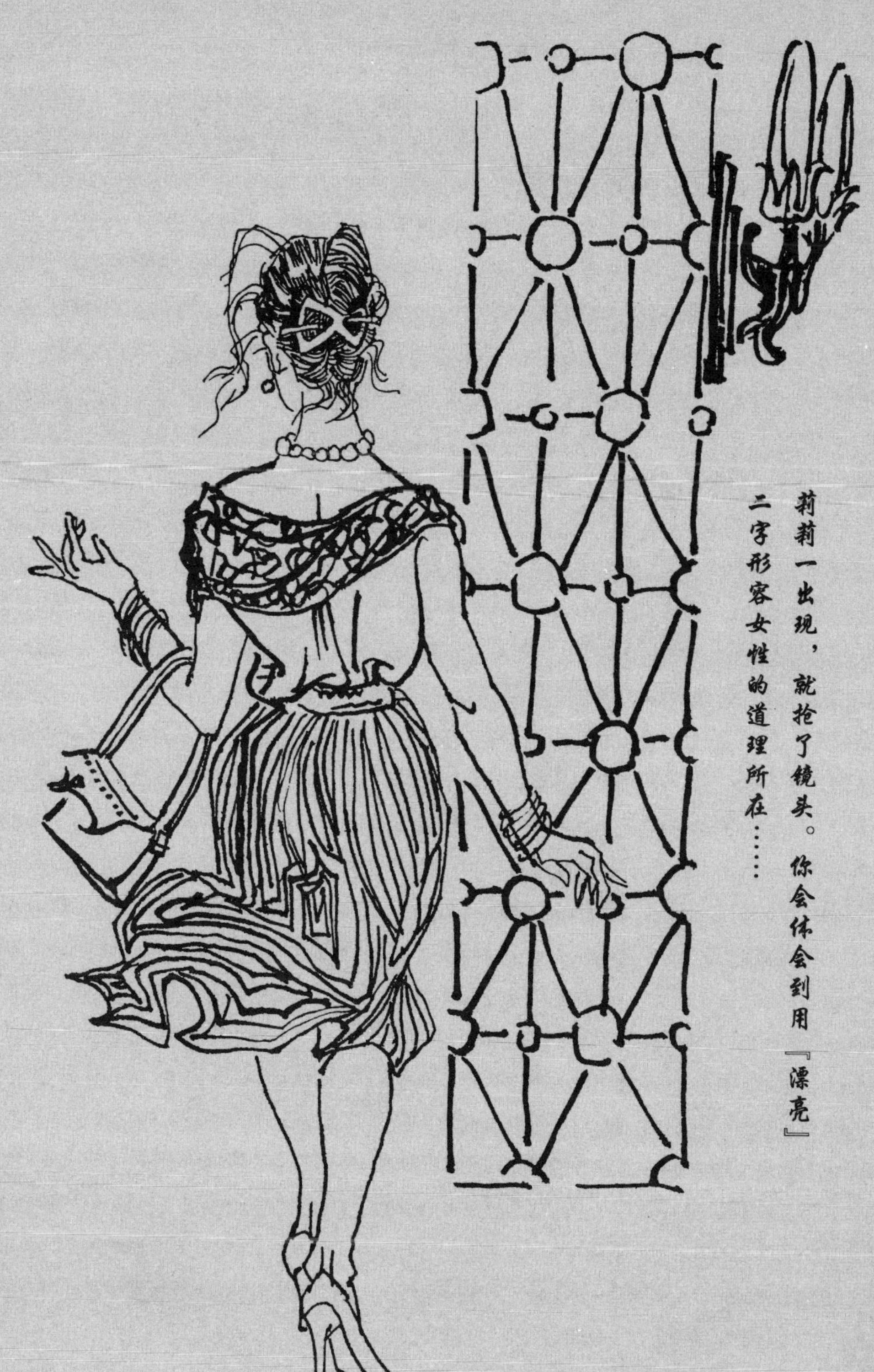

莉莉一出现，就抢了镜头。你会体会到用『漂亮』二字形容女性的道理所在……

十一

我很荣幸，在被邀之列。

仿膳那顿饭，居然是满汉全席，真是老将出马，一个顶俩。你不得不服气汪会长大手笔，别看他当年是泥腿子，揭竿而起，在花国家的钱时，绝无丝毫农民意识。而我那位老乡，世代书香门第，老爹是学部委员，可这回接待立德尔那付捉襟见肘的窘相，让我都看不过去。“又不是要你从腰包里往外掏，抠门得要死！”莉莉气得当面数落他。

老先生把洋博士哄得那份开心，当然是不用说的了。

立德尔博士穿上了一身龙袍，戴着一顶皇冠，那样子十分滑稽可笑。不过，满脸胡子，很难使人想到他是圣上，而像《野猪林》里的鲁智深，一身匪气。他那不听话的雪茄烟，和他穿不习惯的龙袍袖子，老是搅在一起，烧了好几个洞。会长大方得很，没事，没事，反正饭店里有准备的现成的戏装，我们只要肯付钞票就行。他的外曾祖父在中国传了一辈子教，也没有他今天的尊荣。最主要的，是会长给他身边安排了一位善解人意的小姐，穿着至少也是宫里妃嫔的凤冠霞帔，梳着把子头，一个劲地给这位番邦的蛮主倒酒。

“喝呀，博士！”这位小姐好像没长骨头，总往“皇上”这边倾斜。

“豪，豪！”大胡子的舌头根子开始发硬了，连“好”也说不利落了。

如果不是史学所的美人莉莉杀将进来，在会长先生的精心策划下，“皇上”和“娘娘”也许就要择吉成亲了。

她来了，光艳照人，立刻，满座的人，地无分南北，人无分老少，一齐向她行注目礼。一个漂亮女人，她总是会得到这份荣光，她娉娉婷婷地走过来，人们的脸也随着她转。

“干爹，你不会不欢迎我这个不速之客吧！”我不晓得在座的，谁是具有这个身份的人，看到汪会长措手不及地站起，便明白为什么他提到她时，那副悻悻然的样子了。

莉莉一出现，就抢了镜头。你会体会到用“漂亮”二字形容女性的道理所在，刹那间，满屋生辉，碗哪盘哪碟哪盏哪都亮了起来。那位“娘娘”一下子暗淡了，根本不是这位明眸秀目、红唇皓齿、脸似银盘、颈若粉砌的露肩美女的对手。

立德尔顿时从他陶醉的外曾祖父的年代里，回到现实中来。

“哦——”这位毛茸茸的“皇上”站起来，把雪茄烟放在一边，张开双臂，又是他那拥抱贴脸的一套过分的热情，扑向这粉妆玉琢、秀色可餐的女士。

莉莉止住了他，那张脸笑容依旧，但保持了适当距离。她说过，我不认为我多么正经，不过，我还是有选择的。对不？对于贞操节守，我虽然持汉唐时代的观点，但并不等于随便拉一个男人就可以上床的。对不？她对这个胡子茂盛，性腺发达的外国人，确实不感兴趣，之所以应付他，倒真是为了史学所。

当她递给穿龙袍的“花和尚鲁智深”一份据说是他外曾祖父的文件时，甭说博士本人目瞪口呆，我也十分惊讶，这姐们儿从什么鬼地方挖掘出来？尤其汪会长，神色大变，因为没想到宴席中途杀出个程咬金，白下这一番工夫，大胡子如获至宝地捧着这份文件，对身边的“娘娘”、眼前的酒菜、友好的宾朋，以及刚才还顾盼自如，以为胜券在握的主人，早已置之脑后，不理不睬了。

饭局让她给搅了。

也许因为受到立德尔对他外曾祖父如此下工夫寻踪问迹的启发，我对清朝末年发生在山东半岛的教案，也多少有点好奇，当然是要看一看这份文件的了。

“真是博士先生那位外曾祖父的手迹吗？”

莉莉回答我：“从内容，从威海救世军福音堂发现，可以肯定。”

从书信看，这位可能是胡子外曾祖父的牧师，大概是个有强烈报告欲望的传教士，事无巨细，都向长老会汇报。

由此可见，当时到中国来传教的外国人，在某种程度上为本国利益服务，也不算冤枉他们。那个德国天主教也就是圣言会在山东的主教安治泰，甲午战争以后，到底在孔孟之乡兖州，建立了天主教南境总堂，与东境总堂烟台和北境总堂济南并立为三大教区。德皇威廉二世对他十分重视和赞赏，曾直言不讳地说：“安治泰主教回到柏林，时常做我的宾客，他以各项重要的事情报告我，”他和在华的天主教会“无时不受到我的支持”①。

由此可见，长老会派往威海卫传教的这位牧师，并非如毓贤奏折里所溢美的那样，是一个“时作公允之论，略无偏袒之意”的人。

这封信，先对当时清朝政府的总理衙门关于《与各国大臣商办传教条款》嘲笑了一通，说明他是个很不掩饰自己感情的人。那时，在烟台的他的美国同事，正打算在蓬莱强租民房，修建教堂，闹得沸沸扬扬，不可收拾。

一八六四年，也就是同治三年，美国传教士在登州府（即蓬莱），租买民房，当地老百姓理所当然的反对，他们就像那位圣言会的副主教福约瑟一样，凭一支

①德皇的演说词，见金家瑞著《义和团运动》。

文明棍便走遍山东，就靠强硬手段，对登州府施加压力。

一个小小知府，哪敢顶撞洋人，连夜以加急文书向三口通商大臣禀报。

崇厚可是一个尝到卖国甜头的家伙，比毓贤里外不够人，最后被砍掉脑袋，要快活自在多了。登州事发以后，这位老爷由天津行文北京，说传教士“因欲成租不遂，啧有烦言，意欲强租硬占”把矛盾上交。于是，总理衙门根据《中美望厦条约》的规定三口通商大臣崇厚说：“所有准租民房，系指通商口岸而言，并有不许强租明文。今美国教士欲在登郡租房，既非通商口岸，又与民情不洽，显有强租情弊，核与条约不符，碍难核准。”①

于是，便有清朝政府发给各国驻华使领馆的有关教案的一纸公文。总理衙门站在一个很奇怪的角度和各国驻京使领馆商量：“近年各省地方抵还教堂，不问民间有无窒碍，强令给还，且于体制有关之地以及会馆、公所、庵堂为阖邑绅民所最尊最重者，皆任情需索，抵作教堂。况各省房屋，即属当年教堂，而多历年所，或被教民卖出，民间辗转互卖，已历多人，其重新修理之项，所费不赀，而教士分文不出，逼令让还。此等情事，如何不令百姓怒目眈眈，视同仇雠，而激生事变？”②

能否确实断定为立德尔的外曾祖父，对此，我表示存疑。

此人给埃斯特主教大人写道：

> ……你不可能理解这个老大而且缓慢的国家，一个处理外交事务的总理衙门，是和中国其他官府一样的，是个丝毫没有起色的机构。那些办事的笔帖式们、章京们，除去鸦片、姨太太，和在喧闹的戏院里听那种更加喧闹的中国歌剧外，很难想象这些坐在两人或者四人抬着的小轿里打瞌睡的政府官员们，什么时候在认真地办理公务？
>
> 我很荣幸地报告阁下，时隔十年之久，他们总算发来了一份口气软弱，几乎在辩解的商讨文件。而在此以前，相继已发生了“贵阳教案”、“酉阳教案”、“台湾教案”、“扬州教案”，以及遵义、安庆、天津等一系列教案，这个总理衙门除了焦头烂额的穷于应付外，毫无对策可言。这算一份什么条约呢？各国驻华的钦差大臣，理所当然地拒绝，并足足地嘲笑了一通。
>
> 这些官员们，如果减少一点在妓院里吃花酒的功夫，也不至于从一

---

①②《教务辑要》。

八六一年成立这个机构起，直到十年以后，才制定出这个纯粹是站在被告席上，在为自己辩护的有关传教条款的毫无用处的文件。

不过，时间对有五千年历史的中国人来讲，已经是不再重要的东西。所有古老的民族，都存在着这种可怕的惰性，相比他们那太漫长的过去，十年显然是短促的时间。

请你记住，阁下，在文件中流露出的这种先天性的懦弱，是中国官员应付外国人时的很普遍的心理状态。这也是我和我的美国同事韩维廉、狄乐福、明恩溥诸位先生的共同的津津乐道的事情。中国官僚为了保护自己的职位，总是努力讨好足以威胁到他在官场生存的人。所以，那个日耳曼人安治泰先生，山东地区的德国主教，虽然他有着令人几乎难以容忍的狂妄自大，但每个中国官员都尽量巴结他，怕他发脾气。只有老百姓具有难以想象的反抗性，这位德国主教整整用了十年时间，也未能进入孔夫子的故乡。每一次尝试，都是被愤怒的当地人赶了出来，甚至打伤了他的跟役。

但是，中国官吏却很奇怪地对待他统治下的平民，总是严酷地加以可怕的惩罚，经常是要就地正法，砍头示众的，表现出极其残忍的本质。我认识的一位曾经管理过黄河堤防的、后来在兖沂曹济道任道台的毓贤，就杀害过那种野蛮的仇视宗教的大刀会的头领，除了他们不容许反叛，杀一儆百外，也是对外国人的一种友好表示。而且，他从山东一直追杀到了江苏，为此他还升了官。

埃斯特主教大人阁下，这一切，对于布教无疑将是有益的。[①]

莉莉那双会说话的眼睛瞧着博士，似乎在问他："你是喜欢在这里受到皇帝般的接待，还是更愿意得到你想得到的这份文件呢？"

然后一扭身，向她干爹扬扬手，连再见也没说，就告辞了。

"莉莉，莉莉……"

博士忘记脱下他的龙袍，摘下他的皇冠，追他外曾祖父的那份文件去了。在北海琼岛的环形长廊里拥挤的游客中间，他制造了一场不大不小的轰动，直到公安人员把他从围观的群众中解救出来。

---

①《德国外交文件有关中国交涉史料选译》

进到会长家的书房，果然，他在安乐椅上坐着……手旁是一瓶人头马。

十二

如果我不是有足够的心理准备，真以为在敲一家纽约哈莱姆黑人区的夜总会的门呢？老会长的贤夫人大概负责把门，在门镜里打量我好一会儿，才给我把门开了。

很有一点地下工作中秘密接头的意味。

“怎么回事？是不是老爷子在仿膳吃多了豌豆黄，尿中有糖？几个加号？”

她一笑，我便明白没什么大事，放下了心。

进到他家的书房，果然，他在安乐椅上坐着，鹤发童颜，满面红光，手旁是一瓶人头马。老会长绝对是个适应潮流的政治家，该整人时，半点不手软地整人；该平反时，也敢大撒把地一风吹；该坚持什么、反对什么时，那发言足可吓人一跳的；该门户开放、打破锁国局面时，他老人家比谁都要早地走向世界。

虽然，人头马旁边有一碟煮花生米，还有两瓣剥好的新蒜，多少有些不伦不类，但他“咸与维新”的精神，值得吾辈景仰的。

“你知道我为什么要称病让你来吗？”他问我。

“怕我走漏消息。”

“主要是那个妖精太厉害。”

“怎么说也是你的干女儿嘛！”

给我端过一杯茶来的他夫人，马上火冒三丈。我也诧异，在震耳欲聋的乐声里，她能听到我们的谈话，也许这是女人的第六感觉了。“什么干的湿的，这老东西吃着碗里，望着锅里，整个是一个老不正经。”

“滚，滚，你这个倒胃口的老醋坛子——”会长把他老伴推走，然后坐在我面前，不知是饮水思源，感谢我把这个大胡子引到中国来，还是人头马起了作用？“真没有办法，农民——”他忘记自己也是土地的儿子，“老太婆居然怀疑我跟两个儿媳妇不干不净，岂有此理，兔子还不吃窝边草呢！”

“你怎么不跳舞去呀？”

“让她们年轻人跟博士一块儿热闹吧！”他把他的安乐椅挪过来，这种礼贤下士的态度叫我不安。也许我和我的老乡那位所长一样，当了多年的右派以后，白眼看惯了，已经不能适应青眼，好声好气，不是斥责吆喝的话，倒有点贱骨头，感到空空落落地受不了。

他云天雾地地聊起来，嘴里嚼着蒜，有滋有味地说着：

“一个人，到了这把子年纪，得和失，在我心目中已无需计量，不容易，并不是谁都能做到如此通达。我在努力，要想得开，要豁达些。有的人，简直是何苦来呢？自己一辈子，没完没了地争，活得挺累不说，还要咸吃萝卜淡操心，让别人跟着他累。折腾得老少不安，鸡犬不宁，结果脊梁骨没少挨指头戳，死后还不如一摊臭狗屎。”他满口蒜臭地向我袒露心机：“现在，老弟，不瞒你说，也就是为年轻人做做铺路石子罢了！老了老了，还能做些什么呢？”

这番话，差点感动得我泪如雨下。

他以前所未有的恭谨，给我倒了一杯人头马。

虽然我受宠若惊，可很抱歉，我喝不来洋酒。

他大惑不解：“那怎么行，要赶上时代！不好喝也认为好喝，如同在‘文革’时期，理解也执行、不理解也执行一样，喝！”

我敬谢不敏。

他附耳问我：“你跟博士挺铁？”

“铁，说不上，不过洋人、洋狗，倒有一个特点，认准了一个人，倒不像咱们那样朝秦暮楚。”

“那就太好了，老弟，这回全仰仗你玉成此事了！”

“老会长，有什么事要我效力，你尽管吩咐！”

“我认为年轻人，还是应该到外面去见见世面，经经风雨。你能不能和博士提一下，我家那几个女孩，随便哪一个，提供保证金，当然最好提供资助，到美国去呢？”

会长不仅铺路，还要搭桥，一片慈爱之心，溢于言表。

我知道他家有两个儿媳妇，莺莺、燕燕，还有一个老疙瘩闺女菲菲，究竟哪一个在前，你老人家最好给我一个明确的指示，我好跟胡子说呀！

他也煞费踌躇，只要有一个先飞渡了太平洋，放心吧，剩下的两个，不薅光他老人家的几根老杂毛才怪。犹豫半天，他说：“要是三个全去呢？行不行？”

我推开里屋的门，强烈的声浪冲我扑过来，差点撂我一个仰八叉。屋里的热气，比桑拿浴室还要令人窒息。好一会儿，我才辨认出一屋子的女人和那个衔着哈瓦那雪茄的博士。莺莺、燕燕、菲菲，加上昨天在仿膳的“娘娘”，好像进行一场看谁更敢暴露的比赛，穿得无法再薄再透了，连会长的老伴也袒胸露臂，努力追赶潮流，恨不能裸出两只布袋似的乳房，与那几位年轻女士比美。别以为她老头子讽刺她是农民就果真农民，那可未必，一旦得风气之先，开化起来，会走得更远更可怕呢！倒是她有资格嘲笑汪会长，他才是地道的小农经济呢，至今也不舍得花钱买手纸擦屁股。

说不好这位博士更喜欢哪一位，他那躲藏在眉毛胡子里的眼睛，乐得眯了起来。

好半天，目迷五色的立德尔未能认出我来，直到我叫了他的名字，他才从会长的两个儿媳妇的玉臂酥胸、莺声燕语之中挣扎出来。居然激动地抓住我的手，晃得我差点肩关节脱臼，一个劲地："Wonderful！Wonderful！"[①]

我心想，好小子，你就准备着为这几个女流之辈掏美元吧！

十三

一九〇一年八月，英国圣道会传教士海大理这样写道：

> 对于那位著名的山东巡抚袁世凯和他的幕僚，我几乎不知道该从那里写起。娄森[②]会将我们与袁会谈的一切要点向你们报告，并会告诉你们袁对我们所提出的赔款要求是怎样的坦率、爽快地接受。在目前中国政界中或许没有一个人受到毁誉，像袁世凯那样……
>
> 假如我们要按我们所看见的来论断一个人，那么我必须立刻说，我们很难相信他不是一位正直、诚实和能干的政治家。去年在上帝的引领下，我们的生命是借着他得以保全，并且今年又是从他那里使我们和受逼害的中国教徒得到最慷慨和仁慈的待遇。他接待我们的态度是自然又随便，竟无拜会中国官员时所见到的那种愚蠢的奉承。坐在他的圆桌旁，两分钟之内，我们便谈得像老朋友一样。他很快地就答应赔偿我们的一切损失，不管数目是怎样庞大。……（原作者在最后这句话下，加了重点符号）
>
> 我们实在感激袁世凯使我们受到一切官员的接待，因为他曾给有关知县发出指示，要尽量以礼貌和尊重来接待我们。回到济南府时，我们又有特别的机会和他交际了一番，我发现他依然是那样的开朗和亲切。他允许我给他和他的儿子以及道台一起照相。从我寄给你们的照片可以

---

①"妙不可言"的意思。

②也是英国圣道会的传教士。

看出是否照得不错。当我用照相机给那些与我们工作有关的人员拍一张团体照时，他也和我们坐在一起。最后的，但不是最不重要的一件事，就是他将自己的照片送给娄森和我作为礼物，这张照片现在在我家中，占着一个很尊贵的地位。

总之，对于袁世凯这个人和他的行动如不加以武断和推测，他所给我的印象是和蔼可亲，为人正直，具有政治家的魄力和行政的能力。①

就在我给我那位老乡通电话，告诉立德尔博士第三次来华，电报已经打到我家来，该怎么办时，他来了。此人真是书呆子，看我正在写这篇《永远的华尔兹》，不谈正事，随手抓了起来就看，正好是这位英国传教士发表在《教务杂志》上的《最近到乐陵地区旅行记》的译文。这位所长忘记他来找我的目的，问我："你在汪会长家那场舞会以后，不当不正地插上洪宪皇帝干什么？"

"也许是我写着写着，觉得再往下写那迪斯科的疯狂镜头，说不定有碍风化，就像拍电影似的咔嚓剪了。可缺一段又仿佛少点什么，就把袁世凯拍洋人马屁的这个场面补上了。"

"反正我看你这样一会儿世纪初，一会儿世纪末，不合适，老兄！"他很是一本正经。

"龙多不治水，在我们头顶上的神父式的批评家，已经够多够多的了，你就不必扮演这个角色了吧，所长先生！"我问他："大胡子怎么没给你们史学所拍电报呀？"

他其实正为此事而来，恍然大悟："噢，噢，对了，对了，想必史学会这一次要垄断立德尔了！"

"汪会长也没收到电报——"

我的老乡虽然是所长，好像业务以外的事情，那个令人惊心动魄的美人，更能做主似的。"莉莉说了，那个协议反正也没订今年的，我们就不管你那位叼雪茄的'丘吉尔'了，对不起！"

"什么？我的？"我叫了起来，我老伴幸灾乐祸地看着我。

"是的，请神容易送神难！"他还做出一副挺同情我的样子。

"那时候你们两家抢……"

---

①《山东教案史料》

"问题在于我们去了几个？他们去了几个？"

"不要没良心，大胡子心里一本账，清清楚楚，他来访两次，每次一个月。你们两家，分两批，每批两人，共四人，每次半个月。他不吃亏，你们也扯平了吗？此话从何谈起呢？"

"不错，他们去俩，我们去俩，可那两个可爱的小鸟，扑棱着翅膀，飞渡了太平洋，算怎么回事？"

"什么小鸟？"

"就是会长家那莺莺和燕燕呀！"

我明白了，这就是学者式的迂腐了。"一码事归一码事，你别乱搅行不行？再说，那是老会长感情投资的结果。种瓜得瓜，种豆得豆，那些小鸟也是付出什么，才能得到什么的。"我告诉他，还有一点隐情，主要是想把汪会长和他这两位风流儿媳隔离开来，一可延年益寿，二可免生事端，难道不应该对年高德劭的同志有所照顾吗？

这书呆子还在缠夹："那不能占指标！"

"协议你们订的，他来一次，你们一家去一个。至于额外，那是立德尔的自由。"

"大胡子为啥不肯另外邀请莉莉呢？"

"那你只好问她自己了！"我声明，我半点也不喜欢这位博士，但说句公道话，在请谁不请谁的问题上，他对史学会和史学所，倒没有偏心眼。

"哦！老兄，你光顾写你的小说，菲菲正在办理护照啦！"

"啊？老疙瘩也要镀金去啦？"

他又问我："你知道嘛，紧跟着还有呢？"

"谁？"

王所长说："那位新潮老太，我们会长的夫人，也拿到基金会的学者访问的请柬了！你一点也没听说？"

看来，那场疯狂的迪斯科未能尽兴，要接着在美国跳下去。

十四

博士第二次来中国，就熟门熟路了。

山东不去了，外曾祖父不要了。西安、桂林、南京、昆明，可着他的心愿，全中国凡可去之地，他都想走一遍。

何况出面接待的是汪会长，那档次比王所长抠抠搜搜，小家子气，只晓得呆板拘泥地照章办事的水平，一下子上去许多。只要他张嘴，无不让他满意到极点。

真是像国宾一样，到了外地，老先生也真会哄人，给他来个警车开道，摩托护卫，好了得的威风，乐不可支的博士，胡子都飞扬了起来。

其实立德尔在他那个基金会里，并不是顶尖的角色，董事会的每一张面孔，对他来讲，都是一轮他必须仰视的太阳。现在，他居然成了太阳，大家朝他仰视，那种尊荣感，使他按捺不住地“手之舞之，足之蹈之”了。

“笨蛋——”莉莉埋怨她的领导。“什么东西不可以作假呢？一面‘毓’字旗，也许困难些，随便弄一把大片儿刀，你说它是清朝，就是清朝的；你说它是汉朝，就是汉朝的。只要不说它是商周青铜时期的，就漏不了马脚。哎呀，你这位老乡，榆木疙瘩脑袋，怎么也不开窍。一是一，二是二，不同意我的主意，结果怎么样，让老杂毛拣了便宜还卖乖——”

我大吃一惊：“敢情那次告别宴会上，会长说‘宝刀赠壮士’的那把破铁片子，是假的？”

“假倒说不上，是‘文革’期间打派仗的自制武器，我知道他老人家从哪里找到的。要是所长睁一只眼闭一只眼，我就先弄到手了。那把刀果真挺吓人的，杀人没杀人，说不好，但刀口留有货真价实的血渍，把大胡子唬住了。我说：‘干爹，真有你的！’你猜他说什么？‘在这个世界上你不要相信任何人，因此也不可能有什么真东西！你只有明白了这一点，你才称得上炉火纯青！’”

那顿告别宴会，到汪会长打开锦匣，捧出这把据说是大刀会的刀时，达到了高潮。

于是，我想起那位长老会派往山东威海传教的牧师的信件，我始终怀疑莉莉找到的这份文件的真实性，是不是和这把刀一样，是件赝品。至少，绝不可能是立德尔的外曾祖父；我是正正规规学习过编剧的，认真地啃过莎士比亚和易卜生的，这种巧合也太过于离奇了。

我记得信里对清朝政府当时的三口通商大臣崇厚的看法，是这样写的：“这位内务府镶黄旗人出身的官吏，是一座谁都能够攻进去的碉堡。虽然他很像是一副森严壁垒的样子，如果你想攻打的话，几乎不用费什么力气，他就主动把碉堡的门打开。在天津他的通商衙门里，任何一个外国人，都可以得到他想得到的满意的答复，和他所希望能拿到手的东西。”

他曾是清朝的驻法国大使，也是清朝政府第一个驻在一个国家办理外交的大使。

这位搞洋务的老爷，对自鸣钟有着特殊的嗜好。至今，在故宫里，还能找到他献给老佛爷和同治皇帝、光绪皇帝的，由英国或法国的匠人，按照中国人的审美情趣和爱好所制造的钟表。应该说，那些英法钟表匠很可以为中国人对于洋货接受能力之快，感到兴奋和欣慰了。他们再不用在钟表的面盘上，刻上“子丑寅卯”式的天干地支记时办法，中国的顾主也能快乐地忍受并不十分习惯的罗马字了。

“在这个中华帝国的王公大臣中间，虽然有的人对外国人恨之入骨，但追求舶来品，却是一种时尚。稀奇的洋货，尤其是这位大臣最热衷的搜集物。同时，他也很乐意把古老中国的珐琅、瓷器、玉雕、金饰送给到他衙门去的外国朋友。”在他的报告里这样写道。

崇厚最出风头，名垂千古的事，就是一八七九年（光绪五年）到俄国去签订了一份前所未有的丧权辱国的条约了。

他显然被位于克里米亚半岛的里瓦几亚的迷人风光陶醉了，那些鞑靼舞娘的妙姿也让他忘了自己是老几。居然敢把伊犁西境霍尔果斯河以西，伊犁南境特克斯河流域以及塔尔巴哈台（塔城）地区，斋桑湖以东土地全部划归沙皇俄国。还认可了其他一系列出卖主权的条件，然后就自行回国了。

沙俄代理外交大臣格尔斯，自然不会让他空手而归的。

消息传回京城，舆论大哗，“于是修撰王仁堪、洗马张之洞等交章论劾。”连皇帝老子也坐不住金銮殿了。清廷以崇厚与俄人所议约章违训越权，“流弊甚大”，拒绝批准；并以崇厚不候谕旨，擅自启程回京为名，将其逮捕入狱，定斩监候。是一个差点要在菜市口砍掉脑袋的家伙。①

俄国驻北京的公使出来保他，态度强硬，并以武力要挟。清廷无奈，不敢杀他，但也不便放他，只好继续关着。

细想想，堂堂中华，也真是可怜哪，竟不敢动外国人看中的，可是一条自己家养的狗。

十五

如果汪会长自诩几乎周游遍了美利坚合众国的话，那么，立德尔博士第二次访问中国，除了新疆、西藏，该去的地方，大都玩过来了。我真佩服这个家伙的充沛精力，白天猛一通逛，晚上猛一通跳，夜里猛一通喝，不见他累。我不得不警惕性特别高地戒备着，是不是此公怀有不可告人的目的？绷紧过阶级斗争这根弦。后来知道，外国也不是没有官僚主义，这使我很兴奋；外国也不是没有不花

---

①《中国历史大事编年》。

白不花的公款，这使我又一次很兴奋。他老兄不过利用他那个基金会，过他的旅游瘾罢了。

我估计，这回光临，布达拉宫和阆大清真寺是必看的了。

既然，我那位老乡，被他部下蛊惑得表示对博士不感兴趣，那么，我不能一贴狗皮膏药，粘在我手上甩不掉呀！

只好找莉莉，无论如何，她生气归生气，是个通情达理的人。我让她给她的领导下命令，史学所的人不会反对这样一个去美国的机会的。她笑而不答，像挂历上的美人似的，在那儿摆姿势。

我声明：连买张火车票的能耐也没有，到飞机场接他，弄辆小车都难于上青天，开玩笑，我能接待他？

莉莉开口了："再说，你到哪儿去找到莺莺、燕燕一干当真敢脱敢亮的女流呢？大胡子好这口！"

"你呀，你呀，你要让他贴你一次脸，他第一要邀请你——"

"我不卖，总可以吧？"

"那怎么办呢？"我可犯了愁了。

她奚落我："这能比写小说还困难？找老杂毛我的干爹啊！"

依她的主意，我抄起电话，向汪会长"求援"了。"老爷子！你们两家都不管的话，不是把我晾起来了嘛！"

他在电话里嘬牙花子："老弟啊，我有难处啊！"

"不行，老东西想褪套，没门！"莉莉在一边说。

我说："你德高望重，是位资深前辈，总是要以大局为重。史学所的王所长，小肚鸡肠，完全是中国人的狭隘，跟义和团扶清灭洋的情绪也差不太多，让他接待我还真怕丢中国人的脸呢！"

"你知道的，博士的要求，我们没法满足啊！"

我了解，有时候，中国人拿外国人来唬中国人，其实，外国人也未必不拿中国人去唬他们外国人。二一添作五，彼此彼此。立德尔要是弄到一个中国方面授予的学术头衔，还不把他那个基金会的董事骗得一愣一愣的。正如第一次来华，他朝王所长要大刀会的刀一样，第二次，他向汪会长提出，要当史学会的名誉顾问。

汪会长搞政治的，这种事他可不干，让儿媳、女儿，以及老伴陪他跳舞，是私人之间的交往，谁也管不着。一句话，我乐意，别人什么屁也放不出来。可这件事，一直支吾到他离境，也未吐口。"什么叫政治上的成熟？什么叫炉火纯青？”事后，他很自豪过一番的。

“可现在大胡子又杀回来了，他打算开溜？没那么便宜！”莉莉说。

于是我照她的面授机宜，对汪会长公事公办地说：“第一，你得到飞机场去恭候。第二，你得准备不亚于上次他住的五星级饭店。第三，接风的宴请，不要搞得太繁文缛节了，还是在仿膳吧！至于日程、活动、安排，等他来了以后再商量。”

他也不是吃素的，哪在乎我这个写小说的人的命令。“你说了些什么呀？是不是电话串线了啊？”

“一点不错，汪会长，是我，就是那个你认为不怎么肯总结经验、吸取教训的人。是这么回事，立德尔博士和我算不上很铁，但也不见得不铁。反正，我明白，你家菲菲即使办下护照，不等于签证。你夫人，接到邀请，对方也可以取消的，打个电传来就作废了。再说，莺莺和燕燕在美国的保证金，博士要撤的话……”

我以为汪会长晕过去了呢！电话里一点响动也没有。

“汪会长！”

不吭声。

我又叫了一声，仍旧了无反应。

“莉莉，糟了，他肯定跑了。”

这位美人说：“我想，他一定去准备了。”

十六

早在这以前，一八六四年美国传教士在山东登州租买民房，这其中倒很有可能找到立德尔博士的外曾祖父的一些蛛丝马迹，怎么弄到崇厚出来帮忙打圆场，以三口通商大臣名义咨文给总理衙门，很可能是这位交游广泛的牧师，进行活动的结果吧？

连山东那些个软弱无能的办事机构，那些吃花酒、听大鼓书的师爷们，也对崇老爷一味由洋人牵着鼻子走，颇为不满。

“想必是糊涂了吧？”

“未知洋人许了他什么好处？”

“何况根据《中美望厦条约》，早已有明文规定。美国人也未免太得陇望蜀了吧？这位崇大臣真不怕落个卖国的罪名吗？”

当时的美国政府，自然不会退却。有一本教士的传记里，描绘了这次十字军的征伐。怎样派了一支令人振奋的舰队，来支持神圣的宗教事业的。虽然只有几艘舰艇，但开到登州附近海面，一字排开，将黑洞洞的炮口对准了海港码头时，也足以使那些不服从的中国官吏，魂飞胆丧的了。教士倪维思之妻这样记述："但是有五个外国女人，八个孩子，若乱民群起，关上城门，有何法可逃呢？我们遂将此事禀报在烟台的领事官。当时在烟台没有美国兵船可调，幸有英国水师提督，一听这事，遂即打发两号大兵船，直奔登州，站在水城外，请我们上船做客。"

"若天父不格外施恩保佑，差兵船来拯救我们，谅我也早如天津的外国人一同丧命。这船的威力实在神异，官民一见，惊的陡变心意，这事化凶为吉。我们一到烟台，登州的官府速速来信，请我们再回那里住。"

崇大人在起作用了。

可兵船未到之前，登州知府了无反应，那位教士嘲笑地形容为"这是典型的装聋作哑的中国方式"，"按照那位德国神父的说法，你不用手杖击打他的头颅，他会把这种麻木视做他的胜利。"

于是，这天的一早，显然有立德尔博士的外曾祖父和他们一干包括威海、登州、胶州、黄县，以及烟台的传教士们，在美国驻烟台总领事的率领下，并有数百名荷枪实弹的美国海军官兵护卫，到登州知府衙门示威。"美国乃文明国家，诉之以文明手段，不得已时，方使用武力"，先是声称"欲拿拦阻租房绅士，及要赔损坏墓碑银两"（美国传教士的墓曾两次被当地老百姓砸毁）。接着，持枪的士兵们把娘娘庙附近的官衙，围了个水泄不通。总领事要求登州知府立刻办理，否则，"如有后来耽搁，或反复不定，此怒情一起，虽流血不能止灭。"

这位教士说："中国人最注重面子，他们甚至认为如果能够维护了面子，哪怕付出更多一些代价，也在所不惜。这是个很奇怪的民族，即使是失败了，他也会为未遭到更大的失败，而获得精神上的满足。这一次，总领事先生为了使中国官员们认识到美国人的认真，坚决要求查办那位曾经傲慢过的登州知府，结果，完全失去脸面的这个官员，倒更加驯服，更加唯命是从了。"

结果，当然一切如愿，山东巡抚李秉衡已经知照当地，可以便宜行事。

立德尔的外曾祖父获得了他们想得到的一切，"可以见出这些年间，主的道理在中国是怎样的兴盛。"①

毓贤发达的时候，崇厚已经离开人世，他接替李秉衡、张汝梅当上山东巡抚，未能受到这位媚外派大臣的指点，却与谋立大阿哥的顽固守旧分子载漪、载

①事见《郭显德牧师行传全集》。

勋、刚毅等沆瀣一气。他们总是幻想最好有朝一日时能够恢复封建制度旧有的一切，甚至“以为只将通商口岸、内地教堂之几个洋人杀尽，其余来一个杀一个，则根株自绝矣。而后闭关而治，复我太平，岂不妙哉。”①

他上任后一方面不惜大肆杀戮人民去应付洋人；一方面“护大刀会尤力”，使拳民们充满幻想，认为“上奉太后密旨，下遵毓贤命令，兴大清，灭洋教，他日功成名就，大则仕宦而至将相，小则丰富而有衣食。”

不久，“朱红灯构乱，倡言灭教。”对官员来说，最怕这个乱字，一乱，他就有丢乌纱帽的危险。现在朱红灯以灭教的名义来造反，对不起，镇压老百姓，他是绝对无情的。“毓贤令知府卢昌诒按问，匪击杀数十人。”哪晓得官兵根本不是对手，无法遏制这股事实上的带有相当盲动性质的农民起义，于是改剿为抚。义和拳由民间乌合之众，摇身一变，成了被官方承认的一支武装力量，就是从他在山东任上开始的。《清史稿》说他“吏名曰团，团建旗帜，皆署毓字。教士乞保护，置勿问，匪浸炽。法使诘总署，乃徵还”。

若按美国公使的意见，他本该永不录用。也许由于法国公使的质询的口气，不那么十分坚决，他由山东调回北京，在载漪的支持下，终于出任山西巡抚。

这政府也太可怜点了，要不就死硬，要不就软鸡蛋一枚。

毓贤到了太原以后，“于是拳术渐被山西，平阳府县上书，言匪事，毓贤痛斥之。匪益炽，毓贤更命制钢刀数百，赐拳童，令演习。其酋出入抚署，款若上宾。居无何，朝旨申命保教民。毓贤阳遵旨，行下文书稠叠，教士咸感悦。未几，又命传致教士驻省城，曰县中兵力薄，防疏失也。教士先后至者七十余人，乃扃聚一室，卫以兵，时致蔬果。一日……呼七十余人至，令自承悔教，教民不肯承，乃悉出斩之。妇孺就死，呼号声不忍闻。”②

所以后来“和议成，联军指索罪魁，中外大臣复交章论劾”，他就在充军途中在兰州被砍了头。

而早些年，那位三口通商大臣崇厚的下场，可比他要强得多。别看有卖国的罪名，关在死牢里，等着斩首。但他损了三十万两银子“输军”以后，也就免了牢狱之灾，还有幸蒙恩能到宫内去给老佛爷随班祝她老人家五秩大寿呢！

这样，对清朝官员来说，该怎样对外国人，是崇厚那样好呢，还是毓贤这样好呢？谁心里会不明白呢。

---

①《义和团》。

②《清史稿》四六六。

十七

这些都是山东在上一世纪初外国传教士和教徒与当地人民发生冲突的一段历史。由于列强干预，政府软弱，在发生这些案件以后，上自朝廷，下至官府，那种低能、颟顸、腐败、贪婪，简直无可名状。一些抚、督、臬、镇，以及道台都统这类官员，始则自负褊狭，继则束手无策，终则任人宰割。事后还欣欣然自得，认为从此通晓洋务，咸与维新，是很能发人深省的。

“那一年我陪立德尔到山东去，我一直很遗憾，这些虽说是陈谷子烂芝麻的插曲，是不应该被人忘怀，湮没无闻的。你还需要什么资料，我帮你找。”

我谢了他，不过，我说：“现在可是号召作家面对现实的啊！”

他学究气地问我：“历史和现实，可以分割开来的吗？有时，没准还是一条环行道呢！”这位所长相信：“一个一个的圈子，不停地重复，不停地再现，不停地滚滚而去，又不停地汹汹而来。头连着尾，尾衔着头，于是，我们管它叫历史！”

我问他：“真不能设想，仿佛昨天的事，可居然连伤痕也抚得如此的平帖，似乎什么也未发生过。”

这位学者，仍是那句老话：“喜欢记住自己的光荣，而努力忘却不愉快和不光彩的过去，也许是中国人的一种习性吧？”

机场的扩音器告诉我们，从旧金山飞来的某某次航班，很快就要进港了。

怎么说，有五千年文明的古国，是礼仪之邦。自己人之间，意见归意见，看法归看法，对于客人，欢迎也罢，不怎么欢迎也罢，总是要体现出大国风度。会长带着他的接待班子来了，老人家不干则已，一干，绝对是大家气派，连迎宾服装也一律统一。所长发誓说不来的，最后拗不过他的秘书，也带着车，带着人，带着万一老先生撒手不管的应急方案，到了机场。也许由于莉莉那张漂亮的脸，更令人注目些，所长皱着眉头，好像谁该他二百吊似的神色，别人压根儿也就不在意了。

“啊！干爹，你今天怎么啦？简直是以一个崭新的形象，要压倒马上到来的客人吗？真是让我们眼福不浅，看到了耳目一新的汪会长！”

“啊呀！”大家先愣了一分钟，然后给他鼓起掌来。

直到此刻，我才注意到，我们尊敬的老前辈，也像立德尔博士一样，嘴上叼着一支粗可盈握的雪茄，使你觉得他又像中国人，又不像中国人。反正，够棒的。

他笑了，笑得非常非常之开心。

戒之惑

一

北京有座西山，西山有座戒台寺。

在《帝京景物略》一书中，戒台又做戒坛。“出阜城门四十里，渡浑河，山肋叠，径尾岐，辨已。又西三十里，过水庆庵，盘盘一里而寺，唐武德中之慧聚寺也。正统中，易万寿名，敕如幻律师说戒，坛于此。”

这是相当宏伟、古老的寺庙建筑群。

三十年前，或许还要早些，熊老板那时是大学生，曾经和三五同学，蹬着自行车来游玩过。当他再次来到这座寺庙时，仿佛那是昨天的事。

二

戒是一种约束。

佛家讲戒，是为了清心寡欲，洗却尘凡，进入修心炼性的超脱境界，尔后有可能成祖成仙。然而，谈何容易，戒所以为戒，正因为不戒，若是世人都戒，也就无所谓戒了。唯其不戒，这才有戒。

熊老板讲得他的部属茫茫然。

很好笑的，是不？他问。

大家出于对领导同志的尊敬，一笑，不置褒贬。

他接着讲他的，官做到这份上，他就比较随便和自如了。

可是，在这个凡俗的大千世界里，欲望是芸芸众生、饮食男女的几乎无法抑制的本能。因此，不戒或许更接近于人的本性，有无可指责的一面，但也有不可恣肆的一面。所以，他认为，戒更多体现一种人格力量。

接下来，他一笑，笑得潇洒，也笑得莫测高深。

他跟部下们讲，到戒台寺来的游客，未必想到戒，未必懂得戒。

言下之意，只有他例外。

三

言者有意，听者无心，悉皆一脸茫然。熊老板想想，也就不奇怪他的部属的不理解了。

干吗要选择戒台寺，作为今年春游的景点呢？

第一，挺远；第二，基本上很破旧；第三，几乎没有什么可看可玩的。

人们都埋怨姚苏："看你相中的这好去处！"

"怪我吗？怪我吗？"然后诡秘地说："是熊老板定的。"

一提熊本良，大家便哑巴了。

中国人的最可爱之处，就是乖。

四

公司惯例，每年春秋两季，郊游一次。熊老板出手大方，他在这些无关紧要的地方，从不苛刻。郎总在世的时候，他批了条子以后，便不再过问。去什么地方，怎么个玩法，所有细节，郎总都设想得细致周到。熊老板有时有了兴致，与大家同乐。但多半他忙他的，由郎总率领全公司的员工家属去度过欢乐的一天。

但可惜，郎总去世了。

据说，姚苏要接他的班，或者还有王端，或者还有别的人，都是些年轻的工程师，现在兴文凭和年龄。但无论谁，都没有郎总的魄力，以及在熊老板面前说话算话的分量，只好托于倩去探询熊老板的意见，拖了好久，几乎春天快过去了，才有了回话。

"小于，老板说去哪儿？"

"戒台寺！"

大家都挺败兴，那个破地方，有什么玩头？

姚苏挺高兴，因为熊本良要去，他有机缘表现一番，特别是决定人选的关键时刻。

『小于，老板说去哪儿？』
『戒台寺！』

五

并不因为熊老板三十多年前去过戒台寺，他才有旧地重游的雅兴。

他知道，他作为这样一个不大不小的单位的头，突然有这些异端的想法，萌发出来，是很可笑的。那天，他回答于倩，说是最好去戒台寺以后，信口讲到像我们这样六根未净，俗眼凡胎，与佛法无缘的人，也许能在那里参悟到一些什么时，他的这位身段挺不错的秘书，面露闻所未闻的骇异表情。

不过，他相信自己确实悟到了什么叫做戒。

六

他悟到了，戒不容易，不戒也不容易。

他的朋友、同学、同事，也无妨说是一辈子的劲敌，缠绵在病榻上的郎林也悟到了。

可许多事，总是这样，明白了，也晚了。

在郎总生命的最后一刻，两人握手言和。

“原谅我！”熊本良说，差点屈下一条腿。

郎总并非回光返照，一直到断气，始终像平素一样清醒：“细想想，本良，咱俩这多年争得太狠太苦，有这个必要吗？马上我两眼一闭，还不是什么都等于零。”

他同意这个垂危的副手所表达的看法。早先，在大学里同窗共读的时候，他们俩简直像暹罗双胞胎似的亲密无间，后来，谁晓得他俩成了较量甚至厮杀了数十年的对手。真没意思，彼此后退一步，本可以活得从容些，轻松些。“这是命运！”他只能这样归结。

七

人要死时，镜头便倒映过去。

“你还记得戒台寺，那年春天——”

“咱们骑自行车去的。”

“就那一回，你输了我。”病人还能记得起来那些往事。

人，就是这样，记不住的，怎么也记不住的，但忘不掉的，也是无论如何也忘不掉的。

熊本良承认，不但输掉了那场竞赛，还输掉了爱情。

郎林笑了，不过笑得很费力；熊本良想笑，笑不出来，一脸苦相。病房里的第三个人，便是郎林的妻子。望着一个是丈夫，一个是情人的这两个男人，一言不发。

“蒋曼，你还记得？”郎林问妻子。

她说：“我记不起来了！”

他叹惜：“那座庙大概很破旧了！”

“听说在修缮。”

“本良，现在回味起来，戒台寺的这个戒字，挺有学问。”

本良回答：“也许一切烦恼，都由戒与不戒而生！”

郎林感叹：“咱俩从来没这样心对心地交谈过！”

也许面对着死亡，老熊悟了：“其实，到此时，相对无言，也能沟通的。”

“我去不了戒台寺了！”

八

熊老板要到戒台寺来，当然不是完成老朋友的嘱托，郎总并未提出过要求。如果说是一种歉意的表示，那也十分牵强。他们俩，拿未亡人蒋曼的话说，没有一个人称得上是完全的借方和贷方，谁都有一笔欠对方的账，只不过该多该少的问题。再说，事情过去，也就算过去了。

她认为，夹在两堵墙中间的她，才是真正的悲剧。既不敢大胆地爱，也不敢放开手不爱。一辈子稀里糊涂，不是帮着情人反对丈夫，就是支持丈夫收拾情人。她也说不好这是她的幸福，还是不幸？她告诉熊本良，我爱你，是真的，但也爱他，自然绝不是假的。同样，有时我恨他胜过恨你。不过，有时我真想杀死你然后自杀，大家心净。“你去吧，我不去！”她谢绝了他的邀请。

她这种恨到绝情的说法，让他一惊。

幸而她脸色平静，那张和她年龄显然不相称的姣好的面庞上，毫无嫉恨的表情。于是他把话扯远。“郎林提到了戒台寺，恐怕还是缅怀我们三个人那毫无芥蒂的年代。”

“我现在只想把一切都忘了！”

“到美国去？”他知道她在办离境手续，他亲手批给外事处办的。

“签证下来就走，跟女儿生活在一起！”

“郎林知道他并不是她的血统上的父亲吗？”

“他是我的合法丈夫，我有义务告诉他所有一切！”

"哦！天！"熊本良一屁股跌在沙发里。"他全都知情？"

蒋曼点点头。

"不去戒台寺？"

"我怕回忆！"

但他一定要去，郎林说得有道理，戒是一门很深的学问，过去，我们都太肤浅。

九

虽然公司里的员工，一听说去戒台寺春游，就皱眉头。要是郎总健在，是他拿的主意，大家准会叽叽咕咕，七嘴八舌。这固然可以说是他的民主作风，但也可以看出他的性格柔弱的一面。不像熊老板那种大手笔的一言九鼎的派头，说了就算，不算不说。大伙儿乖乖地分乘若干辆车，浩浩荡荡地出发了。

谁也不敢抗命，真怪。

这倒不一定表明他像猫对耗子那样，对全公司员工具有威慑力。但他的统治（或者称之为绝对领导）近乎专横也许并非过分的指责。甚至郎林几次要跳出去，几次要搞颠覆，终其生也在熊老板的掌握之中，俯首听命。

上上下下都知道他是个铁腕人物。

但是，天地良心，他一点也不声严色厉，面露凶神恶煞的样子，相反，和蔼可亲；但老百姓的想法他是不闻不问的，我行我素，他永远是他，不变。

所以，公司里的员工宁愿亲近郎总，而疏远他。甚至背地里议论，或者在肚子里嘀咕。其实，他的位置应该是郎总的，论真才实学，熊老板百分之百的花架子。所以出类拔萃的美人儿，至今风姿不减，决定嫁给了郎总，完全合乎当时的价值观念。大家心里明白，只不过熊老板手段高明，予取予夺，斩伐无情，才压在郎总头上，舒舒服服地当他的第一把手。

这不是命运，而是熊本良纵横捭阖的本领。搞学问的，永远敌不过搞政治的，这是真理。

大家觉得挺莫名其妙的，干吗屁颠屁颠地从城里坐大客车，来到他要来的戒台寺，就为了吃一顿不甚丰盛的野餐？因为这座庙宇经不起多逛，别无可玩的去处。只好去领食品和饮料，只好找个地方坐下来，只好努力把这些干的稀的统统装进胃里。

过去，郎总在，这个面色十分严峻、工作十分认真的人，总是想方设法让春游游出点乐趣来。他也敢做主，因为非权力之争方面，熊老板绝对退后半步。吃好玩好，人们总是很开心。如今，临时执政的姚苏，也许名不正言不顺，放不开手脚；也许讨熊老板的好，抠抠搜搜。啃干面包，咽茶叶蛋，怎能比得上郎总的肯德基炸鸡和美尼姆斯的点心呢？当然，民以食为天，但吃之外，还有个心情好坏的问题。

大家首先觉得没有必要来戒台寺春游。其次，既然春游，就没有必要洗耳恭听熊老板讲什么戒台寺的戒。

但谁也不表示愤怒，这就是中国人的伟大了。

看起来，最懂得戒的，还是老百姓。他们至多腹诽而已，可又管个屁用？

十

这一次，熊本良是真诚的。

无论如何，郎林的死，触动了他。

到戒台寺来，如果不是忏悔，恐怕也是有些反思。他在想，戒也好，不戒也好，难道不可以换一种生存方式活下来吗？该戒的不戒，不该戒的倒戒了，人变成不是自已本来的样子。要是不那么紧张激烈，非得像掰腕子一样，把谁扳倒不可地，平和地，相安无事地生活，又有什么不行呢？一定要剑拔弩张，把弦绷得那样紧，永备不懈吗？

郎林在弥留之际，提到了戒台寺那次春游，绝不是无缘无故地死前谵妄，他显然是在期望，要是允许重新再生活一次，一切从头开始，那么，保持那次春游时的并不一定谁要吃掉谁的关系，谁要忍气吞声慑服于谁的关系，该多好？

蒋曼对他说过不止一回，你没有必要如此戒备郎林，这个人即使有野心，也不大。除非借给他胆子，不过，那女人摇头，即使如此，那位总工程师也造不了你熊本良的反。

造反是勇气，顺民是天赋的。她说：“他只知道学问。”

他能不相信这个女人的话吗？他爱她，而且尊敬她，如果不是她，早二十年，他就会把郎林踢走了。贴上八分邮票，把反叛他的人，邮到天涯海角。这事他没少干过，绝对做得干净利落，不露痕迹。这多年来，他对于不驯服的部下，这是比较客气的手段，道不同不相与谋，礼送出境这一招不灵，才会使更厉害的杀手锏。独有郎总，好好赖赖共事了一辈子，真是令人不解的例外。谁说熊老板无容人之量，郎总没少给他捣乱，不稳如泰山地坐在总工的位置上嘛。后几年，郎总不愿当做样板，索性跟他闹，甚至意气用事，干脆请调。这时候，熊本良宁可调整关系，也不松口让他离开公司，此刻，倒半点不是蒋曼的缘故了。

熊老板只好对他的情人解释，许多情况下做出许多哪怕是伤天害理的事，都是身不由己的。这一点，你得理解，整人的人，未必存心要把人整死的，但若不这样做的话，他倒有可能被人置之死地。

“包括你丈夫，他有时也不能例外，一样要收拾他手下那些小知识分子！”

“不，他没有你这样心毒手辣！”

他笑了，这种健壮强悍的男子汉所特有的爽朗的，肆无忌惮的，甚至毫无害羞的笑，对女人是很有感染力的。“蒋曼，即使你不替他辩护，我也会作出我对他的判断，他未必肯安分，未必肯久居人下。他自负，有才华，智商高。可他缺乏一种魄力，男人的雄心勃勃的敢作敢为的勇气。”

“你有？”

“不但有，而且多得差一点要把你从他身边夺过来。但我没有这样做，说明我的理智，也说明我的感情。”

她相信他不是最坏的坏人，这些年来，提供过多少次可以整垮对手的合理合法，而且良心不致太不安的机会，他放过了郎林。同样，她也提醒熊本良：她丈夫在能够把他干掉的时候，并且不止一次，因为他也不永远走运，总抓到好牌，不也在关键时刻，放他一马嘛！

“谢谢你，蒋曼，我知道，亏了你爱我！”

“不，还是要感谢郎林这个人天性良善的一面。”

“难道我不是？”

“实质上你是很卑鄙的。我知道。但是我爱你。”

他又笑了，笑得她心乱如麻。

她说，女人最强大的力量是爱，但女人的致命伤也是爱。爱的代价，就是痛苦。爱的愈深，那么，痛苦也愈甚。

十一

三十年前的戒台寺，几乎没有什么游客。

断壁残垣，草长树深，荒凉得几乎到了白昼见鬼的程度。谁发起这次自行车远足的呢？自然是郎林无疑的了。因为他的记忆里，除了这个学识丰富的家伙，告诉他有关戒台寺的历史和一切以外，他对它的认识只知道是一座古老的庙宇而已。

甚至熊老板现在对围着他的部属，讲戒台寺的戒，也还是年轻时从郎林嘴里听到的那些。

如果那时他是蒋曼，怕也会毫不犹豫地爱上这位高材生的。

郎林除去善良外，还有真诚、热情。

他那时未能获得这位漂亮女同学的爱，也并没有不服气，甚至为这样优秀的组合，最佳的匹配，衷心祝福过。他从来不相信自己十恶不赦，虽然他做过许多缺德的事。甚至怎样乘人之危，把蒋曼弄到手，那样卑劣，那样粗暴，等等。当然，还不尽于此。但他觉得他心还不是太坏，甚至有段时期，像大多数人一样善良、单纯、正直。

“身不由己啊！”他只有在她的怀抱里，才肯吐露真言。他喜欢这样的譬喻。空空荡荡的餐桌上，现在仅剩下一个可怜巴巴的馒头。不是一只手，而是几只手，都想把它抢到。蒋曼你说，假如你很饥饿……

她承认，学问是一回事，人品又是一回事。但生活，但竞争，则又是另一回事。

她那时真是无可挑剔的美。

甚至现在，最好的属于女性的光辉岁月，已经远离她而去，但仍然令他沉醉。爱，使女人年轻，他深信。

十二

他记得读过一篇小说，忘了是谁写的。

熊老板三天两头出国，总要带一些旅途的消闲读物，当然是蒋曼给他准备。有高级翻译职称的她，自然是他的陪同，倒谈不上利用职权之便。随着年龄增长的成熟，恋情的牢固，特别是熊本良滴水不漏的缜密，他宁肯在飞行途中聚精会神读小说。他觉得作家用“永远的”这个词汇来形容一个女人，给他感触太深，引起了强烈共鸣。

蒋曼就是永远的。谁都不能不承认，她是永远的不变的漂亮女人。三十年前如此，三十年后仍复如此。那矜持的、落落寡合的一静如水的面容，几乎从未留下岁月流逝的痕迹。何况她那优美的无与伦比的体态，简直很难令人置信，她虽然到了人生泰半的年纪，仍使人感到青春并未失去。连他的秘书，那个身段不错的于倩，也难以掩饰纯系女人本能的羡慕。难道，时间对她来说，是停顿的吗？

经历了三十年的风风雨雨，故地重游，那种感慨似乎更加强烈了。假如能够戒所戒，而不戒所不戒，求其自然、自如、自由，和佛所说的自在，摒除一切的障。那么，他得到她，她也得到了他，或许还可省却此后一切的孽。

“那么，错由我始？”

他知道，历史是一条不复的河，一个人只能顺流而下，谁也无法改变。责备谁，都有欠公允。既可以说，谁都有错，只是错多些，或错少些。也可以说，谁都没错。蒋曼，你信不信？身不由己！我丝毫没有抵赖的意思，我并不好。

那时候，也在这戒台寺，他应该当仁不让地去追求她的爱，而她，也应该撇开表面的声名，和爱情以外的附加值，认真地选择一个事实上更强的男人。

所以，过去了许多两个人都感觉到不大惬意的婚姻生活以后，虽然维持着各自的家，虽然自觉地警惕着不逾越人为的鸿沟。但上帝保佑偏偏赶上了一个波澜起伏的时代，或许他应该感激整个儿的道德沦丧，才不害怕灵魂堕落。就在郎林关进牛棚以后，他粗鲁地，甚至胁迫地得到了她，他不讳言他下作，无赖。那个多少有些为耿直，不肯阿附强权的工程师，本来，也许他能够帮上点忙，不致受缧绁之苦的。但他为了达到目的，就不择手段了。“我是畜生！”他承认。他把刀放在了她的手里，“现在，你愿意怎么惩罚我都可以，杀死了我也决无怨言。我等这一天，等了多少年，不管怎样我等到了，死而无憾！”他引颈受戮地等待着。

想不到披着挣扎撕裂的衣衫，几乎裸裎着胴体的蒋曼，却举起那把锐利的刀，刺向自己雪白的胸部。他横挡过去，用胳膊隔住刀刃，也不顾鲜血顺手流下，抱住了她。最初的不愉快，像冰块似的在这肌肤的接触中消融了。

“当啷”一声，蒋曼手中的刀，跌落在水泥地上。她不再抗拒，更无憎恶，反转来把脸紧贴着充满如此强烈的男性气息的胸膛上。两个人搂抱在一起，几乎同时地意识到其实是久别重逢的欢乐。这种过去曾经分别在各自的梦里、遐思里、幻觉里，出现过的场面，倘不是在当时人兽颠倒的氛围里，是很难把罪恶与幸福、爱情和仇恨，如此扭结起来，成为真实。

只有那把沾血的刀，是这场苟且的爱的见证。

十三

熊老板是崇尚在人与人的交往中，以兵戎相见的。

所以，刀不仅仅具有象征意味。他的哲学是：你不把对方逼到墙角里就范，那么，对方在下一个回合中，就要取你的首级。

只有对蒋曼，或者还有她的丈夫，刀才成为多余之物。因此，他敢对她声言：“我本不坏！”

她也相信，他最初不是这种恶从胆边生的，说是怙恶不悛，也不过分的人。否则，她难以想象她的初恋，是他而不是后来的她的丈夫。即或是女人易被感情蒙蔽，也会识别最起码的好和坏。她会为抛弃一个明显不过的坏蛋而惋惜许多年，成为一块心病吗？

然而，他为了生存，为了权力，为了他位置的牢固，按他情人的有赞许也有嘲讽的话形容，简直成了三头六臂，一天二十四小时眼都不眨一下的人。她说，你甚至在我丈夫身边，都埋下姚苏这样一个耳目。你提倡告密，鼓励叛卖。王端，拿过国家奖的，不就因为不对你效忠，而把那年轻人，打入阴山背后去吗？你不认为这样活着，太累吗？

他也奇怪自已，不知为什么，独独在这个女人跟前，就像完全被解除武装似的，只有举手投诚的份。他知道他相当的不轻松，上面下面，左邻右舍，几乎无一处可以真正依托，时常在腹背受敌的威胁之中。也只有单独和她在一起的时候，哪怕默默无言的相处，才能获得片刻的宁静。用不着像狗那样，睡觉也要竖起耳朵似的难以彻底安心地休息。他对她什么都不隐瞒，你说得一点也不错，蒋曼，并非所有女人都像你这样明智、冷静、有头脑。包括我们的爱，一开始你就规定了结局。谁对谁也不承担义务，没有任何契约的拘束。因为你说你同时是妻子、母亲和情人，只能给我三分之一的爱，而不可能更多。我佩服你的清醒，能够适度地不互相冲突地扮演三个角色。

"是啊！刚才你是以总工妻子的身份，指责我扔给姚苏一块骨头，而给王端以大棒。假如以老板情人的角度，那你更应该嫉妒我把王端的未婚妻，那个身段蛮不错的于倩，调来当秘书——"

蒋曼说："因为我只给你三分之一，所以我从不要求你百分之百。"

"你的清醒，真让人害怕！"

"任何有眼睛的人，都会看出你对那个女孩子的意图。你其实比我清楚，恶，是鸦片，上了瘾就不可遏制。假如你居然不把于倩弄到手，我倒觉得不可理解。因为一枚失控的球下滑，若是毫无阻力，它会加速运动，这是再简单不过的物理现象。"

他似乎在潜意识中，又找到了一条要到戒台寺的理由。

难道，欲望注定是罪恶吗？那尊在莲花座上重新粉饰过金身的我佛如来，微笑着，没有明确的答复。

十四

"你觉得这样好吗？"

"我没想那么多！"

"人们用那样的眼神，在打量你！"

"我才不管别人说我好、说我赖，我按照我的信条生活，我不需要一个教父告诉我，哪步该走，哪步该停。"

"恕我多嘴！"

"你能不能多点男子汉的劲头，你看，老板，挥洒自如，那才叫够味！"

"他，我绝对不敢恭维。"

"因为你是毫无抗争能力的弱者。"

"哦！天！"

"这是所有弱者的共同心态，怨天怨地，就是不怨自己。"

"你对老板，崇拜得也太过分了吧？"

"我还想嫁给他呢。"

王端觉得天空一下陡然黑了，一朵云恰巧飘过来，遮住了头顶的太阳，他的脸，涌上血，像一只紫茄子。

于倩绝不是不认真地："如果他张嘴，我毫不犹豫答应！"

这个获得过国家科技奖的年轻人，挺学究气地做法律咨询状。"可他是有妇之夫！"

"我不在乎。"

"哦！"他闻所未闻，只能痛苦地呻吟。

她扭动她柔软的腰肢，显示那不错的身段，摆出姿势，让他为此时流露出一身性感的她拍照。"如果有强烈的、让我服服帖帖的爱，我不管什么大老婆、小老婆，也不管什么婚姻这类形式！"她给他的老同学，并未明确关系的未婚夫，讲述她心目中的男人，应该是什么样子的。"女人需要男人什么呢？耳鬓厮磨吗？No！卿卿我我吗？No！真正的男人，应该具有强烈的去征服一切的雄性动物本能，和绝不容忍在自己的领地范围里，有第二个竞争者的存在。"

王端望着她，看到了一些他不曾看到的女性本能。

"这就是世界！"她的总结。

"玉兰花已经谢了，还有什么照头！"眉飞色舞的姚苏，走过来，朝他们俩招呼。"Hi！二位学长！"

于倩说："我追求的正是这份遗憾！"

姚苏知道她现在的背景，显然在讨好她："那是当然啰！公主嘛！美学境界是要高人一筹的呀！"

凑巧，这三个人聚在一起的镜头，被从殿堂里走出来的熊老板一眼看到。当年，他和郎林、蒋曼不也这样开始进入生活，扮演人生一个角色嘛。

他不由得惊叹，历史自然不会倒退，但却总是不停地反复。有时候，反复(哪怕是短暂的)甚至比倒退更难让人忍耐。

十五

“这么说，你一定要去马萨诸塞的了?”

“难道你不愿意我去看望我们的女儿?”蒋曼特别强调了“我们的”这个定语。

“当他知道了她并不是他的亲生骨肉时，他一定不但挫折你，还要挫折无罪的婴儿吧?”

“我说过了，他比你良善些。”

“女儿知道这一切吗?”

她摇了摇头。接着，她说：“也许有一天，我会告诉她这个幸与不幸、爱与不爱交织在一起的故事。”

“你后悔了?”

“你知道，我并不懦弱，也不怕承担任何谴责。只是应你政治斗争的需要，你必须爱护你的羽毛，才遮掩到人不知、鬼不觉的程度。现在，他也死了，我感情上最重的负担也消除了，我不愿意再活得那样麻烦，我想把过去都忘得干干净净，我打算画一个句号，一切重新开始……”

他恍然不悟：“你为那个死去的人在一直爱我?”

她平静地回答他：“早先不是，后来却是。”

他有些愠怒：“怪不得他在临终时，并没有把你，把孩子，托付给我。你和你死去的丈夫，显然是商量好的。”

她还是那样淡淡的。“人之将死，其言也善！他在最后一刹那，向你伸出讲和的手。你还要求这个被你骑在头上一辈子的可怜人，怎样再向你表示?他提到了戒台寺，难道还不够明白，那时我们有后来这些隔阂吗?”

他从不相信别人的解释，尤其当他认定以后。越是信誓旦旦，他越是疑虑重重。但这一次例外，不光因为她是他至爱的一个漂亮女人，而是一种悟性。

戒是一门很深的学问，他信。

十六

“嗨！老板，你不肯赏脸，跟我们年轻人合个影吗?”于倩像扭股糖似的缠着

『哎！王端，你傻愣着干什么？快给我跟老板照一张。』

熊老板。

“老天拔地，何必让镜头感到痛苦？”

“No！老板，你风华正茂！哎！王端，你傻愣着干什么？快给我跟老板照一张。”

他望着那个仿佛害了牙疼病的年轻工程师，正因为是郎总的得力助手，所以也是死者生前竭力推荐提拔的。唯其如此，他偏别扭着。这个小伙子不如姚苏那样机灵，会来事。姚苏懂得总工程师的位置空下来以后，公司的目标是要给年轻的人压担子，这机会决不能错过，千方百计在赢得他的好感。王端显然不愿意于倩这样发贱的姿态留在底片上，在磨磨蹭蹭，等她稍稍端庄些再照。

她急了：“怎么搞的，叫我浪费表情！”

熊老板低声问她：“听说他是你的未婚夫？”

于倩没好气地回答：“目前大概算吧！”

他笑了：“过了目前，那么下一个呢？”

“也许是站在他身边的那位！”她也格格地乐了。

“你真是开放型的女孩子，最终呢？”

她抬起头来看他：“也许就是你，老板！”她忘了是在说悄悄话，大声地讲了出来，听的人没法不莫名其妙。

等于倩照完，姚苏也抢着站在熊老板身边，但王端冷冷地说：“对不起，没胶卷了！”挎起相机，扬长而去。熊本良很奇怪自己，对这个小伙子缺乏礼貌的举止，竟然能够宽容。要放在过去，准教他吃不了兜着走。

十七

老百姓终究是老百姓，他们也许未必都知道老黑格尔这句名言：存在的总是合理的。但他们比较注重现实的生活哲学，很快地对不愉快的、不甚愉快的，或者稀里糊涂的、勉强愉快的局面，能忍自安地适应。戒台寺怎么说来，空气总比城里清新些吧！仅这一点点优越性，大家也就心满意足了，在吃光喝光自己那一份配给品，给佛门制造一地垃圾以后，该琢磨回家了。

“怎么样？大家玩得尽兴了吧？是不是该打道回府了呀？”

熊老板问着渐渐聚拢在一起的他的部属。

其实，他对一般干部还是比较宽容的，只是有可能构成对他威胁的至要人物，哪怕是臣服的、苟安的、不愿惹事的，决不有片刻放纵，一言一行，都在他严密监视之下。所以，他尽管想幽默一下，但人们依旧拘拘束束的。结果打算笑一笑以回应，还未等到咧嘴，就被他下面接踵而至的言语吓呆了。

他说，他明天要准备出国，第一站巴黎，第二站伦敦。这倒没有什么新鲜，他一直满天飞，除了南极、北极之外，足迹遍天下。蒋曼要去美国探望女儿，改派于倩，大家也早听说。有个身段挺不错的年轻人陪同在旁边，至少可以使他精神焕发。这都无所谓，也不往心里去。接着，他突然谈到郎总，谈到和郎总三十年前，也来过戒台寺。这就使人不禁纳闷，无缘无故提郎总多少有点蹊跷。谁知他话锋一转，宣布接替郎总这个职务的人选。叽叽喳喳的人群一下子鸦雀无声，谁都认为板上钉钉，从他嘴里说出来的名字，必是姚苏。因为这个聪明伶俐的年轻人，已经是临时执政了。

结果，老板宣布的，却是站在人群后面，拿照相机拍摄晚霞的王端，是未来的总工程师。

在人事上，熊老板向来说了算数。他怕大家没听清楚，再报了一下这个获得国家大奖的家伙的名字。这或许是这次到戒台寺春游的高潮，甚至于有人认为果然不虚此行了。

十八

现在，远离尘嚣的戒台寺，已经落在车队后面很远很远了。

高楼大厦的北京城，黑压压、雾蒙蒙地已在眼前出现。坐在奔驰车里的熊老板，突然想起什么，提醒坐在他身边的于倩："我长途飞行时，有个习惯，希望能读点文艺作品，松弛一下，你能给我准备上一两本吗？"

香喷喷的于倩，妩媚地一笑："我不晓得老板你爱看什么？我那儿，手头上只有几部爱情小说，行吗？"她把"爱情"这两个字说出口的时候，简直像唱一支小夜曲那样悦耳动听。

他笑了，这是一种富有感染力的笑。

虽然戒台寺给他留下深刻的印象，虽然他也悟到了什么是戒，明白了什么是戒其所戒、不戒其所不戒，但谁不是活生生的人呢？想到这里，随缘而化，熊老板倒又觉得更加的豁然开朗了。

他回过头去看，西山，已在辉丽的晚霞中。

坐在奔驰车里的熊老板，突然想起什么，提醒坐在他身边的于倩：『……你能给我准备上一两本吗？』

垃圾的故事

丁丁，姓丁名丁，是我的一位忘年交。

据我的阅人经验来评估，他在知青一代人里面，是个很不错的青年。然而，不知为什么，好多人一谈到他，当面也罢，背后也罢，总是摇头者多。一个人，能够被人指着眼睛鼻子说他的是或不是，倘非很逊，就是他有任人评头品足的雅量。冲这一点虚怀若谷，我认为丁丁非同小可。

“你知道你口碑不佳吗？”我们两个本不甚见外，加之他的禀性坦直，故而敢这样问他。

“我又不聋不瞎，不痴不傻。”

他不是不聪明的人，不过，不做出伶俐的样子罢了。我从学术角度同他探讨，“为什么？”因为，他不至于如此。

“随人家便啰！”他说，“第一，人家怎么看，是人家的事；第二，我自己怎么做，是我自己的事。”然后，迈着他那种特别结实的列兵步伐，走了开去。咚咚咚，像砸夯。我后来观察到，这小子走路，脚后跟先着地，所以，总弄得楼板不同凡响。

不过，我挺“待见”他。这是北京话，含有一点敬重的意思。一个人，好，不得意忘形；坏，不怨天尤人；富，不张牙舞爪；穷，不垂头丧气。他就像一个在队列里行进的士兵，一步一步走着自己成功的或者失败的路，让我佩服。老实说，我并不赞同他的某些做法、想法、看法，以及活法，但他说，每个人的角色一半是天定的，没法改变的，但另一半，是自己决定的，便不可能和别人一样。你过你的，我过我的，各人自便，最好不过的了。

想想，也是这么一个道理，这世界上有两片相同的叶子吗？他说得更绝，我这片叶子，干吗要和人家一模一样呢？冲这句话，你便懂得丁丁一半。

丁丁有时赏脸到我这儿来坐坐，无什么特别的目的。来了就来了，走了就走了，这很好，无需我放下笔来陪着。他在我书房里像主人一样地东翻西看，也不管我的脸色，是赞同，还是反对，他就这样自信。若找到什么好书或新杂志，值得看，就自己倒茶，或者自己抽烟，仰卧在沙发上阅读。看够了，站起来，咚咚咚地离开。

他走后，老伴就开窗放烟。莫合烟，自己抽得香，别人闻起来就臭，好一会儿，也放不干净。“这个丁丁。”我老伴发表她的观点，“太自以为是。”

“难道对你一个劲地点头哈腰，就好吗？”我不大喜欢一些装孙子的年轻人，因为一旦帮助他到了羽毛丰满以后，就要把你当他的孙子。丁丁不，始终如一，不咸不淡，不近不远。

有一次，我忽发奇想：丁丁，令尊给阁下起名字时，大概只是想到你上小学时容易书写的一面，却绝对没有考虑到名字会对人的性格，所产生的微妙影响。

“至于那么严重吗？”这是他的口头语，也是他对于整个世界的态度。

我声明，当然这是不可靠的感觉。不过，对他，说深说浅都无关系，无需顾忌，他不像时下文坛一些想当领袖的年轻人那样过敏，也不像一些神经兮兮的女作家那样小心眼，总把别人看成很碍他事的绊脚石，甚至假想敌。其实，大路朝天，各走一边，地盘大得很哪。丁丁不太喜欢把事情严重起来看，他认为，凡没有一拳头打在我脸上者，不必疑神疑鬼，先在心里筑起一道防线。所以，我对他说话放心。“因为，你这个‘丁’字，马上让人想起伐木丁丁的‘丁’，敲打铁钉的‘钉’，叮住不放的‘叮’，很可怕！”

我也说不出很具体的道理，只能意会，不能言传，好像这个“丁”字成了他性格的象征。后来，他那不是妻子的妻子杨菲尔玛，认为我的直觉有道理。太棒了，她说，叫他丁甲、丁乙、丁丙都不像他，只有这个丁丁，最合乎他这个认死理的家伙了。

所以，杨菲尔玛有时索性叫他“死丁”。在她嘴里，这可以是爱称，也可以是蔑称，视其情绪而定。

杨菲尔玛，是中国人，不是外国人。他第一次说要带位女朋友来我家，还以为他从外国拐回一个洋妞呢。一见面，她自我介绍，说我应该有些认识她，是我朋友的朋友的女儿。她是比较早的国旅或者是中旅拿派司的很能干的导游，陪同外国人到中国来玩。后来，她自己单挑一个旅游公司，组织中国人到外国去玩，越做越大，现在，说她是旅游界的大亨，或者投资界的巨头，不算过誉之词。

“老爷子，这是一个能干人吃饱饭的时代。活得不好，别怪党和政府，怪自己无能。”

不用说，她是我们这个时代的宠儿。

据我朋友讲，她原来的名字叫杨淑珍，后来，到派出所一查，北京市，仅城区里，至少有一千位同名同姓同音的妇女，太俗了。于是，她要求改成时派一点的杨阳，这位小姐是个路路通的人物，派出所哪在话下，所长善意地提醒她，这名字至少被两千个男人和女人拥有。于是，当场来了灵感，她用了现在这个杨菲尔玛。

我估计，全中国也许就只有她一个人叫这样的怪名。然而，也正因为这样，谁要第一面见到她，和听到这个名字，便永远也不会忘记。冲她设计出这个不中不西的杨菲尔玛，她和丁丁维持目前这种比妻子自由些，比女友亲密些的情人关系，就觉得她是个很有作为的女人。“这样好，来去自由。”

杨菲尔玛头一次踏进我家的门槛，见面礼是一箱XO。

丁丁从车的后备箱里拿出来，很吃力地放在我的客厅里。我不是受宠若惊，而是吓了一跳：“干吗？”

“这是老姐的一点意思！”

送洋酒是时下的一种风尚，一般都是一瓶，送两瓶者少。后来，我才知道，这是杨菲尔玛的手法，和她的名字一样，一下子，就给你留下一个绝对是刻骨铭心的第一印象。

“厉害——”我服了。

丁丁说：“幸亏你不抽烟，要不，她会送你一件。”

“一件是多少？”

“五十条吧！”

我一听，差点没吓死。

他们不怎么避讳我目前两人维持的AA制的同居关系，虽然她很有钱，但二一添作五，绝对公平负担。小姐告诉我太太说，这样谁不觉得欠谁的状态更好些，太累的爱情，和太麻麻烦烦的婚姻，挺耽误事，还挺浪费精神。更难得的是，她说：这两年同居下来，我们两个还算磨合得不错。

我老伴说：“磨合这个词，我老在汽车的后窗上看到。”

“人和人之间的关系，也是一个需要磨合的过程，不行，就得换零件了。”

我们大家都笑了，你不能不服气杨菲尔玛的想象力。

我初认识丁丁的时候，他还是个文学爱好者，在新街口礼堂听过我的课。我之所以马上对他留下了很深的印象，因为，他戴了一顶孔乙己的毡帽。现在，北京几乎没人戴那玩意儿，至于孔乙己的家乡，有没有人戴，我不敢肯定。反正，在中国九百六十万平方公里土地上，像他这样年纪轻轻的，戴毡帽头的，大概就他一位。从那以后，我见他一直戴到今天，大概还戴到日本，戴到美国。我问过他，为什么要这样打扮？

他说不为什么，然后，反问我，为什么一定要为什么？他又接着问：犯法吗？不犯法，我碍着你什么了吗？不碍你的事。那么，你有什么必要管我头上戴什么呢？

我无言以答。

杨菲尔玛说，别理他，他就是这样一个认死理的人。他如果想做什么，就一定要做成什么。反之，他如果不想做什么，你拿刀逼着，他也不上轿，这毡帽头就是一例。

她是在日本认识这个丁丁的，而且，一下子把自己交给了他。

不过，丁丁说她其实并不浪漫，她是个做大事的女人，对于爱情、婚姻、家庭、性生活，不会太投入的。她是个事业上具有攻击型的女人，他承认，他被她的性格所吸引。

那时，她刚开始带中国的有钱人到外国去度假。在箱根，一个钱多得不知怎么花的烧包，说是受不了旅馆里温泉浴池的硫磺味，要求换个地方。这种国外旅游，日程都是安排死的，而且，她也不可能撇下大家，为他一人单独服务。那时，丁丁给她打工，说，“你把他交给我吧！”她有些不放心，“行吗，年轻人？”她比丁丁大两岁，所以，他叫她老姐。他说：“你只有这条道好走。”杨菲尔玛无奈，由他带走这位刁钻的暴发户。她领着其他人转了一圈日本列岛回来，这位嫌硫磺味的旅游团成员很高兴地归队了。她问丁丁，你用什么法子让他服帖的？丁丁说，完成任务就行了，何必盘根问底。她又去问那个暴发户，那家伙倒也坦率，这个丁丁，把我带到东京，在新宿的红灯区吧，我们走散了。甭提那个倒霉了，挨了揍别说，还弄到警察局，丢大人了。后来，丁丁找到我，把我带到四国岛的今治港，住的是没有那硫磺味的温泉宾馆，整整在海上钓了三天鱼，别提那个开心了，这钱花得太值了。他的结论是：日本人真精，可日本鱼真傻。

她终于还是从丁丁嘴里掏出了实话，他说：“是我雇了两个日本小流氓，新宿街头，有的是这样人渣，花上五千日元，把这个暴发户好好修理一顿。然后，弄他到今治钓鱼去。"

"你怎么知道他有这一好?"

"他每从渔具店门前走过的时候，脚步总要放慢。"

我对杨菲尔玛说，这就是丁丁想当作家，学会了观察人的结果。

"得了吧，老爷子，文学不怎么伟大，只有生活让人聪明。"她的话，我不爱听，但却是事实。

那次讲课之前，有个文学界朋友的聚会，随后饭局，主人殷勤，劝吃劝喝。结果，上了讲台，血液都跑到胃里去帮助消化了，脑袋里呈空白状态。我也不晓得怎么结束那堂课的，主持者不满意，脸嘟噜着，听课者也失望，掌声稀落。他是比较个别的一个听众，站在礼堂中间，给我拍巴掌。他认为我讲得好，而且绝不是为了安慰失落的我。他说他曾经递上来一个条子，要我回答，一个人当作家好，还是当评论家好?这绝对是个傻问题，我想我不会答复的。他告诉我，我回答了，就三个字，都不好。"有什么比讲实话还好的呢?"他这么高度评价。

我不相信我会说得那样直率，不过从那以后，凡有讲演，我一定空腹。

但他千真万确，由于我这"都不好"三个字，打消了当作家或者评论家的念头，放弃了还差一年就毕业的中文系，跑到日本去了。这期间还到过美国，后来还到过澳大利亚，因为他有一张与毛利首领人物合影的照片，他的毡帽与土著的服饰，很般配。等再见到他时，他已经一边打工，一边留学，从日本和美国拿到学位，学成回国了。他来看我，并谢谢我几年前的三个字，弄得我很尴尬。作为我那番话的报答，送了我一套日本男人穿的宽大和服。当时，我并未把它放在心上，便随意接受了，不如那一箱XO，造成的震撼力强。后来，高田有司，丁丁的日本朋友，到中国来，他招待，我作陪，在长富宫，为了好玩，特地穿起这件日本大袍赴宴，杨菲尔玛恭维我，说，老爷子挺像《红灯记》里的鸠山。从高田的话里，才知道丁丁的礼品，非同小可。第一，真货;第二，名牌;第三，价值不菲，至少得打两三个月的工，才能买到。日本，凡机器能生产的，都便宜，凡手工制作的，都绝对不便宜。

我埋怨他瞎花钱，何必呢?出门在外，生活不易。

"至于那么严重嘛!"他一边给我倒日本清酒，一边说。我也就不客气了，这正是他们这一代人的观念，把什么事都看得不那么重，而丁丁，尤甚。

由于脱口而出的"三字经"，竟改变了一个年轻人的一生，我多少觉得抱歉。倒不是怕中国少了一个作家，或一个评论家，那没准倒是好事。而是因此使他成了后来这种不郎不秀的样子，我觉得有责任。所以，他回国后不久，我把他介绍到我一个当官的朋友，也算是一位新上升的权贵吧，在他主管的国营公司里，搞日文翻译。杨非尔玛，早年经常带日本团逛中国，以后又带中国人逛日本，也是半个日本通，说丁丁的日语，一级棒。

一开始，他对谋职不怎么积极，“第一，我还没有玩够；第二，我目前还能活；第三，我还没有想好干什么。”

“第四——”杨非尔玛接着说，“我想，他应该进入政坛！”

“天将降大任于斯人也，你有什么更好的安排吗？”我问她。

她说：“当然有。”

“丁丁是当官的料吗？”我怀疑。

她说：“他这种性格不适宜当小官，他不是随着别人意志转的碰碰车，而是那种能让别人按他的意志转的推土机。”

我吓了一跳。

“这张牌怎么打，我还没有想得太好，看运作的情况再定了。”杨非尔玛那对眼睛，不漂亮，但神采奕奕，总在洞穿人似的琢磨你。谁第一眼看到她，马上会产生被她大卸八块的感觉，哪块剁馅，哪块红烧，她一下子就把你能够利用的部位，都弄清楚了。了不得，我老伴等她走后评论，是个人物，丁丁斗不过她。我说，也未必，丁丁不是容易剃的脑袋。这位很难说是个美女，最好的评价，是不丑而已的杨非尔玛，有一股劲，用气功的话说，带功，用物理学的术语形容，具有磁场，把丁丁拿住了。其实，丁丁不爱听人摆布，对她的兴趣从经济领域往政治层面转移，要让他走仕途，当大官，竟然没有表示异议。看来，一物降一物，这话不错。

我估计丁丁在日本，挣了一点钱，不多，也不会少，还能买得起一辆吉普车代步，就比我强得多。但看他刷卡的时候，不像小姐那样满不在乎，“你会坐吃山空的，何况你们的调费采用AA制，老弟！”

“到时候再说。”因为他一向把生计啊、钱财啊、前途啊、工作啊，不看得那么重。

实际上，这小子还未定性，夫子曰：“三十而立”，他都往四十奔了。作为忘年交，不得不再三晓喻：“还是去捧这个铁饭碗吧！”

他去了，纯粹是为了给我面子。过了月把，我打电话问我那位朋友，“徐总，这个丁丁在你的机关里表现如何？”

“你介绍的人，有错？”他很满意，我也就放心了。

又过了些日子，见到徐总，他试探地问起我来，你完全了解你介绍的这个年

见到徐总，他试探地问起我来，你完全了解你介绍的这个年轻人吗？

轻人吗？

我吓一跳，不知这小子闯了什么祸？

“很能干，很卖力，但大家弄不懂，他干吗要把一年的翻译任务，在一个月里急急忙忙赶了出来，然后就不知下落，为什么？”

那位技术官僚，一张刮得铁青的脸，看着我，希望从我这儿得到解释，我能告诉他什么呢？

显然，丁丁被该死的垃圾吸引走了。

这也是命也运也的事了，人生就像一棵树，人就像一个小蚂蚁在这棵树上爬，谁也无法把握自己爬到哪里，也不知在什么地方，拐了个弯，便在一个树杈上一直走下去，而回不了头。我只好对徐总解释：年轻人啊，吊儿郎当，任性而为，我也拿他没法。徐总是在美国进修过的，见过世面，有点气度，和正经八百的政府官员，还不尽相同。一个上千人的部门，别说少一个，就是少一百，不也照样运转？笑笑，也就不再追问了。

丁丁在东京，有机会结识了一位日本朋友，就是那晚在长富宫一块喝得昏天黑地的高田有司。我结识的日本人不多，但奇怪，好像所有与我打过交道的鬼子，都馋酒，都爱耍酒疯。那天，我真佩服杨菲尔玛，不知这位小姐用什么办法，把我们三个醉成一摊泥的男人，弄到各自的住处，还不影响她工作。

她是个极能干、极聪明，或者说她极有手腕，甚至极其冷酷的女人，这评语是一点也不过分的。她反对别人恭维她是女强人，她讨厌这个词，她说，影视上的女强人，都是准备随时卖肉的货色，给我提鞋我还嫌埋汰呢！至于处理几个醉鬼，还不是旅游业手到擒来的本事，打去一个电话，弄来一辆急救车，花一点钱，就全拉走了。“那时，是凌晨三点，长安街上，你们三位，大唱《拉网小调》，好来劲！”

杨菲尔玛一边料理醉鬼，一边还利用时差，与西亚的她公司办事处的下属谈业务，就在我回到家里，被我老伴数落的时候，她，把欧洲某地她的一间代理店雇用的当地经理人，炒了鱿鱼。我老伴说，她训起人来，像一头凶猛的母狮，妈拉巴子的村话，都像冲锋枪似的扫射，但关掉手机，又像可爱的小姐了。对不起了，师母，是我的错，把老爷子灌醉了。看来，你还得给他喝一点酒，他才能醒过来，并且头疼得不会那么厉害。

我不相信我会如此失态，竟然醉得要用酒来解酒，看来，人老以后，最可怕的自我感觉失灵症，开始降临了。一旦失去检点自己的能力，便难免要发生失态和出洋相的笑话了。这个北海道的日本人，起先很矜持，三杯酒下肚后，原形毕露，比我们更加暴露无遗。这时说他是学者，鬼都不信。他说他在温泉浴场打过工，然后用手帕裹住额头，学浴室小厮擦洗澡桶的样子。他还说他是一家小酒馆老板娘的秘密情人，每次风流以后，总可以吃到可口的寿司，还有两千日元的路费。那位太太，最叫他沉醉的是刺青，也就是文身了。他很机密地告诉我们，你们简直猜不到刺在什么部位，刺的什么花纹，他要我们回答。活见鬼，纯粹是酒喝多了，这种谜让人怎么猜，何况还有小姐在座。不过，稍微想象一下，无非阴部或者臀部，于是也就不想再谈这个话题。他见我们反应不太热烈，便说了，是在后背上刺了爱神丘比特和他的箭及一颗心。看起来，这就是小地方的人的少见多怪了。不过这番酒后胡言，倒也令人了解到高田未发达时，在他家乡求生时的卑微状况。

以后，他就从北海道到东京谋生，成了和丁丁同租一幢廉价屋的房客。

因为两个人年纪相仿，性格也有些相通，就熟悉起来。这个日本人，别出心裁，写了一部关于东京垃圾的书，在什么杂志上连载过，很受欢迎。后来，由于这部专著，丁丁忘了是哪座大学，或者还是什么研究部门，居然礼聘他去做客座教授，专门从事都市垃圾的研究。还给他配了助手，还给他装备起实验室，还给他一笔数字不小的拨款。“妈的，这日本国，财大气粗——”有钱人对钱特别敏感，杨菲尔玛发表感想。“中国不会有这好事。”从此，发达了的高田就和丁丁分手，搬到像样的地方去住了。

我可以推测，像丁丁这样的呆子（说得好听些，叫做执着，说得实际些，就是比较地缺心眼或者二百五），还会不被这个日本人抓大头？可能在高田有司发迹的早期，像三孙子一样当垃圾虫的辛苦阶段，多少帮过忙，效过力。于是，在丁丁回国去辞行的时候，高田突然慷慨起来，授权他将其著作翻译成中文，允许在中国大陆地区出版发行。

丁丁问我，能不能联系一家肯接受他译稿的出版社。就从这儿开始，这只小蚂蚁离开杨菲尔玛要他当官的树杈，爬上了另外一个树杈，走上他人生的另一条路。

他的日文很棒，但他的中文是不是一样的棒，我有点怀疑。虽然他想当过作家，但插队的时候，连中学也未念完，对于汉语的把握，是不是那么得心应手，我有些信心不足。杨菲尔玛很认真地说，你对于丁丁的了解，太过于表面，她认为死丁特别值得赞许的地方，就是不达目标，死不休止的劲头。你如果让他造原子弹，他如果答应了，当真了，我相信他能扔一个给你看看的。

“这就是情人眼里出西施了，小姐！”

她说她手下雇有数百员工，凡中层以上的骨干，都得她来口试决定录用，截至目前，百分之百地看准，法兰克福那个被刷的代理店主管，就是未经我过目的一个。“我说丁丁行，就是准行。如果，他当初要写小说，老爷子，不但你没戏，那些烂蒜，全毙！”她回首问他：“是不是呀？丁丁！”

我以为这家伙起码要谦虚一些，但他不怕大风闪了舌头，堂而皇之地默认：“或许吧，如果我当初真打算干的话。”

杨菲尔玛说：“看——”

这就只好一笑了之，谁让上帝给年轻人这种傻狂的资本呢！但言归正传，我还是要问一下：“丁丁，你不到公司上班，是意味着请假，还是辞职不干了呢？”

他好像早知道我有此一问，“这位徐总也太土了，你不是说他在美国普林斯顿进修过，他该懂得什么叫效率。我完成了全年的工作量，还用得着天天坐在办公室里看电钟指针跳格子玩吗？”

“可这是中国，老弟，入乡随俗呀！”

“我把这部书拿给他看过，他也认为，垃圾是工业社会的产物，愈发达的国家，垃圾的抛弃量也愈大，是一种社会公害，是一种人类自身造成的灾难。那么，我把它翻译出来，有什么不好？”

“可人家是跨国公司，不是环保局，也不是环卫局。”

他理直气壮：“我没有耽误工作，再说，环保是每个人的事。”

我明白，与他争也无益，这个死丁，他不是不会认错，而是他不相信自己会错，只好叹气：“那个日本鬼子把你坑了！”

那天在长富宫，还没有被日本清酒将理智完全麻醉以前，我看着矮桌对面坐着的这两个年轻人，性格上的差别，非常明显。一个是认准了一件事，就大大咧咧，不顾一切地走下去；一个是精明机灵，走一步看一步，不时调整自己。一个是我既然请你客，就不能让你觉得我寒碜，表现出中国人死要面子活受罪的德行；一个总在琢磨主人如此盛情，是不是蕴涵着需要付出更高回报的可能性，而心存日本人的鬼聪明。

我在餐桌上讲，做学问，有时出冷门，也是制胜之道。你不得不膺服在这个人人都碰到，天天要产生的垃圾上，这位日本鬼子称得上十二万分的聪明，还亏他下力气写出偌大一部资料齐备，印刷精美的书来。“敬佩，敬佩！”这是我的真心话，不完全因为那部书有一公斤重。因为在座的丁丁和杨菲尔玛，都通日语，所以，我的话，高田绝对领会。我问他：“高田君，你从你们扔的垃圾，来观察国民性的弱点，别出蹊径，做出这一篇绝妙的垃圾文章，最初的灵感是从何得来的呢?”

他先是离席站起来向我鞠躬，感谢我的夸奖。但回答我的问题，却故意扑朔迷离，不着边际。“日本是发达国家，东京是世界大都市，自然，垃圾也是个大问题。”其实这个鬼子，也是精明过头了些。他应该了解，冷门，作为特例，只可一，而不可再，更不能三，你占了先筹，后来人怎么努力，也难免被人讥作东施效颦的。更何况，敝国的垃圾比起贵国的垃圾，至少有五十年的差距，即使想模仿你，也写不出这么一大本书的。

丁丁就是中国人的宽厚了，丁丁代他说，高田君花了整整好几年，简直是水滴石穿的功夫，春夏秋冬，从不间断，每天零点起，随着一辆垃圾车，逐街逐巷，挨门挨户，在人们还没有醒来之前，把城市的排泄物收聚起来，拉到郊区的垃圾处理场去。有的还送去填海造地，那就走得更远。他就在那里，在这些垃圾还未送进焚化炉，或倒进大海里，逐一地翻检，予以登记、照相，然后回到他们共同居住的廉价宿舍里，整理资料，输入电脑。从银座最繁华的商业中心，到正派人不涉足的红灯区；从国会大厦、官员私邸，到商社大楼、富豪公馆；从平民居所、学生宿舍，到小商小贩、鱼市菜市，无处不留下高田的足迹。因为东京住着各式各样的人，所以也就产生各式各样的垃圾，凭这股坚忍的毅力，写出了一部垃圾的皇皇巨著。

“好了不起啊!”我们向他敬酒。

他也一个劲地站起来向我们鞠躬，并且一迭声地“阿里嘎朵”，表示感谢。

出冷门，在文学中，也是邀好的一招。不过，世界如此之大，作家多如过江之鲫，独具慧眼，领先一步，又是谈何容易的事啊?敬这位垃圾才子一杯酒，是完全应该的。也许高田那时从北海道到东京，土头土脑闯天下的时候，丁丁还在新街口礼堂听我的文学讲座呢!所以，丁丁自然讲不了当初他怎么萌生出这最早的创作灵感，而高田又讳莫如深，写书的缘起，也就只好付之阙如了。

现在的日本人，和我儿时在上海虹口所看到的东洋人，和青少年期间逃难苏北时所见到的皇军，到底不大相同了，变得特别的精明。他到中国来，后来知道，不是特为逛故宫和爬长城来的，高田君想把他在日本逮着的便宜，在中国再重复一次。所以，这个不留仁丹胡，不戴战斗帽的鬼子，不光跟我玩心眼，跟他的朋友，甚至是帮过他忙的朋友，也玩心眼。

高田不给我答案，使我脸上挂不住，杨菲尔玛看出来了。她虽然赚日本游客的钱，但并不喜欢他们，正如日本商人点头哈腰，一个劲地“哈依哈依”，其实心里怎么想你们这些支那人，说出来你会吐血。她是什么角色?她能在旅游业界

他先是离席站起来向我鞠躬，感谢我的夸奖……

出人头地，跻身诸强；能在萧条的时候挺住，并从银行贷出款来；能在国际旅游业的年鉴里，有她杨菲尔玛的芳名；甚至能够弄个把世界上都知名的政要，来给她剪彩的非凡之辈，调理这个高田，还不是手到拈来的事。也没看她怎么费力，和他碰了几杯酒后，这位鬼子的谨慎、谦逊、礼貌统统扔进东京湾里去了。

于是，喝到最后，丁丁还是那个德行，挨宰到底，绝不孙子，四个人至少刷掉他两三千元，盘子碟子倒端上来百十来件，但基本没有吃到什么东西，这就是日本菜的特点了。而高田有司，这位据他自己说，昭和多少年还拿到过文部省一个什么奖的垃圾学者，渐渐地不那么拘束，渐渐地有些放肆，显然，他想起了北海道钏路市的那间小酒馆，想起了那位文身的老板娘了。他说她的丈夫到齿舞、色丹岛附近打鱼，一走好多天，那是好寂寞好孤单的。于是，捉住了坐在我旁边的杨菲尔玛那纤纤细手，问："你们住在北京的居民，是不是也轻视外地来的本国同胞？"

杨菲尔玛对于这类爱捉住她手的色迷迷的游客，有很多办法让对方不能如愿。或是给他斟酒，或是请他夹菜，或是建议他松一松领带，或是求他点烟。每次得到一亲芳泽的机会，总是不出五秒钟，又得放手。这位小姐，我服了。

"东京人很骄傲的，尤其在地铁里，对那些搞不清该搭哪条线的外乡人，很鄙视的。"

"我们这里，也有那么一点点对外地人的自大情绪。譬如北京人，在有皇帝的日子里，东城西城的贵族，就瞧不上南城北城的平民。譬如上海人，至今，上只角的女孩子，不愿嫁给下只角的男人。"杨菲尔玛的旅游系统，所举办的什么新马泰十日游，港澳一周游，主要对象就是上海那些手里开始有些积蓄的小开，洋房买不起，花个几千块、上万块，陪新娘子到芭堤雅看一回人妖表演，还是敢掏腰包的。所以，她对上海不陌生。不过，这些太中国色彩的引证，我不知道她怎么用日文讲给日本人听？

丁丁说："这就是人的可怜之处，在纽约，你说你是住在曼哈顿，你说你是住在哈莱姆，人家对你的眼神是不一样的。让我来跟高田讲——"

这回，他明白了，愤然拍起桌子来，自然是酒的力量："凭什么？大都市的人有什么值得神气活现的？可就是他们，一年扔掉的垃圾，是整个日本垃圾总量的四分之三。我为什么要写这部书，就是要他们丢人。"然后，骂了一通连丁丁都翻不出来的可能是北海道渔民的土话，接着又要去捉杨菲尔玛的手，可每次都因为酒喝得太多，动作失灵，等好容易伸过桌来，她将酒壶或面巾塞在他的手中。

虽然高田赌咒发誓地说，我不会告诉你们写这部书的动机，绝不会，永远不会，打死我也不说。结果，他不打自招。喝醉了的日本人，要比不喝醉的日本人，更可爱些。

于是，不光高田，不光丁丁，连我也醉得不知所云了。杨菲尔玛后来告诉我，老爷子，你竟然对那位垃圾学者，说出了《水浒传》里孙二娘的话，“饶你奸似鬼，喝了老娘洗脚水。”

愤怒出诗人，这是一点也不假的。

受到都市挤对的这个外乡人，提起笔来戳穿文明人的大量抛弃排泄物的行为，本来应该写得多一点愤懑，多一点激情才是。但是，高田不喝酒的时候，就过于清醒，和过于计算了，不免写得太稳当，太专业了一些。好几家出版社一听选题，虽然马上感到浓烈的兴趣，可当真地阅读了译出的部分章节，真要投入，不免迟疑不决。因为，垃圾这东西，终究上不得台盘，值得当回事吗？更何况，富裕型国家的垃圾，和温饱型国家的垃圾，不完全是一回事，隔靴搔痒，估计中国读者不一定感兴趣。所以，谈判下来，面有难色。我对丁丁说明底细以后，这个年轻人倒也爽快，没关系，我先写一部关于中国垃圾的通俗小册子，让他们觉得这个选题的价值所在，我再翻译不迟。这样，他就从那树杈越爬越远，简直没有回头的路了。

当时，我大概犯了老人的感觉失灵症，不曾注意到身边小姐的脸色，觉得这小子，生出高田式个人奋斗的想法，也不错，便投了他的赞成票：“好哇！”

丁丁把手中的莫合烟掐灭，证实地叮问了一句：“老先生，你不反对？”

“我想，这是件对社会，对你个人，都说得上是有益的事情。”

他很高兴，对他的老姐说：“你看，你说在中国，不会有人支持你，放着好生生的路不走，去干这种赔钱赚吆喝的傻事，这不有了第一个。”

听到这里，我马上失悔了，因为杨菲尔玛刚才向我使过眼色，看来我不该匆忙表这个态，看来，这就是讨嫌了。事后她埋怨我，你当年一句话，他上了日本。现在，你老爷子火上加油，他该更来神了。他这个人，就怕当真，你也不是不知道。

“至于那么严重吗？”我用丁丁的口头禅，回答她。

“他是死丁，你该了解他。”那张脸，马上连最后一点笑容也消失了。据我朋友讲，她早先起步当导游的时候，能够在那么多漂亮的竞争者中，以其并不出众的姿容，获得亲善小姐的称号，可见她的和蔼温馨的笑容，是很赢得游客赞许的。后来，她成了老板，而且是越做越大的老板，分支机构遍布沿海各省，直到东南亚、日本、欧美，就不大见着那芳馨可爱的微笑了。永远一副说笑不笑，说不笑又笑的标准面孔。你不觉得她多么亲近，也不觉得她多么疏远，我真佩服她面部表情保持恒温的本事。哪怕她不景气的那两年，被人家挤压到倾家荡产，差一点要自杀的时候；哪怕后来，她翻过身来，又把别的对手逼到角落里，非跳楼不可的时候，她那张“任是无情也动人”的脸，永远是那张不冷又不热的标准面孔。现在，她完全用不着采用这副面孔，来对付这位不算合法丈夫，也不算普通朋友的丁丁：“你要是想玩玩票，也不是不可以，但要是当真投入，我觉得好像不怎么行。死丁，我认为做什么事，三思而后行，特别算一算回报率，也许就不那么冲动了。”

丁丁有一种本事，不想听的话，他可以充耳不闻。但这一次，他反应了：“我绝不是脑袋一热才干什么的。”

“我希望你不要打乱我的计划，因为你知道我在想办法活动，把你弄到一个相当重要的中央机关，那才是你大显身手的地方。”

这个年轻人马上表现出来对前途等等题目，不感兴趣。他说他崇尚现实，不想得那么遥远和浪漫，像他走路一样，走一步，是一步。只有幼儿园孩子，才想将来长大了要当海军，要当警察，那是可爱的童话。他认为：高田能做的事，我也能做，高田在日本的成功，我也能在中国获得。

“回报率要看你怎么个算法！”

他的话掷地有声，我本来应该给他鼓掌的，但一看小姐的面孔，便只有缄默了。她太了解丁丁，是个强按牛头不喝水的犟种，只好退一步海阔天空了。丁丁，我支持你译这部垃圾的书，老爷子找不到出版社，我掏钱买书号给你出。小姐劝喻这个死丁：这十几年来，我是把这个世界不能说看透，至少我明白，如果需要做有价值的事，而且这样会使你活得更滋润的话，我也不反对。如果你去写书，当垃圾虫，为此付出的代价太高，而回报率极低的话，那就不值得了。这么办，当着老爷子，把话说死，玩一把，然后收心。

“至于那么严重吗？”

“又来了，丁丁，你别太任性，别做大头梦啦！”杨菲尔玛警告他。

这个不管你怎么看，怎么说，也要戴毡帽的家伙，是听邪的主吗？“那也让我先做做这梦看看——”

事情就从这儿起了变化，他把那个来旅游的高田有司扔给了杨菲尔玛，理由还挺充分，谁让你是搞这一行的大腕人物呢？然后一拍屁股消失了。过了若干时日以后，小姐忽然给我打电话，才知道徐总对我所说丁丁失踪的事情不假。这倒也不意外，他说了要去做他的梦，自然是必去的。但如果按杨菲尔玛说的，玩得差不多，应该收兵了呀！从杨菲尔玛嘴里听到，这小子一发而不可收拾，成天泡在垃圾山里，小蚂蚁走得可是太远了。

“老爷子，死丁跟你联络过吗？北京有许多垃圾山。”

真是滑稽，我不由得脱口而出：“你是他的太太呀！怎么问起我来？”

我很佩服现代年轻人的不在乎，“我什么时候是他的太太呀！只能算一半或四分之三的妻子。”

“不是前不久……”我记得他从我那儿一甩袖子，咚咚咚地走掉的呀！

“这一猛子扎下去，再没见他的影，反正，北京市最近没有发现过无名尸体，估计他活着是没问题的，但这个人在哪儿呢？我在找他！”

她一张嘴，什么死不死的，让人听了怪不舒服。我不想批评这位小姐，就说：“丁丁也太不像话，吭个声总是应该的嘛！”

“这就是他的风格啦！”

“什么事害得你必须找到丁丁？”

“我正在按我的计划目标前进，第一步，他得尽快到徐总那儿报到。”

“哪个徐总？”我以为她说的是另一个我不认识的人。

“就是你的老朋友嘛！”

我印象里，只是为了谋职，曾经带着丁丁去见过徐总，当时，她并没有陪同，因为她认为我是多此一举。既然丁丁不好辜负我的一番好意，她也就没有驳我的面子。她说按她的纲领，把丁丁安插到她要让他去的那个重要部门，是个早晚能成的事情，只要打通关节就行，按她的逻辑，这世界上没有用金钱买不来的一切。怎么她对徐总产生兴趣？这就透着蹊跷，一，彼此不认识；二，她瞧不上那样的技术部门，不是决策中枢。我不禁发愣，摸不清她走的一步什么棋。杨菲尔玛是个人精，她看出我的诧异眼神，连忙解释：“前几天在一次飞往香港的飞机上碰见的，而且紧挨着座位——”

“真是无巧不成书。”

这女人，好了得。尽管我是个蹩脚的作家，我也能想象在那个几千米的高空，这个不漂亮但有股磁场吸力的女人，怎样用她粲然一笑，把身边的在普林斯顿留过学的老总，弄得五迷三道。她如果想要把谁摆平的话，是不费吹灰之力的。应该承认，这个杨菲尔玛是女中之杰，杰就杰在她不是面孔或者身体，而是靠她的头脑和技巧，来赢得对方的绝对信任，若是她想让你为她做些什么的时候，不致使你觉得她欠你什么，而是你很乐意地为她效劳，是一种朋友之间无需讨价还价的义务，这实在是了不起的本领。

“他其实我是应该认识的，徐总说他和我也有过一面之缘。”

我不禁问她：“你到底认识多少个部长一级的朋友？”

“你应该反过来说，还有多少重要的人物，不认识杨菲尔玛？”

“小姐，真有你的。”

“生活，其实很像一面筛子，能留存下来的，都是体积超过网眼，也就是我们所说的庞然大物了。但这样的人，在社会中是少数，大部分个头小的，都存在着被筛落的危险，但是，也没有关系，只要你聪明，你能干，你或是吞掉小的变成大的，或是和个儿大的联结在一起，就永远筛不下去。”

她说：有些女人，光漂亮，没头脑；有些女人，有头脑，可不漂亮。她很坦率，我属于后者。可我懂得该用什么最佳手段，来应付哪怕是最难对付的对手。你知道我经常出入旅游饭店，我经常见到那些卖笑的摩登女郎，我总是想对她们说，傻女孩啊，你如果很容易地就脱掉你身上最后一件衣服，然后呢，就再没有什么可卖出好价钱的东西了。只有靠头脑的女人，那天地才永远宽广。

我可以肯定，绝不是喝过洋墨水的徐总一定要找到丁丁，而是这位女中之杰让他生发出找到丁丁的愿望。她没有这个把人玩得团团转的本事，也没法是那个只有一百多个会员的乡村俱乐部里，说出话来，别人不敢小视的人物了。就凭这张只能算不丑的脸，拥有俱乐部百分之五十一的股权。请在美国也见过世面的徐总，到那里体验一下贵族和富豪的生活，我的这位朋友会拒绝吗？于是，她的什么要求，也就自然不会被拒绝了。

她说，徐总的意思，想让丁丁负责他们公司的信息中心。虽然她用不屑的口气说给我听，那只不过是一个处级单位。但是，老爷子啊，在官场的运作中，阶梯是要一步一步爬上去。没有处级这个台阶，她就无法使丁丁在下一步，按她的计划，过渡到某个非常重要的部门，获得局级的差使。当然，要做，也不是绝对不行，那肯定要费点口舌，不如这样水到渠成的好。

若是从达尔文“物竞天择”的进化论角度看，生活有点类似胜者为王、败者出局的拳击运动。那么，杨菲尔玛就称得上是拳王一流的重炮手，没有她打不倒的对手，没有她达不到的目标。我从心里替那位忘年交着急，这个死丁啊，你可以不在乎她的具体安排，却不能不珍惜这样一个关心你的女人呀？连招呼也不打一个，实在不像话了！

我认为，从现实主义角度考虑，丁丁似乎不应该拒绝这样的安排。

“在飞机上，我发现你的老朋友，是个一点就透的明白人！而且答应，可以批准在他的部门，试点一下美国很流行的弹性工作制。”

那天徐总对我谈起丁丁的不辞而别，口气绝不是赞美的，很强调他们是相当于政府一个部的大公司，言下之意，倘非看我的面子，很可能要按公务员条例来处置的。但现在，不仅宽容，还要重用，徐总的这一百八十度的转变，使我想起杨菲尔玛曾经发出过阿基米得式的狂言，要是给我一个支点，我可以把地球撬起来。

我与这个杨菲尔玛的父母，有过一面之交，因为我原来也在铁路上工作过，是朋友的朋友，多少知道这一对奉公守法的路局员工。两口子退休的时候，各捧回来一块荣誉奖状，杨菲尔玛告诉我，她父母所以获此殊荣，就因为查了考勤表，这两位一辈子，未迟到，未早退，也未请过假，冲这一点敬业精神，就可了解是怎样地谨小慎微，恪尽职守的人了。于是，当我知道她是他们的女儿，我一直怀疑，杨菲尔玛究竟是不是他们的亲生骨肉？一点不像，半点也不像，她父母生怕树叶子打破头，兢兢业业，如履薄冰，她却想把地球当陀螺来转。在她眼里，我们所有这些人，都是棋盘上由她驱使的棋子而已。

“他怎么也得在公司里露一下面。”她这才想到要找丁丁的。

当她把她的打算，怎样安排丁丁在“九五”规划的头两年，要连跨三大步，由处而局而部的包装计划，毫不保密地告诉我的时候，我忽然发现，年过六旬的我，并不是很坚强的经得起诱惑的人，我眼红了，我嫉妒了，我痛恨我为什么不年轻三十岁或四十岁，把这个女人从丁丁手中夺过来。她岂止是贤内助呢，简直是靠山，是矿藏，是宝库，得到了她，等于是芝麻开门，等于想要什么，就有什么。然而，“多情应笑我早生华发”，早过了做美梦的年代。但是，那个中了高田有司毒的小伙子，竟去捣腾什么垃圾，这不是捧着金饭碗讨饭嘛。如果此刻他在我眼前的话，我会揪着他的耳朵，教训他：“你这个死丁啊！放着金晃晃的皇冠不戴，偏戴你那毡帽头，难道你是神经病吗？”

可是，到哪儿去找这个杳如黄鹤的丁丁呢？

失踪的这段期间里，丁丁曾经浮出一次水面，我没有当回事。早知道，我就用绳子绑住他，不让他一去无音讯了。

因为，他那种秉性，我太了解，让他放下他感兴趣的事，回去上班，他也许会送上去一纸辞呈。还不如让他玩够了，再干正经事。他在我沙发上照例朝天躺着，再不是他那不太好闻的莫合烟气，而是散发出烂西瓜和馊西红柿的很糟糕的

她岂止是贤内助呢，简直是靠山，是矿藏，是宝库，得到了她，等于是芝麻开门，等于想要什么，就有什么。

味道。不由分说，便晓得他是从哪里来的了。

“还要去那儿？”我想他也许玩够了。

“当然——”

我泼他的冷水：“老弟，我以前被劳动改造，洗心革面时，曾经罚扫垃圾，处理污秽，以示惩戒，对此稍有研究。中国人是这个世界上最会过日子的民族，克勤克俭，绝不敢暴殄天物。一块布，新三年，旧三年，缝缝补补又三年后，还要上糨糊，贴在门板上待它干了以后，再一针一线纳成千层底鞋，让它在脚下一点点地磨成粉末，可见物尽其用的彻底性。只有绝对不能再度利用的废物，才恋恋不舍地扔掉。所以，哪怕烧过的煤球，也要筛出煤核后，余下的灰烬才铲进垃圾桶。‘文革’期间，最多的垃圾，就是那些大字报了，也有人专捡这些卖给废品收购站，而不无小补的。再早一点，三年灾荒时期，连菜帮子都不扔的，大家都处于人比黄花瘦的境况之下，垃圾桶也就空空如也了。虽然如今日子好过多多，不少人家搬进新居，庆贺乔迁之喜。但是，到这些人家的晾台看看，无不装得满满的。而这些东西，十之七八，都不会再派什么用场了，然而决不会抛弃。”

他反驳我：“你去看看吧！勤俭的中国人越来越少，浪费的中国人越来越多，而胡乱糟蹋人类自身生存环境的中国人，就更是可怕。如果从现在起不关心垃圾问题，我一点也不是危言耸听，中国会成为一个大垃圾箱。”

这番话，有点宣传品的味道，但听他说得这样激动，我相信他是真诚的。这小子不玩虚的，一就是一，二就是二，立刻心凉半截，这小子一认真，便不可救药，看来，中毒太深了。只是说了一声，徐总那儿要有个交待才好。

他说没有问题，开革就开革吧，然后，吃了老伴给他做的四个荷包蛋，喝下两大碗面条，跟我大谈特谈垃圾经。“老先生，你从我身上，是不是闻到了夏天快要过去，秋天已经来临的气息了呀？”他苦笑，“这就是垃圾的四季，让你领教领教！”

“谢谢啦，你走了以后，我必须洒一瓶花露水，才能去掉这股恶心味。”

“整个城市在垃圾的包围之中，将来一直堆到你家门口，堆到你鼻子底下，你怎么办？”

“那大题目，就不是你我能做的文章啦！”我当时所以这样说，是因为不能再鼓励他在垃圾堆里奋斗，而耽误了他的前程。我固然不了解杨菲尔玛非把他送到那样重要岗位担任要职，有什么特别的目的，但她并不是把他往火海里推，总是好意这一点上，我得让他回到正确的道路上来，干吗非要当高田有司，出垃圾风头呢？

这个年轻人，心里有什么，脸上马上有什么，他对我太失望了，在地板上咚咚咚地走着。他说："没想到你老人家也这样劝阻我！"

他向来是个不大认真的人，也一直是个很少把问题看得严重的人，这种发生在他身上的不知是好，还是坏的变化，使我说话不得不更慎重。那张杨菲尔玛的脸，我是记得牢牢的。她不赞成他热衷垃圾，而是要让他走仕途发达之路。

"一个人的力量是有限的。"我劝他适可而止。"你不能力挽狂澜。"

"要人人都这样想，这垃圾早晚不把大家活埋了吗？"丁丁在我书房里，很激动。"总得要有人站出来，不能都缩着脖子，装看不见。"

"想不到，你现在比高田还高田——"

"我和高田不一样，他把垃圾当做手段，达到他的目的，我没有其他目的，我的目的，就是垃圾。"

我看他有点走火入魔了。

"你简直想象不到，人这种动物，是多么不负责任，在消耗掉地球的大部分资源的同时，又把地球糟蹋得不成样子。你知道宇航员在太空中最大的苦恼是什么吗？就是他们必须生存在自己粪便的臭气中。人类也会有一天，只好生活在自己制造的垃圾堆里。"他从沙发一跃而起，"你老人家不要老关在屋子里写小说了，我先陪你到垃圾长城去观光吧！"

"谢啦，你身上的气味，我已经领教了。"

"不到长城非好汉，你要不到垃圾长城，你绝不会坐卧不安的。"他警告着。

后来，杨菲尔玛陪着高田有司一块到我家来，要我为他的《东京垃圾の研究》一书，写一篇序，因为她计划为这本书在中国问世，开一次新闻发布会。我也弄不清楚鬼子是一直没有走，还是从日本又来了？更弄不清楚这本书是出版社打算接受，还是她有办法来满足丁丁的愿望？总之，这一切，对她来讲，轻而易举，小事一桩。看来，这位小姐说话算话，玩玩是可以的，那就让你丁丁玩个够，然后，收心，走我为你安排好的路。

既然我答应写序，就不能不和高田谈谈垃圾问题，他证实了丁丁的一席话半点也不过分，城市的排泄物，是城市的灾难，几乎所有人口超过一百万以上的城市，都能看到这种被垃圾包围的吓人景象。在直升机上，最能看清这种场面了。因为他后来成了垃圾学者，还被科学厅的一个什么排泄物课，聘为顾问，就可以摆谱儿，要求自卫队弄一架直升机来，到天上去兜兜风了。你不由得不叹服，外国人只要认真起来，能把鸡毛当令箭，绝对把事当事办，不怕小题大做。而我们，对不起，完全有可能把令箭当鸡毛，大题小做，无论什么都可以稀里马虎，而不当一回事地糊弄过去。

待杨菲尔玛拉着我找丁丁，到三家店去了一趟，才相信垃圾成灾不是在夸大其词，这也是我一心要写这篇垃圾故事的缘起。虽然不免牵强附会，为明公所摇头，但我亲眼看到丁丁，以及和丁丁差不多的年轻人，甚至还有些女孩子，一头扎到城市垃圾这个难题中的热忱，我姑且垃圾一回，即使贻人笑柄，又何妨呢？我们每个人都是地球村的公民，如果置若罔闻下去，等到垃圾埋住脖子，那时，谁也救不了谁啦！

丁丁继续教育我，老先生，你坐在家里，不知道堆积如山的垃圾，会带来怎样的灾难？恩格斯说过，原始人是无意识地使他们的排泄物，起到肥沃土地的作用。而现代人，同样也是由于无意识地制造出无数垃圾，最终将人类自己埋葬。他摇头，他认为我不应该无所谓，不应该和常人无区别，他不喜欢我的冷漠态度，他简直朝我吼了："你是作家，作家应该呐喊！"

我谢谢他对作家的高看，但我也注意到他在说出"呐喊"这两个字时的脸色和手势，带有一点宗教传教士的狂热。虽然，我还是怀疑，唱高调对这些年轻人来讲，不是一件难事。但是碰上丁丁这种悲剧色彩的性格，他一旦执着于什么，进入了角色，大概轻易退不出来的。于是，我设想他的后果：或者成就事业，或者狗屁不是，或者一意孤行，或是把自己前途毁了，都是有可能的。他就这样把一个最好的当官机遇，错过了。如果，换上丁甲、丁乙、丁丙，经我们苦口婆心的开导，都不会认死理到底，就这个丁丁，像那个从北海道到东京的高田一样，一头扎进郊区的垃圾山里，不但出不来，而且找不到了。

我们当然没法按那位日本国垃圾贵族的话，租一架直升机，从高空发现丁丁。高田君这个建议，透出日本人的聪明，我们常说小鬼子的鬼，有时是并无贬义的，因为他们总是能够琢磨出更出色、更高明的点子。譬如茶，是从中国传去东瀛的，可经他们一喝，成了茶道；譬如半导体，是美国发明的，可日本用以制造的电器产品，却把整个世界覆盖。他说，那是最佳的找到他的办法，只要发现垃圾堆上有个戴毡帽的家伙，就降落下来，除了他，不会是别人。

大家哄然叫绝，这当然是非常好的想法，如果不是首都，而是别的城市，法力无边的杨菲尔玛说她有门路做到这一点，别说直升机，波音747她都经常租来做包机的。但在首善之区，她只好用她的私家车，载着我，到北京市郊区的各个垃圾处理场去，寻找那个马上要当处长，很快要当局长，不久要当部长的丁丁。

我钦佩年轻人认准了一门的坚定性，女的偏要男的按部就班走她规定的当官之路，男的偏要投入女的绝对反对的垃圾事业，两口子在不宣而战，看谁拗得过谁？我早说过的，如果让我投票，我是庸俗的现实主义者，有这样的好事等着丁丁，却去和垃圾打交道，那多少是荒唐的选择。

但是，那个戴毡帽头的家伙，要会算这笔账的话，也就不是死丁了。

垃圾，北京人读作“拉基（laji）”，上海话读作“拉西（laxi）”，我到过宝岛，那里却读作“勒色（lese）”。那天，我问过这个身上有股垃圾气味的年轻人：“丁丁，到底哪个读音正确？你现在是中国的垃圾专家了！”

这个家伙，他要不高兴你，且不会马上改变看法呢！“无论怎么念，它总是垃圾，还用得着咬文嚼字吗？其实，你有那工夫，还不如把这两份报纸上的材料，原封不动地写到你的作品里去呢。告诉那些只看小说，不看世界的读者。”说着，就塞给我，同时递过来我的老花眼镜。“你看看，就知道城市垃圾的危机，多么严重了。”

如果他早生五十年，或者一百年，我想他很可能在武昌参加辛亥革命，打倒鞑虏，也可能到非洲大湖地区去做传教士，给黑人部落灌输现代文明。他就是这种认准了，就执迷不悟，就抛头颅洒热血，就咚咚咚把路走到底的人，我不大觉得杨菲尔玛有多少办法使他回心转意。

他把报纸摊开，“请——”我拿他没办法，只好硬着头皮看下去。

第一张是美国的《华盛顿邮报》，当然译成中文的，上面写道：

晨曦微露，天空一片深蓝，东方地平线上金光灿烂，这是美国的又一天，对美国垃圾行业来说，意味着又一堆55万吨重的垃圾出现在地平线上。

美国家庭每年倒掉的垃圾，总共有2亿吨。美国人生产的垃圾，按人头算几乎是德国和日本的两倍。其成分：快餐包装物占总数的0.5%，一次性尿布为1%，大头是纸张，约占35%，庭院废弃物占20%，废金属占8%，玻璃和木料各占7%，其余为5%。

美国全年为处理垃圾，要花掉近300亿美元，能回收的钱，极其有限。仅以蒙哥马利县为例，每年处理后的垃圾，卖出去可值100万美元，但投入处理的费用为1000万美元。

第二张是我国的《北京青年报》：

我国每年产生的生活垃圾已达到1.46亿吨，而且以每年9%的速度增长。由于资金、技术、管理等各方面的原因，我国城市垃圾无害化的处理率仅为2.3%，剩下的97%的城市生活垃圾只得运往城郊长年露天堆放。到今天，全国历年垃圾的堆存量，已高达60多亿吨，致使200多座城市陷入垃圾的包围之中。

填埋是目前我国各大中城市垃圾处理的主要方式。1吨垃圾从收集、运输到填埋，全部处理费用达到95元，相当于一袋面粉的价格。

看到这里，我问他："怎么样呢？"

"你把它写进你的小说里去，唤醒世人啊！"

"丁丁，你也曾经是文学爱好者，该知道小说和宣传品的差别。"

"我就想要你把垃圾写进到小说里去。"他见我反应不热烈，便问："垃圾进不了小说？"

"至少我不曾见过。"

他笑了："现在还有什么见不得人的东西，不往小说里塞啊？"

"那和垃圾是两回事。"

他反唇相讥："得啦，老先生，你的同行们写的那些破玩意儿，比垃圾还垃圾呢！恕我不客气地说，有些作品，甚至连垃圾也比不上，只不过是臭气冲天的一通狗屁罢了！"

"那是另外一回事！丁丁！"

"我说错了嘛，屁有什么用？垃圾至少还有回收价值。"他说，"1公斤的垃圾，相当于0.2公斤煤所产生的热量，你知道嘛！你收集100公斤废塑料，就能回收90公斤汽油！"

"又来了，又来了，求求你，咱们不谈垃圾，行不行，换个话题？"那烂西瓜和馊西红柿的气味，已经让我头疼的了。

这个认死理的家伙瞪着我，"你可是支持过我，要我去写垃圾的通俗小册子的哦！"

天哪，看来，我信口一说的话，竟使他走火入魔，成了一个垃圾虫了。

杨菲尔玛很客气，很礼貌地邀请我，去寻找这个失踪的丁丁。正因为她那难得的笑容，一点哀的美敦书的危机情绪，也没有看出来。倘不是我迟钝，便是她太令人莫测高深了。她让我说服丁丁去当这个处级单位的头，"机不可失，时不再来！"她向我解释："那是一环套一环的运作过程，路都给丁丁铺垫好了，他不上套是没有道理的。”

我赞叹她做妻子的努力：“你也不容易，为他！”

“有什么办法，也许这就是所谓的爱吧！”

我不大喜欢听她这种把感情不当一回事的语言，便扯到别处去：“如今办事之难，可想而知。”

“倒也不见得，看什么人办！”她说得很轻松，因为这世界上没有她打不开的门。不过，她又说：“如果我感到值得，如果他觉得领情，那是另外一回事了。”

这女人，你不佩服也不行，她让我对丁丁说，三年内达不到预定目标，她可以补偿他的全部损失，而且他能按她的要求，用这种正常的手段，赢得一切的话，她也会让他得到需要的一切。虽然，她承认，在商品社会里，用不那么光彩、不那么干净的办法，并不稀奇。但这一次，她要做到毫无挑剔之处，把丁丁最后送到那样关键部门站稳脚跟。因此，除了好名声，好出身外，从正经八百的途径上来这一点很重要。所以，她认为，这个丁丁不跟她配合，躲着她似的找不着，更不可理解。

“也许他不想当官。”

“不是他想不想当，说白了吧，朝中有人，那是大不一样的呀！我需要他当，我们需要他当。”

我既不是捧她，也不是损她。“要说在政界混，你更适合，这是实话。”

她笑了，我可不行，我已经名声不佳了。因为我手头经营投资的项目太多，无一不是是非之地。冲我平均每年要打几十起官司，这形象也好不了。我只能栽培别人替我当官，为我说话。所以，休看我经常上法庭，十起官司，至少有八起稳操胜券。

我听说过，即使那败的两起，她也能使赢家最终比输掉还要惨，因为，她有人，有钱，有的是办法，让人家付出更高的代价。

她否认：“没有那事，适当的营业亏损是企业的正常行为，我不要求全赢。”

我说：“我是从一个被撤职的涉外饭店经理那里听来的。他对你的结论是什么？千万别惹那个女人！”

杨菲尔玛摇头，“所有失败者，都拼命原谅自己，而怪罪别人。他没有告诉你，他跪下来求我高抬贵手吧，这样的人也算是男人？”

“你可没有手下留情。”

“不，对鼻涕虫原谅，其实是助长他的软弱，越这样，越狠狠治他。”她的结论是“这年头，好男人太少”。然后话题又转到丁丁身上：“这，你就明白我能

她笑着伸出四个手指，向我示意。

“够意思，四十万。”

……

“不，”她告诉我，“这是我换过的第四辆车。”

和他生活在一起的原因了，他是个很特别的汉子。”

我想这是真话，丁丁和他同龄人不大相同的地方，便是他的这个特别。譬如，他到澳大利亚去，心血来潮，给毛利族的一位头领，开了半年车，而且是无偿服务。问他为什么要这样做，谁到澳大利亚，不是为了挣钱或者图张绿卡呢？他最反对人家问他为什么，他说，不为什么，也可以去为什么的。逼急了，他才说，不过想学学毛利人语言。杨菲尔玛是生意人，脑筋一动，说好，我们以后可以发展这种旅游业。他说，你别指望我，我不会干的。她问他，那你为什么学？这岂不是白学了吗？

我也想知道答案，望着他。

结果他说：“我不过是测验一下自己的生存能力。”

他就是这么一个按照自己的方式去领受痛苦，尝试快乐的人物，不怎么好改变的。所以，她只好找到我，要我陪着她去找他，她说，老爷子，我不希望把事情闹僵。更不希望出现他跳、他反抗、他掉头不顾的局面，那后果就不堪设想了。

“不至于吧！”那时，我不知道她在北京四周已经找了一圈。

“他是个想干什么，绝对要干成什么的人，毛利语都学会了，全世界一共有多少用这种语言的人啊！他一旦认为必要，就会咚咚咚走下去，不回头。”

“看来，你识货，他的优点和缺点全表现在这上面。”

“所以，他的坚持性，加上我的灵活性，在这个世界上，便是无敌搭档。”

我承认，确实是最佳配合。

“可惜，他不明白我需要他。所以，求你向他剀切地谈一谈，晓以利害，但愿他能听得进去。”

谁让我支持那家伙呢，既然惹下了祸，只好陪着小姐往郊区奔波。秋天，本是北京最好的旅游季节，但我们不是去香山看红叶，而是跑垃圾山，实在不是好差使。

车开出城外，便放开速度，看了一眼指针，一百迈，只听车轮擦地的刷刷声，车体平稳地向西山疾驰而去。我不由得赞美她的开车技术，和她这辆漂亮的车。

她笑着伸出四个手指，向我示意。

“够意思，四十万。”我记得丁丁想买过夏利的，才八九万，后来因为单双日行驶，又转手了，相比之下，真是小巫见大巫了。那我这个无车阶级，就更没法提了。一部长篇小说的稿费，甚至买不来一只汽车轮胎啊！

“不,”她告诉我，“这是我换过的第四辆车。”

她说：对他们这些拥有乡村俱乐部会员证的经理层面的人来说，财富的象征，不在你拥有车，而是你能不能换新车？你老是开那辆车，和老是穿那件时装一样，是很跌身份，很栽面子的。“车子是一种身份的标志，经常换车，是一种财富的衡量尺度。不过话说回来，有的人一下子坐上奔驰600，那只能说明是个暴发户。”

“你这样一次次换车，该花多少钱啊？”我不由得羡慕。

“这笔账，你就算不过来了。实际上，这辆车的百分之六十的车价，是我上一辆车脱手的钱。我只不过花了百分之四十，就坐上一辆更豪华的车了，很划算的呀！”

我琢磨好一会儿，也不知道，是她不会算账，还是我不会？也许，富人和穷人的价值观是不相同的。算了，轿车与我的距离如此遥远，管她觉得便宜也好，吃亏也好，不与她理论了。这就如同一位下岗女工，生活无着，衣食犯愁，还去关心鱼翅的烧法，鲍鱼是否新鲜，是不是有点魔怔？

车行驶了一段路程以后，那股丁丁曾经带到我家去的烂西瓜、馊西红柿的气味，从车窗外吹过来，便知道目的地不远了。

然后，就是想不到的一片像丘陵似的垃圾山，展现在眼前。说实在的，谁要第一眼见到这种场面，不惊呆了才怪。使人害怕的不是城市排泄物的数量，而是它像一个怪物在无限膨胀着的恐怖前景。

如果不是杨菲尔玛眼疾手快，赶紧刹车的话，不撞着那些在垃圾山上觅食的猪狗鸡羊，也会碰着不知从哪儿钻出来的小孩子。那些用牛毛毡、用塑料布、用水泥袋纸搭在垃圾山四周的棚户，几乎是一个集镇。顷刻间，垃圾堆弯腰捡东西的人直起身来，都用惊讶的目光打量着这辆闪着红宝石光亮的车，和车里坐着的这位小姐。而我则更惊讶地注视着眼前这片密密麻麻，依赖垃圾为生的人群。

我看杨菲尔玛的那身穿戴，和那双高跟鞋，便说：“小姐，你就在车里坐着吧，我下去打听。”

“不——”她先下了车，无所谓地踩着遍地垃圾，向山上的人群走过去，那是一条在垃圾上轧出来的坑坑洼洼的斜坡路。老实说，任何一位女士，有勇气不噤鼻子爬上好几十米高的山顶，我得朝她举大拇指。她连眉头也不皱，一副不在话下的模样走上去，让我佩服。我说：“杨菲尔玛，我一点也不是表扬你，原来丁丁向我介绍，你是一点一滴打下的天下，我还不大相信，看来你真是个敢打敢拼的实干家呢。”

她急于找到丁丁，对我的恭维没有反应，而是向人打听，“我们要找一个戴着毡帽头的年轻人，谁知道?”高田出的这个从帽子找人的点子，还挺灵光。几乎没有一个人不认识他的，看来丁丁在这里，大名鼎鼎。不光是他的毡帽，而是觉得他不可理解，一个开着车来捡垃圾的人，是不是神经肯定有毛病。然而问到他此刻在哪儿，谁也不可能给个准确的答案。有的说他来过，有的说他走了，有的甚至悄悄说，没准他出事了吧?他也不穷!放着好好的日子不过，来捡什么垃圾呀!

我听丁丁说过，每个垃圾山，都是几个垃圾部落抢来夺去的地盘，会为几块钱的可回收垃圾，打得头破血流。我对杨菲尔玛耳语，是不是有可能被这些人误会了，以为他对大家的生计构成什么威胁，而对他怎么样了?

“不可能——”她断然反对。“丁丁是谁?他连加里曼丹丛林都去旅游过的，还碰上过游击队呢!”

她从提包里掏出一沓钞票，朝着人群摇晃，马上有许多人扑过来。我埋怨她，“你这是干什么?你也不怕他们把你吃了?”

“我来过的。”

“你?”怪不得她也不打听路，一上车就开到这里。

她对围住的大人小孩说：“看这回谁能把他找来，钱就是他的，我们在下面公路上等着。”看起来，还是钱管用，果然好多人放下手里的耙子、夹子、篓子、口袋，飞也似的向四处跑去。

“走吧，老爷子，咱们回车上去吧，他会出现的。”

我一边走，一边问她：“你怎么肯定丁丁在这里?”

“他已经把北京市各个垃圾场都走了一圈，要在这里重点研究了。这一个礼拜，害得我跟着他的脚印走，说真的，我也烦了，我的耐性也快到头了，他要么跟我回去，要么，他就留在这里，从此分手。”

话说到接近最后通牒的程度，我才感到问题的严重性了。

与一位太精明的女人说话，是很劳神的。

她问我：“其实，丁丁只不过算是一个穷光蛋。”

这种说法，不免太夸张了些。“也许在你那个乡村俱乐部里，有个几万块钱，大概是不算钱的。”

她又问我：“丁丁先在日本，打工读书，后来又跑到美国，读书打工，学位是拿到了，但并不等于拥有什么真正的学问。”

这又有什么关系呢？“博士找不到工作，教授还卖包子，他们倒有学问，但不管用。相反，那些当官的，发财的，并没有多大学问，可大家买他们的账。”

接着，她提出来一个新的问题考我：“你是作家，你经常描写人物，你帮我评价一下，你的朋友丁丁，称得上是个小白脸吗？”

我看了她一眼，摸不清楚她兜这么大一个圈子，想说明什么？

这时，丁丁的吉普车从山顶摇摇晃晃地出现了，车上车下，车前车后，是一大帮想得到五百元赏金的人群，浩浩荡荡冲下来，这西部片式的镜头，逗得车里的这位小姐忍不住笑。她说：“看见没有，只有他干得出来！”

于是，我也省得回答她的三个问题，事情发展到快要决裂的地步，外人是不好乱插嘴的了。后来，丁丁告诉我，类似的斯芬克斯式的问题：你一文不名，你学问一般，你人不出众，回城的路上也正正经经地对他宣布过的。杨菲尔玛的思路，已经像大人物那样充满绝对的自信，金口玉言，说什么，是什么，别人只有毋庸置疑的份了。而且，她在给你提出问题的同时，事实上的标准答案，也给你准备好了。

看样子，丁丁只好这样回答：我其实没有什么，不过是你可以选择的许多合作对象中的一个，但并不是唯一的一个。这也等于说，我丁丁应该感到荣幸，因此，我只有来不及接受的义务，哪有敢于拒绝你杨菲尔玛的权利。

于是，就在离开三家店不远，快到石景山的那个叫做衙门口的地方，在她那辆漂亮的车和丁丁那辆老爷吉普之间，当着我面问他：“或是你回到你的垃圾堆去？或是你跟我进城马上到徐总那儿去报到？”我以为那个死丁会撅屁股，调转头，脚跟着地，咚咚咚地拂袖而回的，没想到，他的那句口头禅又来了，“至于那么严重吗？”

幸亏杨菲尔玛不是倾国倾城的美人，否则，她该不知怎么折腾呢？一直到丁丁这群人马，伴着一路飞扬的垃圾和尘土，从山顶刹不住闸地到了车前，她才慢慢地开了车门走出来。

丁丁在车上站起来，戴着那顶毡帽，说笑不笑，说不笑也笑，他不傻，知道有台好戏等着他唱；而拼命要找到他的杨菲尔玛，倒沉住气了，朝他看着，说恼不恼，说不恼又恼，但她绝不会发作，哪怕马上送你上断头台，也是那副标准面孔。这时候，围过来的群众，都朝她伸出手来，声称是自己找到的，要得到那笔赏金。而丁丁说，别听他们胡扯，根本是我看见你的车，放下手头的事，马上开着吉普过来的。他再三强调，这京西三家店方位的垃圾山，方圆好几公里，是北京市不算第一，也算第二的垃圾堆放场。从山那边翻过来，是有段路程的。

她不理他，走向大家："我向来说话算话——"于是，只见她手一扬，那些钞票就飞上了天空，然后，沸沸扬扬地飘落下来。接着，垃圾山下，便是争来抢去的场面。说实在的，疯狂捡钱的人，打成了一团，顶多令人觉得可悲，而撒钱的人，那种钱多得烧包的狂妄，就叫人感到厌恶了。但过后丁丁说我还不够了解杨菲尔玛，"她每一分钱都花在有用的地方，这是她的手法。下次她来这里，如果她高兴，要是想让我吃顿苦头，只消一个眼色，这些人就会蜂拥而上，为她卖命而把我砸扁的。"

就在这些抢钱的群众，把我们两个人在吉普车旁边推来搡去的时候，小姐自己坐进车里，连招呼也不打，一溜烟地开走了。

"咦，这个人，怎么回事?"我怔住了。

丁丁也摘下那毡帽头，摸着脑袋，看着那辆红宝石似的闪亮的汽车，疾驰而去。

好一个杨菲尔玛，我不得不承认是个能做大事的女人！如果说她图谋的周到，还不算什么了不起。那么，她下得去手，做得出来，就让人吃惊。而且，她为达到一个目的，不择手段的这份狠绝，就有点叫人心寒了。天啊，敢情她拉我来，是把我当做钓饵，硬逼着丁丁必须送我回去，因为，即使丁丁一百个不乐意，也不能把我撇在离市区三四十公里的垃圾场不管呀！

"走吧！"他扶我上了他的车。

"其实，她这样做，并不是坏意。"我还是希望这两口子把目前的关系维系下去。"也许上了年纪的人，就比较珍惜哪怕是将就的稳定了，即或是勉强的安宁，也要比闹得天翻地覆，彼此伤害以后痛苦的分手好。"

丁丁笑了笑，"不至于那么严重的。"然后，他开着这辆像喝多了老酒的吉普车，有意地绕这个垃圾山一周，让我欣赏一下本世纪最后二十年间，人类不自觉地用排泄物筑起的垃圾长城。而且，我还有幸在垃圾山下，碰上几位来自城内的类似丁丁这样全身心投入环境保护的年轻人，有男有女，有的还是从国外归来的留学生，真令人肃然起敬。也许丁丁给高田有司当过几天助手，对东京市垃圾的处理有些感性认识，看得出他和这些人显然很愉快地合作着。

然后，我们就挥别环保一族，打道回府。一路上，听他向我介绍关于垃圾的危害性，那些三条腿的蛤蟆，两个脑袋的蛇，都是大自然被污染的结果呀，接着批判我那种无所谓的态度，然后回到他那永恒的主题上，你是作家，你要呐喊。

他像传教士那样开导我，首先，必须教育居民懂得，垃圾必须分类；其次，让居民懂得，扔垃圾必须缴纳一定费用；再次，要在居民小区里消化掉垃圾，尽量不制造污染。一个有着20万人口的住宅区，每天要产生240吨垃圾，通过焚烧，可以获得2880吨50°C以上的热水，这岂不是一举两得的好事嘛！

“哦，天，你能不能暂时不谈垃圾？”

他挺顽固，“正是要在垃圾堆上谈垃圾，你才会有深刻的印象！”

我不禁哀叹，也许是我真的落伍了，怎么现在的年轻人，这样不可理喻的偏执呢？那个杨菲尔玛，偏要造就一个政客，一步一步进入重要岗位，成为他们那个乡村俱乐部里中产阶级的代理人，不达目的，誓不休止。这个丁丁，忧天下之所忧，当然不是坏事，但也用不着放着好好的差使不干，弄得本不是老婆的情人都跟他张目翻脸，破釜沉舟。我奇怪，生活必须这样剑拔弩张吗？为什么不能平心静气，想一个即使不能两全其美，但也不必非此即彼，趋于极端，谁也不能让一步的局面吗？

这时候，石景山就在前面不远处，炼钢厂的烟雾和那股铁腥气扑面而来，我们看到了前面路上一辆红艳艳的车，在夕阳的余晖里，耀眼的亮。

“杨菲尔玛？”

“是她！”丁丁说。

她的车，要开起来，这辆吉普是休想赶上的，显然不是我们这台老爷车出现奇迹，而是她有意开慢了在等我们。这时，我马上想，也许杨菲尔玛终究是女性，心软，让步了，这意味着转机。要不然，她就是一位老到的钓手，一会儿把上钩的鱼拉紧，一会儿又松了线溜鱼，还不知她怎么算计丁丁呢？当我们快到她身边的时候，她倒先把车停在了路边。见她下了车，走到车前，把车盖打开。我们开到她的车旁，果然，开锅了。

我糊涂了，这副标准面孔是猜不透的。如果说是她的有意安排，那也过于天衣无缝，让人不信；如果说是巧合，那也巧得太厉害，不可能在她偏偏想它出毛病的时候，果真抛锚了。

不管怎样，这是一次契机。于是，我出来打圆场，因为我从心底里觉得，这两口子有点天作之合的意味，并不愿意他们拆散分开。“修车，自然是你丁丁义不容辞的事情了。”

丁丁也在后退，这使我很高兴，他不是百分之百的死性。他说：在澳大利亚，给毛利土著头领无偿开车的时候，也是先从帮他修车开始结识的。他在日本，给高田有司帮忙，也是从垃圾堆里，找了辆破车拆拆换换干起来的。

“别说废话了，小心修吧！”

“对于免费服务，老姐就不要太挑剔了。”

“我可以付钱的，如果你要——”

我不想介入两口子私底下的交谈，便走到路的另一边溜达。因为吉普车颠得我浑身骨头生疼，正想活动活动。不过，站在远处看他俩，忍不住感慨，同是两辆车，同是两个人，无论在精神上，在气势上，甚至在色彩上，在气味上，是多么不同的两个天地呀！我听不出她说些什么，虽然仍是那张标准面孔，但她的每句话，他不得不听。反过来，他偶尔抬起头来说两句，她就可以心不在焉地朝别处观望。那个弯腰修车的死丁，有几个动作，譬如莫名其妙地摔扳手，譬如抽两口莫合烟又呸地吐掉，我估计他未必很痛快。不过，他能忍住，我觉得这两口子在朝好的方向发展。

这时，我走到附近的一个招手停车的公共汽车站，我发现那是一个古怪的站名：衙门口。

“你们两个知道这是什么地方吗？”我打断他们的谈话，招呼着，也是怕丁丁上来那股别扭劲，又闹到不可收拾的地步，还是回去慢慢解决吧！我始终相信，要是没有深仇大恨的话，大家谦让一些，没有谈不拢的事情。

他们两个人一看这个站名牌，都不由得苦笑起来，因为一对夫妻，要到衙门口谈问题，那肯定不会是好事了。于是，杨菲尔玛请我上她的车，然后对丁丁说：“你可以掉头回到你的垃圾堆去，要不，你就跟我进城，何去何从，悉听尊便了。”

一路上，我总琢磨衙门口这站名，对这两位不是什么好兆头。可回头看，那辆老爷吉普，一直尾随着向城里开来，我觉得我也许是多虑了。

车子一直开到他们居住的花园别墅的门廊下，她下了车，第一件事，便是把脚上的高跟鞋脱下来，交给开门出来的阿姨，让她扔进垃圾桶里去。然后，回过头来，对跳下吉普的丁丁说，那声音是亲切的：“拜托了，你那身行头，最好也脱下来扔掉算了。”

丁丁也很幽默，“也许，在你看来，我也应该扔进垃圾桶。”

她笑着说：“至少，暂时不会，你放心。”

丁丁回答得也很爽利，“那就谢啦！老姐！”

“也是暂时的吗？”

“不，我是永久的！”

我相信他们两个人开始明白：在这个世界上，还有什么比爱更重要的呢？爱，即使一点点，也不容易。

我现在终于体会到日本人的厉害了。

高田先生精明的目光，一下子就看出来，杨菲尔玛是这个时代春风得意的宠儿，而丁丁，则是下一个时代才有可能成为叱咤风云的人物。所以，选择了她，而不是他的老朋友，这一点，希望我能谅解。这不是他的原话，是通过翻译，嘀里嘟噜说了半天，我才明白了他这番意思的。我并没有对他的现实主义，产生什么反感，这是很自然的，他要想在中国也捞到他在日本得到的便宜，毫无疑义，他不能指望得到丁丁的任何帮助，只能依靠这位有极强活动能力的杨菲尔玛。

然而，他的话使我悟到时代与人的关系，什么样的人，在什么时代吃香，什么样的人，在什么时代倒霉，是有一定的对应规律。不过，老伴泼我的冷水："得了吧，像丁丁这样认死理，不开窍，给个棒槌就认真的主，不论哪个时代，都注定要碰壁的。"

我不那么悲观，脚踏实地的人，一步一个脚印地走下去，不一定要等到下一个时代，就会成为社会的主流力量。"他怎么不灵活，怎么不圆通，"我为丁丁辩解，"他能跟杨菲尔玛进城来，就表明他懂得鱼和熊掌可以得兼的道理。按照我理解的他，那个一条道走到黑，不见黄河心不死的家伙，本来会掉头不顾，回到那座垃圾山，做他想做的事。可他没有，开着老爷车一直在后面跟着。"

"那……"老伴欲言又止。

"我知道你对那个抽莫合烟的小子，不感兴趣！"

"我在琢磨，跟回来的丁丁，还是早先那个丁丁吗？"

"哦，天啊！"我为我那忘年交的朋友感到尴尬，"死丁到底，你看不上，不做死丁，你还是看不上，真是难做人啊！"

"不是这个意思，算了算了，跟你也说不清楚。你还是看看小姐打发人送来的请柬吧！"

我不禁诧异，怎么明天九点在长城饭店，就开《东京垃圾の研究》中文版翻译出版的新闻发布会啦？

"有什么不妥当吗？"老伴看我神色有异，连忙走过来问我。

我让她仔细端详这张请柬，上面印有中、英、日三国文字，想必是早有准备。为什么不能事先给我打声招呼？一路上，她有空吹嘘她换了第四次的豪华轿车，顺便说一声明天开会，有什么关系呢？再说，托我为这部中文版写的序，我还没有动笔呢？

"你是不是觉得其中有一丝阴谋的气味？那个杨菲尔玛可是一个人精。"

"不不不，"我不否认有过那一瞬间的怀疑，但我想到昨晚分手时的场面，马上否决了自己的这个想法。"不可能，不可能……"于是，我把这条线索联结起来了，正像她说过的那样，是一个两口子的磨合过程。她为什么一定死乞白赖地要把丁丁找回来呢，我明白了，就是要让他在明天的会场上，得到一个意料不到的惊喜啊！事情从这本讲垃圾的书开始，那么最好的结束，莫过于在这本书的翻译出版上画一个圆满的句号，是再合适不过的事情了。这真是一个铁娘子、铁女人，或者是铁小姐，她说到的，就一定要做到，你不是要做这个梦嘛，我就让你实现这个梦。于是，磨合好了的这两口子，联袂向观众招手，我似乎看到了一出喜剧落幕时皆大欢喜的场面。

第二天，当我走进会场的时候，绝没有想到竟是这样一个长幼咸集、群贤毕至的盛会。这是用不着替她犯愁的事，她认识半个北京城里的头面人物，另半个北京城里的头面人物，她虽然不认识，但认识她。因此，我一看签名簿，便晓得该来的几乎都来捧场了。

我先看到那个北海道钏路市一间小酒馆老板娘的情人，准确地说，是他先看到了我，便拉了一个日本留学生过来同我攀谈。很显然，在这么多出版界、新闻界、文化界，以及政要、首长、官员和环保方面的人士中间，他受宠若惊的同时，又感到惶恐和孤独。他那副怯生生的样子，像溺水人捞着一根稻草似的握住我手不放，使我想起少年时代逃难的经验。我不晓得为什么当时的上海人，称呼日本侵略军为“萝卜头”，是不是因为外强中干的缘故？说他们一旦落单的时候，是很胆怯的，很没有武士道精神的。但只要有三个以上的皇军结群，便一定兽性发作，奸淫烧杀，三光政策，来了精神。你就看那些国会议员便知道了，只要三两个人一起哄，肯定就会有人跳出来大放厥词，否认南京大屠杀，否认慰安妇，否认侵略战争，跑去靖国神社朝拜东条英机和山本五十六。

这位义务当翻译的日本留学生，日文当然不会错，但中文实在“鸦鸦乌”，好容易才弄懂他已经把这本书，包括发行港、澳、台及东南亚的简繁字体的中文版权，交给杨菲尔玛，而且，还答应为她将要开办的生态旅游，绿色旅游，中日青年环保度假营的活动，在路线设计，在科学论证方面，提供咨询。他特地声明，这都是无偿服务。我想，她为你举办了你一生也不曾有过的出足风头的活动，她为你搞到那么多比你在日本要好听得多的头衔，那她不从你身上收回全部投资，也就不是令好多同行敬畏的杨菲尔玛了。

他请我谅解，为什么要这样做，因为，她是这个时代的宠儿，而丁丁君，对不起，也许下一个世纪——

“那么这位生不逢时的年轻人呢？”

“他来了，刚才还在这里，我们争论垃圾的集中处理问题。咦，不是在那边吗？”朝他手指的方向，在大厅的另侧，我发现丁丁站在那里。他也看到了我，便伸出了手向我示意。大厅里熙熙攘攘，尽是些或衣冠楚楚、或珠光宝气的与会者，我想，很可能杨菲尔玛把她乡村俱乐部里的豪富，都拉来助兴了吧？因为这些非文化界的来宾，每张面孔我都很陌生，但他们好像和丁丁有一面之缘，很可能因为他是他们寄予期望的明日之星吧？由于要不断地打招呼，他想往我这边靠拢，竟一时挤不过来。看他的表情，大概杨菲尔玛尚未把谜底向他揭晓，仍旧蒙在鼓里，所以，本不应是局外人的他，却无所事事，就有点不自在了。“浑小子，这是给你开的会呀！高田风光，你更有面子啊！一会儿，等着瞧热闹吧！”我真羡慕他有这样一个贤内助，虽然是加引号的妻子，在法律上只能算是事实婚姻，但她能安排得如此妥帖，老弟你不费举手之劳，便坐享其成，这种幸福，并不是每个男人都有机会得到的。

我为他高兴。

这时，小乐队奏起欢迎曲，主宾们从休息室里相继走出来，鸡尾酒会本来是比较随便的不那么官方色彩的应酬，但中国人仍旧习惯把那些生活筛子筛不下去的有体积、有分量的大个儿人物，尊让到显著位置，他们端着酒杯，也好像早演习过似的站到了应该站的地方。哈！我从这排有头有脸的人物中，发现了我的老朋友徐总，但他并没有注意到人群中的我。当我听到杨菲尔玛介绍几个主办单位的名称，其中也有徐总那个大公司时，我反而觉得他要是不来凑这个热闹，不出席这次酒会，不和杨菲尔玛站得这样靠近，倒有点不正常了。

我注意到那条很具有青春气息的领带，显得格外潇洒。

下面，自然是那位日本垃圾才子的镜头了。日本人穿西服，优点是几乎挑不出毛病，但也很难看出着装的个性特点，高田君则尤其中规中矩，应该把丁丁送我的那套和服借他穿才是。

我不知道，为什么不由翻译这本书的丁丁，来传达他的感激之情，而由那个日本留学生，结结巴巴地转述他的写书过程？高田本想得到他在日本一炮打响的结果，就非常满足的了。没有料到这个杨菲尔玛，在这么大的会议厅里，开这么隆重盛大的特别高规格的招待会，连给他当翻译的日本留学生的舌头都打结了，生怕出岔子。而高田也有些失态，其实他没有喝酒，却像是醉了似的，前言不搭后语。因为即使他在东京红了以后，成了人物，顶多也就与什么排泄物课的课长打打交道而已，杨菲尔玛为他搬来了这么多官方、半官方的人士，那些显赫的头衔令他感到眩晕。

也许这是一种外交礼仪，才找他本国人做翻译的吧？我只能这样理解。

本来，高田在清醒的时候，很精明；在喝多了的时候，很本色。现在，他这种不醉之醉，倒弄得不尴不尬，里外不是他了。我看杨菲尔玛也不耐烦听这套味同嚼蜡的作者致词了。便对身边的徐总耳语，随即见他移步后退，向他们主宾的休息室走回去。我可以肯定，他一定为那位小姐办什么事，她有这种本事，用她的眼神，用她的脸色，甚至用嘴角的表情，完全用不着语言，去让别人做什么。她确实是高田所赞誉的那种时代的骄子，她不但主持着会议，还关照着会场的每个角落的每个人，熟悉的、不熟悉的，来往的、不来往的，都用她那带气功，带磁场的眼睛，一一地招呼着。

这时，有人在我身后，轻轻拍了一下。我回头，不是别人，正是徐总。为了不干扰别人听高田讲城市垃圾的分类，我们退到大厅后边。他直截了当地替杨菲尔玛向我道歉："就如长城的城砖上，有许多人愿意留下自己的名字一样，一件稍为像点样子的事情，必然有些人，想把自己与其实也算不得什么的荣耀，联系在一起。"

"你这话太没头没脑。"

"我只是原样传达杨小姐的话。"

"你们刚才在谈论我？"

"是的。她很抱歉，因为一位环保界的前辈，认为这本书的中文版，要作序的话，非他莫属。对这样自告奋勇的人，简直是没有什么办法挡驾的。所以……"

我正求之不得，"那太好了，本来，让我写，就有点驴唇不对马嘴。"

"你真的不介意？我跟杨小姐说过，我了解你，大人大量，才不会放在心上。"

"那你倒用不着恭维我。其实，她那次带高田来找我，我说过的，最合适为高田这本书写序的，只有一个人，那就是丁丁。"

也许因为大家正在鼓掌，而结束演讲的高田，又一个劲地致谢。地道的日本式九十度还要多些的鞠躬，不可能像鸡啄米那么痛快，每一次能拖到一分钟之久，我估计徐总没有听见，其实他受人之托，是在琢磨措辞，该怎样对我讲。甚至当主持的杨菲尔玛宣布请译者讲话的时候，我发现走到麦克风前的，不是丁丁，而是一位我不认识的人士，我还在继续为情况的突变作合理的解释，也许考虑到翻译的质量，才找到更高明的外文所的专家吧？可徐总在我耳边那句显然是字斟句酌的话，我这才听出不谐和音来。

"老先生，最好劝劝你的那位忘年交，不要沉湎在空想的社会主义，或者乌托邦里啦!”

“怎么回事?徐总!”

“他应该到我公司去报到，而不是热衷于搞什么小区垃圾的综合利用。你再好的想法，你不切合实际，你就永远是不能实现的梦。不错，国家现在为每吨垃圾付出95元人民币，拉到郊区堆放在那里，但不可能把这钱交给你，在小区建燃烧垃圾的锅炉，那就会使一大批人失业，也使那些掏垃圾的老乡丢掉饭碗。然后，就算你建成焚烧炉，你向居民收他们的每吨10元或20元的倒垃圾费，再要收他们用的热水费，看他们打不打破你的脑袋。再说，你控制住回收的纸张、玻璃、废金属，那些收破烂的人，指什么吃?我弄不懂这个丁丁是怎么啦?一门心思在垃圾上?”

我明白了，他从衙门口开着他的吉普车跟进城来，原来只是为了他的垃圾集中小区处理计划，也就是成立“吃垃圾”的新兴企业。“那他肯定是动员杨菲尔玛投资了?”

“那还用说，这位小姐说，几乎磨了一晚上嘴皮子。”

“怪不得丁丁夸杨菲尔玛做期货交易，特别富于远见，敢情要她解囊相助。”看来他还是一个不变的丁丁，是我老伴印象里那个不折不挠，走起路来咚咚咚响的丁丁了。“不消说，小姐拒绝了?”

徐总笑了：“正因为她知道远景投资的风险性太大，没有绝对把握，她不会把钱往水里扔的。”

“那怎么办呢?”我想知道结果，虽然这个会开了，恐怕还只是个序幕吧?

“四个字，回头是岸。”

“否则呢?”

他没有回答，但招待会结束以后，在长城饭店门口的东三环大路上，那个以垃圾为目的，想营造一个干净世界的丁丁，和那个以垃圾为手段的日本朋友握别，和那个等待他去报到上任的徐总握别，和那个加引号的、不漂亮但绝对是神采飞扬的妻子握别，自然也是与为他铺排的那条通往殿堂的路握别……然后，走到我跟前，说：“我就不必和你握手了。”

“为什么?”

“我想很可能一两天里，要把一些没处放的东西，先存在你那儿，还会见面的呀!”接着，他跳上了那辆老爷吉普，朝北驶去。不用说，这是去三家店方向最佳路线。大家都站在路边不出声地望着，一直到他消失在无数的车流里，人们仍旧在沉默着。

我就更不想再责备这个死丁了，同时，我也不想埋怨在场的其他人，每个人都有其这样做的道理，都有其可以理解的缘由，都有其不能以简单的得失成败来衡量的标准，也许，这正是生活的复杂之处。于是，我想起我朋友的朋友，那铁路员工夫妇的女儿杨菲尔玛说过的话，人和人之间，是需要有一个磨合过程的。对汽车来讲，行驶若干公里以后，车后边的那块挂着的磨合牌子，便可以摘掉了。但对人来讲，这种磨合过程，说不定有时是需要付出一生一世的事情。

那有什么法子呢？人总得活下去，总得沿他自己的路走下去。

图书在版编目（CIP）数据

人生在世/ 李国文著. －北京：中国文联出版社，2010.5
ISBN 978－7－5059－6700－7

Ⅰ.①人…　Ⅱ.①李…　Ⅲ.①中篇小说－作品集－中国－当代　Ⅳ.①I247.5

中国版本图书馆CIP数据核字(2010)第055885号

书　　名	人生在世
作　　者	李国文
出　　版	中国文联出版社
发　　行	中国文联出版社　发行部（010－65389150）
地　　址	北京农展馆南里10号(100125)
经　　销	全国新华书店
责任编辑	薛燕平　苏　晶
责任校对	李兰华
责任印制	陈　晨
印　　刷	北京隆昌伟业印刷有限公司
开　　本	710×1000　1/16
印　　张	20.5
插　　页	1页
版　　次	2010年5月第1版第1次印刷
书　　号	ISBN 978－7－5059－6700－7
定　　价	39.00元

您若想详细了解我社的出版物
请登陆我们出版社的网站http://www.cflacp.com